No te escondo nada

Bestseller

Sylvia Day

No te escondo nada

Serie Crossfire, 1

Traducción de María Jesús Asensio Tudela
y Jesús de la Torre Olid

ESPASA

Título original: *Bared to You*

Adaptación de la cubierta: Booket / Área Editorial Grupo Planeta a partir de la idea original de Penguin Random House, UK
Imagen de la cubierta: Getty Images
Primera edición en Colección Booket: febrero de 2014
Primera edición en esta presentación: septiembre de 2024

Depósito legal: B. 13.442-2024
ISBN: 978-84-670-7053-8
Impresión y encuadernación: Liberdúplex, S. L.
Printed in Spain - Impreso en España

Biografía

Sylvia Day es una aclamada escritora de novela romántica que ha encabezado el primer puesto en la lista de más vendidos de *The New York Times*. Autora de más de una veintena de novelas traducidas a más de cuarenta idiomas, firma la exitosa serie Crossfire, que incluye los títulos *No te escondo nada*, *Reflejada en ti*, *Atada a ti*, *Cautivada por ti* y *Somos uno*. Ha sido número uno en veintiocho países, con más de veinte millones de ejemplares vendidos en todo el mundo, y ha recibido numerosos galardones, entre los que destaca el National Readers' Choice Award, de Estados Unidos, que ha ganado en dos ocasiones.

Visita a la autora en www.sylviaday.com

Para el doctor David Allen Goodwin,
con amor y gratitud infinitos.
Gracias, Dave. Me has salvado la vida.

1

—Deberíamos ir a un bar a celebrarlo.

No me sorprendió la categórica declaración de mi compañero de piso. Cary Taylor siempre encontraba pretextos para ir a celebrar algo, por pequeño e intrascendente que fuera. Formaba parte de su encanto.

—No creo que beber la noche antes de empezar en un nuevo empleo sea buena idea.

—Vamos, Eva. —Sentado en el suelo del salón de nuestra nueva casa, entre varias cajas de mudanza, Cary esbozó su irresistible sonrisa. Llevábamos varios días desempaquetando, pero él seguía teniendo un aspecto increíble. De constitución delgada, pelo oscuro y ojos verdes, Carey era un hombre al que resultaba difícil no ver guapísimo todos los días. Me habría sentado mal de no ser porque era la persona a la que más quería en este mundo.

—No estoy diciendo que nos vayamos de juerga —insistió—. Sólo una o dos copas de vino. Podemos pillar una *happy hour* y estar de vuelta a eso de las ocho.

—No sé si llegaré a tiempo. —Señalé mi pantalón y mi camiseta de yoga—. Después de calcular cuánto me llevará ir andando al trabajo, me acercaré al gimnasio.

—Camina deprisa y haz ejercicio más deprisa aún. —El perfecto arqueo de cejas de Cary me hizo reír. No me cabía duda de que algún día el soberbio rostro de Cary aparecería en carteles y revistas de moda de todo el mundo. Pusiera la cara que pusiera, estaba buenísimo.

—¿Y qué tal mañana después del trabajo? —sugerí yo—. Si consigo terminar bien el día, sí merecerá la pena celebrarlo.

—Vale. Inauguraré la nueva cocina para cenar.

—¡Humm...! —Cocinar era uno de los placeres de Cary, pero no uno de sus dones—. ¡Vale!

Se sopló un mechón rebelde para apartárselo de la cara y me lanzó una sonrisita.

—Tenemos una cocina que ya quisieran muchos restaurantes. Ahí no pueden salir mal las comidas.

Indecisa, le dije adiós con la mano y me marché, optando por evitar una conversación sobre el arte de cocinar. Bajé en el ascensor hasta la planta baja, y sonreí al portero cuando me mostró la salida a la calle con un ademán.

En cuanto puse un pie fuera, me invadieron los olores y sonidos de Manhattan, invitándome a explorar. No sólo había cruzado el país desde mi San Diego natal, sino que parecía estar en otro mundo. Dos importantes metrópolis, una de clima templado constante y pereza sensual, la otra rebosante de vitalidad y energía frenética. En mis fantasías, me imaginaba viviendo en un edificio sin ascensor en Brooklyn; sin embargo, como era una hija obediente, me encontraba en el Upper West Side. De no ser porque Cary vivía conmigo, me habría sentido triste y sola en aquel amplio apartamento que, al mes, costaba más de lo que mucha gente ganaba en un año.

El portero me saludó con una ligera inclinación de sombrero.

—Buenas tardes, señorita Tramell. ¿Va a querer un taxi esta tarde?

—No, gracias, Paul. —Me balanceé sobre los tacones redondeados de mis deportivas—. Voy a caminar.

Él sonrió.

—Ha refrescado desde mediodía. Hará bueno.

—Me han dicho que disfrute del tiempo de junio, que luego empieza a hacer un calor de mil demonios.

—Le han aconsejado bien, señorita Tramell.

Al salir de debajo del moderno y acristalado voladizo de la entrada, que de alguna manera armonizaba con la edad del edificio y de sus vecinos, me recreé en la relativa tranquilidad de aquella calle bordeada de árboles hasta llegar al ajetreo y el tráfico de Broadway. Confiaba en que algún día no muy lejano conseguiría integrarme, pero de momento me sentía como una impostora que se hacía pasar por neoyorquina. Tenía unas señas y un empleo, pero aún desconfiaba del metro y no me resultaba fácil parar un taxi. Procuraba no caminar distraída y con los ojos como platos, pero era difícil. Había *tanto* que ver y experimentar...

La percepción sensorial era asombrosa: el olor del escape de los vehículos mezclado con el de la comida de los carritos ambulantes, los gritos de los vendedores ambulantes unido a la música de los animadores de calle, la impresionante variedad de caras, estilos y acentos, las imponentes maravillas arquitectónicas... Y los coches. *¡Santo Dios!* Nunca había visto nada semejante a aquel frenético torrente de coches apretados.

Siempre había alguna ambulancia, coche patrulla o camión de bomberos intentando abrirse paso entre la avalancha de taxis amarillos con el aullido electrónico de sus ensordecedoras sirenas. Me atemorizaban los pesados camiones de la basura que circulaban por pequeñas calles de un solo sentido y los conductores de reparto que desafiaban el denso tráfico para hacer frente a los estrictos plazos de entrega.

Los auténticos neoyorquinos se movían entre todo aquello como peces en el agua; su querida ciudad les resultaba tan cómoda y familiar como su par de zapatos favoritos. No miraban el vapor que salía de los baches y las rejillas de ventilación de las aceras con romántico embeleso, ni parpadeaban cuando el suelo vibraba bajo sus pies con el atronador paso del metro, mientras que yo sonreía como una idiota y flexionaba los dedos. Nueva York era una aventura amorosa completamente nueva para mí. Estaba arrobada, y se me notaba.

Así que realmente tuve que hacer esfuerzos para tomarme las cosas con calma mientras me dirigía al edificio donde iba a trabajar. Al menos, en lo que respectaba al empleo, me había salido con la mía. Quería ganarme la vida por méritos propios, y eso suponía un puesto de principiante. Empezaba a trabajar a la mañana siguiente como ayudante de Mark Garrity en Waters Field & Leaman, una de las agencias publicitarias más importantes de Estados Unidos. Mi padrastro, el megafinanciero Richard Stanton, se molestó cuando acepté el empleo, porque decía que si no fuera tan orgullosa podría haber trabajado para un amigo suyo y haberme beneficiado de ese contacto.

—Eres tan testaruda como tu padre —me dijo en aquel momento—. Tardará una eternidad en devolver tus préstamos estudiantiles con su sueldo de policía.

Aquello supuso una buena bronca, pues mi padre no estaba dispuesto a dar su brazo a torcer.

—¡Ni hablar! Ningún otro hombre pagará los estudios de mi hija —había dicho Víctor Reyes cuando Stanton se lo ofreció. Yo respetaba esa actitud, y sospecho que Stanton también, aunque nunca lo reconocería. Comprendía la postura de ambos hombres, porque yo misma había luchado por pagarme los préstamos... y no lo había conseguido. Para mi padre era una cuestión de orgullo. Mi madre se había negado a casarse con él, pero eso no le hizo vacilar en su determinación de ser mi padre en todos los sentidos posibles.

Sabiendo que era inútil hacerse mala sangre por antiguas frustraciones, me centré en llegar al trabajo cuanto antes. Había elegido a propósito una hora muy concurrida de un lunes para cronometrar el corto paseo, así que me alegró llegar al Crossfire Building, que albergaba a Waters Field & Leaman, en menos de treinta minutos.

Eché la cabeza hacia atrás y recorrí con la mirada la altura del edificio hasta la escasa franja de cielo. El Crossfire, una elegante y reluciente torre azul zafiro que atravesaba las nubes, imponía de verdad. Yo sabía, por las entrevistas que había realizado con anterioridad, que el interior, al que se accedía por las puertas giratorias enmarcadas en bronce, era igual de imponente, con suelos y paredes de mármol veteado, mostrador y torniquetes de seguridad de aluminio cepillado.

Saqué mi nueva tarjeta de identificación del bolsillo interior de los pantalones y se la mostré a los dos guardias de traje negro que estaban en recepción. Me dieron el alto de todos modos, sin duda porque no iba vestida de manera apropiada, pero enseguida me dejaron pasar. En cuanto subiera en ascensor al vigésimo piso, tendría el marco temporal para la ruta completa de puerta a puerta. Objetivo cumplido.

Me dirigía hacia los ascensores cuando a una esbelta y elegante morena se le enganchó el bolso en un torniquete y se le volcó, derramándosele un montón de calderilla. Una lluvia de monedas rodó alegremente por el suelo de mármol, y vi cómo la gente esquivaba aquel caos y seguía su camino como si no lo viera. Me dio pena y me agaché a ayudar a aquella mujer a recoger el dinero, como hizo también uno de los guardias.

—Gracias —dijo, con una rápida y afligida sonrisa.

—No pasa nada. Yo también me he visto en situaciones parecidas —respondí, devolviéndole la sonrisa.

Acababa de agacharme a coger una moneda de cinco centavos que estaba cerca de la entrada cuando me topé con un par de exclusivos zapatos negros sobre los que caían unos pantalones negros impecables. Esperé un instante a que aquel hombre se apartara de mi camino, pero, como no lo hacía, eché la cabeza hacia atrás para ampliar mi campo visual hacia arriba. Aquel traje sastre de tres piezas agitó alguna que otra de mis zonas sensibles, pero era el cuerpo alto y de una delgadez atlética que había dentro lo que lo convertía en sensacional. Pero, pese a lo impresionante que era toda aquella magnífica masculinidad, fue al ver la cara del tipo cuando quedé fuera de combate.

¡Caray...! ¡Caray!

Se puso justo en frente de mí, apoyado elegantemente en los talones. Me quedé impactada ante aquella masculinidad que tenía a la altura de los ojos. Atónita.

Entonces algo sucedió entre nosotros.

Él también se me había quedado mirando, y, mientras lo hacía, se transformó..., como si se le hubiera caído un escudo de los ojos y dejara entrever una arrasadora voluntad que me dejó sin respiración. El intenso magnetismo que emanaba se fue haciendo más fuerte, hasta convertirse en una impresión casi tangible de enérgico e implacable poder.

Mi reacción instintiva fue echarme hacia atrás. Y me caí de culo toda despatarrada.

Me palpitaban los codos por el violento impacto contra el suelo de mármol, pero casi no notaba el dolor. Me había quedado absorta mirando, fascinada con el hombre que tenía delante. Un pelo negro como el carbón enmarcaba un rostro que quitaba el hipo. Su estructura ósea haría llorar de alegría a cualquier escultor, mientras que una boca firmemente delineada, una nariz afilada y unos ojos azul intenso le hacían increíblemente guapo. Aquellos ojos se aguzaron ligeramente; por lo demás, sus rasgos mostraban una estudiada imperturbabilidad.

Tanto la camisa de vestir como el traje eran negros, pero la corbata combinaba perfectamente con sus brillantes iris. Sus ojos eran perspicaces y calculadores, y me taladraban. Se me aceleró el corazón; separé los labios para respirar con más facilidad. Aquel hombre olía divinamente. No a colonia. A gel de baño, quizá. O a champú. Fuera lo que fuese, era de chuparse los dedos, como él.

Me tendió una mano, dejando a la vista unos gemelos de ónice y un reloj que parcía muy caro.

Con una entrecortada inhalación, puse mi mano en la suya. El corazón me dio un vuelco cuando me la apretó. Su roce era eléctrico, y me subió una descarga por el brazo que me erizó el pelo de la nuca. Durante unos instantes no se movió, con una arruga en el ceño que echaba a perder el espacio de entre sus cejas de corte arrogante.

—¿Estás bien?

Su voz era culta y suave, con un tono áspero que me agitó el estómago. Me hizo pensar en el sexo. En un sexo extraordinario. Por un momento se me ocurrió que podría tener un orgasmo simplemente oyéndole hablar.

Tenía los labios secos, y me los lamí antes de contestar.

—Sí, gracias.

Moviéndose con una gracia infinita, tiró de mí hasta que estuve a su lado. Mantuvimos el contacto visual porque me resultaba imposible apartar la mirada. Era más joven de lo que había supuesto en un principio. Diría que no había cumplido los treinta, pero en sus ojos, fríos y de una agudísima inteligencia, había mucho mundo.

Me sentía atraída hacia él, como si tuviera una cuerda alrededor de la cintura y aquel hombre tirara lenta e inexorablemente de ella.

Parpadeé tratando de romper aquel aturdimiento y le solté la mano. No sólo era guapísimo, era... fascinante. Pertenecía a esa clase de hombres que hacen que una mujer quiera desabrocharles la camisa de un tirón y ver cómo los botones se desparraman junto con sus inhibiciones. Le miré, vestido con aquel traje tan elegante, refinado y escandalosamente caro, y me vino a la mente la idea de follar cruda y salvajemente, con las uñas clavadas en las sábanas.

Se agachó y recogió mi tarjeta de identificación, que no me había dado cuenta de que se me había caído, liberándome de aquella provocativa mirada. A duras penas, mi cerebro se puso de nuevo en funcionamiento.

Me cabreé conmigo misma por sentirme tan torpe mientras que a él se le veía completamente dueño de sí mismo. ¿Y por qué? Porque estaba deslumbrada, ¡maldita sea!

Levantó la vista hacia mí y aquella postura —de él casi arrodillado ante mí— hizo que volviera a tambalearme. Me sostuvo la mirada mientras se ponía de pie.

—¿Seguro que estás bien? Deberías sentarte un momento.

Me ardía la cara. Qué bonito, aparecer torpe y desgarbada delante del hombre más grácil y seguro de sí mismo que había conocido en mi vida.

—He perdido el equilibrio, nada más. Estoy bien.

Al apartar la mirada, divisé a la mujer a la que se le había derramado el contenido del bolso. Dio las gracias al guardia que la había ayudado; luego vino hacia mí disculpándose con profusión. Me volví hacia ella y alargué la mano para darle el puñado de monedas que había recogido, pero la mirada se le fue hacia el dios del traje y enseguida se olvidó de mí por completo. Unos instantes después, me acerqué y metí la calderilla en el bolso de la mujer. Luego me arriesgué a mirar a aquel hombre otra vez y descubrí que él tenía puestos los ojos en mí, pese a que la morena no paraba de deshacerse en agradecimientos. *A él*. No a mí, claro está, que era quien la había ayudado.

—¿Podría darme mi tarjeta, por favor? —intervine yo, interrumpiéndola.

Me la entregó, y aunque procuré cogérsela sin tocarle, sus dedos rozaron los míos, lo cual provocó una descarga que volvió a estremecerme.

—Gracias —murmuré, y acto seguido le rodeé y salí a la calle por la puerta giratoria. Me paré en la acera, tomando una bocanada de aquel aire de Nueva York que estaba impregnado de un millón de cosas diferentes, unas buenas y otras tóxicas.

Delante del edificio había un rutilante todoterreno negro Bentley, y vi mi reflejo en las inmaculadas ventanillas tintadas del vehículo. Estaba sonrojada y me brillaban mucho mis ojos grises. Ya me había visto yo aquella mirada: en el espejo del baño, justo antes de irme a la cama con un hombre. Era mi mirada de estoy-lista-para-follar y en aquel momento no debería tenerla en la cara.

¡Por el amor de Dios! ¡Contrólate!

Cinco minutos con don Oscuro y Peligroso, y estaba llena de una energía inquieta y a flor de piel. Aún podía sentir la atracción que me producía aquel hombre, la inexplicable necesidad de volver a entrar a donde él estaba. Podría argumentar que no había terminado lo que había ido a hacer al Crossfire, pero sabía que después me daría cabezazos contra las paredes. ¿Cuántas veces iba a hacer el ridículo en un día?

—Ya basta —me reprendí a mí misma entre dientes—. ¡Andando!

Atronaban las bocinas cada vez que un taxi adelantaba a otro como una flecha, sin apenas espacio entre ellos, y luego frenaban en seco cuando los temerarios transeúntes se ponían a cruzar la calle, unos segundos antes de que cambiara la luz del semáforo. Luego seguían los gritos: un aluvión de improperios y gestos de las manos que no conllevaban verdaderas ofensas. En cuestión de segundos todas las partes implicadas se olvidaban de aquel intercambio, que no era más que una nota en el ritmo natural de la ciudad.

Al incorporarme al flujo de viandantes y encaminarme al gimnasio, esbocé sin querer una sonrisa. *Ah, Nueva York,* pensé, ya más tranquila. *Cómo molas.*

Había pensando hacer calentamiento en la cinta de correr y después completar la hora con algunas máquinas, pero al ver que estaba a punto de empezar una clase de *kickboxing* para principiantes, me uní al grupo de alumnos que estaba esperando. Para cuando terminó la clase, me sentía mucho mejor. Los muslos me temblaban con la dosis adecuada de fatiga, y sabía que dormiría como un tronco cuando me fuera a la cama por la noche.

—Lo has hecho muy bien.

Me sequé el sudor de la cara con una toalla y miré al joven que me hablaba. Era desgarbado y de suave musculatura, con unos vivaces ojos marrones y una piel café con leche perfecta. Tenía unas pestañas envidiablemente densas y largas, en contraste con la cabeza, que la llevaba afeitada.

—Gracias. —Torcí la boca en plan lastimoso—. Se me nota que es la primera vez, ¿verdad?

Él sonrió y me tendió la mano.

—Parker Smith.

—Eva Tramell.

—Tienes un don natural, Eva. Con un poco de entrenamiento dejarías fuera de combate a cualquiera. En una ciudad como Nueva York, saber defensa personal es imprescindible. —Señaló el tablón de corcho que había en la pared. Estaba lleno de tarjetas de visita y folletos clavados con chinchetas. Arrancó una pestaña de la parte inferior de una hoja de papel fluorescente y me la tendió—. ¿Has oído hablar del Krav Maga?

—En una película de Jennifer López.

—Yo lo enseño, y me encantaría enseñarte. Aquí tienes mi página web y el número del estudio.

Me admiraba su manera de abordar. Era directa, como su mirada, y su sonrisa era genuina. Me pregunté si estaría tratando de ligar, pero me lo dijo con tanta naturalidad que no podía estar segura.

Parker cruzó los brazos, lo cual le realzó unos bíceps bien marcados. Vestía una camiseta negra sin mangas y *shorts* largos. Sus zapatillas Converse parecían cómodas a base de haberlas usado mucho, y por el cuello le asomaban varios tatuajes tribales.

—En la página web encontrarás el horario. Deberías venir a conocerlo, y ver si es para ti.

—Me lo pensaré.

—Hazlo. —Volvió a estrecharme la mano, con firmeza y seguridad—. Espero verte.

El apartamento olía de maravilla cuando regresé a casa, y por los altavoces se oía cantar a Adele, a ritmo de *soul*, sobre seguir los caminos. A través del apartamento diáfano, miré hacia la cocina y vi a Cary meneándose con la música y removiendo algo en los fogones. Había una botella de vino abierta sobre la encimera y dos copas, una de ellas con un poco de vino tinto.

—Hola —saludé al acercarme—. ¿Qué estás cocinando? ¿Me da tiempo a ducharme primero?

Me sirvió vino en la otra copa y la deslizó por el mostrador de desayuno en mi dirección, con movimientos practicados y elegantes. Viéndole, nadie habría dicho que había pasado la infancia viviendo unas veces con su madre drogadicta y otras en casas de acogida, y la adolescencia en centros estatales de reclusión y rehabilitación de menores.

—Pasta con salsa de carne. Y dúchate luego, que la cena está lista. ¿Lo has pasado bien?

—Una vez que llegué al gimnasio, sí. —Saqué uno de los taburetes de madera de teca y me senté. Le hablé de la clase de *kickboxing* y de Parker Smith—. ¿Quieres venir conmigo?

—¿Krav Maga? —Cary meneó la cabeza—. Eso es muy duro. Terminaría todo magullado y perdería trabajos, pero iré contigo a echar un vistazo, no vaya a ser que el tipo ese sea un chiflado.

Me quedé mirando cómo echaba la pasta en un colador.

—Un chiflado, ¿eh?

Mi padre me enseñó muy bien a calar a los tíos, por eso supe enseguida que el dios del traje era peligroso. La gente normal esbozaba sonrisas de cortesía cuando ayudaba a alguien, para establecer una comunicación momentánea que allanara el camino.

Pero yo ni siquiera le había sonreído.

—Nena —dijo Cary, sacando platos del armario—, eres una mujer sexy, despampanante. Desconfío de cualquier hombre que no tenga las pelotas de pedirte una cita abiertamente.

Le miré arrugando la nariz.

Cary me puso un plato delante. Contenía pasta para ensalada cubierta de una escasa salsa de tomate con trozos de carne y guisantes.

—Estás preocupada por algo. ¿De qué se trata?

Humm... Agarré el mango de la cuchara que sobresalía del plato y decidí no hacer comentarios sobre la comida.

—Creo que hoy me he topado con el hombre más atractivo del planeta. Puede que el más atractivo de la historia.

—¡Vaya! Creí que era yo. No me cuentes más. —Cary se quedó al otro lado del mostrador, prefiriendo comer de pie.

Le observé mientras se tomaba unos bocados de su propio brebaje antes de atreverme a probarlo yo también.

—En realidad no hay mucho que contar. Me caí de culo despatarrada en el vestíbulo del Crossfire y él me echó una mano para levantarme.

—¿Alto o bajo? ¿Rubio o moreno? ¿Fornido o estilizado? ¿Color de ojos?

Tragué mi segundo bocado con un poco de vino.

—Alto. Moreno. Estilizado *y* fornido. Ojos azules. Asquerosamente rico, a juzgar por la ropa y los accesorios. Y muy sexy. Ya sabes: hay tíos guapos que no te alteran las hormonas, y otros menos guapos pero con un tremendo atractivo sexual. Este tipo lo tenía todo.

Noté un cosquilleo en el vientre como cuando Oscuro y Peligroso me tocó. Recordaba su asombrosa cara con absoluta claridad. Hombres así de turbadores deberían estar prohibidos. Aún no me había recuperado del achicharramiento de las células de mi cerebro.

Cary puso un codo en el mostrador y se apoyó, con su largo flequillo tapándole uno de sus vivaces ojos verdes.

—¿Y qué pasó después de que te ayudara a levantarte?

Me encogí de hombros.

—Nada.

—¿Nada?

—Me marché.

—¿Qué? ¿Y no coqueteaste con él?

Tomé otro bocado. Realmente la comida no estaba mal. O yo estaba muerta de hambre.

—No era la clase de tío con el que se puede coquetear, Cary.

—No existe un tío con el que no se pueda coquetear. Incluso los felizmente casados disfrutan con un poquito de inofensivo coqueteo de vez en cuando.

—Este tipo no tenía nada de inofensivo —dije secamente.

—Ah, ya, es uno de ésos —replicó Cary con seriedad—. Los chicos malos pueden ser divertidos, si no intimas demasiado.

Hablaba por experiencia; a sus pies caían rendidos hombres y mujeres de todas las edades. Aun así, siempre se las arreglaba para elegir a los menos apropiados. Había salido con acosadores, estafadores y amantes que le amenazaban con suicidarse por él, y amantes que tenían otras relaciones de las que no le decían nada... Había pasado por todo lo imaginable.

—No veo yo a ese tío como una diversión —dije—. Era demasiado intenso, pero seguro que es alucinante en la cama, con toda esa intensidad.

—¡Así se habla! Olvídate del tipo real. Utiliza su cara para tus fantasías y hazle perfecto en ellas.

Como prefería quitarme a aquel hombre de la cabeza, cambié de tema.

—¿Tienes algún *casting* de modelos mañana?

—Por supuesto. —Cary se puso a dar detalles de su programa de trabajo: un anuncio de vaqueros, autobronceador, ropa interior y colonia.

Aparté de mi mente todo lo demás y me concentré en él y en su creciente éxito. Cary Taylor estaba cada vez más solicitado, y se estaba forjando una sólida reputación entre los fotógrafos y clientes de las agencias de publicidad de ser un profesional serio. Me sentía muy feliz por él y muy orgullosa. Había recorrido un largo camino y pasado por mucho.

Fue después de cenar cuando me fijé en que había dos grandes cajas de regalo apoyadas en un lateral del sofá modular.

—¿Qué es eso?

—Eso —respondió Cary, acercándose a donde me encontraba yo en el comedor— es lo último.

Supe inmediatamente que las habían enviado Stanton y mi madre. El dinero era algo que mi madre necesitaba para ser feliz, y me alegraba que Stanton, su tercer marido, pudiera satisfacerle esa necesidad y sus muchas otras también. Con frecuencia deseaba que aquello acabara de una vez, pero a mi madre le costaba aceptar que yo no viera el dinero de la misma forma que ella.

—¿Y ahora qué es?

Cary me pasó un brazo por los hombros, lo que no le resultaba muy difícil de hacer, ya que me sacaba trece centímetros.

—No seas desagradecida. Él quiere a tu madre. Le encanta mimarla, y a tu madre le encanta mimarte a ti. Por mucho que te disguste, no lo hace por ti, sino por ella.

Suspirando, en eso le di la razón.

—¿Qué hay en ellas?

—Ropa glamorosa para la cena benéfica de este sábado. Un vestido explosivo para ti y un esmoquin Brioni para mí, porque lo que él hace por ti es comprarme regalos a mí. Eres más tolerante si estoy yo para escuchar tus quejas.

—¡Desde luego! Menos mal que lo sabe.

—Claro que lo sabe. Stanton no sería archimillonario si no lo supiera todo. —Cary me agarró de la mano y tiró de mí—. Vamos. Echa un vistazo.

A la mañana siguiente empujé la puerta giratoria para entrar al vestíbulo del Crossfire a las nueve menos diez. Como era mi primer día y quería causar la mejor de las impresiones, había ido con un sencillo vestido de tubo a juego con unos zapatos de salón negros que me había puesto al quitarme los normales cuando subía en el ascensor. Llevaba mi pelo rubio recogido en un ingenioso moño que tenía forma de un ocho, por cortesía de Cary. Era una inepta con el pelo, pero él tenía la habilidad de crear peinados que eran sofisticadas obras de arte. Lucía los pequeños pendientes de perlas que me había regalado mi padre cuando me gradué y el Rolex de Stanton y mi madre.

Empezaba a pensar que me había arreglado demasiado, pero al entrar en el vestíbulo me recordé despatarrada en el suelo, en ropa de deporte, y di gracias por no tener el aspecto de *aquella* chica desgarbada. Los dos guardias de seguridad no parecieron atar cabos cuando les mostré mi tarjeta de identificación camino de los torniquetes.

Veinte pisos después, salía al vestíbulo de Waters Field & Leaman. Ante mí tenía una pared de cristal antibalas que enmarcaba la puerta de doble hoja de entrada a la zona de recepción. La recepcionista que estaba en el mostrador de media luna vio la tarjeta de identificación que sostenía en alto contra el cristal. Apretó el botón que abría las puertas al tiempo que retiraba yo la identificación.

—Hola, Megumi —la saludé al entrar, fijándome en su blusa color frambuesa. Era mestiza, con algo de asiática, seguro, y muy guapa. Tenía el pelo negro y abundante, que llevaba en una melena lisa más corta por detrás y flequillo recto por delante. Sus ojos almendrados eran marrones y cálidos, y tenía los labios carnosos y rosados.

—Hola, Eva. Mark no ha llegado todavía, pero sabes adónde ir, ¿verdad?

—Desde luego. —Con un gesto de la mano, enfilé el pasillo que salía a la izquierda del mostrador de recepción hasta el final, donde volví a girar a la izquierda y fui a dar a un espacio antes abierto y ahora dividido en cubículos. Uno de ellos era el mío y a él me dirigí directamente.

Dejé mi bolso y la bolsa con los zapatos planos en el cajón inferior del funcional escritorio metálico y acto seguido arranqué el ordenador. Había llevado algunas cosas para personalizar mi espacio de trabajo, y las saqué. Una era un *collage* de tres fotografías enmarcado: Cary y yo en Playa Coronado, mi madre y Stanton en el yate de él en la Riviera Francesa, y mi padre de servicio en su coche policial de la Ciudad de Oceanside, California. El otro objeto era un vistoso arreglo de flores de cristal que Cary me había dado aquella misma mañana como regalo de «primer día». Lo coloqué al lado de la pequeña agrupación de fotos y volví a sentarme para ver el efecto que hacía.

—Buenos días, Eva.

Me puse de pie para atender a mi jefe.

—Buenos días, señor Garrity.

—Llámame Mark, por favor. Acompáñame a mi oficina.

Le seguí por el pasillo, pensando una vez más que mi nuevo jefe era agradable a la vista, con su reluciente piel oscura, su perilla recortada y sus risueños ojos marrones. Mark tenía la mandíbula cuadrada y una sonrisa torcida encantadora. Era esbelto y se le veía en forma, y se conducía con un aire de seguridad en sí mismo que inspiraba confianza y respeto.

Señaló uno de los dos asientos que había frente a su mesa de cristal y metal cromado y esperó a que yo me sentara para acomodarse él en su silla Aeron. Con el cielo y los rascacielos como telón de fondo, Mark parecía competente y enérgico. En realidad, sólo era subdirector de cuentas y su oficina era un armario comparada con las que ocupaban los directores y ejecutivos, pero la vista era inmejorable.

Se echó hacia atrás y sonrió.

—¿Ya estás instalada en tu nuevo apartamento?

Me sorprendió que se acordara de eso, pero también me agradó. Le había conocido durante mi segunda entrevista y me gustó al instante.

—Prácticamente —respondí—. Aún me queda alguna que otra caja por abrir.

—Vienes de San Diego, ¿verdad? Bonita ciudad, pero muy diferente de Nueva York. ¿Echas de menos las palmeras?

—Echo de menos el aire seco. Me está costando un poco acostumbrarme a la humedad de aquí.

—Pues espera a que llegue el verano. —Sonrió—. Bueno... éste es tu primer día y vas a ser mi ayudante primera, así que iremos organizándonos sobre la marcha. No estoy acostumbrado a delegar, pero seguro que aprendo enseguida.

Me tranquilicé inmediatamente.

—Estoy deseando que deleguen en mí.

—Contar contigo supone un enorme paso adelante para mí, Eva. Quiero que trabajes a gusto aquí. ¿Tomas café?

—El café es uno de los componentes más importantes de mi dieta.

—Ah, eres una ayudante de las que me gustan. —Sonrió de oreja a oreja—. No voy a pedir que me traigas el café, pero no me importaría que me ayudaras a entender cómo funciona la máquina de café que acaban de ponernos en la sala de descanso.

—Sí, claro —respondí, con una sonrisa.

—Lo que siento es que no tengo nada más para ti. —Se frotó la parte posterior del cuello tímidamente—. ¿Qué te parece si te enseño el trabajo que tengo entre manos y partimos de ahí?

El resto del día transcurrió en un abrir y cerrar de ojos. Mark se puso en contacto con dos clientes y tuvo una larga reunión con el equipo de creativos para trabajar en varias ideas para una universidad laboral. Era un proceso fascinante ver de primera mano cómo los distintos departamentos se pasaban el testigo unos a otros para llevar a cabo una campaña, desde la propuesta hasta su cumplimiento. Me habría quedado más tiempo para familiarizarme con la distribución de las oficinas, pero mi teléfono sonó a las cinco menos diez.

—Oficina de Mark Garrity. Eva Tramell al habla.

—Ven a casa pitando para que podamos salir a tomar la copa que ayer decidiste dejar para otro momento.

La fingida severidad de Cary me hizo sonreír.

—Vale, vale. Ya voy.

Apagué el ordenador y me largué. Cuando llegué a los ascensores, saqué el teléfono móvil para mandar una nota rápida a Cary con un Estoy-de-camino. Un timbre me alertó de qué cabina paraba en el piso en el que me encontraba y me desplacé hasta ponerme delante de él, e inmediatamente centré la atención en darle al botón de enviar mensaje. Cuando se abrieron las puertas, di un paso adelante. Levanté la vista para mirar por dónde iba y unos ojos azules se cruzaron con los míos. Me quedé sin respiración.

El dios del sexo era el único ocupante.

2

Llevaba una corbata gris plateada y una camisa extraordinariamente blanca; la austeridad en los colores hacía resaltar sus increíbles iris azules. Verle allí, de pie, con la chaqueta desabrochada y las manos en los bolsillos del pantalón, en plan informal, fue como darme de bruces contra una pared imprevista.

Me detuve, sobresaltada, y miré atónita a aquel hombre que llamaba la atención más de lo que yo recordaba. Nunca había visto un pelo tan negro. Lo tenía brillante y un poco largo, de modo que las puntas le llegaban al cuello de la camisa; un corte muy sexy, que añadía un atractivo toque de picardía al próspero hombre de negocios, igual que la nata montada corona un *brownie* con helado y salsa de chocolate. Como diría mi madre, sólo los granujas y los aventureros tienen el pelo así.

Apreté las manos para reprimir el impulso de tocarlo y averiguar si era tan sedoso como parecía.

Las puertas empezaron a cerrarse. Inmediatamente se adelantó un poco y presionó un botón del panel para mantenerlas abiertas.

—Hay sitio para los dos, Eva.

El sonido de su voz, firme y sensual, me sacó de mi momentáneo aturdimiento. *¿Cómo podía saber mi nombre?*

Entonces me vino a la memoria que había recogido mi tarjeta de identificación cuando se me cayó al suelo en el vestíbulo.

Durante un segundo titubeé pensando en decirle que estaba esperando a alguien y así coger otro ascensor, pero mi cerebro pasó a la acción.

¿Qué diablos me pasaba? Estaba claro que él trabajaba en el Crossfire y que no podría evitarle siempre; además, ¿por qué habría de hacerlo? Si quería que llegase el momento de poder mirarle sin que me perturbasen sus encantos, tendría que verle con la suficiente frecuencia como para que no significara más que un mueble.

Ya, ¡ojalá!

Entré en el ascensor.

—Gracias.

Soltó el botón y retrocedió. Se cerraron las puertas y el ascensor comenzó a bajar.

Inmediatamente lamenté mi decisión de compartir cabina con él.

Su presencia me producía un hormigueo en la piel. Era una fuerza demasiado poderosa para un espacio tan reducido; irradiaba una energía palpable y un magnetismo sexual que no me permitía dejar de moverme nerviosamente. La respiración se me alteró, igual que el pulso. Sentí de nuevo aquella inexplicable atracción, como si él emitiera un silencioso reclamo al que yo, instintivamente, estaba predispuesta a responder.

—¿Te ha ido bien en tu primer día? —me preguntó, sorprendiéndome.

Sus palabras fluyeron hasta mis oídos con una seductora cadencia. *¿Cómo demonios sabía que era mi primer día?*

—Pues sí —respondí con serenidad—, ¿y a usted?

Noté su mirada recorriéndome el perfil, pero mantuve la atención fija en las puertas de aluminio cepillado del ascensor. Notaba el corazón acelerado dentro del pecho y el estómago agitado. Me sentía torpe y hecha un lío.

—Bueno, no ha sido mi primer día —contestó con una cierta ironía—, pero ha estado bien. Y mejora a medida que avanza.

Hice un gesto de comprensión con la cabeza y sonreí, pero no tenía ni idea de qué quería decir. El ascensor se detuvo en el piso duodécimo y entró un simpático grupo de tres personas que hablaban animadamente entre ellas. Me moví hasta el otro rincón para hacerles sitio, separándome así de Oscuro y Peligroso. Sólo que él se hizo a un lado conmigo. De repente estábamos más cerca el uno del otro que antes.

Se arregló el ya perfecto nudo de la corbata y, al hacerlo, me rozó un brazo con el suyo.

Inspiré profundamente e intenté que no me importara su proximidad, concentrándome en la conversación que tenía lugar delante de nosotros. Pero era imposible. ¡Estaba tan *ahí!* Tan ahí mismo. Todo él perfecto, guapísimo y oliendo divinamente. Mis pensamientos se desmandaron y comencé a fantasear sobre lo macizo que resultaría su cuerpo debajo del traje, sobre cómo sería sentirlo contra el mío, sobre lo bien dotado, o no, que estaría...

Cuando el ascensor llegó al vestíbulo, casi gemí de alivio. Esperé impacientemente a que se vaciara y, a la primera oportunidad, di un paso adelante. Me puso una mano con firmeza en la franja dorsal y salió a mi lado, dirigiéndome. La impresión del contacto con semejante zona, tan vulnerable, se extendió por todo mi cuerpo.

Llegamos a los torniquetes y él retiró la mano, dejándome con una extraña sensación de pérdida. Le miré, en un intento por adivinar su actitud, pero, aunque él también me miró a mí, su cara no me reveló nada.

—¡Eva!

La aparición de Cary, apoyado tranquilamente contra una columna de mármol en el vestíbulo, lo cambió todo. Llevaba unos vaqueros que exhibían sus larguísimas piernas y un jersey muy grande de color verde suave que le realzaba los ojos. No era raro que atrajese la atención de todos los presentes. Aflojé el paso a medida que me aproximaba, y el dios del sexo nos adelantó para salir por las puertas giratorias y subir ágilmente al asiento trasero de un todoterreno Bentley con chófer que yo había visto aparcado la tarde anterior.

Cary dio un silbido cuando el coche arrancó.

—¡Vaya! ¡Vaya! Por la forma en que le miras, deduzco que ése es el tipo del que me hablaste, ¿no?

—Sí, sí, era él, con toda seguridad.

—¿Trabajáis juntos? —Me agarró del brazo y me llevó hasta la calle por la puerta fija.

Me paré en la acera para ponerme los zapatos planos, apoyada en él, en medio de los peatones que circulaban a nuestro alrededor.

—No sé quién es, pero me ha preguntado que si había estado bien mi primer día, así que supongo que sí.

—Bueno... —sonrió y me sujetó por el codo mientras yo saltaba torpemente de un pie a otro—, no me explico cómo se puede hacer algo bien cerca de él. A mí se me han medio fundido los plomos durante un minuto.

—Estoy convencida de que produce ese efecto generalmente. —Me enderecé—. Vamos, necesito beber algo.

A la mañana siguiente, llegué con un ligero dolor en la parte de atrás del cráneo, que se burlaba de mí por haber tomado más vino de la cuenta. A pesar de eso, mientras subía en el ascensor hasta el piso vigésimo, no iba lamentando la resaca todo lo que debía. Mis alternativas habían sido: o bien demasiado alcohol, o bien una sesión de vibrador, y no me daba la gana de tener un orgasmo a pilas con Oscuro y Peligroso como protagonista. No es que él supiera, o que le importase en alguna medida, que me excitaba hasta la obnubilación, pero lo sabría *yo*, y no quería dar esa satisfacción a su ser imaginario.

Puse mis cosas en el último cajón del escritorio y al ver que Mark todavía no había llegado, fui a buscar una taza de café y volví a mi cubículo para ponerme al día con mis blogs favoritos del mundo de la publicidad.

—¡Eva!

Me levanté de un salto cuando apareció a mi lado, con su blanquísima sonrisa destellando sobre el fondo oscuro de la piel.

—Buenos días, Mark.

—Y tan buenos. Creo que eres mi talismán. Ven a mi despacho y tráete tu tableta. ¿Puedes quedarte hoy hasta tarde?

Le seguí, dándome cuenta de su entusiasmo.

—Pues claro.

—Esperaba que dijeras eso —se dejó caer en la silla.

Yo me senté en la misma del día anterior y rápidamente abrí un bloc de notas.

—Bueno... —empezó—, hemos recibido una SDP de Kingsman Vodka y mencionan mi nombre. Es la primera vez que eso sucede.

—¡Enhorabuena!

—Gracias, pero mejor esperemos a conseguir el contrato. Todavía tenemos que presentar la oferta si conseguimos pasar la fase de solicitud de propuesta, y quieren reunirse conmigo mañana por la tarde.

—¡Vaya!, ¿son corrientes esos plazos de tiempo?

—No. Generalmente esperan hasta que la SDP haya terminado para entrevistarse con nosotros, pero Kingsman ha sido comprada recientemente por Cross Industries y esta empresa tiene decenas de filiales. Será un buen negocio si podemos conseguir el contrato. Ellos lo saben y nos hacen pasar por el aro, para empezar con la reunión que tienen conmigo.

—Lo habitual es que se trabaje en equipo, ¿no?

—Sí, somos un grupo, pero ellos conocen bien todo el procedimiento: saben que un alto ejecutivo les soltará el discursito y que terminarán por tratar con un secundario como yo, por eso me eligieron a mí y ahora van a evaluarme. Pero, para ser justos, la SDP proporciona más información de la que pide. Es tan buena como un *brief*, así que no se les puede acusar de ser demasiado exigentes, sólo son meticulosos. Lo normal cuando se negocia con Cross Industries.

Se pasó una mano por los apretados rizos de su pelo, en un gesto que revelaba la presión que sentía.

—¿Qué opinión tienes de Kingsman Vodka?

—Esto... bueno... Sinceramente, no me suena de nada.

Mark se reclinó en su asiento y soltó una carcajada.

—¡Gracias a Dios! Creía que era yo el único. Bueno, la ventaja que tiene eso es que tampoco sabemos nada negativo. La ausencia de noticias puede significar buenas noticias.

—¿Qué puedo hacer yo para ayudarte, aparte de investigar sobre el vodka y quedarme hasta tarde?

Frunció la boca mientras pensaba.

—Toma nota...

No hicimos pausa para comer y seguíamos en la oficina mucho después de que se hubiera quedado vacía, revisando algunos datos preliminares de los encargados de las estrategias de comunicación. Eran un poco más de las siete cuando sonó el *smartphone* de Mark, asustándome por la brusca alteración del silencio reinante.

Mark activó la opción de *manos libres* y siguió con la tarea.

—Hola, cielo.

—¿Ha comido ya esa pobre chica? —preguntó una cálida voz masculina por la línea telefónica.

Mark me miró a través del tabique de cristal de su despacho y respondió.

—Huy... se me había olvidado.

Yo aparté la vista, mordiéndome el labio inferior para disimular la risa.

A través del teléfono se oyó claramente un resoplido.

—Sólo lleva dos días en el puesto y ya la explotas y la matas de hambre. Se va a marchar.

—¡Mierda! Tienes razón. Steve, cariño...

—Déjate de cariños, anda. ¿Le gusta la comida china?

Le indiqué a Mark que sí levantando un pulgar.

Él sonrió.

—Sí, le gusta.

—Vale. Estaré ahí dentro de veinte minutos. Avisa a los de seguridad de que voy a entrar.

Casi exactamente veinte minutos después, recibía a Steven Ellison en la puerta de la sala de espera. Era un tío gigantesco, con vaqueros oscuros, botas desgastadas y camisa muy bien planchada. De pelo rojo y risueños ojos azules, resultaba tan guapo como su compañero, sólo que de un modo distinto. Nos sentamos los tres a la mesa de Mark, servimos pollo *kung pao*, ternera y brécol en platos de papel, añadimos unas porciones de espeso arroz blanco y nos lanzamos al ataque con los palillos.

Me enteré de que Steven era contratista y de que él y Mark estaban juntos desde la universidad. Me impresionó ver cómo se trataban el uno al otro y sentí un poquito de envidia. Su relación funcionaba tan bien que era un verdadero placer pasar el tiempo con ellos.

—Caramba, chica —dijo Steven con un silbido cuando yo me iba a servir por tercera vez—, vaya cómo zampas, ¿dónde lo metes?

Me encogí de hombros.

—En el gimnasio, supongo. Eso siempre ayuda...

—No le hagas caso —replicó Mark, sonriendo—. Es que tiene pelusa. Él tiene que cuidar ese cuerpo afeminado.

—¡Joder! —Steven le dirigió a su compañero una mirada irónica—. Podría llevarla a comer con la panda y ganar dinero apostando a ver cuánto es capaz de engullir.

Yo me reí.

—Sería divertido.

—Ajá, ya sabía yo que tenías una veta insensata. Se te ve en la sonrisa.

Me quedé mirando la comida, tratando de que mi mente no vagase por el recuerdo de lo insensata que quizás había sido en mi época rebelde y autodestructiva.

Mark me salvó.

—No agobies a mi ayudante. Además, qué sabrás tú de mujeres insensatas.

—Sé que a algunas les gusta salir con hombres gays, que les interesa nuestra perspectiva. —Su sonrisa se dilató por un momento—. Y sé algunas cosas más... Eh, no os escandalicéis, vosotros dos. Yo quería averiguar si el sexo hetero era para tanto.

Estaba claro que Mark se había llevado una sorpresa, pero, por el gesto que hizo con la boca, se le veía lo suficientemente seguro de su relación como para encontrar divertida la conversación.

—¿Oh?

—¿Y qué te pareció? —me atreví a preguntarle.

Steven se encogió de hombros.

—No quiero decir que esté sobrevalorado, porque, ciertamente, no soy el más adecuado para opinar y mis experiencias fueron muy limitadas, pero yo puedo pasar de él.

Pensé que era muy revelador que Steven pudiera relatar su historia utilizando el mismo lenguaje que Mark. Conversaban sobre sus trabajos y se escuchaban el uno al otro, aun cuando los ámbitos respectivos estuviesen a años luz el uno del otro.

—Teniendo en cuenta tu forma de vida actual —le dijo Mark, cogiendo un trozo de brécol con los palillos—, yo diría que eso es bueno.

Cuando terminamos de cenar, eran las ocho y el personal de limpieza ya había llegado. Mark insistió en pedirme un taxi.

—¿Tengo que venir mañana temprano? —le pregunté.

Steven le dio unos golpecitos a Mark en el hombro.

—Tú debes de haber hecho algo grande en el pasado para tener ahora a esta chica.

—Creo que aguantarte a ti me da méritos —respondió Mark con sarcasmo.

—Pero si yo estoy muy bien enseñado —protestó Steven—; siempre bajo la tapa del váter.

Mark me dirigió una mirada de exasperación cargada de ternura hacia su compañero.

—¿Y eso de qué sirve?

Mark y yo pasamos el jueves bregando para estar listos a las cuatro, la hora de la reunión con el grupo de Kingsman. —Tomamos un almuerzo rápido con los dos creativos que iban a participar en la negociación cuando se llegara a esa fase del proceso; después, repasamos las notas sobre la presencia de Kingsman en la Web y el alcance de los medios sociales existentes.

Me puse un poco nerviosa cuando llegaron las tres y media porque sabía que el tráfico sería un asco, pero Mark siguió trabajando aun después de señalarle la hora. Eran más de las cuatro menos cuarto cuando Mark salió de su oficina dando saltitos, con una abierta sonrisa, y colocándose la chaqueta.

—Eva, ven conmigo.

Le miré desde mi escritorio parpadeando por la sorpresa.

—¿Hablas en serio?

—Claro, has trabajado mucho ayudándome con los preparativos. ¿No quieres ver cómo salen las cosas?

—¡Por supuesto que sí!

Me levanté inmediatamente. Consciente de que mi apariencia contribuiría a la impresión que causara mi jefe, me alisé la falda negra de tubo y estiré los puños de mi blusa de seda. Por una rara casualidad, el rojo de la blusa combinaba perfectamente con la corbata de Mark.

—Gracias.

Cogimos el ascensor y por un momento me sorprendió que fuéramos hacia arriba en vez de hacia abajo.

Cuando llegamos al último piso, vi que la sala de espera era bastante más grande y estaba mejor decorada que la del vigésimo piso. Unas cestas colgantes con helechos y lirios perfumaban el ambiente. En el cristal ahumado de seguridad que había a la entrada, se veían grabadas con chorro de arena las palabras CROSS INDUSTRIES con un tipo de letra enérgico y masculino.

Nos permitieron la entrada y nos dijeron que esperásemos un poco. Ni Mark ni yo quisimos agua ni café, que nos ofrecieron, y menos de cinco minutos después de llegar nos condujeron a la sala de juntas.

Mark me miró con un brillo en los ojos al tiempo que la recepcionista tocaba el picaporte.

—¿Preparada?

—Preparada —contesté, con una sonrisa.

Se abrió la puerta y me indicaron que pasara yo primero. Me aseguré de entrar con una sonrisa radiante, sonrisa que se congeló cuando vi al hombre que se puso en pie a mi llegada.

Como me detuve de repente, nos atascamos en el umbral y Mark se chocó contra mi espalda, lanzándome hacia delante. Oscuro y Peligroso me agarró por la cintura y me levantó en vilo directamente hasta el pecho. El aire de mis pulmones se escapó todo de un golpe y, con él, hasta la última pizca de mi sentido común. A pesar de las capas de ropa que nos separaban, notaba con las manos aquellos bíceps como piedras, aquel estómago musculoso en contacto con el mío. Al inspirar profundamente, se me irguieron los pezones, estimulados por la expansión de su tórax.

Oh, no. Me había caído una maldición. En mi cerebro se desplegó una veloz serie de imágenes que me mostraban las mil maneras en que podría tropezar, caer, dar traspiés, resbalar o estrellarme delante del dios del sexo durante los días, semanas y meses venideros.

—Hola, otra vez —murmuró, y la vibración de su voz hizo que me doliera todo el cuerpo—; siempre es un placer toparse contigo, Eva.

Me puse roja de vergüenza y de deseo, incapaz de separarme de él pese a la presencia de las otras personas que había en la sala. Que toda su atención estuviera puesta en mí no me ayudó precisamente, además de estar paralizada por la impresión de poderosa exigencia que emanaba de aquel macizo cuerpo. De nuevo llevaba un traje negro, y tanto la corbata como la camisa eran de color gris pálido. Como siempre, estaba irresistible.

¿Qué se sentiría siendo tan extraordinariamente guapo? No habría manera de ir a ningún sitio sin provocar alboroto.

Mark me ayudó a recuperar el equilibrio sujetándome delicadamente por la espalda.

La mirada de Cross se quedó fija en la mano que Mark tenía en mi brazo hasta que me soltó.

—Bueno —dijo Mark, ya con calma—, les presento a mi ayudante, Eva Tramell.

—Ya nos conocemos. —Cross me ofreció la silla que estaba junto a la suya.

Le pedí ayuda a Mark con la mirada, todavía sin haberme recobrado del rato que había pasado pegada al superconductor sexual en Fioravanti.

Cross se inclinó hacia mí y me pidió en voz baja:

—Siéntate, Eva.

Mark me hizo una leve señal afirmativa con la cabeza, pero yo ya estaba a punto de sentarme. Mi cuerpo obedecía instintivamente a Cross antes de que la mente tuviera tiempo de oponerse.

Traté de quedarme quieta las dos horas siguientes mientras a Mark lo acribillaban a preguntas Cross y sus acompañantes de Kingsman, que resultaron ser dos atractivas morenas con traje de pantalón. La que iba vestida de color frambuesa ponía especial empeño en llamar la atención de Cross, mientras que la del traje color crema estaba muy pendiente de mi jefe. Los tres parecían impresionados por la habilidad de Mark para exponer cómo el trabajo de la empresa —y su propia mediación con el cliente— eran un valor seguro demostrable para el producto del cliente.

Me parecía admirable la serenidad de Mark con toda aquella presión a que le sometían, principalmente Cross, quien dominaba claramente la situación.

—Muy bien, señor Garrity —le elogió Cross discretamente al dar por terminada la entrevista—. Estoy deseando examinar la SDP cuando llegue el momento.

—Eva, ¿qué te tentaría a ti para probar Kingsman?

Me pilló desprevenida.

—¿Perdón?

La intensidad de su mirada era punzante. Era como si lo único que viera fuera yo, lo cual me hizo respetar aún más a Mark, que había tenido que trabajar con aquel peso durante una hora.

La silla de Cross estaba alineada perpendicularmente respecto al largo de la mesa, y me miraba a mí de frente. Tenía el brazo derecho sobre la pulida superficie de madera, y golpeaba suave y rítmicamente el tablero con los dedos, largos y elegantes. Pude verle la muñeca, un pequeño fragmento de piel dorada con finas hebras de vello oscuro y, por alguna extraña razón, mi clítoris me palpitaba requiriendo atención. Sencillamente, ¡era tan... *masculino!*

—¿Qué sugerencias de Mark te gustan más? —me preguntó—. Despejaremos la sala, si es necesario, para que nos des una opinión sincera —me dijo, con el gesto impasible en su rostro perfecto.

Cerré las manos en torno a los reposabrazos.

—Ya le he dado mi sincera opinión, señor Cross, pero, si insiste en que se lo diga, creo que lujo y erotismo a precios razonables atraen a un sector muy amplio de la población. Yo carezco...

—Estoy de acuerdo. —Se levantó y se abrochó la chaqueta—. Señor Garrity, ya tiene una pauta. Nos veremos la próxima semana.

Seguí sentada todavía unos segundos, atónita ante el ritmo vertiginoso de los acontecimientos, y miré a Mark, que parecía debatirse entre la perplejidad y la alegría.

Me puse en pie y me dirigí hacia la puerta, dándome perfecta cuenta de que Cross caminaba junto a mí. El modo en que se movía, con elegancia animal y arrogante compostura, era terriblemente excitante. No podía imaginar que no follara bien y resultara agresivo, tomando lo que quisiera de tal forma que volviera a una mujer loca por dárselo.

Me acompañó todo el rato hasta los ascensores. Habló un poco con Mark sobre deportes, creo, pero yo estaba demasiado concentrada en mis propias reacciones como para ocuparme de charlas triviales. Cuando llegó nuestro ascensor, suspiré de alivio y me dispuse a entrar rápidamente con Mark.

—Un momento, Eva —dijo Cross calmadamente, reteniéndome por el brazo—. Bajará enseguida —esta vez se dirigió a Mark, al tiempo que las puertas se cerraban con mi jefe dentro, completamente pasmado.

Cross no volvió a hablar hasta que el ascensor empezó a bajar; después, apretó el botón de llamada y me preguntó:

—¿Te acuestas con alguien?

Hizo la pregunta con tanta naturalidad, que me costó un poco procesarla.

Inspiré bruscamente.

—¿Por qué quiere saberlo?

Se quedó mirándome y yo percibí lo mismo que había percibido la primera vez que nos vimos: una fuerza arrolladora y un dominio férreo de sí mismo, atributos que me hicieron dar un involuntario paso atrás. Otra vez. Por lo menos, en esta ocasión no me había caído; estaba progresando.

—Porque quiero follar contigo, Eva, y necesito saber si hay algún obstáculo.

Sentí un repentino dolor entre los muslos y busqué la pared para conservar el equilibrio. Intentó sujetarme, pero le mantuve a raya con la mano.

—A lo mejor yo no estoy interesada, señor Cross.

Un esbozo de sonrisa se asomó a su boca. No podía estar más guapo. *Ay, Dios mío...*

El sonido que precedía al ascensor me sobresaltó; estaba tan tensa... Y tan excitada como nunca en mi vida. Nunca antes había experimentado una atracción tan tórrida por nadie. Nunca antes me había sentido tan ofendida por alguien a quien deseaba tanto.

Entré en el ascensor y me volví hacia él.

—Hasta otra vez, Eva —me dijo, sonriente.

Se cerraron las puertas y yo me apoyé en el pasamanos de metal, intentando recuperar el control de mí misma. Apenas lo había conseguido cuando las puertas se abrieron y vi a Mark, que paseaba por la zona de espera de nuestra planta.

—¡Por Dios, Eva! —refunfuñó Mark, parándose bruscamente— ¿Pero qué demonios pasa?

—No tengo ni puta idea —me desahogué, queriendo compartir el incidente, confuso e irritante, que había tenido lugar entre Cross y yo, a sabiendas de que mi jefe no era el oyente más adecuado—. ¿A quién le importa? Ya sabes que te va a dar el contrato.

Desapareció el frunce de su entrecejo.

—Creo que es posible.

—Como dice mi compañero de piso, deberías celebrarlo. ¿Quieres que te reserve una mesa para cenar con Steven?

—¿Por qué no? A las siete, en Pure Food and Wine, si pueden hacernos un hueco; si no, sorpréndenos.

Acabábamos de volver al despacho de Mark cuando se le echaron encima los ejecutivos: Michael Waters, director ejecutivo y presidente, Christine Field y Walter Leaman, el presidente ejecutivo y vicepresidente ejecutivo, respectivamente.

Yo escurrí el bulto lo más discretamente que pude y me metí en mi cubículo.

Llamé a Pure Food and Wine y pedí una mesa para dos. Después de mucho rogar y suplicar, la encargada por fin cedió.

Le dejé a Mark un mensaje de voz: «Decididamente, hoy es tu día de suerte. Tienes mesa reservada para las siete. ¡Que te diviertas!».

Después, fiché la salida, ansiosa por llegar a casa.

—¿Que te dijo *qué?*

Sentado al otro extremo de nuestro sofá modular blanco, Cary movió la cabeza en señal de reproche.

—Ya lo sé, ¿vale? —Bebí con fruición otro sorbo de vino; era un refrescante *sauvignon blanc*, enfriado a la temperatura ideal, que yo había comprado en el camino de vuelta—. Ésa fue mi reacción también. Todavía no estoy segura de no haber sufrido alucinaciones y de que la conversación no haya sido producto de una sobredosis de sus feromonas.

—¿Entonces?

Me senté encima de las piernas y me acomodé en el rincón del sofá.

—¿Enconces, qué?

—Sabes a qué me refiero, Eva. —Cogió el *netbook* que tenía sobre la mesa de centro y se lo puso sobre las piernas cruzadas—. ¿Te lo vas a tirar?

—Pero si no le *conozco*. Ni siquiera sé su nombre de pila y va y me suelta ésa.

—Él sí que sabe el tuyo. —Se puso a teclear—. ¿Y qué me dices del asunto del vodka? ¿Y eso de que pidiera a tu jefe en particular?

Estaba pasándome una mano por el pelo y me quedé inmóvil.

—Mark tiene mucho talento. Y si Cross tiene un poco de olfato para los negocios, se dará cuenta y lo aprovechará.

—Se diría que sabe de negocios. —Cary le dio la vuelta al *netbook* y me enseñó la página inicial de Cross Industries, que contaba con una imponente foto del Crossfire—. Aquí está su edificio, Eva. Gideon Cross es el dueño.

¡Mierda! Cerré los ojos. *Gideon Cross.* El nombre le iba muy bien. Era tan sexy, elegante y masculino como él.

—Tiene gente que se encarga del *marketing* de sus filiales. Probablemente decenas de personas.

—Calla ya, Cary.

—Es guapo, rico y quiere echarte un polvo. ¿Qué problema hay?

Me quedé mirándolo.

—Va a ser muy violento encontrarme con él a todas horas. Espero conservar mi empleo durante mucho tiempo, porque realmente me gusta mi trabajo y me gusta Mark. Gracias a él participo de lleno en todo el proceso y ya he aprendido un montón.

—¿Recuerdas lo que dice el doctor Travis de los riesgos calculados? Cuando tu loquero te dice que te arriesgues un poco, pues tienes que hacerlo. Puedes afrontarlo. Los dos sois adultos —devolvió la atención a la búsqueda en Internet—. ¡Hala!, ¿sabes que le faltan dos años para cumplir los treinta? Piensa en su resistencia.

—Piensa en su grosería. Estoy ofendida por el modo en que lo soltó. No me gusta sentirme como una vagina con piernas.

Cary hizo una pausa y me miró con lástima.

—Lo siento, nena. Eres muy fuerte, mucho más fuerte que yo, pero no quiero verte cargando con el mismo equipaje.

—No creo que normalmente sea así. —Aparté la mirada porque no quería hablar de lo que habíamos sufrido en el pasado—. Y no se trata de que me pida una cita para salir, pero tiene que haber una manera mejor de decirle a una mujer que quieres llevártela a la cama.

—Tienes razón. Es un gilipollas engreído. Déjale que suspire por ti hasta que se le pongan moradas las pelotas. Se lo tiene merecido.

Eso me hizo sonreír. Cary siempre lo conseguía.

—Dudo mucho de que ese hombre haya tenido alguna vez las pelotas moradas en toda su vida, pero es una fantasía muy graciosa.

Cerró el *netbook* con un enérgico golpecito.

—¿Qué hacemos esta noche?

—Estaba pensando que me gustaría ir a ver ese gimnasio de Krav Maga, en Brooklyn. —Desde que me encontré a Parker Smith en Equinox, me parecía cada vez mejor la idea de ese tipo de actividad puramente física para luchar contra el estrés.

Estaba segura de que no sería lo mismo que darle de hostias a Gideon Cross, pero sí que resultaría menos perjudicial para mi salud.

3

—Tu madre y Stanton no permitirán, de ninguna manera, que vengas aquí varias veces a la semana —dijo Cary, abrigándose con su elegante chaqueta de tela vaquera, aunque no hacía más que un poco de fresco.

El almacén reformado que Parker Smith utilizaba de estudio era un edificio de ladrillo caravista situado en una zona de Brooklyn, anteriormente industrial, que buscaba renovarse. El espacio era enorme, y en las grandes puertas metálicas del área de carga no había nada que indicara lo que ocurría en el interior. Cary y yo nos sentamos en las gradas de aluminio y observamos a la media docena de púgiles que había en las esteras de abajo.

—¡Ay! —Hice una mueca de dolor en solidaridad con el tipo que había encajado una patada en la ingle. Incluso con el acolchado, aquello había tenido que doler—. ¿Y cómo va a enterarse Stanton, Cary?

—¿Porque acabarás en el hospital? —Me miró—. En serio, el Krav Maga es brutal. Simplemente están entrenando, y es de contacto pleno. Y si no te delatan los moratones, tu padrastro se enterará de alguna forma. Siempre lo hace.

—Por mi madre; ella le cuenta todo. Pero no tengo intención de hablarle de esto.

—¿Por qué no?

—No lo entendería. Pensará que quiero protegerme por lo que pasó, y se sentirá culpable y me dará la vara con ello. No se creerá que mi principal interés radique en el ejercicio y el alivio del estrés.

Apoyé la barbilla en la palma de la mano y observé a Parker aleccionar en la pista a una mujer. Era un buen instructor. Paciente y riguroso, explicaba las cosas de una manera fácil de entender. Su estudio estaba en un barrio conflictivo, pero pensé que resultaba apropiado para lo que él enseñaba. Qué mejor que aquel inmenso almacén vacío para aprender defensa personal en situaciones reales.

—Ese Parker está como un tren —murmuró Cary.

—También lleva una alianza.

—Ya me he fijado. A los mejores siempre los cazan enseguida.

Parker se reunió con nosotros cuando terminó la clase, radiantes sus ojos oscuros, y aún más radiante su sonrisa.

—¿Qué te parece, Eva?

—¿Dónde hay que firmar?

Ante aquella sonrisa tan sensual, Cary se me acercó y me apretó la mano hasta dejarme sin sangre en ella.

—Venid por aquí.

El viernes comenzó de manera abrumadora. Mark me explicó el proceso de recoger información para una solicitud de propuesta, y me habló un poco más acerca de Cross Industries y Gideon Cross, señalando que él y Cross tenían la misma edad.

—A veces tengo que recordármelo —dijo Mark—. Resulta fácil olvidarse de lo joven que es cuando le tienes delante.

—Sí —coincidí, en el fondo decepcionada porque no iba a verle en los siguientes dos días. Me fastidiaba, por mucho que me dijera a mí misma que no importaba. No me había dado cuenta de que me emocionaba la posibilidad de que nos encontráramos hasta que esa posibilidad desapareció. No tenía nada ni por asomo tan apasionante planeado para el fin de semana.

Estaba tomando notas en el despacho de Mark cuando oí que sonaba el teléfono de mi mesa. Me disculpé y corrí a cogerlo.

—Oficina de Mark Garrity...

—Eva, cariño, ¿cómo estás?

Me dejé caer en la silla al oír la voz de mi padrastro. Stanton me sonaba siempre a alta alcurnia: refinado, altanero y arrogante.

—Richard. ¿Va todo bien? ¿Le pasa algo a mamá?

—Sí, todo bien. Y tu madre está maravillosa, como siempre.

Se le suavizaba el tono de voz cuando hablaba de su mujer, y yo se lo agradecía. En realidad, tenía muchas cosas que agradecerle, pero a veces me resultaba difícil encontrar un equilibrio entre esa gratitud y mis sentimientos de deslealtad. Sabía que a mi padre le acomplejaba la enorme diferencia de sus respectivas categorías económicas.

—Bien —respondí aliviada—. Me alegro. ¿Recibisteis mi nota de agradecimiento por el vestido y el esmoquin de Cary?

—Sí, y fue muy amable de tu parte, pero ya sabes que no tienes que darnos las gracias por esas cosas. Discúlpame un momento. —Se puso a hablar con otra persona, probablemente su secretaria—. Eva, cielo, me gustaría que comiéramos juntos hoy. Enviaré a Clancy para que te recoja.

—¿Hoy? Pero si nos vamos a ver mañana por la noche. ¿No puede esperar hasta entonces?

—No, tiene que ser hoy.

—Pero sólo dispongo de una hora para almorzar.

Me volví al sentir una palmadita en el hombro y vi a Mark a la entrada de mi cubículo.

—Tómate dos —susurró—. Te lo has ganado.

Suspiré y articulé un gracias para que él me leyera los labios.

—¿Te va bien a las doce, Richard?

—De maravilla. Me apetece mucho verte.

A mí no me apetecía especialmente verme en privado con Stanton, pero salí, obediente, poco antes del mediodía, y ya había un turismo esperándome junto al bordillo. Clancy, el chófer y guardaespaldas de Stanton, me abrió la puerta al tiempo que le saludaba. Luego él se sentó al volante y me llevó al centro. Veinte minutos después, me sentaba a la mesa de la sala de reuniones de las oficinas de Stanton, ojeando el almuerzo magníficamente dispuesto para dos personas.

Stanton llegó poco después, con aspecto pulcro y distinguido. Tenía el pelo de un blanco inmaculado y arrugas en la cara, pero seguía siendo muy guapo. Sus ojos eran del azul de los vaqueros desgastados, y de una aguda perspicacia. Estaba delgado y atlético; sacaba tiempo de su apretada agenda para mantenerse en forma incluso antes de casarse con su trofeo de esposa: mi madre.

Me puse de pie cuando se acercó, y él se inclinó a besarme en la mejilla.

—Estás preciosa, Eva.

—Gracias. —Me parecía a mi madre, que también era rubia natural. Pero los ojos grises los había heredado de mi padre.

Tomando asiento a la cabecera de la mesa, Stanton era consciente de que el indispensable telón de fondo del perfil de Nueva York recortado contra el horizonte quedaba a sus espaldas, y se aprovechó de lo impresionante que era.

—Come —dijo, con la autoridad que tan fácilmente ejercen los hombres con poder. Los hombres como Gideon Cross. ¿Había sido Stanton tan ambicioso a la edad de Cross?

Cogí mi tenedor y empecé con la ensalada de pollo, arándanos, nueces y queso feta. Estaba deliciosa y yo, hambrienta. Me alegré de que Stanton no se pusiera a hablar inmediatamente, y así poder disfrutar de la comida, pero el aplazamiento no duró mucho.

—Eva, cariño, me gustaría discutir ese interés que tienes por el Krav Maga.

Me quedé de piedra.

—¿Perdona?

Stanton tomó un sorbo de agua fría y se echó hacia atrás; su mandíbula adoptó una rigidez que me advertía de que no iba a gustarme lo que estaba a punto de decirme.

—Anoche tu madre se alteró mucho cuando fuiste a ese estudio de Brooklyn. Me costó tranquilizarla y asegurarle que yo me encargaría de que siguieras haciendo lo que te gusta pero sin peligro. No quiere que...

—Un momento —dejé con cuidado el tenedor en la mesa, se me habían quitado las ganas de comer—. ¿Cómo sabía ella dónde me encontraba?

—Rastreó tu teléfono móvil.

—¡Venga ya! —Respiré hondo y luego me desinflé. La sinceridad de su respuesta, como si aquello fuera lo más natural del mundo, me puso mala. El estómago se me revolvió, más interesado de repente en rechazar el almuerzo que en digerirlo—. Por eso insistió tanto en que usara uno de los teléfonos de tu compañía. No tenía nada que ver con ahorrarme dinero.

—Por supuesto que en parte era por eso, pero además le da tranquilidad.

—¿Tranquilidad? ¿Espiar a su hija adulta? Eso no es sano, Richard. Tienes que darte cuenta. ¿Sigue viendo al doctor Petersen?

Tuvo la gentileza de parecer incómodo.

—Sí, claro.

—¿Le cuenta lo que está haciendo?

—No lo sé —respondió con cierta dureza—. Eso es asunto de Monica. Yo no intervengo.

No, no lo hacía. Él la complacía, la mimaba, la consentía. Y permitía que su obsesión con mi seguridad se le descontrolara—. Tiene que olvidarse de aquello. *Yo* lo he olvidado.

—Eras una niña, Eva, y ella se siente culpable de no haberte protegido. Tenemos que dejarla un poco a su aire.

—¿A su aire? ¡Se comporta como una acosadora! —La cabeza me daba vueltas. ¿Cómo podía mi madre invadir mi intimidad de aquella manera? ¿Por qué lo hacía? Se estaba volviendo loca, y me estaba volviendo loca a mí también—. Esto tiene que acabar.

—Tiene fácil arreglo. He hablado con Clancy. Él te llevará cuando tengas que aventurarte a entrar en Brooklyn. Está todo arreglado. Eso te resultará mucho más práctico.

—No trates de tergiversarlo para que parezca que es en beneficio mío. —Me escocían los ojos y me quemaba la garganta con lágrimas de frustración no derramadas.

Detestaba la forma en que hablaba de Brooklyn, como si fuera un país tercermundista—. Soy una mujer adulta. Tomo mis propias decisiones. ¡Lo dice la puñetera ley!

—¡No me hables en ese tono, Eva! Yo simplemente cuido de tu madre. Y de ti.

Me separé de la mesa de un empujón.

—Es culpa tuya. Eres tú quien no deja que se cure, y me enfermas a mí también.

—Siéntate. Tienes que comer. A Monica le preocupa que no estés comiendo bien.

—Le preocupa *todo*, Richard. Ése es el problema. —Dejé mi servilleta en la mesa—. Tengo que volver al trabajo.

Me di la vuelta y me dirigí furiosa hacia la puerta para salir de allí lo antes posible. Recogí el bolso, que me guardaba la secretaria de Stanton, y dejé el teléfono encima de su escritorio. Clancy, que me esperaba en la zona de recepción, me siguió, y yo sabía que no podría librarme de él. Sólo obedecía órdenes de Stanton.

Iba echando humo en el asiento de atrás del coche en el que Clancy me llevaba de vuelta al centro de la ciudad. Por mucho que despotricara, al final yo no era mucho mejor que Stanton, porque iba a ceder. Iba a rendirme y a dejar que mi madre se saliera con la suya, porque se me partía el corazón de pensar que mi madre sufriera más de lo que ya había sufrido. Era muy sensible y frágil, y me quería hasta la locura.

Seguía con el ánimo decaído cuando llegamos al Crossfire. Cuando Clancy se alejó del bordillo, me quedé plantada en la acera llena de gente, mirando a un lado y a otro de la ajetreada calle en busca de una tienda donde pudiera comprar un poco de chocolate o de una tienda de teléfonos donde pudiera hacerme con un móvil nuevo.

Al final di una vuelta a la manzana y compré media docena de chocolatinas en la tienda de la esquina antes de volver al Crossfire. Llevaba fuera alrededor de una hora, pero no pensaba hacer uso del tiempo extra que me había concedido Mark. Necesitaba trabajar para distraerme de aquella familia de chiflados que tenía.

Mientras entraba en un ascensor vacío, rasgué el envoltorio de una de las chocolatinas y la emprendí a mordiscos con ella. Iba haciendo grandes progresos en la deglución de la cuota de chocolate que me había autoimpuesto antes de llegar al vigésimo piso, cuando el ascensor se paró en el cuarto. Agradecí el tiempo añadido que la parada me proporcionaba para disfrutar del reconfortante placer del chocolate y el caramelo al derretírseme en la lengua.

Se abrieron las puertas y allí estaba Gideon Cross hablando con otros dos caballeros.

Como siempre, me quedé sin respiración al verle, lo cual reavivó la irritación, que estaba empezando a pasárseme. ¿Por qué me producía aquel efecto? ¿Cuándo iba a inmunizarme?

Él se giró y, al verme, sus labios se curvaron en una sonrisa lenta, de infarto.

Estupendo. Qué mierda de suerte la mía. Me había convertido en una especie de reto.

Cross pasó de sonreír a fruncir el ceño.

—Luego terminamos —dijo a sus acompañantes sin dejar de mirarme.

Al entrar en el ascensor, levantó una mano para disuadirles de que hicieran otro tanto. Sorprendidos, me lanzaron una mirada, luego a Cross y luego a mí otra vez.

Pensé que lo mejor para mi salud mental era salir y tomar otro ascensor.

—No tan deprisa, Eva. —Cross me agarró del codo y tiró de mí hacia atrás. Se cerraron las puertas y el ascensor se puso en marcha suavemente.

—¿Qué hace? —espeté. Después de vérmelas con Stanton, lo último que necesitaba era a otro déspota tratando de mangonearme.

Cross me agarró por la parte superior de los brazos y me escudriñó la cara con su intensa mirada azul.

—Algo pasa. ¿Qué es?

Aquella conocida electricidad volvió a chisporrotear entre nosotros, con mucha más fuerza, por lo furiosa que estaba yo.

—Usted.

—¿Yo? —Me acariciaba los hombros con los pulgares. Luego me soltó y sacó una llave del bolsillo y la introdujo en el panel. Se apagaron todas las luces excepto la del último piso.

Vestía de negro otra vez, con finas rayas grises. Verle por detrás era una revelación. Tenía una buena anchura de hombros, sin ser corpulento, lo que hacía resaltar su fina cintura y sus largas piernas. Me sentía tentada de agarrarle aquellos sedosos mechones de pelo que le caían por encima del cuello de la camisa y tirar. Con fuerza. Por muy encabronada que estuviera, le deseaba. Quería pelea.

—No estoy de humor para usted, señor Cross.

Él observaba cómo la aguja de estilo antiguo que había encima de las puertas iba marcando el piso al que llegábamos.

—Yo puedo hacer que lo estés.

—No estoy interesada.

Cross me lanzó una mirada por encima del hombro. Su camisa y su corbata eran del mismo azul cerúleo que las pupilas de sus ojos. El efecto era impresionante.

—Nada de mentiras, Eva. Nunca.

—No es ninguna mentira. ¿Y qué, si me siento atraída por usted? Supongo que a la mayoría de las mujeres les ocurre lo mismo. —Envolví lo que quedaba de la chocolatina y la metí en la bolsa de plástico que me había guardado en el bolso. No necesitaba comer chocolate cuando estaba respirando el mismo aire que Gideon Cross—. Pero no tengo el menor interés en hacer nada al respecto.

Entonces me miró, girándose pausadamente, con aquel amago de sonrisa que le suavizaba su pícara boca. Su naturalidad e indiferencia me sulfuraron aún más.

—La palabra atracción se queda corta para describir —señaló el espacio que había entre nosotros—... esto.

—Creerás que estoy loca, pero para que me desnude e intercambie sudores con alguien, antes tiene que gustarme ese alguien.

—No, loca, no —dijo él—. Pero yo no tengo ni tiempo ni ganas de salir con nadie.

—Ya somos dos. Me alegro de que lo hayamos aclarado.

Se me acercó un poco más, levantando una mano hacia mi cara. Me obligué a no apartarme ni darle la satisfacción de ver que me intimidaba. Me rozó la comisura de la boca con el pulgar y a continuación se lo llevó a la suya. Se lamió la yema y ronroneó.

—Chocolate y tú. Delicioso.

Me recorrió un escalofrío, seguido de una ardiente punzada entre las piernas al imaginarme lamiendo chocolate de aquel cuerpo tan letalmente sexy.

Se le oscureció la mirada y bajó la voz hasta darle un tono de intimidad.

—El amor romántico no está en mi repertorio, Eva. Pero sí mil maneras de conseguir que te corras. Déjame que te lo demuestre.

El ascensor se paró de golpe. Sacó la llave del panel y se abrieron las puertas.

Retrocedí hasta el rincón y le dije que se largara con un gesto de la mano.

—En serio, no me interesa.

—Vamos a discutirlo. —Cross me cogió por el codo y suavemente, pero con insistencia, me exhortó a salir.

Le acompañé porque me gustaba el subidón que me producía estar cerca de él y porque tenía curiosidad por saber lo que me diría si le dedicaba algo más de cinco minutos.

Le abrieron la puerta de seguridad tan deprisa que no tuvo ni que detenerse ante ella. La guapa pelirroja de recepción se apresuró a levantarse, a punto de transmitirle alguna información hasta que él sacudió la cabeza con impaciencia. La chica cerró la boca de golpe y se me quedó mirando con los ojos abiertos como platos cuando pasamos por delante con paso enérgico.

Menos mal que llegamos enseguida al despacho de Cross. Su secretario se puso de pie en cuanto vio a su jefe, pero permaneció en silencio al darse cuenta de que no estaba solo.

—No me pases llamadas, Scott —dijo Cross, haciéndome entrar en su despacho a través de la doble puerta de cristal abierta.

A pesar de mi irritación, no pude evitar quedarme impresionada con el espacioso centro de operaciones de Gideon Cross. Unas ventanas que iban desde el suelo hasta el techo dominaban la ciudad en dos laterales, y una pared entera de cristal daba al resto de la oficina. La única pared opaca que había, enfrente de su enorme escritorio, estaba cubierta de pantallas planas en constante funcionamiento con canales de noticias de todo el mundo. Había tres zonas de estar diferentes, cada una de ellas más grande que la oficina entera de Mark, y un aparador en el que se exhibían licoreras de cristal tallado, que proporcionaban las únicas notas de color en un lugar en el que, por lo demás, predominaban el negro, el gris y el blanco.

Cross apretó un botón de su escritorio que cerró las puertas; luego otro que escarchó al instante la pared de cristal, protegiéndonos completamente de la vista de sus empleados. Con las láminas reflectantes, de una preciosa tonalidad azul zafiro, que había en las ventanas exteriores, la intimidad estaba garantizada. Se quitó la chaqueta y la colgó en un perchero de cromo. Luego volvió a donde yo me había quedado parada nada más cruzar la puerta.

—¿Quieres tomar algo, Eva?

—No, gracias. —¡Caray! Estaba aún más apetecible sólo con el chaleco. Veía mejor lo en buena forma que estaba, aquellas vigorosas espaldas. La forma tan bonita en que se le marcaban los bíceps y el culo cuando se movía.

Señaló hacia el sofá de cuero negro.

—Siéntate.

—Tengo que volver a trabajar.

—Y yo tengo una reunión a las dos. Cuanto antes resolvamos esto, antes volveremos a nuestros respectivos asuntos. Y ahora, siéntate.

—¿Qué cree que vamos a resolver?

Suspirando, me levantó como a una novia y me llevó hasta el sofá. Me dejó caer de culo, y luego se sentó a mi lado.

—Tus objeciones. Ya es hora de que hablemos de qué es lo que hace falta para que te me pongas debajo.

—Un milagro. —Me eché hacia atrás, ampliando el espacio que nos separaba. Tiré del dobladillo de mi falda verde esmeralda, lamentando no haberme puesto pantalones—. Su manera de acercarse me parece grosera y ofensiva.

Y un tío bueno como pocos, pero eso no iba a reconocerlo.

Se me quedó mirando con ojos entrecerrados.

—Puede que sea directa, pero es sincera. No me pareces de esa clase de mujeres que quieren sandeces y halagos en lugar de la verdad.

—Lo que no quiero es que me traten como si fuera una muñeca hinchable.

Cross arqueó las cejas.

—En fin...

—¿Hemos terminado? —Me levanté.

Agarrándome de la muñeca, tiró de mí para que volviera a sentarme.

—De ninguna manera. Hemos establecido unos puntos de discusión: entre nosotros existe una poderosa atracción sexual, pero ninguno de los dos quiere comprometerse. Entonces ¿qué es lo que quieres tú... exactamente? ¿Seducción, Eva? ¿Quieres que te seduzcan?

Aquella conversación me fascinaba y horrorizaba a partes iguales. Y, sí, también me tentaba. No podía ser de otro modo ante un hombre tan guapo y viril como aquél, empeñado en retozar conmigo. A pesar de todo, ganó la indignación.

—Las relaciones sexuales que se planifican como si fueran una transacción comercial no me ponen.

—Fijar unos criterios al principio probablemente evitará que haya expectativas exageradas y decepción al final.

—¿Está de broma? —dije, frunciendo el ceño—. Escúchese. ¿Por qué llamarlo un polvo siquiera? ¿Por qué no ser claro y llamarlo expulsión seminal en un orificio previamente acordado?

Me encabronó que echara la cabeza hacia atrás y riera a carcajadas. Aquel sonido profundo y gutural me inundó como un torrente de agua tibia. Cada vez me sentía más vulnerable en su presencia. Su risa campechana le hacía menos dios del sexo y más humano. De carne y hueso. Real.

Me levanté y me eché hacia atrás, fuera de su alcance.

—En el sexo esporádico no tiene por qué haber vino y rosas, pero, por el amor de Dios, sea lo que sea, debería ser personal. Incluso amistoso. Con respeto mutuo por lo menos.

Cuando se puso de pie, el humor le había desaparecido y se le habían ensombrecido los ojos.

—No hay señales contradictorias en mis asuntos privados. Tú quieres que cambie de actitud, pero no se me ocurre una buena razón para hacerlo.

—Yo no quiero que haga una mierda, aparte de dejarme volver al trabajo. —Me encaminé hacia la puerta y tiré del picaporte, y maldije en voz baja cuando vi que ni se movía—. Déjeme salir, Cross.

Le sentí aproximarse por detrás. Puso las palmas en el cristal a ambos lados de mi espalda, enjaulándome. Cuando le tenía tan cerca era incapaz de pensar en mi supervivencia.

La fuerza y la exigencia de su voluntad proyectaban un campo de fuerza casi tangible. Cross se me acercó tanto que me sentí encerrada allí dentro con él. Todo lo que quedaba fuera de aquella burbuja dejó de existir, mientras que en su interior mi cuerpo entero se estiraba hacia el suyo. El que produjera en mí un efecto tan profundo y visceral estando yo tan sumamente irritada hacía que la cabeza me diera vueltas. ¿Cómo podía ponerme tan cachonda un hombre cuyas palabras deberían haberme enfriado por completo?

—Date la vuelta, Eva.

Cerré los ojos contra la oleada de excitación que me produjo aquel tono autoritario. ¡Dios, qué bien olía! Aquel vigoroso cuerpo irradiaba avidez y pasión y estimulaba el salvaje deseo que yo sentía por él. Esa incontrolable reacción se vio intensificada por la frustración con Stanton, que no terminaba de desaparecer, y mi más reciente irritación con el propio Cross.

Le deseaba. Mucho. Pero no me convenía. Sinceramente, podía joderme la vida yo solita. No necesitaba la ayuda de nadie.

Apoyé la frente, que me ardía, en el cristal climatizado.

—Déjelo, Cross.

—Ya lo hago. Eres muy complicada. —Me rozó detrás de la oreja con los labios. Luego me puso una mano abierta en el estómago, separando los dedos para incitarme a que me apretara contra él. Estaba tan excitado como yo, con la polla dura y gorda pegada a la parte inferior de mi espalda—. Date la vuelta y dime adiós.

Decepcionada y pesarosa, me giré entre sus brazos, arqueándome contra la puerta para que se me enfriara un poco la espalda. Él estaba encorvado sobre mí, con su abundante cabello enmarcándole la hermosa cara y el antebrazo apoyado en la puerta para acercarse aún más. Yo apenas tenía espacio para respirar. La mano que antes me había puesto en la cintura descansaba ahora en la curva de mi cadera, apretando, volviéndome loca. Me miraba fijamente, con aquella mirada intensa, penetrante.

—Bésame —dijo con voz ronca—. Concédeme eso al menos.

Jadeando suavemente, me lamí los labios secos. Él gimió, inclinó la cabeza y me selló la boca con la suya. Me sorprendió lo suaves que eran sus labios firmes y la delicadeza de la presión que ejerció. Suspiré y él introdujo la lengua, saboreándome con largas lengüetadas, sin prisas. Su beso era seguro, diestro y con el punto justo de agresividad para excitarme salvajemente.

Oí, a lo lejos, el ruido de mi bolso al dar en el suelo; acto seguido tenía las manos en su pelo. Tiraba de sus sedosos mechones para dirigir su boca hacia la mía. Él ahondó el beso, acariciándome la lengua con suculentos deslizamientos de la suya. Notaba el desbocado latido de su corazón contra mi pecho, prueba de que no era el ideal imposible que me había forjado en mi calenturienta imaginación.

Se apartó de la puerta dando un empujón. Rodeándome la nuca con una mano y la curva de mis nalgas con la otra, me levantó en el aire.

—Te deseo, Eva. Complicada o no, no puedo evitarlo.

Todo mi cuerpo estaba en contacto con el suyo, dolorosamente consciente de cada duro y ardiente centímetro de su ser. Respondí a su beso como si fuera a comérmelo vivo. Se me había puesto la piel húmeda y muy sensible, y los pechos blandos y pesados. El clítoris reclamaba atención a gritos, palpitando al ritmo del furioso latido de mi corazón.

Fui vagamente consciente de que nos movíamos, y de repente noté que caía de espaldas en el sofá. Cross estaba apalancado sobre mí con una rodilla en el cojín y el otro pie en el suelo. Apoyaba el torso en el brazo izquierdo, mientras que con la otra mano me agarraba por detrás de la rodilla, deslizándola por el muslo con decisión y firmeza.

Le oí resoplar cuando llegó al punto en el que la liga sujetaba la parte superior de mis medias de seda. Apartó los ojos de los míos y miró hacia abajo, levantándome la falda para desnudarme de cintura para abajo.

—¡Santo Dios, Eva! —En su pecho resonó un murmullo, y aquel primigenio sonido me puso la piel de gallina—. Tu jefe tiene mucha suerte de ser gay.

Medio atolondrada, vi cómo el cuerpo de Cross descendía hacia el mío, y separé las piernas de manera que encajara el ancho de sus caderas. Se me tensaron los músculos con la urgencia de alzarme hacia él, para acelerar el contacto entre nosotros, por el que había suspirado desde la primera vez que le vi. Volvió a bajar la cabeza y de nuevo me tomó la boca, lastimándome los labios con un delicado punto de violencia.

De repente, se apartó de mí, poniéndose de pie a trompicones.

Yo me quedé allí tumbada, jadeante y húmeda, deseosa y dispuesta. Entonces me di cuenta de por qué había reaccionado de aquella tempestuosa manera.

Había alguien detrás de él.

4

Avergonzada ante la repentina irrupción en nuestra intimidad, me incorporé a toda prisa, estirándome la falda.

—... reunión de las dos es aquí.

Tardé un buen rato en darme cuenta de que Cross y yo seguíamos solos en la sala, y de que la voz que había oído venía del altavoz. Cross estaba de pie al otro extremo del sofá, con la cara roja, el ceño fruncido y respirando agitadamente.

Tenía la corbata aflojada y la bragueta tensa gracias a su magnífica erección.

Yo me horrorizaba pensando en mi propio aspecto; y, para colmo de males, volvía tarde al trabajo.

—¡Jesús! —Se llevó las manos a la cabeza—. ¡En pleno día y en mi oficina!

Me puse de pie y traté de recomponerme un poco.

—Déjame a mí —se acercó y me levantó la falda otra vez.

Disgustada por lo que había estado a punto de ocurrir cuando debía estar trabajando, le di un manotazo.

—Basta ya. Déjeme en paz.

—Cállate, Eva —dijo en tono grave, y me ayudó a remeter la blusa, negra y de seda, y a que la línea de botones quedase derecha. Luego me bajó la falda, alisándola con manos expertas y serenas—. Arréglate la coleta.

Cross recuperó la chaqueta y se la puso antes de colocarse bien la corbata. Llegamos a la puerta al mismo tiempo, y cuando me agaché para recoger el bolso, él se inclinó conmigo.

Me cogió por la barbilla y me obligó a mirarle.

—Eh, ¿te encuentras bien? —me preguntó suavemente.

Me ardía la garganta. Estaba excitada, furiosa y de lo más abochornada. Nunca en la vida había perdido la cabeza de aquella manera. Y me sentaba fatal que hubiera ocurrido precisamente con él, un hombre cuya actitud hacia la intimidad sexual era tan fría que me deprimía con sólo pensarlo.

Sacudí la cabeza para que me soltara la barbilla.

—¿Cómo estoy?

—Preciosa y como para echarte un polvo. Te deseo tanto que me hace daño. Estoy a punto de llevarte otra vez al sofá y hacer que te corras hasta que me supliques que pare.

—No se te puede acusar de retórico —le reproché, pero dándome cuenta de que no me sentía ofendida. La verdad era que aquella crudeza tenía un tremendo efecto afrodisíaco. Con las piernas temblorosas y apretando firmemente la correa del bolso, sentía la tremenda necesidad de huir de aquel hombre. Y cuando terminara mi jornada, quería estar sola con una buena copa de vino.

Cross seguía junto a mí.

—Ahora voy a ocuparme de lo que me queda por hacer y a las cinco habré terminado. A esa hora vendré a buscarte.

—No, no venga. Esto no cambia nada.

—Ya lo creo que sí.

—No sea pretencioso, Cross. He estado ofuscada un ratito, pero todavía no quiero lo que quiere usted.

—Claro que lo quieres; lo que pasa es que no te gusta el modo en que yo pretendo dártelo. Así que volveremos a vernos y repasaremos.

Otro negocio. Preparado de antemano. Se me tensó todo el cuerpo.

Puse una mano sobre la suya e hice girar el pomo para deslizarme acto seguido por debajo de su brazo y salir de allí. El secretario de Cross, boquiabierto, se levantó inmediatamente, lo mismo que las tres personas, una mujer y dos hombres, que estaban esperándole. Le oí hablar detrás de mí.

—Scott les acompañará a mi despacho. Yo llegaré enseguida.

Me alcanzó por la zona de recepción y me pasó el brazo por detrás a la altura de la cadera. No quería montar un numerito, así que esperé hasta llegar a los ascensores para zafarme.

Él se lo tomó con tranquilidad y apretó el botón de llamada.

Yo no aparté la vista de la tecla encendida.

—Tengo muchas cosas que hacer.

—Pues mañana.

—Voy a estar muy ocupada todo el fin de semana.

—¿Con quién? —me preguntó impulsivamente, acercándose mucho a mí.

—A usted no le...

Me tapó la boca con la mano.

—No sigas. Dime tú cuándo, entonces. Y, antes de que contestes que nunca, mírame y dime si soy la clase de hombre a quien se rechaza así como así.

Tenía el gesto firme, los ojos entrecerrados y la mirada resuelta. Yo me estremecí. No estaba nada segura de ganarle la batalla de la tenacidad a Gideon Cross.

Tragué saliva, y esperé hasta que retiró la mano.

—Creo que los dos necesitamos calmarnos y tomarnos un par de días para pensar.

—El lunes, al salir del trabajo —insistió.

Llegó el ascensor y entré. Luego, me volví hacia él y contraataqué.

—El lunes, a la hora de comer.

Sólo tendríamos una hora. Escapatoria garantizada.

—Va a suceder, Eva —dijo, justo antes de que se cerraran las puertas, y sonó más como una amenaza que como un promesa.

—No te apures, Eva —me tranquilizó Mark cuando llegué hasta mi mesa casi a las dos y cuarto—, que no te has perdido nada. Yo he comido tarde con el señor Leaman y acabo de llegar.

—Gracias.

Pero, dijera lo que dijera, yo me sentía muy mal. La dura mañana del viernes parecía haber tenido lugar varios días atrás.

Trabajamos sin interrupción hasta las cinco, cambiando impresiones sobre un anuncio de comida rápida e ideando algunos retoques, de modo que nos sirviera para una cadena de tiendas de alimentación biológica.

—Para que luego hablen de extraños compañeros de cama —había bromeado Mark, sin saber hasta qué punto tenía razón en cuanto a mi vida privada.

Acababa de cerrar el ordenador y estaba a punto de sacar el bolso del cajón, cuando sonó el teléfono. Eché un vistazo al reloj y vi que eran exactamente las cinco, así que contemplé la posibilidad de no hacer caso a la llamada, teniendo en cuenta que, estrictamente hablando, mi jornada había terminado.

Pero como todavía me sentía fatal por haberme pasado con la hora de la comida, lo consideré un castigo y contesté.

—Eva, cielo, dice Richard que te dejaste el móvil en su oficina.

Solté un bufido y me dejé caer sobre el respaldo de la silla. Me imaginaba el pañuelo empapado que solía ir asociado con aquel característico tono de inquietud de mi madre. Me trastornaba y al mismo tiempo me partía el corazón.

—Hola, mamá, ¿cómo estás?

—Muy bien, gracias. —Mi madre tenía voz de niña y, a la vez, entrecortada, como la de Marilyn Monroe cruzada con la de Scarlett Johansson—. Clancy te ha dejado el teléfono en la portería de tu casa. No deberías ir a ninguna parte sin él. Nunca se sabe si vas a necesitar llamar a alguien...

Había estado dándole vueltas a la idea de quedarme con el teléfono y derivar las llamadas a otro número que no supiera mi madre, pero eso no era lo que más me importaba en aquel momento.

—¿Y qué opina el doctor Petersen de que fisgues en mi teléfono?

El silencio al otro lado de la línea fue muy significativo.

—El doctor Petersen sabe que me preocupo por ti.

—Mamá, creo que es hora de que vayamos juntas de nuevo a la consulta —le dije, pellizcándome el puente de la nariz.

—Ah, sí... claro. De hecho, él me ha dicho que le gustaría volver a verte.

Probablemente porque piensa que no estás colaborando mucho. Cambié de tema.

—Me gusta mucho mi nuevo trabajo.

—Eso es estupendo, Eva. ¿Te trata bien tu jefe?

—Sí, es fantástico. No podría ser mejor.

—¿Es guapo?

—Sí, mucho. Pero no está libre —contesté, y sonreí.

—¡Qué pena! Los mejores nunca lo están.

Ella se rio y mi sonrisa se hizo más abierta.

Me encantaba que estuviera contenta. Ojalá lo estuviera con más frecuencia.

—Estoy deseando verte mañana en la cena benéfica.

Monica Tramell Barker Mitchell Stanton, una deslumbrante belleza rubia a quien nunca le había faltado atención masculina, se sentía como pez en el agua en los actos de sociedad.

—Vamos a pasarlo bien —dijo mi madre entrecortadamente—. Tú, Cary y yo. Iremos al *spa* y nos pondremos guapas y a tono. Estoy segura de que te vendría bien un masaje después de trabajar.

—Yo no voy a rechazarlo, por supuesto, y sé que a Cary le encantará.

—¡Qué ilusión me hace! Os mando un coche a casa a eso de las once.

—Estaremos listos.

Cuando colgué, me recliné en la silla y suspiré por un baño caliente y un orgasmo. Me tenía sin cuidado que Gideon Cross se enterase de que me masturbaba pensando en él. La frustración sexual debilitaba mi posición, y él seguro que no tenía ese problema. No me cabía duda de que contaría con un orificio condescendiente antes de que terminase el día.

El teléfono sonó de nuevo mientras me cambiaba los zapatos de tacón por los de caminar. Casi nunca se podía despistar a mi madre durante demasiado rato. Los cinco minutos que habían pasado desde que terminó nuestra conversación eran el tiempo justo que había tardado en darse cuenta de que el problema del móvil no estaba resuelto. De nuevo pensé en no hacer caso de la llamada, pero no quería llevarme a casa ningún disgusto del día.

Respondí con la frase habitual, pero con menos energía.

—Sigo pensando en ti.

La voz ronca y aterciopelada de Cross me envolvió con tal sensación de alivio que comprendí cuánto había deseado volver a oírla. Ese mismo día.

Mi ansia era tan profunda que tuve la certeza de que aquel hombre iba a convertirse en una droga para mí, la fuente principal de muchos e intensos goces.

—Sigo tocándote, Eva. Sigo saboreándote. He estado empalmado desde que te fuiste, pasando por dos reuniones y una teleconferencia. Te doy ventaja: pon tú las condiciones.

—A ver... déjame que piense... —le hice esperar, sonriendo al recordar aquello de las pelotas moradas que había dicho Cary—. Pues... no se me ocurre nada. Pero sí que puedo darte un consejo de amiga: vete a pasar el rato con alguna mujer que babee por ti y te haga creer que eres un dios. Folla con ella hasta que no podáis con el alma ninguno de los dos. Así, cuando me veas el lunes, ya se te habrá pasado todo y volverás al orden obsesivo-compulsivo de tu vida normal.

Oí un crujido de cuero y me imaginé a Cross reclinándose en la silla.

—Ésa era tu carta blanca, Eva. La próxima vez que ofendas a mi inteligencia, te daré unos azotes.

—A mí no me gustan esas cosas —repliqué, pero la advertencia, hecha con aquella voz, me electrizó. Oscuro y Peligroso, no había duda.

—Ya hablaremos de eso. Mientras tanto, dime lo que *sí* te gusta.

Yo seguí en mis trece.

—Es indudable que tienes voz de teléfono erótico, pero yo me largo; he quedado con mi vibrador.

Debería haber colgado en ese momento, para que el efecto «calabazas» hubiera sido total, pero no pude resistirme a saber si lo encajaría como yo me imaginaba. Además, estaba divirtiéndome con él.

—Ay, Eva —Cross pronunció mi nombre en un desalentado susurro—, estás decidida a hacerme poner de rodillas, ¿verdad? ¿Qué haría falta para convencerte de formar un trío con un amigo que funciona a pilas?

No hice caso de sus preguntas, pero me alegré de que no pudiera ver el temblor de mis manos cuando me puse el bolso en bandolera. *No* pensaba hablar de los amigos a pilas con Gideon Cross. Nunca había hablado abiertamente sobre la masturbación con ningún hombre, y mucho menos iba a hacerlo con alguien que, a efectos prácticos, era un desconocido.

—Mi amigo a pilas y yo tenemos un viejo pacto: cuando terminamos, sabemos exactamente cuál de los dos ha usado al otro, y la usada no soy yo. Adiós, Gideon.

Colgué y me dirigí a las escaleras, con la idea de que bajar veinte pisos andando cumpliría dos funciones: una, eludir artefactos mecánicos, la otra, ahorrarme una sesión de gimnasio.

Me alegré tanto de llegar a casa después de un día como el que había tenido, que entré literalmente bailando en el apartamento. Mi sincero «¡Dios, por fin en casa!», acompañado de unos bailes, fue lo bastante vehemente como para sobresaltar a la pareja que estaba en el sofá.

—¡Huy! —exclamé, avergonzada por mis tonterías. No es que Cary estuviera en una situación comprometida con su invitado cuando yo aparecí sin previo aviso, pero sí que se encontraban lo suficientemente cerca el uno del otro para que se intuyera una cierta intimidad.

Sin querer, pensé en Gideon Cross, que prefería despojar de intimidad al acto más íntimo que uno se puede imaginar. Yo había tenido ligues de una noche y amigos con derecho a roce, y nadie sabía mejor que yo que hacer el amor y fornicar eran dos cosas muy diferentes, pero no creo haber visto nunca el sexo como un apretón de manos. Me parecía triste lo que hacía Cross, aunque no fuese alguien que inspirase compasión precisamente.

—Hola, nena —me saludó Cary, poniéndose de pie—. Tenía la esperanza de que llegases antes de que Trey se marchara.

—Tengo clase dentro de una hora —explicó Trey, rodeando la mesa, mientras yo dejaba la bolsa de los zapatos en el suelo y el bolso sobre un taburete en el mostrador de desayuno—, pero me alegro de haber podido conocerte antes de irme.

—Yo también. —Le estreché la mano que me tendió y, de paso, le estudié de un vistazo. Era de mi edad aproximadamente, estatura media y agradablemente musculoso. Tenía un rebelde pelo rubio y los ojos color avellana. En cuanto a la nariz, se le debía de haber roto en alguna ocasión, eso resultaba evidente.

—¿Qué os parece una copa de vino?

—Me apunto —contestó Trey.

—Yo tomaré una también. —Cary se unió a nosotros en el mostrador de desayuno. Llevaba unos vaqueros negros y un jersey de los que dejan los hombros descubiertos del mismo color, con un aire informal y elegante que armonizaba maravillosamente con el pelo castaño oscuro y los ojos verde esmeralda.

Abrí la vinoteca y saqué una botella cualquiera.

Trey, con las manos en los bolsillos de los pantalones, se balanceaba sobre los pies y charlaba en voz baja, mientras yo descorchaba la botella y servía.

Entonces, sonó el teléfono y yo descolgué el auricular de la pared.

—¿Sí?

—Hola, Eva. Soy Parker Smith.

—Hola, Parker, ¿qué tal?

—Espero no molestarte con mi llamada. Tu padrastro me ha dado el número.

Ah. Ya había tenido yo bastante Stanton para un día.

—Claro que no me molesta, ¿ocurre algo?

—¿Sinceramente? Bueno, pues parece que las cosas ahora van bien. Tu padrastro es como mi hada madrina. Está financiando unas cuantas mejoras en la seguridad del gimnasio y algunas modernizaciones que hacen mucha falta. Por eso te llamo. El centro va a estar cerrado unos días. Volvemos a abrir dentro de una semana, a contar desde el lunes.

Cerré los ojos y traté de reprimir un ramalazo de ira. Pero Parker no tenía la culpa de que Stanton y mi madre fueran dos maníacos superprotectores empeñados en controlarme. No veían lo irónico que resultaba que me defendieran estando rodeada de personas tan cualificadas para hacerlo.

—Fantástico. Estoy deseando ir a entrenarme con vosotros.

—Yo también. Voy a darte caña, Eva. Tus padres darán el dinero por bien empleado.

Puse un vaso delante de Cary y tomé un buen sorbo del mío. No dejaba de sorprenderme toda la colaboración que podía comprarse con dinero. Pero Parker no tenía la culpa.

—Por mí, fenomenal.

—Empezaremos contigo en cuanto abramos la próxima semana. Tu chófer tiene el horario.

—Muy bien. Pues hasta entonces. —Colgué el auricular y capté la mirada, dulce y amorosa, que Trey le dirigió a Cary cuando creía que no le veíamos ninguno de los dos. Me hizo pensar que mis problemas podían esperar—. Trey, siento mucho que tengas que marcharte. ¿Puedes venir el miércoles a cenar *pizza?* Me gustaría que hiciéramos algo más que decirnos hola y adiós.

—Tengo clase —me sonrió, con cara de pena, y miró otra vez a Cary de soslayo—, pero podría venir el martes.

—Perfecto. Encargamos la comida y nos vemos una película.

—Me encanta la idea.

Cary me premió tirándome un beso cuando acompañó a Trey hasta la puerta. Cuando volvió a la cocina, cogió su vaso de vino y dijo:

—Bueno, Eva, suéltalo ya. Se te ve muy estresada.

—Lo estoy —admití, botella en mano dando vueltas por el salón.

—Es por Gideon Cross, ¿no?

—Pues claro. Pero no quiero hablar de él. —Aunque la persecución de Gideon había sido estimulante, su objetivo era asqueroso—; mejor hablamos de Trey y de ti. ¿Cómo os conocisteis?

—Me lo encontré en un curro. Trabaja media jornada como ayudante de un fotógrafo. Es muy sexy, ¿verdad? —le brillaban los ojos de felicidad—, y todo un caballero, a la vieja usanza.

—¿Pero queda alguno de ésos? —murmuré antes de liquidar el primer vaso.

—¿Qué quieres decir?

—Nada, lo siento Cary. Me ha caído muy bien y es evidente que tú le molas. ¿Estudia Fotografía?

—Veterinaria.

—¡Vaya! Eso está muy bien.

—Eso mismo pienso yo. Pero dejemos a un lado a Trey por el momento y dime qué es lo que te mortifica. Dilo de una vez.

—Mi madre —contesté, suspirando—, que se ha enterado de mi interés por el gimnasio de Parker y está fastidiándola.

—¿Y cómo se ha enterado? Te juro que yo no se lo he dicho a nadie.

—Ya sé que no has sido tú; ni se me hubiera ocurrido pensarlo. —Agarré la botella y me serví otro vaso—. Toma nota: ha estado fisgando en mi móvil.

Cary hizo un gesto de asombro levantando las cejas.

—¿En serio? Qué miedo.

—¿A que sí? Se lo conté a Stanton, pero él no quiere saber nada.

—Bueno. —Se pasó la mano entre el largo flequillo—. ¿Y qué vas a hacer?

—Comprar otro teléfono. Y hablar con el doctor Petersen a ver si puede inculcarle un poco de sensatez.

—Buena jugada, pásale el asunto a su loquero. Esto... y en tu trabajo, ¿va todo bien? ¿Todavía te gusta?

—Mucho. —Recliné la cabeza en los cojines y cerré los ojos—. Mi empleo y tú sois ahora mismo mi salvación.

—¿Y qué me dices del macizo supermillonario que quiere trincarte? Venga, Eva, que me muero por saberlo. ¿Qué ha pasado?

Se lo conté, por supuesto. Quería su opinión sobre todo aquello; sin embargo, cuando terminé, se quedó callado. Levanté la cabeza para mirarle y le encontré con los ojos brillantes y mordiéndose el labio.

—Cary, ¿en qué piensas?

—En que esta historia me pone muy caliente —se echó a reír, y el sonido afectuoso y masculino de su risa barrió buena parte de mi irritación—. Apuesto a que está muy confundido en estos momentos. Habría dado dinero por verle la cara cuando le respondiste a eso de que quería darte unos azotes en el culo.

—Me parece increíble que dijera eso. —Sólo con recordar el tono de Cross al salir con semejante amenaza, empezaron a sudarme las manos de tal forma que dejaba vapor en la copa—. Pero ¿de qué demonios va?

—Los azotes en el culo no son una aberración. Además, en el sofá iba a hacer el misionero, o sea que no tiene nada en contra de lo elemental. —Se dejó caer hacia atrás en el asiento, con una sonrisa radiante que le iluminaba la cara, tan atractiva de por sí—. Tú supones un desafío para un tipo que se mueve habitualmente entre ellos. Y está dispuesto a hacer concesiones, algo a lo que no debe de estar acostumbrado, diría yo. Sólo tienes que decirle lo que quieres.

Repartí entre los dos el vino que quedaba. Me sentía ligeramente mejor con un poco de alcohol circulando por las venas. ¿Qué *quería* yo? Aparte de lo lógico.

—Somos totalmente incompatibles.

—¿Es así como calificas tú lo que pasó en el sofá?

—Vamos, Cary, resúmelo: me levanta del suelo del vestíbulo y me dice que quiere follar conmigo. Así de simple. Cualquier tío que me ligue en un bar tiene más marcha que él. Hola, ¿cómo te llamas? ¿Vienes mucho por aquí? ¿Quién es tu amigo? ¿Qué estás tomando? ¿Te gusta bailar? ¿Trabajas por aquí?

—Vale, vale, lo entiendo. —Dejó el vaso en la mesa—. ¿Por qué no salimos por ahí? Buscamos un buen sitio y bailamos hasta que no podamos más. Quizá conozcamos algún tío que te dé un poco de conversación.

—O por lo menos que me invite a una copa.

—Bueno, Cross te ofreció una en su oficina.

Sacudí la cabeza de lado a lado y me levanté.

—Lo que quieras. Me doy una ducha y nos largamos.

Salí de marcha como si aquélla fuera la última vez. Cary y yo recorrimos todas las discotecas del centro, desde Tribeca hasta el East Village, gastando dinero a lo tonto en entradas y pasándonoslo de miedo. Yo bailé tanto que parecía que iba a quedarme sin pies, pero resistí hasta que Cary se quejó primero de las botas con tacón que llevaba puestas.

Acabábamos de salir de una discoteca tecno-pop con la idea de comprarme unas chancletas en un Walgreens que había cerca, cuando nos encontramos con un promotor que hacía publicidad de un establecimiento a pocas manzanas de allí.

—Un sitio fantástico para que descansen los pies un poco —dijo, sin las sonrisas exageradas ni los elogios aparatosos habituales en el oficio. La ropa que llevaba (vaqueros negros y jersey de cuello alto) era de muy buena calidad, cosa que me sorprendió. Y no tenía folletos ni postales. Lo que me entregó fue una tarjeta comercial hecha de papiro, con letras doradas que captaban la luz de los rótulos eléctricos que nos rodeaban. Tomé nota mentalmente para tenerlo en cuenta como una buena alternativa en la publicidad impresa.

A nuestro alrededor se movía una presurosa multitud de peatones. Cary observó los letreros entrecerrando los ojos; llevaba encima unas cuantas copas más que yo.

—Parece pretencioso.

—Enseñáis esta tarjeta —insistió el vendedor— y os ahorráis la entrada.

—Cariño —Cary me cogió del brazo y tiró de mí—. Vamos, a lo mejor encuentras a un buen tipo en un local pijo.

Los pies me estaban matando cuando llegamos al sitio, pero dejé de lamentarme en cuanto vi la entrada tan bonita que tenía. La fila para acceder al interior era muy larga; se extendía por toda la calle y doblaba la esquina. Por las puertas abiertas salía la conmovedora voz de Amy Winehouse junto con grupos de clientes muy bien vestidos y sonrientes.

Tal como había dicho el promotor, la tarjeta fue una llave mágica que nos proporcionó entrada inmediata y libre. Una encargada preciosa nos llevó al piso de arriba, hasta un bar VIP más tranquilo, desde donde se dominaba el escenario y la pista de baile de abajo, y nos señaló una zona de asientos junto a la terraza. Ocupamos una mesa rodeada por dos sofás curvos de terciopelo. Ella puso una carta de bebidas en el centro y dijo:

—Invita la casa.

—¡Mira qué bien! —dijo Cary silbando—. Hemos acertado.

—Creo que el promotor te ha reconocido de algún anuncio.

—¿No sería genial? Jo, qué noche. Estoy de marcha con mi mejor amiga y enamorándome de un nuevo cachas en mi vida.

—¿Cómo?

—He decidido que voy a ver hasta dónde llegan las cosas con Trey.

Me alegró saberlo. Me pareció que yo había estado siempre esperando que Cary encontrase alguien que le tratase bien.

—¿Ya te ha pedido que salgas con él?

—No, pero no creo que sea porque no quiera. —Hizo un gesto con los hombros y se estiró la camiseta, rasgada intencionadamente. A juego con los pantalones negros de cuero y las muñequeras de clavos, le daba un aire sexy y rebelde—. Antes de nada, debe de estar intentando comprender qué hay entre tú y yo. Flipó cuando le dije que vivía con una mujer y que me había trasladado desde la otra punta del país para estar contigo. Tiene miedo de que yo sea un bi-curioso de ésos y en el fondo esté colgado de ti. Por eso, quería que le conocieras hoy, para que vea cómo es nuestra convivencia.

—Lo siento, Cary. Intentaré tranquilizarle en ese sentido.

—*No* es culpa tuya; no te preocupes. Saldrá bien si tiene que ser así.

Su convicción no me hizo sentir mejor y me puse a pensar en un modo de ayudarle.

Dos chicos se acercaron a nuestra mesa.

—¿Podemos sentarnos con vosotros? —preguntó el más alto.

Primero miré a Cary, luego a ellos. Parecían hermanos y eran muy atractivos, risueños y seguros de sí mismos. Tenían una actitud relajada y natural.

Estaba yo a punto de decir *claro que sí,* cuando en mi hombro desnudo se posó una cálida mano que me apretó firmemente.

—Ella no está libre.

Enfrente de mí, Cary miraba boquiabierto a Gideon Cross, que rodeó el sofá y le tendió la mano.

—Me llamo Gideon Cross.

—Y yo, Cary Taylor —le estrechó la mano con una amplia sonrisa—, pero ya lo sabías. Encantado de conocerte. He oído hablar mucho de ti.

Le habría matado de buena gana.

—Me alegro de saberlo. —Gideon tomó asiento a mi lado y puso un brazo sobre el respaldo para poder acariciar el mío como el que no quiere la cosa, pero de un modo posesivo al mismo tiempo—; quizás me quede alguna esperanza.

Giré la cintura para mirarle frente a frente y le susurré, furiosa:

—¿Pero qué haces?

—Lo que haga falta.

—Me voy a bailar. —Cary se puso en pie, con un gesto de ironía—. Vuelvo dentro de un ratito.

Haciendo caso omiso de la mirada de súplica que le dirigí, me tiró un beso y se alejó, seguido de los dos chicos. Yo tenía el corazón acelerado. Un minuto después, me resultaba ridículo, e imposible, pasar de Gideon Cross.

Le eché un vistazo general. Llevaba pantalones de vestir color grafito y un jersey negro con el cuello de pico que producían un efecto de sofisticación informal. Me encantaba su apariencia y me atraía mucho la suavidad que sugería, aunque sabía que era sólo una ilusión. Él era duro desde muchas perspectivas.

Respiré profundamente, por el esfuerzo que me costaba tratar con él. Después de todo, ¿no era ése el problema principal? ¿Que él quisiera saltarse los preliminares de una relación y pasar directamente a la cama?

—Tienes un aspecto... —me detuve. *Fantástico. Maravilloso. Increíble. Sexy a más no poder.* Al final, me quedé corta—... que me gusta.

Gideon arqueó las cejas.

—¡Vaya! Menos mal que hay algo de mí que te parece bien. ¿Se trata de todo el conjunto? ¿Sólo la ropa? ¿Sólo el jersey? ¿Los pantalones?

Me cayó mal el tonillo que empleó.

—¿Y si te digo que sólo el jersey?

—Pues me compro una docena y así tengo para todos los días.

—Sería una lástima.

—¿No te gusta el jersey? —Estaba un poco cabreado, las palabras le salían rápidas y cortantes.

Yo había apoyado las manos en el regazo, pero las movía sin parar.

—Sí me gusta, pero también me gusta el conjunto.

Me miró fijamente un minuto y luego me preguntó:

—¿Qué tal la cita con tu AAP?

¡Joder! Dirigí la vista a otro lado. Era muchísimo más fácil hablar por teléfono de masturbarse que ante aquella penetrante mirada azul. Resultaba bochornoso y humillante.

—Yo no hablo de intimidades.

Me acarició la mejilla de nuevo y susurró:

—Estás poniéndote colorada.

Noté por la voz que se alegraba y rápidamente cambié de tema.

—¿Vienes mucho por aquí?

Mierda. ¿Cómo se me había ocurrido decir aquella frase estereotipada?

Acercó las manos hasta mi regazo y cogió una de las mías.

—Cuando es necesario.

Un ramalazo de celos me hizo ponerme tensa.

—¿Qué quieres decir? ¿Cuándo andas en busca de presa? —Le miré, irritada, aunque en realidad estaba enfadada conmigo misma por el hecho de que aquello me importara.

Gideon esbozó una genuina sonrisa que me hizo daño.

—Cuando hay que tomar decisiones importantes. Este local es mío, Eva.

¡Vaya! ¡Cómo no!

Una camarera muy mona dejó sobre la mesa unas bebidas con hielo, de color rosado, en vasos cuadrados y altos, y le dedicó a Gideon una sonrisa insinuante.

—Aquí tiene, señor Cross, dos Stoli Elites con arándanos. ¿Alguna cosa más?

—De momento, nada, gracias.

Veía claramente que la chica quería entrar en la lista de preseleccionadas, y me crispé. Después, me distraje con la bebida que nos había servido. Era lo que yo solía beber en las discotecas, lo que había estado bebiendo toda la noche. Sentí un cosquilleo nervioso. Observé a Gideon haciendo girar el líquido en la boca, como si catara un buen vino, y tragárselo después. El movimiento de la garganta me puso caliente, pero no fue nada comparado con el efecto que me produjo la intensidad de su mirada.

—No está mal —dijo—. Dime si lo hemos hecho bien.

Entonces me besó. Se acercó deprisa, pero yo le vi venir y no me aparté. Tenía la boca fresca, con sabor a arándanos rociados de alcohol. Deliciosa. Todo el caos de energía y emociones que había estado bullendo en mi interior se desbordó de repente. Llevé una mano hasta su espléndido pelo y lo sujeté bien fuerte mientras le succionaba la lengua. El gemido que emitió fue el sonido más erótico que había oído en mi vida, y la parte interna de mis muslos se tensó ardorosamente.

Sorprendida yo misma por la vehemencia de mi reacción, me distancié, jadeante.

Gideon continuó acariciándome la cara con la boca, besándome las orejas, respirando trabajosamente, también. El tintineo del hielo dentro del vaso removió mis exaltados sentidos.

—Eva, necesito estar dentro de ti —me susurró bruscamente—. No puedo más.

Clavé la vista en el vaso, mientras mi mente giraba en un torbellino de impresiones, recuerdos y confusión.

—¿Cómo lo sabías?

Me pasó la lengua por la oreja, y yo me estremecí. Parecía que todas las células de mi cuerpo lucharan contra el suyo. Resistirme a él consumía una cantidad de energía tan considerable que me agotaba.

—¿El qué?

—Lo que me gusta beber, cómo se llamaba Cary.

Inspiró profundamente y se separó de mí. Dejó el vaso en la mesa y cambió de posición, colocando una rodilla sobre el cojín que había entre nosotros, de modo que podía mirarme de frente. Volvió a pasar el brazo por el respaldo del sofá y empezó a hacer circulitos con la yema de los dedos en la curva de mi espalda.

—Habías estado antes en otro de mis locales. Tu tarjeta de crédito apareció y quedaron anotadas tus consumiciones. Y Cary Taylor figura en el contrato de arrendamiento de tu casa.

Todo daba vueltas a mi alrededor. *No había manera...* El teléfono móvil, la tarjeta de crédito, el puñetero apartamento... Es que no podía ni respirar. Entre mi madre y Gideon me hacían sentir claustrofobia.

—Caray, Eva, estás blanca como el papel. —Me puso un vaso en la mano—. Anda, bebe.

Era el Stoli con arándanos. Me lo bebí todo. El estómago se revolvió por un momento, luego se asentó.

—¿Es tuyo el edificio donde vivo? —pregunté, casi sin aliento.

—Curiosamente, así es. —Se sentó sobre la mesa, justo enfrente de mí, y colocó las piernas a ambos lados de las mías. Tenía las manos heladas; Gideon me quitó el vaso para dejarlo a un lado y me las calentó con las suyas.

—Gideon, ¿estás chiflado?

—¿Lo preguntas en serio? —dijo, apretando un poco los labios.

—Sí, lo pregunto en serio. Me madre me acosa también y está yendo a un loquero. ¿Vas tú a alguno?

—Por ahora, no, pero tú me vuelves lo suficientemente loco como para que eso esté dentro de lo posible.

—Entonces, ¿este comportamiento no es habitual en ti? —Tenía palpitaciones; hasta notaba la sangre circulando por los tímpanos?— ¿O sí lo es?

Se pasó una mano por el pelo, arreglándose los mechones que yo le había despeinado cuando nos besamos.

—Simplemente, tuve acceso a ciertos datos que tú pusiste a mi disposición.

—¡A tu disposición, no! ¡Ni tampoco para el fin que tú los has empleado! Seguro que has infringido alguna ley de protección de la intimidad. —Me quedé mirándole, más confusa que nunca—. Pero ¿por qué lo haces?

—Coño, para conocerte.

—¿Y por qué no *hablas* conmigo, Gideon? ¿Tan difícil es eso hoy en día?

—Contigo, sí. —Cogió el vaso y se bebió casi todo el contenido—. No puedo tenerte a solas más de unos minutos cada vez.

—Porque lo único de lo que quieres hablar es de lo que tienes que hacer para tirarte a alguien.

—Eva, por Dios, baja la voz —me pidió entre dientes.

Le examiné detenidamente, asimilando cada uno de sus rasgos, cada plano de su cara. Por desgracia, catalogar los detalles no redujo ni un ápice mi turbación. Estaba empezando a sospechar que su atractivo jamás dejaría de deslumbrarme.

Y no sólo a mí; había visto cómo reaccionaban las mujeres ante él. Y, encima, era escandalosamente rico, cosa que hace interesantes hasta a hombres viejos, calvos y barrigudos. No sería raro que estuviese acostumbrado a chascar los dedos y apuntarse un orgasmo.

Me lanzó una mirada.

—¿Por qué me miras así? —me preguntó.

—Estoy pensando.

—¿En qué? —Apretó un poco las mandíbulas—. Te advierto que, si dices algo de orificios, preadmisiones o emisiones seminales, no respondo de mis actos.

Casi me hizo reír.

—Es que quiero comprender unas cuantas cosas, porque tal vez no te esté creyendo del todo.

—A mí también me gustaría entender algunas cosas —masculló.

—Me imagino que tienes mucho éxito con el método «Quiero follar contigo».

La cara de Gideon se fue transformando hasta quedarse inexpresiva.

—No quiero hablar de eso, Eva.

—De acuerdo. Tú quieres saber qué es lo que me induciría a acostarme contigo. ¿Es ésa la razón por la que estás aquí esta noche? ¿Por mí? Y no me contestes lo que tú crees que yo quiero oír.

Su mirada era clara y tranquila.

—Estoy aquí por ti, sí. Yo lo preparé.

De pronto pude atar los cabos sueltos y comprendí. El promotor que nos había abordado era un empleado de Cross Industries.

—¿Pensabas que trayéndome aquí ibas a echar un polvo conmigo?

Le resultaba difícil disimular su regocijo.

—Siempre hay una esperanza, pero suponía que haría falta algo más que un encuentro casual y unas copas.

—Tienes razón. Entonces, ¿por qué lo has hecho? ¿Por qué no has esperado al lunes por la mañana?

—Porque tú andas buscando algún rollo. No puedo hacer nada respecto a los AAP, pero, en mi bar, sí puedo evitar que ligues con algún imbécil. Tú buscas rollo, Eva, y yo estoy aquí.

—No estoy buscando ningún rollo, sino quemando la tensión de un día de estrés.

—No eres la única. —Tocó con los dedos uno de mis pendientes *chandelier* de plata—. Tú bebes y bailas cuando estás tensa. Yo, en primer lugar, trato de solucionar el problema que me provoca la tensión.

Su tono de voz se había suavizado y despertó en mí un alarmante deseo.

—¿Es eso lo que soy yo? ¿Un problema?

—Por supuesto que sí —pero lo dijo con un atisbo de sonrisa.

Yo sabía que ahí radicaba gran parte de su atractivo. Gideon Cross no podía estar donde estaba, siendo tan joven, si aceptaba los «noes» tranquilamente.

—¿Cómo definirías tú salir con alguien?

Frunció el ceño.

—Como pasar mucho tiempo con una mujer durante el que no estamos follando.

—¿Te gusta la compañía femenina?

—Claro que sí, siempre que no haya expectativas exageradas ni exijan demasiado tiempo. Me he dado cuenta de que la mejor manera de evitar esto es tener amistades y relaciones sexuales exclusivas para ambos.

Allí estaban otra vez esas molestas «expectativas exageradas». Quedaba claro que aquello suponía un escollo para él.

—Entonces, ¿tienes amigas?

—Naturalmente. —Aprisionó mis piernas con las suyas—. ¿Adónde quieres ir a parar?

—Aíslas el sexo del resto de tu vida; lo separas de la amistad, del trabajo... de todo.

—Tengo buenas razones para hacerlo.

—Estoy segura. Vale, ahí van mis conclusiones. —Era difícil concentrarse tan cerca de Gideon—: Te dije que no quería salir con nadie y no quiero. El trabajo es mi mayor prioridad, y mi vida personal, como mujer soltera, le sigue muy de cerca. No me apetece sacrificar ni una cosa ni la otra en aras de una relación ni queda espacio para incluir un vínculo estable.

—En eso coincidimos.

—Ahora bien, me gusta el sexo.

—Bueno, pues practícalo conmigo. —Su sonrisa era toda una invitación erótica.

—Yo necesito que me una algo personal a los hombres con los que me acuesto. No tiene que tratarse de nada intenso ni profundo, pero el sexo para mí debe ser algo más que una fría transacción.

—¿Por qué?

No podía decirse que Gideon estuviera siendo frívolo. Por rara que fuese para él aquella conversación, se la estaba tomando en serio.

—Llámalo capricho, si quieres, pero no estoy hablando a la ligera. Me fastidia que me usen en cuestiones de sexo; me siento infravalorada.

—¿No puedes verlo como que *tú* me usas a *mí?*

—Contigo, no. —Estaba siendo muy persuasivo, muy contundente.

Pude ver en sus ojos el brillo del depredador cuando dejé mi debilidad al descubierto.

—Además —continué enseguida—, eso es semántica. En mis relaciones sexuales, necesito un intercambio equitativo o ser yo la dominante.

—De acuerdo.

—¿De acuerdo? Lo has dicho demasiado pronto, teniendo en cuenta que yo quiero combinar dos cosas que tú te esfuerzas muchísimo en evitar que se junten.

—No me siento a gusto con ello y no voy a pretender que lo entiendo, pero estoy escuchándote. Es un problema. Dime cómo lo remediamos.

Me quedé sin aliento. No me esperaba aquello. Gideon era un hombre que no quería complicaciones con el sexo, y yo una mujer que encontraba complicado el sexo; pero él no se daba por vencido. Todavía.

—Tenemos que ser amigos, Gideon. No compañeros del alma ni confidentes, pero sí dos personas que saben la una de la otra algo más que la anatomía. Para mí eso significa poder estar juntos sin tener que follar necesariamente. Y me temo que tendremos que pasar algunos ratos así en lugares donde nos veremos obligados a contenernos.

—¿No es lo que estamos haciendo ahora?

—Sí. Y a eso es a lo que me refiero. No creía que fueras capaz de hacerlo. Deberías haber actuado de un modo menos extraño. —Le tapé la boca con la mano cuando intentó interrumpirme—. Pero admito que intentaste buscar una oportunidad para hablar y yo no colaboré.

Empezó a mordisquearme los dedos de tal modo que tuve que protestar y retirar la mano.

—Oye, ¿por qué haces eso?

Se llevó a la boca mi mano mordida; la besó le pasó la lengua para aliviarla. Y para provocarme.

Respondí devolviéndola a mi regazo. Todavía no estaba segura de que hubiéramos dejado las cosas claras.

—Y para que no creas que hay expectativas exageradas, cuando tú y yo pasemos tiempo juntos sin follar, no pensaré que estamos saliendo, ¿vale?

—Lo tendré en cuenta. —Gideon sonrió, y mi decisión de estar con él se reforzó. Su sonrisa fue como un relámpago en la oscuridad, deslumbrador, bello y misterioso, y le deseé tanto que experimenté verdadero dolor físico.

Deslizó la mano por la parte trasera de mis muslos y me atrajo suavemente hacia él. El dobladillo de mi escaso vestido sin espalda quedó a una altura indecente, y los ojos de Gideon permanecieron clavados en la carne que él mismo había dejado al aire. Se humedeció los labios con la lengua en un gesto tan carnal y sugerente que casi pude sentir la caricia sobre mi piel.

La voz de Duffy, cantando «Mercy», subía desde la pista de baile de abajo. Sentí un inoportuno nudo en el estómago y me pasé la mano por él.

Había ya bebido mucho, pero me sorprendí a mí misma diciendo:

—Necesito otra copa.

5

El sábado por la mañana tenía una resaca de órdago y pensé que era lo menos que me merecía. Por mucho que me ofendiera la insistencia de Gideon en negociar las relaciones sexuales con la misma pasión con la que negociaría una fusión comercial, al final yo había hecho otro tanto. Porque le deseaba lo suficiente como para correr un riesgo calculado y romper mis propias normas.

Me consolaba saber que él también estaba rompiendo algunas de las suyas.

Tras una larga ducha caliente, enfilé hacia el cuarto de estar, donde estaba Cary, fresco y espabilado, sentado en el sofá con su *netbook*. Olía a café en la cocina, así que me dirigí allí y me llené la taza más grande que pude encontrar.

—Buenos días, nena —dijo Cary en voz alta.

Con mi muy necesaria dosis de cafeína entre las manos, fui a sentarme con él en el sofá.

Me señaló una caja que había en un extremo de la mesa.

—Te ha llegado mientras estabas en la ducha.

Dejé la taza en la mesa de centro y cogí la caja. Estaba envuelta con papel marrón y cordel y tenía mi nombre escrito en diagonal en la parte de arriba con trazos decorativos. Dentro había un frasco de color ámbar en el que ponía REMEDIO PARA LA RESACA con una antigua letra blanca y una nota atada con rafia en el cuello del frasco en la que se leía: *Bébeme*. La tarjeta de Gideon estaba entre el papel protector de seda.

Me pareció un regalo muy oportuno. Desde que conocía a Gideon me sentía como si hubiera caído por la madriguera del conejo en un mundo fascinante y seductor, donde la mayoría de las normas conocidas no eran aplicables. Me hallaba en un territorio desconocido que era emocionante y aterrador a la vez.

Eché una mirada a Cary, que observó el frasco con recelo.

—¡Salud! —Saqué el corcho y me bebí el contenido sin pensarlo dos veces. Sabía a empalagoso jarabe para la tos. Era tan desagradable que primero se me revolvió el estómago y luego noté que me quemaba. Me limpié los labios con el dorso de la mano y volví a poner el corcho en el frasco vacío.

—¿Qué era? —preguntó Cary.

A juzgar por el ardor, más de lo mismo para quitar la resaca.

—Eficaz pero desagradable —añadió, arrugando la nariz.

Y estaba funcionando, pues ya me sentía un poco más firme.

Cary cogió la caja y sacó la tarjeta de Gideon. Le dio la vuelta y me la tendió. En el reverso Gideon había escrito *Llámame* con una caligrafía de rasgos enérgicos y había anotado un número de teléfono.

Le cogí la tarjeta, ahuecando la mano sobre ella. Su regalo era señal de que pensaba en mí. Su tenacidad y fijación eran seductoras.

No había duda de que estaba metida en un buen lío en lo que respectaba a Gideon. Me moría por sentirme como cuando él me tocaba, y me encantaba cómo respondía cuando le tocaba yo. Cuando trataba de pensar en lo que *no* estaría dispuesta a hacer para que sus manos volvieran a tocarme, no se me ocurría gran cosa.

Cuando Cary hizo ademán de pasarme el teléfono, sacudí la cabeza.

—Todavía no. Necesito tener la cabeza despejada cuando trato con él, y aún estoy confusa.

—Parecíais muy a gusto los dos anoche. Desde luego, está colado por ti.

—Y yo por él. —Me acurruqué en una esquina del sofá, apoyé la mejilla en un cojín y encogí las piernas hasta el pecho—. Vamos a salir de vez en cuando, a tener relaciones sexuales esporádicas, pero físicamente intensas y a ser, por lo demás, completamente independientes. Nada de ataduras, ni expectativas ni responsabilidades.

Cary pulsó una tecla de su *netbook* y la impresora que estaba en el otro extremo de la habitación empezó a echar páginas. Luego cerró de golpe el ordenador, lo dejó encima de la mesa de centro y me concedió toda su atención.

—Quizá se convierta en algo serio.

—Quizá no —me burlé.

—Cínica.

—No busco ningún vivieron-felices-para-siempre, Cary, y menos con un megamagnate como Cross. He visto en mi madre lo que supone relacionarse con hombres poderosos. Es un trabajo de jornada completa con media de compañía. El dinero hace feliz a mi madre, pero no sería suficiente para mí.

Mi padre quería a mi madre. Le pidió que se casara con él y compartieran la vida. Ella le rechazó porque carecía de la considerable cartera de acciones y la abundante cuenta corriente que ella requería en un marido. El amor no era un requisito para el matrimonio en opinión de Mónica Stanton, y como a la mayoría de los hombres les resultaba irresistible su belleza de ojos seductores y voz susurrante, nunca tuvo que conformarse con menos de lo que quería. Desgraciadamente, no quería a mi padre para una larga travesía.

Eché un vistazo al reloj y vi que eran las diez y media.

—Supongo que debería prepararme.

—Me encanta pasar el día del *spa* con tu madre. —Cary sonrió, y despejó las sombras que aún persistían en mi estado de ánimo—. Después me siento como un dios.

—Yo también. Sólo que yo como una diosa.

Teníamos tantas ganas de marcharnos que bajamos al encuentro del coche en lugar de esperar a que llamaran de recepción.

El portero sonrió cuando salimos fuera, yo con sandalias de tacón y vestido largo y Cary con unos vaqueros de tiro bajo y una camiseta de manga larga.

—Buenos días, señorita Tramell. Señor Taylor. ¿Van a querer un taxi hoy?

—No, gracias, Paul. Estamos esperando un coche. —Cary sonrió—. ¡Es el día del *spa* en Perrini's!

—Ah, el Día del Spa de Perrini's. —Con un gesto de la cabeza, Paul dio a entender que sabía lo que era—. Yo le di a mi mujer un cheque regalo por nuestro aniversario. Le gustó tanto que he pensado hacer de ello una costumbre.

—Hiciste bien, Paul —dije yo—. Mimar a una mujer nunca pasa de moda.

Llegó un turismo negro con Clancy al volante. Paul abrió la puerta trasera y nos montamos, dando grititos al ver una caja de chocolatinas Knipschild en el asiento. Nos despedimos de Paul, nos acomodamos y nos pusimos manos a la obra, dando pequeños mordiscos a aquellas trufas que merecía la pena saborear lentamente.

Clancy nos llevó directamente a Perrini's, donde la relajación comenzó desde el momento mismo en que entramos. Cruzar el umbral de la entrada era como tomarse unas vacaciones al otro lado del mundo. Cada puerta arqueada estaba enmarcada por unas suntuosas cortinas a rayas de vibrantes colores, mientras que unos cojines con fundas de pedrería decoraban los divanes y los enormes sillones.

Colgadas del techo había jaulas doradas con pájaros que gorjeaban, y por todos los rincones se veían macetas con plantas de hojas exuberantes. Pequeñas fuentes decorativas añadían los sonidos del fluir del agua, y se oía música instrumental de cuerda a través de unos altavoces ingeniosamente escondidos. El aire olía a una mezcla de especias y fragancias exóticas, que me hacían sentir como si me hubiera adentrado en *Las mil y una noches*.

Rozaba la exageración, pero no llegaba a traspasar la línea. Eso sí, Perrini's era exótico y lujoso, un capricho para quienes pudieran permitírselo. Como mi madre, que acababa de salir de su baño de leche y miel cuando llegamos nosotros.

Leí la carta de tratamientos disponibles y decidí cambiar mi habitual «mujer guerrera» por el de «caprichos apasionados». Me habían hecho la cera la semana anterior, pero me parecía que el resto del tratamiento —pensado para estar irresistible sexualmente— era justo lo que necesitaba.

Finalmente había conseguido reconducir el pensamiento a asuntos menos peligrosos, cuando Cary habló desde el sillón de pedicura que estaba a mi lado.

—Señora Stanton, ¿conoce a Gideon Cross?

Le miré boquiabierta. Sabía perfectamente que mi madre se ponía de los nervios con cualquier noticia relacionada con mis relaciones amorosas, o no tan amorosas, como podía ser el caso.

Mi madre, sentada a mi otro lado, se echó hacia delante con su típica emoción de niña ante un hombre rico y atractivo.

—Por supuesto. Es uno de los hombres más ricos del mundo. El número veinticinco o algo así en la lista de la revista *Forbes*, si no recuerdo mal. Un joven muy ambicioso, obviamente, y un generoso benefactor de muchas organizaciones benéficas que yo apoyo. Un buenísimo partido, claro está, pero dudo que sea gay, Cary. Tiene fama de donjuán.

—Eso que me pierdo. —Cary sonrió e hizo como que no me veía sacudir la cabeza con fuerza—. Pero de todos modos sería un amor imposible, ya que él anda tras Eva.

—¡Eva! No puedo creer que no hayas contado nada. ¿Cómo has podido ocultarme algo así?

Miré a mi madre, cuya cara lavada se veía joven, sin arrugas y muy parecida a la mía. Yo era a todas luces hija de mi madre, hasta el apellido. La única concesión que le había hecho a mi padre había sido ponerme el nombre de su madre.

—No hay nada que contar —insistí—. Sólo somos... amigos.

—Podemos hacerlo mejor —dijo Mónica, con una calculadora mirada que me dio miedo—. No sé cómo no he caído en que trabajas en el mismo edificio que él. Seguro que se enamoró de ti en cuanto te vio. Aunque se sabe que le van más las morenas... Humm... Bueno. También es famoso por su excelente gusto. Es evidente que en esto último llevas las de ganar.

—Las cosas no van por ahí. Por favor, no empieces a meterte donde no te llaman. Me pondrás en una situación embarazosa.

—Tonterías. Si hay alguien que sepa qué hacer con los hombres, soy yo.

Me hundí en el asiento, hasta que los hombros me rozaron las orejas. Para cuando llegó la hora del masaje, necesitaba desesperadamente que me lo dieran. Me tumbé en la mesa y cerré los ojos, dispuesta a echarme una siestecita para aguantar la larga noche que se avecinaba.

Me encantaba arreglarme y estar guapa tanto como a cualquier chica, pero los actos benéficos daban mucho trabajo. Hablar de trivialidades era agotador, sonreír sin parar era una pesadez y las conversaciones sobre asuntos y personas que no conocía me aburrían mortalmente. Si no fuera porque Cary se beneficiaba con la publicidad, me resistiría a ir.

Suspiré. ¿A quién trataba de engañar? Acabaría yendo de todas formas. Mi madre y Stanton apoyaban las organizaciones benéficas contra el maltrato infantil porque era importante para mí. Acudir a uno de aquellos convencionales eventos de vez en cuando era el pequeño precio que había que pagar por los beneficios que reportaban.

Respiré hondo y procuré relajarme. Tomé nota mentalmente de llamar a mi padre cuando llegara a casa y pensé en cómo enviar una nota de agradecimiento a Gideon por el remedio para la resaca. Me figuré que podría mandarle un correo electrónico utilizando la información de contacto de su tarjeta, pero era poco elegante. Además, ignoraba quién leía su bandeja de entrada.

Le llamaría al llegar a casa. ¿Por qué no? Me había pedido —no, *dicho*— que le llamara; había escrito el ruego en su tarjeta. Y oiría su voz seductora otra vez.

La puerta se abrió y entró la masajista.

—Hola, Eva. ¿Estás lista?

No del todo. Pero casi.

Después de unas fantásticas horas en el *spa,* mi madre y Cary me dejaron en el apartamento; luego ellos se fueron a buscar unos gemelos nuevos para Stanton. Como iba a estar sola durante un rato, decidí llamar a Gideon. Pese a la muy necesaria intimidad, tecleé su número una media docena de veces antes de decirme a realizar la llamada.

Respondió a la primera señal.

—Eva.

Sorprendida de que supiera quién le llamaba, me quedé sin palabras. *¿Cómo tenía mi nombre y mi número de teléfono en su lista de contactos?*

—Esto... Hola, Gideon.

—Estoy a una manzana de distancia. Avisa en recepción de que voy.

—¿Cómo? —Tenía la sensación de haberme perdido parte de la conversación—. ¿Que vas adónde?

—A tu casa. Estoy en la esquina. Llama a recepción, Eva.

Colgó y yo me quedé mirando el teléfono, tratando de asimilar el hecho de que Gideon estaría conmigo otra vez en cuestión de minutos. Un tanto aturdida, me dirigí al interfono y hablé con recepción para comunicar que le esperaba, y mientras estaba hablando, entró él en el vestíbulo. Unos instantes después, se encontraba ante mi puerta.

Fue entonces cuando me di cuenta de que sólo llevaba puesta una bata corta de seda, e iba peinada y maquillada para la cena. ¿Qué impresión se llevaría de mi aspecto?

Me apreté el cinturón de la bata antes de dejarle entrar. Yo no le había invitado a venir a casa para seducirle ni nada parecido.

Gideon permaneció en la entrada un largo instante, contemplándome desde la cabeza hasta los dedos de los pies, con manicura francesa en las uñas. A mí también me anonadó su aspecto. Le sentaban tan bien los vaqueros desgastados y la camiseta que vestía que me dieron ganas de desnudarle con los dientes.

—Sólo por encontrarte así ya ha merecido la pena el viaje. —Entró en casa y atrancó la puerta tras él—. ¿Qué tal estás?

—Bien. Gracias a ti. Gracias. —Se me estremecía el estómago porque él estaba ahí, conmigo, lo cual casi me daba... vértigo—. Pero ésa no puede ser la razón por la que has venido hasta aquí.

—He venido porque has tardado mucho en llamarme.

—No sabía que tuviera un plazo para hacerlo.

—Tengo que preguntarte algo que requiere una respuesta inmediata, pero, aparte de eso, quería saber si te sientes bien después de anoche. —Los ojos se le veían oscuros mientras me recorría de arriba abajo; su cara, imponente enmarcada en aquella increíble cortina de pelo negro—. ¡Dios, estás guapísima, Eva. No recuerdo haber deseado nada tanto!

Aquellas sencillas y escasas palabras me pusieron mimosa, a cien. Demasiado vulnerable.

—¿Qué es tan urgente?

—Ven conmigo a la cena benéfica esta noche.

Me eché hacia atrás, sorprendida y emocionada con la petición.

—¿Vas a ir?

—Y tú también. Lo he comprobado, al saber que tu madre estaría allí. Vamos juntos.

Me llevé una mano a la garganta, debatiéndome entre la extrañeza que me producía lo mucho quc él sabía de mí y la preocupación por lo que me estaba pidiendo.

—No era a esto a lo que me refería cuando dije que debíamos pasar tiempo juntos.

—¿Por qué no? —Aquella sencilla pregunta estaba teñida de desafío—. ¿Qué problema hay en que vayamos juntos a un evento al que los dos íbamos a acudir por separado?

—No es que sea muy discreto. Se trata de un acto prominente.

—¿Y? —Gideon dio un paso hacia mí y me toqueteó un rizo.

El peligroso susurro que había en su voz hizo que me estremeciera. Sentí la calidez de su enorme cuerpo macizo y percibí el aroma profundamente masculino de su piel. Estaba cayendo bajo su embrujo, cada vez más.

—La gente hará suposiciones, mi madre sobre todo, que ya estará oliendo tu sangre de soltero en el agua.

Bajando la cabeza, Gideon posó los labios en la curva de mi cuello.

—Me da igual lo que piense la gente. Sabemos lo que hacemos. Yo me encargaré de su madre.

—Si crees que puedes... —dije con la respiración entrecortada—, no la conoces bien.

—Pasaré a recogerte a las siete. —Me pasó la lengua por la palpitante vena de la garganta y me fundí en él, con el cuerpo laxo al atraerme hacia él.

—Todavía no he dicho que sí —logré articular.

—Pero no vas a decir que no. —Me cogió el lóbulo de la oreja entre los dientes—. No te dejaré.

Abrí la boca para protestar y él me la selló posando sus labios sobre los míos, acallándome con un voluptuoso y húmedo beso. Movía la lengua despacio, saboreándome de tal manera que me hizo desear que me hiciera lo mismo entre las piernas. Las manos se me fueron a su pelo, acariciándolo, tirando de él. Cuando me rodeó con sus brazos, me arqueé, curvándome en sus manos.

Al igual que en su oficina, me tuvo boca arriba en el sofá antes de darme cuenta de que me estaba moviendo, tragándose con su boca mi sorprendido jadeo. La bata cedió a sus hábiles dedos, y a continuación me puso las manos en los pechos, acariciándolos con suaves y rítmicos apretones.

—Gideon...

—Shhh. —Me succionó el labio inferior, presionando y tirándome de mis sensibles pezones—. Saber que no llevabas nada puesto debajo de la bata estaba volviéndome loco.

—Has venido sin... ¡Oh! ¡Oh, Dios!

Me rodeó un pezón con la boca, y aquella oleada de calor me produjo un velo de transpiración en la piel.

Nerviosa, no dejaba de mirar la hora en el reloj del decodificador.

—Gideon, no.

Levantó la cabeza y me miró con sus tormentosos ojos azules.

—Es una locura, lo sé. No... No sabría explicarlo, Eva, pero tengo que hacer que te corras. Llevo días pensándolo constantemente.

Me metió una mano entre las piernas. Las abrí sin pudor, tan excitado mi cuerpo que me sentía arrebatada, casi febril. Con la otra mano seguía magreándome los pechos, poniéndomelos duros e insoportablemente sensibles.

—Te me has puesto húmeda —murmuró, bajando la mirada hacia donde estaba abriéndome con los dedos—. Ahí también eres hermosa. Aterciopelada y rosa. Muy suave. No te habrás depilado hoy, ¿verdad?

Negué con la cabeza.

—Menos mal. No creo que hubiera aguantado ni diez minutos sin tocarte, no digamos diez horas. —Me introdujo un dedo cuidadosamente.

Me sentía tan vulnerable allí desnuda, con las piernas abiertas, toqueteada por un hombre cuya familiaridad con las normas de la depilación brasileña delataba un íntimo conocimiento de las mujeres. Un hombre que aún estaba completamente vestido, arrodillado en el suelo junto a mí.

—Estás muy acogedora. —Gideon sacó el dedo y volvió a clavármelo con delicadeza. Arqueé la espalda al apretar con ansia—. Y muy ávida. ¿Cuánto tiempo hace que no follas?

Tragué saliva.

—He estado muy ocupada con la tesis, buscando trabajo, trasladándome...

—Una temporada, entonces. Sacó el dedo y a continuación me introdujo dos. No pude reprimir un gemido de placer. Aquel hombre tenía unas manos dotadas, seguras y expertas, y cogía lo que quería con ellas.

—¿Utilizas algún método anticonceptivo, Eva?

—Sí. —Me aferré al borde de los cojines—. Por supuesto.

—Te demostraré que estoy limpio y tú harás otro tanto, y luego dejarás que te penetre.

—¡Por Dios, Gideon! —Jadeaba por él, meneando las caderas descaradamente sobre aquellos dedos que empujaban. Tenía la sensación de que ardería espontáneamente si él no salía.

En mi vida me había excitado tanto. Me moría por un orgasmo. Si hubiera entrado Cary en aquel momento y me hubiera encontrado retorciéndome en la sala de estar de nuestra casa mientras Gideon me follaba con los dedos, creo que no me habría importardo.

Gideon respiraba entrecortadamente también. Tenía la cara sonrojada por la lujuria. Por mí. Cuando lo único que había hecho yo era responderle sin poder evitarlo.

Me acarició la mejilla con la mano que tenía en mi pecho.

—Estás ruborizada. Te he escandalizado.

—Sí.

Su sonrisa era pícara y gozosa a la vez, y sentí una opresión en el pecho.

—Quiero sentir mi semen en ti cuando te folle con los dedos. Quiero que *tú* sientas mi semen en ti, para que pienses en el aspecto que tengo y los sonidos que hago cuando lo bombee dentro de ti. Y mientras pienses en ello, estarás deseando que vuelva a hacértelo una y otra vez.

Mi sexo se tensó alrededor de sus acariciadores dedos, la crudeza de sus palabras me empujaba al borde del orgasmo.

—Te diré todas las formas en que quiero que me satisfagas, Eva, y vas a hacerlo todo... a aceptarlo todo, y el sexo será explosivo, primario, sin limitaciones. Lo sabes, ¿verdad? Intuyes cómo será entre nosotros.

—Sí —musité, apretándome los pechos para aliviar el profundo dolor de mis pezones endurecidos—. Por favor, Gideon.

—Shhh... Te tengo. —Con la parte blanda de su pulgar empezó a frotarme suavemente el clítoris en círculos—. Mírame a los ojos cuando te corras.

Todo se tensó en mi centro, y esa tensión crecía a medida que me masajeaba el clítoris y empujaba los dedos adentro y afuera con un ritmo constante, sin prisas.

—Ríndete a mí, Eva —ordenó—. Ya.

Alcancé el clímax con un tenue grito, mis blancos nudillos a los lados de los cojines, mientras sacudía las caderas en su mano, sin asomo de vergüenza o timidez. Tenía la vista fija en la suya, incapaz de apartar la mirada, fascinado con aquel triunfo masculino que le brillaba en los ojos. En aquel momento me poseyó. Haría lo que quisiera. Y él lo sabía.

Me atravesó un intenso placer. Entre el latido de la sangre en mis oídos, me pareció oírle decir algo con la voz quebrada, pero me perdí las palabras cuando apoyó una de mis piernas en el respaldo del sofá y abarcó mi abertura con su boca.

—No. —Le empujé la cabeza con las manos—. No puedo.

Estaba demasiado inflamada, demasiado sensible. Pero cuando me tocó el clítoris con la lengua, agitándola sobre él, creció de nuevo el deseo. Con más intensidad que la primera vez. Me bordeó mi palpitante abertura, provocándome, atormentándome con la promesa de otro orgasmo cuando yo sabía que no podía tener otro tan pronto.

Entonces me introdujo la lengua y yo me mordí el labio para reprimir un grito. Me corrí por segunda vez, estremeciéndose mi cuerpo violentamente, tensándose los músculos con desesperación alrededor de sus voluptuosos lametones. Su bramido me hizo vibrar. No tuve fuerzas para apartarle cuando se puso a lamerme el clítoris otra vez suave, incansablemente... hasta que volví a tener otro orgasmo, pronunciando su nombre con voz entrecortada.

Me había quedado sin energía cuando me estiró la pierna y aún estaba sin aliento cuando empezó a besarme desde vientre hasta los pechos. Me chupó los pezones, luego me levantó pasándome los brazos por la espalda. Sostenía mi cuerpo laxo y flexible mientras me tomaba la boca con violencia reprimida, magullándome los labios y delatando lo cerca del borde que estaba él.

Me cerró la bata y se levantó, mirándome desde arriba.

—Gideon...

—A las siete en punto, Eva. —Alargó el brazo y me tocó el tobillo, acariciando con los dedos la brillante cadenita que me había puesto para lucir por la tarde—. Y no te la quites. Quiero follar contigo vestida sólo con esto.

6

—Hola, papá, te he pillado en casa. —Agarré bien el auricular y tiré de un taburete hasta el mostrador de desayuno. Echaba de menos a mi padre. Durante los últimos cuatro años habíamos vivido lo suficientemente cerca uno del otro como para vernos por lo menos una vez a la semana. Ahora, él vivía en Oceanside y yo en el otro extremo del país—. ¿Cómo estás?

Mi padre bajó el volumen del televisor.

—Mejor, ahora que me has llamado. ¿Qué tal te ha ido en tu primera semana de trabajo?

Le describí las jornadas de lunes a viernes, omitiendo todo lo que tenía relación con Gideon.

—Me cae muy bien mi jefe, que se llama Mark, y el ambiente en la agencia es muy dinámico y un tanto insólito. Estoy contenta a la hora de ir y me quedo pegada a la silla a la de salir.

—Espero que sigan así las cosas. Pero tienes que procurar descansar también. Sal por ahí, vive la vida, diviértete. Aunque no excesivamente.

—Pues creo que ayer me pasé un montón. Salí de marcha con Cary y hoy he amanecido con una resaca de cuidado.

—No me lo cuentes, anda —refunfuñó—, que hace unas noches me desperté con un sudor frío pensando en qué sería de ti en Nueva York. Me tranquilicé diciéndome a mí mismo que eres demasiado inteligente para correr riesgos, gracias a unos progenitores que te han transmitido normas de seguridad por medio del ADN.

—Y es verdad —le dije, riéndome—. Eso me recuerda... que voy a empezar a entrenarme en Krav Maga.

—¿Ah, sí? —Hizo una pausa—. Uno de mis colegas es muy bueno en eso. Puede que me pase a verlo cuando vaya a visitarte y cambiamos impresiones.

—¿Vas a venir a Nueva York? —No podía disimular mi entusiasmo—. Ay, papá, me encantaría. Aunque tengo nostalgia del sur de California, Manhattan es impresionante. Creo que te gustará.

—A mí me gustaría cualquier sitio siempre que tú estuvieras allí. —Hizo otra pausa antes de seguir—. ¿Cómo está tu madre?

—Bueno, pues... como es ella: guapa, encantadora y obsesiva-compulsiva.

Se me hizo un nudo en el estómago y me pasé la mano por él. Pensé que quizás mi padre aún quería a mi madre. Nunca se había casado. Ésa era una de las razones por las que nunca le conté lo que me había pasado. Siendo policía, habría insistido en que se presentaran cargos y el escándalo habría hecho polvo a mi madre. También me preocupaba que él le perdiese el respeto o incluso que la culpara, y no había sido culpa suya. En cuanto ella se enteró de lo que estaba haciéndome su hijastro, dejó a un marido con quien era feliz y pidió el divorcio.

Yo seguía hablando cuando Cary entró a toda prisa, con una bolsita azul de Tiffany & Co. en la mano. Le hice un gesto de saludo.

—Hoy hemos estado en un *spa;* una manera estupenda de ponerle fin a la semana.

—Me alegro de que podáis pasar tiempo juntas. —Notaba su sonrisa en la voz—. ¿Qué planes tenéis para lo que queda del fin de semana?

Eludí el tema del acto benéfico, sabiendo como sabía que todo ese rollo de la ostentación y los cubiertos exorbitantemente caros pondrían más distancia entre mis padres.

—Cary y yo saldremos a cenar, y mañana tengo intención de quedarme en casa. Dormir hasta las tantas, con el pijama todo el día puesto, tal vez alguna película y comida a domicilio. Vegetar un poquito antes de que empiece una nueva semana de trabajo.

—Me suena a música celestial. Tal vez haga yo lo mismo el próximo día que tenga libre.

Eché un vistazo al reloj y vi que ya eran casi las seis.

—Tengo que arreglarme ya. Ten mucho cuidado en tu trabajo, ¿vale? Ya sabes que me preocupo mucho por ti.

—Así lo haré. Adiós, nena.

Aquella despedida, tan habitual en él, me hizo añorarle tanto que la emoción me produjo un nudo en la garganta.

—¡Ah, espera! Voy a comprar otro teléfono móvil. Te mandaré un mensaje con el nuevo número en cuanto lo tenga.

—¿Otro? Pero si ya te compraste uno cuando te trasladaste.

—Es una larga historia. Y muy aburrida.

—Bueno... Hazlo cuanto antes. Son muy útiles en cuanto a la seguridad y también para jugar a los Angry Birds.

—Yo ya no juego a eso. —Me eché a reír y una cálida oleada recorrió todo mi cuerpo al oírle reír a él también—. Te llamaré dentro de unos días. Sé bueno.

—Eso *hago*.

Colgué. Me quedé sentada un momento, envuelta en el silencio que siguió, con la sensación de que todo iba bien en mi mundo, sensación que no solía durar mucho; Cary hizo sonar el equipo de su dormitorio con música de Hinder, y eso me hizo ponerme en movimiento.

Corrí a mi habitación a prepararme para salir aquella noche con Gideon.

—¿Me pongo collar o no? —le pedí consejo a Cary cuando entró en mi cuarto con un aspecto verdaderamente espectacular. Vestido con su nuevo esmoquin de Brioni, se le veía a la vez elegante y desenvuelto, y seguro de llamar la atención.

—A ver... —ladeó la cabeza para examinarme—, levántalo otra vez.

Me acerqué al cuello la gargantilla de monedas de oro. El vestido que me había enviado mi madre era rojo camión de bomberos y diseñado para una diosa griega. Sujeto sólo de un hombro, caía en diagonal por el pecho e iba plisado hasta las caderas y con una abertura desde lo alto del muslo hasta los pies. No tenía espalda, aparte de una fina tira de pedrería que iba de un lado a otro de ésta para evitar que la parte delantera se desprendiese. Por otra parte, el escote de atrás llegaba justamente hasta la hendidura de los glúteos en un atrevido corte en V.

—Olvídate del collar —me dijo—. Yo me inclinaba por unos pendientes de oro, pero ahora me parecen mejor unos aros con diamantes. Los más grandes que tengas.

—¿Sí? ¿En serio? —Fruncí un poco el ceño ante nuestra imagen reflejada en el espejo de cuerpo entero, y le observé mientras se dirigía a mi joyero y buscaba en él.

—Éstos. —Me trajo los aros de cinco centímetros que me había regalado mi madre cuando cumplí dieciocho años—. Confía en mí, Eva. Póntelos.

Me los puse y comprobé que tenía razón. Me proporcionaban un *look* muy distinto al de la gargantilla de oro, menos glamur pero más sensualidad. Además iban bien con la esclava, también de diamantes, que llevaba en el tobillo derecho, y que ya nunca me parecería la misma desde el comentario de Gideon. Con el pelo retirado de la cara, cayendo en una cascada de abundantes rizos deliberadamente desordenados, tenía una imagen de recién-follada que se complementaba con sombra oscura de ojos y brillo incoloro en los labios.

—¿Qué haría yo sin ti, Cary Taylor?

—Nena —me puso las manos en los hombros y apretó su mejilla contra la mía—, nunca lo sabrás.

—A propósito, estás impresionante.

—Sí, ¿verdad? —Me guiñó un ojo y retrocedió un poco para que le viera bien.

A su manera, Cary podría hacer la competencia a Gideon en lo que al atractivo se refería. Cary tenía las facciones más delicadas, se podría decir que bonitas, comparadas con la belleza salvaje de Gideon, pero ambos eran hombres imponentes, que hacían volver la cabeza y quedarse un rato disfrutando de aquel regalo para la vista.

Cuando nos conocimos, Cary no estaba tan bien, sino flaco y demacrado, con los ojos desorientados y sombríos. Pero me gustó de todos modos y hacía todo lo posible para sentarme a su lado en la terapia de grupo. Un día, me propuso de un modo muy brusco que me acostara con él, pues tenía el convencimiento de que la única razón por la que la gente se le acercaba era para follar. Al negarme, firme e irrevocablemente, fue cuando por fin nos compenetramos y llegamos a ser tan buenos amigos. Él se convirtió en el hermano que nunca había tenido.

Sonó el timbre del portero automático y di un respingo, lo cual me hizo darme cuenta de lo nerviosa que estaba. Miré a Cary.

—Se me olvidó decir en recepción que iba a venir.

—Yo iré a buscarle.

—¿Seguro que no te importa andar por ahí con Stanton y mi madre?

—¿Qué dices? ¡Pero si me adoran! —Su sonrisa se atenuó un poco—. ¿Salir con Gideon te produce desasosiego?

Aspiré hondo, recordando cómo estaba unas horas antes: tumbada y aturdida por un orgasmo múltiple.

—No, la verdad es que no. Lo que ocurre es todo está yendo muy deprisa y mejor de lo que yo esperaba o creía que deseaba...

—Te estás preguntando dónde está la trampa. —Alargó la mano y me dio unos golpecitos en la nariz con la yema del dedo—. Él es la trampa, Eva. Y tú te lo has llevado. Disfrútalo.

—Lo intento. —Agradecía mucho que Cary entendiera cómo funcionaba mi mente. Era sumamente fácil estar con él, sabiendo que él leía entre líneas cuando yo no podía explicar algo.

—He investigado sobre él todo lo que podido esta mañana y he imprimido las cosas interesantes más recientes. Están en tu mesa, por si quieres verlas.

Recordaba haberle visto imprimiendo algo antes de prepararnos para ir al *spa.* Me puse de puntillas y le besé en la cara.

—Eres inmejorable. Te adoro

—Lo mismo digo, nena. —Se encaminó hacia la puerta—. Bajaré a recepción y le traeré. No te aceleres. Se ha adelantado diez minutos.

Sonriendo, le vi salir tranquilamente al corredor. Después de cerrar la puerta, me dirigí al pequeño cuarto de estar anexo a mi dormitorio. Sobre el nada práctico escritorio que había elegido mi madre, encontré una carpeta con varios artículos e imágenes impresas. Tomé asiento y me sumergí en la historia de Gideon Coss.

Era como estar viendo un descarrilamiento. Me enteré de que era el hijo de Geoffrey Cross, en otro tiempo presidente de una empresa de inversión de valores que más tarde resultó ser la pantalla de un enorme fraude tipo piramidal. Gideon sólo tenía cinco años cuando su padre se suicidó de un tiro en la cabeza para no ir a la cárcel.

Oh, Gideon. Traté de imaginármelo a esa edad y vi a un niño muy guapo, de pelo negro y ojos azules, lleno de confusión y tristeza. Se me partió el corazón. La muerte del padre y las circunstancias que lo rodearon debieron de ser un tremendo golpe tanto para su madre como para él. La tensión y el sufrimiento en aquellos momentos tan duros tuvieron que ser horrorosos, en particular para un niño tan pequeño.

Su madre volvió a casarse, esta vez con Christopher Vidal, un ejecutivo de la música, y tuvo otros dos hijos, Christopher e Ireland, pero parecía que el aumento de la familia y la seguridad económica llegaron demasiado tarde para estabilizar a Gideon tras semejante impresión. Había estado demasiado bloqueado como para que le quedaran dolorosas secuelas emocionales.

Con ojos curiosos y críticos, estudié a las mujeres que habían sido fotografiadas junto a Gideon, y pensé en su planteamiento de salir, socializar y sexo. También me di cuenta de que mi madre tenía razón: todas eran morenas. La mujer que más veces aparecía con él llevaba el sello de la ascendencia hispana.

—Magdalene Perez —murmuré, admitiendo a regañadientes que era despampanante. Tenía una pose de ostensible seguridad en sí misma que para mí quería yo.

—Bueno, ya es hora. —Cary me interrumpió con un suave tono de picardía. Estaba en la puerta de mi habitación, apoyado insolentemente en la jamba.

—¿Ya? —Estaba tan absorta que yo no me había dado cuenta del tiempo que había pasado.

—Creo que está a punto de entrar a por ti. Apenas puede aguantar.

Cerré la carpeta y me levanté.

—Interesante, ¿verdad?

—Mucho.

¿Cómo habría influido el padre de Gideon en él o, más concretamente, su suicidio?

Todas las respuestas que quería me esperaban en la habitación de al lado.

Salí del dormitorio y recorrí el pasillo en dirección a la sala de estar. Me detuve en el umbral, con los ojos fijos en la espalda de Gideon, que en ese momento observaba la calle por la ventana. El corazón se me puso a mil. El reflejo en el cristal me dejó adivinar su ánimo pensativo, por la mirada perdida y la expresión adusta. Los brazos cruzados delataban una inquietud inherente, como si se encontrara fuera de su elemento. Se le veía lejano y apartado. Un hombre intrínsecamente solo.

Advirtió mi presencia, o tal vez percibió mis sentimientos. Se dio la vuelta y luego se quedó inmóvil. Yo aproveché la oportunidad para empaparme de él, mirándole de hito en hito. Era magnífico de arriba abajo. Con un atractivo tan sensual que me dolían los ojos sólo de verle. Un encantador mechón que le venía a la cara me hizo mover los dedos por las ganas de tocarlo. Y el modo en que me observaba él a mí... me aceleró las pulsaciones.

—Eva. —Se aproximó con paso enérgico y airoso, cogió una de mis manos y se la llevó a la boca. Su mirada no podía ser más intensa.

La sensación de sus labios en mi piel me puso la carne de gallina y despertó el recuerdo de aquella boca tentadora en otras partes de mi cuerpo. Me excité inmediatamente.

—Hola.

La satisfacción se asomó a sus ojos.

—Hola. Estás increíble. No veo el momento de lucirte por ahí.

Expresé con el suspiro el placer que sentía ante el cumplido.

—A ver si estoy a tu altura.

Gideon frunció ligeramente el entrecejo.

—¿Has cogido todo lo necesario?

Cary se acercó con un chal de terciopelo negro y unos guantes largos.

—Aquí tienes. He metido en el bolso la barra de labios.

—Eres un cielo, Cary.

Me hizo un guiño como diciéndome que había visto los condones en el bolsillo interior.

—Bajaré con vosotros.

Gideon cogió el chal y me lo echó por los hombros. Liberó la parte del pelo que había quedado debajo, y el contacto de sus manos con mi cuello me afectó de tal manera que apenas me di cuenta cuando Cary me enfundó los guantes.

El tiempo que duró el descenso del ascensor hasta la entrada fue todo un ejercicio de supervivencia a la tensión sexual aguda. No parecía que Cary se diera cuenta; iba a mi izquierda, con las manos en los bolsillos y silbando. Gideon, al otro lado era una fuerza irresistible. Aunque ni se movía ni emitía ningún sonido, yo notaba la potente energía que irradiaba. Me ardía la cara por la fuerza magnética que había entre nosotros y mi respiración se hizo entrecortada. Fue un alivio que se abrieran las puertas y saliéramos de aquel espacio cerrado.

Dos mujeres esperaban para entrar. Se quedaron con la boca abierta cuando vieron a Gideon y Cary, y eso me distendió y me hizo sonreír.

—Señoras —las saludó Cary, con una sonrisa que realmente no era justa. Casi se podía ver el cortocircuito que tenía lugar en sus cerebros.

Por el contrario, Gideon hizo una leve inclinación de cabeza y me condujo adelante con una mano en la zona dorsal de mi espalda, piel con piel. El contacto fue eléctrico y me produjo una oleada de calor.

Le apreté una mano a Cary.

—Resérvame un baile.

—Por supuesto. Hasta luego.

Fuera, nos esperaba una limusina. El chófer abrió la puerta en cuanto Gideon y yo salimos. Me deslicé hasta un extremo del asiento y me coloqué el vestido. Cuando Gideon se sentó junto a mí, me di cuenta de lo bien que olía. Inhalé aquel aroma, instándome a mí misma a relajarme y disfrutar de su compañía. Él me cogió la mano y me acarició la palma con las yemas de los dedos, cuyo roce hizo saltar chispas de lujuria.

—Eva... —Apretó un botón y el cristal de separación del conductor comenzó a subir

Acto seguido me atrajo hacia él y puso su boca en la mía, besándome apasionadamente.

Por mi parte, hice lo que había querido hacer desde que le vi en mi cuarto de estar: le sujeté por el pelo y le devolví el beso. Me encantaba el modo que tenía de besarme, como si no tuviera más remedio, como si fuese a enloquecer si tenía que esperar más tiempo. Le succioné la lengua, ahora que sabía cuánto le gustaba, ahora que sabía cuánto *me* gustaba a mí y lo mucho que me hacía desear chuparle en cualquier otro sitio con las mismas ansias.

Pasó las manos por mi espalda desnuda y yo gemí, sintiendo el empuje de su erección contra la cadera. Cambié de posición para sentarme sobre él, quitando la falda de en medio y agradeciéndole mentalmente a mi madre la idea de mandarme aquel vestido provisto de una abertura tan práctica. Con una pierna a cado lado de su cuerpo, le abracé a la altura de los hombros y profundicé más con mis besos. Le lamí dentro de la boca, le mordisqueé el labio inferior, le acaricié toda la lengua con la mía...

Gideon me agarró por la cintura y me hizo a un lado. Se apoyó en el respaldo del asiento, con el cuello arqueado para mirarme a la cara y el torso palpitante.

—¿Qué me estás haciendo?

Le pasé las manos por el pecho, por encima de la camisa, y noté la dureza implacable de sus músculos. Fui siguiendo con los dedos las turgentes líneas del abdomen mientras me hacía una idea de cómo estaría desnudo.

—Te estoy tocando. Disfrutando contigo como una loca. Te deseo, Gideon.

Me agarró de las muñecas para impedir el avance de mis movimientos.

—Luego. Estamos en medio de Manhattan.

—Nadie nos ve.

—Ya, pero no es momento ni lugar para empezar algo que necesita horas. Estoy volviéndome loco desde esta tarde.

—Pues vamos a asegurarnos de que lo terminamos ahora.

Me apretó las manos con más fuerza.

—No podemos hacerlo aquí.

—¿Por qué no? —Entonces me asaltó un pensamiento sorprendente—. ¿Nunca lo has hecho en una limusina?

—No —dijo, tensando las mandíbulas—. ¿Y tú?

Desvié la mirada sin contestar y vi el tráfico y los peatones que pululaban a nuestro alrededor. Estábamos sólo a un paso de la gente, pero el cristal oscuro nos ocultaba y a mí me daba alas. Quería complacerle. Quería saber que era capaz de descubrir el interior de Gideon Cross, y nada me lo impedía salvo él mismo.

Balanceé las caderas contra él, rozándome con toda la longitud de su firme polla. Él emitía sonidos sibilantes al soltar el aliento con los dientes apretados.

—Te necesito, Gideon —le dije jadeando, inhalando su perfume, que era más intenso ahora que estaba excitado. Pensé que podría estar un poco ebria sólo del tentador aroma de su piel—. Me vuelves loca.

Me soltó las muñecas y me cogió la cara con las manos, presionando con fuerza sus labios contra los míos. Llevé la mano a su bragueta y le desabroché dos botones que daban acceso a la cremallera. Él se puso rígido.

—Necesito esto —susurré contra sus labios—. Dámelo.

No se relajó, pero tampoco intentó detenerme. Cuando tuve el pene en mi poder, emitió un sonido a la vez quejumbroso y erótico. Lo apreté delicadamente, con una suavidad premeditada. Estaba duro como una piedra, y caliente. Lo acaricié de arriba a abajo con las manos cerradas, de la raíz a la punta, conteniendo la respiración cuando él se estremecía debajo de mí.

Entonces me sujetó por los muslos y buscó bajo el vestido con los dedos hasta encontrar la puntilla roja del tanga.

—Tienes un coño tan dulce... —murmuró junto a mi boca—. Quiero tenerte extendida y lamerte hasta que me exijas la polla.

—Si quieres, te la exijo ya. —Seguí tocándole con una mano mientras buscaba el bolso con la otra para coger un condón.

El dedo que deslizó bajo el tanga encontró ya la superficie resbaladiza.

—Apenas te he tocado —susurró, con los ojos brillantes dirigidos a mí desde la sombra del respaldo— y ya estás preparada.

—No puedo evitarlo.

—No quiero que lo evites. —Me penetró con el dedo, mordiéndose el labio inferior cuando yo me contraje sin remedio en torno a él—. No sería justo cuando yo no soy capaz de parar lo que me estás haciendo. —Rasgué el envoltorio con los dientes y se lo di con el anillo del condón sobresaliendo.

—A mí no se me dan bien.

Su mano se curvó sobre la mía.

—Me estoy saltando todas las reglas contigo.

El tono grave de su voz me provocó una cálida ola de confianza.

—Las reglas están hechas para romperlas.

Vi un instante la blancura de sus dientes; luego presionó un botón del panel que había a su lado y dijo:

—Conduce hasta que te diga.

Las mejillas me ardían. Los faros de un coche traspasaron el cristal oscuro e iluminaron mi cara, delatando mi rubor.

—Vaya, Eva —susurró, desenrollando el condón con destreza—, me seduces para hacer el amor en la limusina, y luego te sonrojas cuando le digo al chófer que no interrumpa mientras lo hacemos.

Esa ironía repentina me hizo desearle desesperadamente. Colocando las manos en sus hombros para guardar el equilibrio, me puse de rodillas, elevándome hasta la altura necesaria para quedarme en el aire sobre la gruesa verga de Gideon. Movió las manos por mis caderas y oí el rasgar de las bragas. El ruido repentino y lo impetuoso de aquel acto aguijonearon mi pasión hasta un punto supremo.

—Despacio —ordenó con voz ronca, levantando las caderas para bajarse más los pantalones.

Su erección me rozaba entre las piernas al moverse, y yo me quejaba, anhelante y vacía, como si los orgasmos que me había dado antes no hubieran sino acuciado mi deseo en vez de saciarlo.

Se tensó cuando rodeé el pene con los dedos y coloqué su prominente glande entre los lubricados pliegues de mi hendidura. Los efluvios de nuestra fogosidad hacían el aire húmedo y cargado, una seductora mezcla de ardor y feromonas que soliviantaba a todas las células de mi cuerpo, me producía un hormigueo en la piel y ponía los pechos pesados y tiernos.

Esto era lo que yo quería desde el momento en que le vi: poseerle, subirme a su cuerpo magnífico y meterlo bien dentro de mí.

—Dios santo, Eva —exclamó, jadeante, cuando por fin bajé mi cuerpo sobre el suyo, mientras seguía masajeándome los muslos.

Cerré los ojos, sintiéndome desvalida. Había querido intimidad con él y ahora esto parecía demasiado íntimo. Estábamos vis a vis, a pocos centímetros uno del otro, escondidos en un pequeño espacio mientras el resto del mundo circulaba a nuestro alrededor. Notaba su agitación, sabía que él se sentía tan descentrado como yo.

—Eres tan prieta... —sus palabras, entrecortadas, iban unidas por un hilo de deliciosa agonía. Le absorbí aún más, dejándolo entrar más dentro. Inspiré profundamente, sintiéndome exquisitamente elástica.

—Y tú la tienes tan grande...

Presionando la palma abierta contra mi bajo vientre, me tocó el palpitante clítoris con la yema del pulgar y empezó a masajearlo en círculos lentos, suaves y expertos. Todo en mi interior se contrajo y se estrechó, succionándolo con más fuerza. Le miré con los ojos entreabiertos. Estaba tan hermoso tumbado debajo de mí con su elegante esmoquin y aquel poderoso cuerpo entregado a la necesidad primaria de la cópula...

Torció el cuello, con la cabeza clavada en el respaldo, como si luchara contra unas ataduras invisibles.

—¡Ay, Señor! —exclamó entre dientes— Voy a correrme entero.

Aquella oscura promesa me excitó aún más. El sudor me empañaba la piel. Estaba tan húmeda y tan caliente que me deslizaba como la seda a lo largo de su verga hasta envainarla por completo. Se me escapó un grito al llegar a la raíz. Entraba tan hondo que casi no podía soportarlo y me forzaba a balancearme para evitar la inesperada molestia. Pero a mi cuerpo no parecía importarle que fuera demasiado grande. Se ondulaba, se contraía, vibraba, al borde del orgasmo.

Gideon, con la respiración agitada, soltó una palabrota y me asió por la cadera con la mano libre, instándome a yacer de espaldas. En esta posición me abrí hasta tenerlo dentro entero. Su temperatura subió de inmediato, su torso irradiaba un calor voluptuoso a través de la ropa. Unas gotas de sudor perlaban su labio superior.

Me incliné hacia delante y pasé la lengua por la bella curva de su boca, saboreando la sal con un balbuceo de placer. Gideon movía las caderas, lleno de impaciencia. Me elevé cuidadosamente unos centímetros antes de que él me frenara con cierta rudeza.

—Despacio —volvió a advertirme, con un tono imperioso que me subió la libido.

Volví a bajar, apresando el pene otra vez y experimentando un dolor extrañamente exquisito al notar que penetraba *casi* demasiado. Nuestras miradas se engarzaron a la vez que el placer se extendía desde el punto en que estábamos unidos. Me sorprendió pensar que estábamos los dos completamente vestidos salvo por las partes más íntimas de nuestro cuerpo. Me pareció carnal hasta la locura, igual que los sonidos que él hacía expresando que su placer era tan intenso como el mío.

Completamente exaltada, aplasté su boca con la mía, mientras le aferraba por las raíces del pelo, empapado de sudor. Le besé sin dejar de menear las caderas, dejándome llevar por el arrebatador movimiento de su pulgar y sintiendo crecer el orgasmo con cada impulso de su pene largo y grueso hacia mi tierno interior.

En algún momento perdí la cabeza, los instintos más primitivos se impusieron y sólo el cuerpo mandaba. No podía centrarme en nada, salvo en la absoluta necesidad de follar, de montar su polla hasta que la tensión explotara y me liberase de aquella ansia enloquecedora.

—¡Qué bueno es esto! —musité, totalmente entregada—. Te sientes... ¡Dios mío, es demasiado bueno!

Gideon marcaba el ritmo con ambas manos, inclinándome hacia un lado de modo que su enorme glande frotaba oblicuamente un lugar suave y muy sensible de mis profundidades. Comprendí, por mi propia contracción y mis temblores, que iba a correrme precisamente gracias a eso, a sus expertos impulsos dentro de mí.

Gideon.

Me agarró de la nuca justo cuando el orgasmo hacía presa de mí, empezando con extáticos espasmos que se transmitían hacia fuera en oleadas hasta convertirme en una pura convulsión. Me vio descomponerme cuando yo hubiera preferido cerrar los ojos. Poseída por aquella mirada fija, me corrí con más intensidad que nunca, gimiendo y estremeciéndome a cada embate de placer.

—Joder, joder, joder —mascullaba, dándome empellones con las caderas, y tirando de las mías hacia abajo para que recibieran sus embestidas. Me golpeaba en lo más profundo con cada envite. Lo sentía cada vez más grueso y duro.

Le contemplé fijamente, quería verle fuera de sí por mí. Sus ojos, frenéticos por la necesidad, perdían el rumbo a la vez que iba disminuyendo el control sobre sí mismo, su precioso rostro desencajado por la brutal carrera hacia el clímax.

—*¡Eva!* —se corrió con un rugido animal de éxtasis salvaje, un sonido que me fascinó por su fiereza. Se estremeció cuando el orgasmo se apoderó de él, y sus rasgos se suavizaron un instante con un toque de inesperada vulnerabilidad.

Le cogí la cara con las manos y le besé sutilmente los labios, reconfortándolo mientras él dejaba escapar bocanadas de aire que me rozaban las mejillas.

—Eva. —Me estrechó entre sus brazos, presionando su cara húmeda contra la curva de mi cuello.

Sabía exactamente cómo se sentía. Desnudo. Al descubierto.

Nos quedamos así mucho tiempo, abrazados, absorbiendo las réplicas. Volvió la cabeza y me besó suavemente, aliviando mis confusas emociones con las caricias de su lengua en mi boca.

—¡Guau! —respiré, conmovida.

—Sí —salió de su boca.

Sonreí, aturdida pero eufórica.

Gideon me apartó de las sienes los mechones húmedos de cabello y pasó los dedos por mi cara casi con veneración. Me estudiaba de un modo que me ponía un nudo en el pecho. Me miraba atónito y... agradecido, con ojos cálidos y dulces.

—No quiero estropear este momento...

La frase quedó flotando en el aire y yo traté de completarla.

—¿Pero...?

—Pero no puedo faltar a esa cena. Tengo que dar un discurso.

—Ya. —El momento efectivamente se había estropeado.

Me separé de él con cuidado, mordiéndome el labio al notar cómo salía de mi cuerpo dejándome humedecida. La fricción fue suficiente para hacerme querer más. La erección apenas se había reducido.

—¡Maldita sea! —dijo bruscamente—. Te deseo otra vez.

Me agarró antes de que me apartara, sacó un pañuelo de algún sitio y me limpió entre las piernas con delicadeza. Era un acto sumamente íntimo, semejante al coito que acabábamos de compartir. Cuando estuve seca me acomodé en el asiento a su lado y saqué el lápiz de labios de la cartera. Miré a Gideon por encima del espejo de la polvera mientras se quitaba el condón y lo ataba. Después lo envolvió en una servilleta y lo tiró a un receptáculo oculto para basura. Se adecentó y le dijo al conductor que se dirigiera a nuestro destino. Luego, se arrellanó en el asiento y miró por la ventana.

Con cada segundo que transcurría sentía que Gideon se distanciaba, que nuestra conexión se desbarataba poco a poco. Me quedé encogida en el extremo del asiento, retirada de él, manteniendo el alejamiento que sentía crecer entre nosotros. Toda la calidez que había experimentado se convirtió en una notoria frialdad, y me sentí tan destemplada que me arropé con el chal. No movió ni un músculo cuando me giré a su lado para guardar la polvera, como si no se diera cuenta de que yo estaba allí.

Bruscamente, Gideon abrió el bar y sacó una botella. Sin mirarme, preguntó:

—*¿Brandy?*

—No, gracias. Mi voz sonó en un susurro, pero no pareció percatarse. O tal vez no le importaba. Se sirvió una copa y se la tomó de un trago.

Confusa y herida, me puse los guantes intentando comprender qué era lo que había fallado.

7

No recuerdo mucho de lo que sucedió cuando llegamos. Muchas ráfagas de luz provenientes de los *flashes* de las cámaras mientras corríamos por el pasillo de la prensa, pero apenas presté atención y sonreía de forma mecánica. Iba abstraída y desesperada por alejarme de las ondas de tensión que irradiaba Gideon.

En cuanto entramos en el edificio, alguien le llamó por su nombre y él se dio la vuelta. Yo me escabullí, moviéndome rápidamente entre los demás invitados que se aglomeraban en la entrada enmoquetada.

Cuando llegué a la sala de recepción, arrebaté dos copas de champán a un camarero que pasaba y busqué a Cary mientras me trincaba una de ellas. Vi que se encontraba al otro lado de la habitación con mi madre y Stanton y me dirigí hacia ellos, dejando la copa vacía en una mesa según pasaba.

—¡Eva! —A mi madre se le iluminó la cara cuando me vio—. ¡Ese vestido te sienta de maravilla!

Hizo como que me besaba en ambas mejillas. Estaba guapísima con un deslumbrante vestido de corte recto de color azul hielo. Lucía zafiros en las orejas, el cuello y la muñeca, que le resaltaban los ojos y la piel clara.

—Gracias. —Tomé un sorbo de mi segunda copa de champán, acordándome de que tenía pensado dar las gracias por el vestido. Aunque seguía agradeciendo el regalo, ya no estaba muy contenta con la práctica abertura del muslo.

Cary se me acercó y me agarró del codo. Sólo con verme la cara, supo que estaba disgustada. Sacudí la cabeza, dando a entender que no quería hablar del asunto en aquel momento.

—¿Más champán, entonces? —preguntó en voz baja.

—Por favor.

Intuí que Gideon se aproximaba antes de ver cómo a mi madre se le iluminaba la cara cual bola de Año Nuevo en Times Square. También Stanton pareció erguirse y prepararse.

—Eva. —Gideon me puso una mano en la piel desnuda de la parte inferior de mi espalda, y un estremecimiento me recorrió el cuerpo entero. Cuando me rozaron sus dedos, me pregunté si él la sintió también—. Has salido corriendo.

Me puse tensa al percibir cierto tono de reprobación en su voz. Le lancé una mirada que expresaba todo lo que no podía decirle en público.

—Richard, ¿conoces a Gideon Cross?

—Sí, claro. —Los dos hombres se estrecharon la mano.

Gideon me acercó aún más a su lado.

—Ambos tenemos la fortuna de acompañar a las dos mujeres más hermosas de Nueva York.

Stanton coincidió, sonriendo a mi madre con ternura.

Me trinqué el champán que me quedaba y, agradecida, cambié la copa vacía por la nueva que Cary me pasó. Empezaba a notar el ligero calorcillo en el estómago que me producía el alcohol, y que estaba aflojándome el nudo que tenía ahí formado.

Gideon se inclinó y me susurró con voz áspera:

—No olvides que estás aquí conmigo.

¿Estaba *loco?* ¿Qué demonios? Agucé los ojos.

—Eso lo dirás tú.

—Aquí no, Eva. —Hizo un gesto a los demás y me llevó con él—. Ahora no.

—Ni nunca —dije entre dientes, yendo con él sólo para ahorrarle una escena a mi madre.

Mientras tomaba mi champán a sorbos, pasé al modo automático de supervivencia, algo que no había tenido que hacer en muchos años. Gideon me presentó a varias personas, y suponía que me portaba bien —hablaba en los momentos apropiados y sonreía cuando era necesario—, pero realmente no estaba prestando atención. Era demasiado consciente del muro de hielo que se había levantado entre nosotros y de mis sentimientos heridos. Si hubiera necesitado alguna prueba de que Gideon era inflexible respecto a no socializar con las mujeres con las que se acostaba, la tenía.

Cuando se anunció que la cena estaba lista, entré con él en el comedor y picoteé la comida. Tomé unas cuantas copas del vino tinto que servían con la comida y oí a Gideon hablar con sus compañeros de mesa, aunque no presté atención a las palabras, sólo a la cadencia y al tono profundamente seductor. No intentó que participara en la conversación, de lo cual me alegré. No pensaba que pudiera decir nada agradable.

No me impliqué hasta que él se levantó con una ronda de aplausos y se dirigió al estrado. Entonces me giré en el asiento y le observé cruzar hacia el atril, sin poder evitar admirar su elegancia felina y su despampanante presencia. Reclamaba atención y respeto con cada paso que daba, lo que era una hazaña, considerando su tranquila y pausada zancada.

No mostraba ni la más mínima señal de agotamiento pese al polvo que habíamos dejado a medias en su limusina. En realidad, parecía una persona totalmente diferente. Una vez más volvía a ser el hombre al que conocí en el vestíbulo del Crossfire, sumamente contenido y calladamente poderoso.

—En Estados Unidos —empezó a decir—, una de cada cuatro mujeres y uno de cada seis hombres han sufrido abusos sexuales en la infancia. Miren a su alrededor. En cada una de las mesas hay una persona que ha sido víctima o conoce a alguien que lo es. Eso es inaceptable.

Estaba fascinada. Gideon era un orador consumado, y su voz de barítono, hipnotizadora. Pero era el tema, que me tocaba muy de cerca, y su apasionada y a veces sobrecogedora forma de presentarlo, lo que me conmovió. Empecé a derretirme, y el daño en la confianza en mí misma, la perplejidad y la furia que se habían apoderado de mí comenzaron a amortiguarse por el asombro. Cambió la visión que tenía de él, transformándose al tiempo en que me convertía en una persona más de aquel embelesado público. Aquél no era el hombre que poco antes había herido mis sentimientos, sino un experto orador que hablaba sobre un tema sumamente importante para mí.

Cuando terminó, me levanté y aplaudí, pillándole a él y a mí misma por sorpresa. Pero los demás enseguida se me unieron en una ovación en pie y oí murmullos de conversaciones a mi alrededor, halagos expresados en voz baja que eran muy merecidos.

—Eres una joven muy afortunada.

Me giré y vi a la mujer que acababa de hablar, una encantadora pelirroja que aparentaba unos cuarenta años.

—Sólo somos... amigos.

De alguna manera su serena sonrisa consiguió contradecirme.

La gente empezó a dejar las mesas. Yo estaba a punto de coger mi cartera de mano para marcharme a casa cuando se me acercó un chico joven. Su rebelde pelo castaño despertaba envidia al instante, y sus ojos, de un tono verde grisáceo, eran dulces y cordiales. Guapo y con aquel aire juvenil, consiguió sacarme la primera sonrisa sincera desde el trayecto en la limusina.

—Hola —dijo.

Parecía saber quién era yo, lo cual me puso en la situación embarazosa de tener que fingir que él no me era del todo desconocido.

—Hola.

El chico se rio, y el sonido de su risa era suave y agradable.

—Soy Christopher Vidal, el hermano de Gideon.

—Ah, claro. —Noté que se me acaloraba la cara. No podía creer que, con lo enfrascada que había estado regodeándome en mis penas, no los hubiera relacionado inmediatamente.

—Te estás poniendo colorada.

—Lo siento —me disculpé, esbozando una tímida sonrisa—. No sé muy bien cómo decir que he leído un artículo sobre ti sin parecer una torpe.

Él se echó a reír.

—Me halaga que te acuerdes. Pero no me digas que ha sido en *Page Six*.

Esa revista era muy conocida por publicar la vida y milagros de las celebridades y personas importantes de Nueva York.

—No —dije rápidamente—. ¿En *Rolling Stone*, quizá?

—¡Uff, menos mal! —Alargó un brazo hacia mí—. ¿Quieres bailar?

Lancé una mirada hacia donde estaba Gideon al pie de las escaleras que conducían al estrado. Se encontraba rodeado de gente deseosa de hablar con él, mujeres, la mayoría.

—Como puedes ver, tardará un poco —dijo Christopher, en tono risueño.

—Sí. —Iba a dejar de mirarle cuando reconocí a la mujer que estaba al lado de Gideon: Magdalene Perez.

Cogí mi cartera de mano e hice el esfuerzo de sonreír a Christopher.

—Me encantaría bailar.

Agarrados del brazo nos dirigimos a la sala de baile y salimos a la pista. La orquesta empezó a tocar un vals y nos dejamos llevar con naturalidad por la música. El joven era un consumado bailarín, ágil y seguro tomando la iniciativa.

—¿Y de qué conoces a Gideon?

—No le conozco. —Saludé a Cary con un gesto cuando pasó a nuestro lado con una escultural belleza rubia—. Trabajo en el Crossfire y nos hemos encontrado algunas veces.

—¿Trabajas para él?

—No. De ayudante en Waters Field and Leaman.

—Ah. —Sonrió—. Una agencia de publicidad.

—Sí.

—Debes de caerle muy bien a Gideon para pasar de haberos visto un par de veces a traerte a un evento como éste.

Maldije para mis adentros. Sabía que la gente sacaría sus conclusiones, pero sobre todo yo quería evitar más humillaciones.

—Gideon conoce a mi madre y ella ya lo había dispuesto todo para que yo asistiera a este acto, así que sólo se trata de dos personas que vienen al mismo evento en un coche en lugar de en dos.

—¿Eso quiere decir que estás soltera y sin compromiso?

Inspiré profundamente, sintiéndome incómoda pese a la fluidez con que nos movíamos.

—Bueno, no estoy enamorada.

Christopher esbozó su atractiva sonrisa juvenil.

—La noche acaba de dar un giro a mejor para mí.

El resto del baile lo dedicó a contar divertidas anécdotas sobre la industria musical que me hicieron reír y olvidarme de Gideon.

Cuando finalizó el baile, Cary me pidió el siguiente. Hacíamos muy buena pareja bailando porque habíamos tomado clases juntos. Me sentía relajada con él, agradecida de tener su apoyo moral.

—¿Lo estás pasando bien? —le pregunté.

—Tuve que pellizcarme durante la cena cuando me di cuenta de que estaba sentado junto a la coordinadora general de la Fashion Week. ¡Y me tiró los tejos! —Sonrió, pero había preocupación en su mirada—. Siempre que me encuentro en sitios como éste... vestido de esta manera... me cuesta creerlo. Me salvaste la vida, Eva, y me la cambiaste para siempre.

—Tú me mantienes cuerda constantemente. Créeme, estamos empatados.

Me apretó la mano y me miró con intensidad.

—Se te ve triste. ¿Qué ha hecho para fastidiarlo?

—Creo que he sido yo. Ya hablaremos luego.

—Tienes miedo de que le patee delante de todo el mundo.

Suspiré.

—Preferiría que no lo hicieras, por el bien de mi madre.

Cary me dio un beso en la frente.

—Se lo he advertido. Ya sabe lo que le espera.

—Oh, Cary. —Le quería tanto que se me puso un nudo en la garganta, aun cuando en mis labios se dibujó una sonrisa reacia. Tendría que haber sabido que Cary le lanzaría alguna clase de amenaza en plan hermano mayor. Era muy propio de él.

Gideon apareció a nuestro lado.

—Ahora me toca a mí.

No era una petición.

Cary se detuvo y me miró. Yo hice un gesto afirmativo con la cabeza. Él se retiró con una reverencia, lanzando una furibunda mirada a Gideon.

Gideon me acercó a él y tomó el control del baile como hacía con todo: con una seguridad en sí mismo arrolladora. Era una experiencia muy diferente bailar con él que con mis anteriores compañeros. Gideon poseía tanto la destreza de su hermano como la familiaridad de Cary con el movimiento de mi cuerpo, pero Gideon tenía un estilo descarado y agresivo que era intrínsecamente sexual.

Tampoco ayudaba el hecho de que estar tan cerca de un hombre con el que había tenido relaciones íntimas poco antes me quitaba el sentido, a pesar de mi tristeza. Olía que era una delicia, con matices a sexo, y su forma de llevarme por los enérgicos y amplios pasos del baile hacía que notara aquel escozor en mi interior que me recordaba que él había estado ahí dentro poco antes.

—No haces más que desaparecer —masculló, mirándome con el ceño fruncido.

—Cualquiera diría que a Magdalene le faltó tiempo para ocupar el sitio.

Arqueó las cejas y me atrajo hacia él aún más.

—¿Celosa?

—¿En serio? —Desvié la mirada.

Emitió un sonido de disgusto.

—No te acerques a mi hermano, Eva.

—¿Por qué?

—Porque lo digo yo.

Me encendí, lo cual me sentó de maravilla después de los sentimientos de culpabilidad y las dudas en los que me debatía desde que habíamos follado como conejos salvajes. Decidí ver qué ocurriría en el mundo de Gideon si se volvieran las tornas.

—No te acerques a Magdalene, Gideon.

Apretó la mandíbula.

—Es una amiga, nada más.

—¿Significa eso que no te has acostado con ella...? Todavía.

—No, maldita sea. Y no quiero hacerlo. Oye... —La música disminuía y él se movía más despacio—. Tengo que irme. Has venido conmigo y preferiría ser yo quien te llevara a casa, pero no quiero arrastrarte si te estás divirtiendo. ¿Prefieres quedarte un rato y volver a casa con Stanton y tu madre?

¿Divirtiéndome? ¿Estaba de broma o es que era tonto? O peor aún. Quizá me había dado por perdida completamente y no me prestaba atención.

Le di un empujón y me aparté de él; necesitaba espacio.

—No me pasará nada. Olvídame.

—Eva. —Alargó un brazo hacia mí y yo retrocedí inmediatamente.

Un brazo me rodeó por la espalda y Cary habló.

—Yo me encargo, Cross.

—No te entrometas, Taylor —avisó Gideon.

Cary resopló.

—Me da la impresión de que eso ya lo estás haciendo de maravilla tú solito.

Tragué el nudo que tenía en la garganta.

—Has dado un magnífico discurso, Gideon. Para mí ha sido el momento más destacado de la tarde.

Aspiró aire con fuerza ante el insulto implícito y se pasó la mano por el pelo. Maldijo con brusquedad y comprendí por qué cuando sacó su vibrante teléfono del bolsillo y echó un vistazo a la pantalla.

—Tengo que irme. —Su mirada se cruzó con la mía y la sostuvo. Me acarició la mejilla con los dedos—. Te llamaré.

Y se marchó.

—¿Quieres quedarte? —me preguntó Cary en voz baja.

—No.

—Te llevo a casa, entonces.

—No, no te preocupes. —Quería estar sola un rato. Darme un buen baño caliente, con una botella de vino frío y quitarme aquella profunda tristeza de encima—. Tú deberías quedarte. Te vendría bien para tu carrera. Ya hablaremos cuando llegues a casa. O mañana. Tengo intención de pasarme el día tirada en el sofá.

Me miró fijamente, escrutándome.

—¿Estás segura?

Afirmé con la cabeza.

—De acuerdo. —Pero no parecía muy convencido.

—¿Te importaría salir y pedir a alguien del servicio de aparcamiento que traiga la limusina de Stanton mientras yo voy al lavabo rápidamente?

—Vale. —Cary me pasó una mano por el brazo—. Voy a por tu chal al guardarropa y te veo en la puerta.

Tardé más de lo debido en llegar a los servicios. Primero porque un sorprendente número de personas me paró para charlar, debían de pensar que yo era la pareja de Gideon. Y segundo, porque evité los servicios más cercanos, en los que se veía un constante flujo de mujeres entrando y saliendo de ellos, y encontré otros un poco más alejados. Me encerré en una cabina y me quedé allí más tiempo del absolutamente necesario. No había nadie más en el lugar, salvo la encargada, así que no tenía que darme prisa.

Estaba tan dolida con Gideon que me costaba respirar, y me sentía confundida con sus cambios de humor. ¿Por qué me había acariciado la mejilla de aquella manera? ¿Por qué se enfadó cuando le dejé solo? ¿Y por qué demonios había amenazado a Cary? Gideon otorgaba un nuevo significado a la vieja expresión de «ser un veleta».

Cerré los ojos y me serené. *¡Dios!* Yo no quería nada de aquello.

Había desnudado mis sentimientos en la limusina y aún me sentía muy vulnerable, un estado de ánimo que había aprendido a dominar con muchas horas de terapia. Lo único que quería era esconderme en casa, libre de la presión de tener que comportarme con entereza cuando no tenía ni asomo de ella.

Tú te lo has buscado, me recordé a mí misma. *Apechuga con las consecuencias.*

Tomé aire, salí y me resigné a encontrarme con Magdalene Perez apoyada en el tocador con los brazos cruzados. Era evidente que me esperaba, que estaba al acecho en un momento en el que andaba yo con las defensas muy debilitadas. Di un traspiés; luego recobré la calma y me dirigí al lavabo a lavarme las manos.

Ella se giró hacia el espejo, observándome. Yo también la observaba a ella. Era aún más guapa en persona que en las fotos. Alta y delgada, con unos enormes ojos oscuros y una cascada de pelo liso castaño. Tenía los labios rojos y sensuales, los pómulos altos y esculturales. Llevaba un vestido pudorosamente sexy, recto, de raso color crema que contrastaba con su piel morena. Parecía una puñetera supermodelo y destilaba un exótico *sex-appeal*.

Cogí la toalla que me tendió la encargada del baño, y Magdalene habló a la mujer en español, pidiéndole que nos dejara solas. Yo rematé la petición añadiendo *por favor* y *gracias*. Con eso conseguí que Magdalene arrugara el ceño y me escudriñara aún más, a lo que yo respondí con igual frialdad.

—¡Vaya! —murmuró cuando la encargada ya no podía oírnos. Hizo ese chasquido con la lengua que me daba tanta dentera como raspar una pizarra con las uñas—. Ya has follado con él.

—Y tú no.

Eso pareció sorprenderla.

—Tienes razón, yo no. ¿Y sabes por qué?

Saqué un billete de cinco dólares de la cartera y lo dejé en la bandeja plateada de las propinas.

—Porque él no quiere.

—Y yo tampoco, porque es incapaz de comprometerse. Es joven, guapo y rico, y disfruta de ello.

—Sí —asentí—. Ya lo creo que lo hizo.

Aguzó la mirada y se deterioró ligeramente su agradable expresión.

—No respeta a las mujeres que se tira. En el momento en que te metió la polla, se acabó todo. Igual que con las demás mujeres. Pero yo sigo aquí, porque es a mí a quien quiere tener cerca a largo plazo.

Mantuve la calma a pesar de que el golpe iba dirigido a donde más dolía.

—Eso es patético.

Salí y no paré hasta llegar a la limusina de Stanton. Le apreté las manos a Cary al subirme, y conseguí esperar hasta que el coche se puso en marcha para echarme a llorar.

—Hola, nena —dijo Cary cuando entré arrastrándome en el cuarto de estar a la mañana siguiente. Vestido sólo con unos viejos pantalones de chándal, estaba arrellanado en el sofá con los pies cruzados y apoyados en la mesa de centro. Se le veía encantadoramente desaliñado y conforme consigo mismo—. ¿Qué tal has dormido?

Le mostré los pulgares hacia arriba y me dirigí a la cocina a por café. Me detuve junto a la encimera del desayuno, sorprendidísima ante el enorme ramo de rosas que había en el mostrador. Tenían una fragancia maravillosa, y la inhalé respirando profundamente.

—¿Qué es esto?

—Han llegado para ti hace una hora, más o menos. Reparto dominical. Bastante carito.

Saqué la tarjeta de la funda de plástico transparente y la abrí.

NO DEJO DE PENSAR EN TI.
GIDEON

—¿De Cross? —preguntó Cary.

—Sí. —Pasé el pulgar por lo que suponía que era la letra de Gideon. Era enérgica, masculina, sexy. Un detalle romántico, viniendo de un tipo para quien no existía el romanticismo. Dejé la tarjeta en el mostrador como si me quemara y me serví una buena taza de café, con la esperanza de que la cafeína me diera fuerzas y me devolviera el sentido común.

—No pareces impresionada. —Bajó el volumen del partido de béisbol que estaba viendo.

—Es un ave de mal agüero para mí, como un enorme detonador. Sencillamente tengo que mantenerme lejos de él. —Cary había hecho terapia conmigo, y sabía de qué hablaba. No me miraba extrañado cuando le explicaba las cosas con la jerga de los terapeutas, y él no tenía ningún problema en responderme de la misma manera.

—Y el teléfono no ha dejado de sonar en toda la mañana. No quería que te molestara, así que quité el volumen.

Consciente de que aún me duraba el dolor entre las piernas, me acurruqué en el sofá y resistí el impulso de comprobar en el buzón de voz si Gideon había llamado. Quería oír su voz, y una explicación que aclarase lo que había sucedido la noche anterior.

—Me parece fenomenal. Dejémoslo así todo el día.

—¿Qué sucedió?

Soplé un poco el café y me aventuré a tomar un sorbo.

—Follé con él en su limusina como una posesa y después se convirtió en un témpano de hielo.

Cary me miró con aquellos experimentados ojos color esmeralda, que habían visto mucho más de lo que nadie debería estar obligado a ver.

—Le hiciste ver las estrellas, ¿eh?

—Sí, así fue. —Y me sulfuraba sólo de pensarlo. Habíamos conectado. Lo *sabía*. La noche anterior le había deseado como a nada en el mundo y al día siguiente no quería volver a saber nada de él nunca más—. Fue muy intenso. La mejor experiencia sexual de mi vida, y allí estaba él, conmigo. Sabía que lo estaba. Era la primera vez que lo hacía en un coche, y al principio se resistió un poco, pero le excité tanto que no pudo negarse.

—¿En serio? ¿Nunca? —Se pasó una mano por su barba sin afeitar—. En el instituto la mayoría de los chicos tenían los coches en su lista de picaderos. De hecho, no recuerdo a nadie que no los tuviera, excepto los pazguatos y los feorros, y él no es ni una cosa ni la otra.

Me encogí de hombros.

—Supongo que follar en un coche me convierte en un zorrón.

Cary se quedó inmóvil.

—¿Es eso lo que dijo?

—No. No dijo nada de eso. Fue su «amiga» Magdalene. Ya sabes, la chica de la mayoría de las fotos que te imprimiste de Internet. Decidió afilarse las garras con una pequeña y venenosa charla de chicas en el baño.

—Está celosa, la zorra de ella.

—Frustrada sexualmente. No puede follar con él, porque al aparecer las chicas con quienes folla van derechas al montón de desechables.

—¿Eso lo ha dicho él? —De nuevo, la pregunta estaba teñida de furia.

—No en tantas palabras. Dijo que no se acostaba con sus amigas. Le crean problemas las mujeres que quieren algo más que un buen revolcón, así que ya se encarga él de mantener a las mujeres con las que folla y a las mujeres cuyo trato frecuenta en grupos separados. —Tomé otro sorbo de café—. Le avisé de que ese tipo de arreglo no funcionaría conmigo y me contestó que haría ciertos ajustes, pero supongo que es de esa clase de tíos que dicen lo que sea con tal de conseguir lo que quieren.

—O le has asustado.

Le lancé una mirada furibunda.

—No le disculpes. Pero, vamos a ver, ¿de qué lado estás tú?

—Del tuyo, nena. —Alargó una mano y me palmeó la rodilla—. Siempre del tuyo.

Le puse una mano en su musculoso antebrazo y pasé los dedos suavemente por la cara inferior en silenciosa gratitud. No notaba las numerosas y pequeñas cicatrices blancas de los cortes que le desfiguraron la piel, pero nunca olvidaba que estaban ahí. Daba gracias todos los días de que estuviera vivo y sano, y de que fuera una parte fundamental de mi vida.

—¿Y a ti cómo te fue la noche?

—No me puedo quejar. —En sus ojos apareció un brillo malicioso—. Eché un polvo a la rubia pechugona en el cuarto de mantenimiento. Las tetas eran de verdad.

—¡Vaya! —Sonreí—. Seguro que le alegraste la noche.

—Lo intenté. —Cogió el auricular del teléfono y me hizo un guiño—. ¿Qué te apetece pedir? ¿Unos bocatas? ¿Comida china?, ¿india?

—No tengo hambre.

—Siempre tienes hambre. Si no eliges algo, cocinaré lo que sea y tendrás que comértelo.

Levanté la mano y me rendí.

—Vale, vale. Tú eliges.

El lunes llegué a trabajar veinte minutos antes, pensando que así evitaría encontrarme con Gideon. Cuando llegué a mi mesa sin incidentes, sentí tal alivio que supe que estaba en un buen lío en lo que a él se refería. No dejaba de tener altibajos por todas partes.

Mark llegó muy animado, flotando aún por los importantes éxitos de la semana anterior, y nos metimos de lleno a trabajar. El domingo yo había hecho algunas comparativas del mercado del vodka y él tuvo la amabilidad de repasarlas conmigo y escuchar mis impresiones. A Mark le habían asignado también la publicidad para un nuevo fabricante de lectores de libros electrónicos, así que empezamos el trabajo inicial de eso.

Estuve tan ocupada que la mañana pasó volando y no tuve tiempo de pensar en mi vida personal. Daba gracias por ello. Entonces respondí al teléfono y oí a Gideon al otro lado de la línea. No estaba preparada.

—¿Qué tal está siendo este lunes de momento? —preguntó. Me estremecí al oír su voz.

—Frenético. —Eché un vistazo al reloj y me pasmó ver que eran las doce menos veinte.

—Bien. —Hubo una pausa—. Intenté llamarte ayer. Te dejé varios mensajes. Quería oír tu voz.

Cerré los ojos y respiré profundamente. Había tenido que hacer acopio de toda mi fuerza de voluntad para pasar el día sin oír el buzón de voz. E incluso tuve que meter en el ajo a Cary, pidiéndole que me frenara por la fuerza si daba la impresión de que podría sucumbir al impulso.

—Me recluí y trabajé un poco.

—¿Te llegaron las flores que te envié?

—Sí. Son preciosas. Gracias.

—Me recordaban a tu vestido.

¿Qué demonios estaba haciendo? Estaba empezando a pensar que tenía trastorno de personalidad múltiple.

—Algunas mujeres dirían que eso es romántico.

—A mí sólo me importa lo que digas tú. —Su silla crujió como si se él se hubiera levantado—. Pensé en acercarme... Me apetecía.

Suspiré, abandonándome a la confusión.

—Me alegro de que no lo hicieras.

Hubo otra larga pausa.

—Me lo merecía.

—No lo he dicho para fastidiar. Es la verdad, sencillamente.

—Ya lo sé. Oye... He encargado que me traigan el almuerzo a la oficina, para que no perdamos tiempo en salir y volver.

Después de su *Te llamaré* de despedida, no había dejado de preguntarme si querría que volviéramos a vernos tras regresar de dondequiera que hubiera estado. Era una posibilidad que me temía desde el sábado por la noche, consciente de que tenía que cortar, pero sintiendo que el deseo de estar con él me mantenía enganchada. Deseaba volver a experimentar aquel momento de intimidad, puro y perfecto, que habíamos compartido.

Pero ese único momento no podía justificar todos los demás en los que me había hecho sentir como una mierda.

—Gideon, no hay ninguna razón para que almorcemos juntos. Ya hablamos la noche del viernes, y... nos ocupamos de nuestras cosas el sábado. Vamos a dejarlo ahí.

—Eva. —Había brusquedad en su voz—. Sé que la he jodido. Déjame que te explique.

—No tienes por qué hacerlo. No pasa nada.

—Sí que pasa. Tengo que verte.

—No quiero...

—Podemos hacerlo de la manera más fácil, Eva. O puedes ponérmelo difícil —dijo con un tono de crispación en la voz—. Vas a oírme de todas todas.

Cerré los ojos, comprendiendo que no iba a tener la suerte de librarme con una rápida charla telefónica de despedida.

—De acuerdo. Iré.

—Gracias. —Soltó el aire de forma audible—. Estoy deseando verte.

Volví a poner el auricular en su soporte y me quedé mirando las fotos que tenía en la mesa, intentando formular lo que necesitaba decir y preparándome para el impacto de ver a Gideon otra vez. La furia con la que reaccionaba a él físicamente era incontrolable. De alguna manera tendría que superarla e ir directamente al grano. Después pensaría en que no me quedaría otra que verle en los días, las semanas y los meses venideros. De momento, sólo tenía que concentrarme en cómo sobrevivir al almuerzo.

Me rendí ante lo inevitable y volví al trabajo de comparar el impacto visual de varias muestras de tarjetas insertadas.

—Eva.

Di un respingo y me giré en la silla, atónita de ver a Gideon junto a mi cubículo. Como siempre, su presencia me sobresaltó, y el corazón me tableteaba en el pecho. Un rápido vistazo al reloj me demostró que había pasado un cuarto de hora en un instante.

—Gid... Señor Cross. No tenías por qué bajar aquí.

Por la cara parecía sereno e imperturbable, pero los ojos se le veían tormentosos y ávidos.

Abrí el cajón de mi mesa y saqué mi bolso, aprovechando la oportunidad para inspirar una profunda y temblorosa bocanada de aire. Olía fenomenal.

—Señor Cross. —Era la voz de Mark—. Es un placer verle por aquí. ¿Hay algo que...?

—He venido por Eva. Hemos quedado para almorzar.

Me enderecé a tiempo para ver cómo a Mark se le disparaban las cejas hacia arriba. Enseguida compuso el semblante y su expresión volvió a adoptar su encanto habitual.

—Volveré a la una —le aseguré.

—Hasta luego, entonces. Que disfrutéis del almuerzo.

Gideon me puso la mano en la franja dorsal y me condujo a los ascensores, con el consiguiente alzamiento de cejas de Megumi al pasar por delante de recepción. Me moví nerviosa cuando él apretó el botón de llamada del ascensor, pensando que ojalá hubiera podido pasar el día sin ver al hombre cuyo roce ansiaba como una droga.

Él me miraba mientras esperábamos al ascensor y deslizaba los dedos por la manga de mi blusa de raso.

—Cada vez que cierro los ojos, te veo con ese vestido rojo. Oigo los sonidos que haces cuando estás cachonda. Te siento deslizándote sobre mi polla, apretándome como un puño, haciendo que me corra con tanta fuerza que duele.

—Para. —Aparté la mirada, incapaz de soportar la intimidad con que me miraba.

—No puedo evitarlo.

La llegada del ascensor fue un alivio. Me cogió de la mano y me hizo entrar. Tras poner la llave en el panel, me acercó más a él.

—Voy a besarte, Eva.

—No...

Me atrajo hacia sí y selló mi boca con la suya. Me resistí todo lo que pude; luego me derretí al contacto de su lengua acariciando lenta y dulcemente la mía. Deseaba su beso desde que nos habíamos acostado. Deseaba tener la certeza de que él valoraba lo que habíamos compartido, que significaba algo para él como lo significaba para mí.

Pero una vez más me dejó sin ese consuelo cuando se apartó bruscamente.

—Vamos. —Sacó la llave al abrirse la puerta.

La pelirroja recepcionista de Gideon no dijo nada esta vez, aunque me miró de manera extraña. Por el contrario, Scott, su secretario, se levantó cuando nos acercamos y me saludó amablemente por mi nombre.

—Buenas tardes, señorita Tramell.

—Hola, Scott.

Gideon le dedicó un gesto seco.

—No me pases llamadas.

—Claro, por supuesto.

Entré en la amplia oficina de Gideon, y la mirada se me fue al sofá donde me tocó íntimamente por primera vez.

El almuerzo estaba preparado en la barra: dos platos cubiertos en bandejas metálicas.

—¿Me das el bolso? —preguntó.

Le miré, vi que se había quitado la chaqueta y se la había colgado del brazo. Estaba allí plantado con sus pantalones sastre y su chaleco, su camisa y corbata, ambas de un blanco inmaculado, el pelo negro y abundante alrededor de aquella cara que cortaba la respiración y los ojos de un azul intenso y deslumbrante. En pocas palabras, me llenaba de asombro. No podía creer que hubiera hecho el amor con un hombre tan guapo.

Pero, claro, no había significado lo mismo para él.

—¿Eva?

—Eres guapísimo, Gideon. —Las palabras salieron de mi boca sin proponérmelo.

Enarcó las cejas, y a continuación sus ojos se llenaron de ternura.

—Me alegro de que te guste lo que ves.

Le di el bolso y me alejé, necesitada de espacio. Colgó su chaqueta y mi bolso en el perchero y se dirigió a la barra.

Crucé los brazos.

—Acabemos con esto de una vez. No quiero verte más.

8

Gideon se pasó la mano por el pelo y dijo con aspereza:

—No hablarás en serio.

De repente me sentía muy cansada, exhausta de luchar conmigo misma por su culpa.

—Sí que hablo en serio. Tú y yo... fue un error.

—No, el error estuvo en la forma en que yo llevé la situación después —replicó, con las mandíbulas crispadas.

Me quedé sorprendida por la vehemencia de su protesta.

—No hablaba de sexo, Gideon, sino de mi conformidad con este absurdo acuerdo de «desconocidos con derecho a roce» que hay entre nosotros. Sabía que todo era una equivocación desde el principio. Debería haber hecho caso a mi intuición.

—Eva, ¿tú quieres estar conmigo?

—No, eso es lo que...

—No de la manera de la que hablamos en el bar. Más que eso.

Empecé a sentir palpitaciones.

—¿A qué te refieres?

—A todo. —Se separó de la barra y se acercó a mí—. Yo sí quiero estar contigo.

—Pues el sábado no lo parecía. —Me crucé de brazos.

—Estaba aturdido.

—¿Ah, sí? Yo también.

Dirigió las manos a las caderas; luego, cruzó los brazos, como yo.

—Por Dios, Eva...

Le veía afectado y sentí un destello de esperanza.

—Si es eso todo lo que tienes que decir, hemos terminado.

—¡Y una mierda hemos terminado!

—Hemos llegado a un callejón sin salida, si cada vez que nos acostamos tú te vas a dedicar a hacerte pajas mentales.

Era evidente que se esforzaba por encontrar las palabras adecuadas.

—Estoy acostumbrado a llevar las riendas, lo *necesito*. Y tú me lo fastidiaste en la limusina; no me sentó bien.

—¿Ah, sí?

—Eva, nunca he experimentado algo como aquello. No creía que me fuera posible. Y, ahora que lo conozco..., tengo que tenerlo, tengo que tener*te a ti*.

—Gideon, es sólo sexo. Superestupendo, sí, pero eso no puede joderte la cabeza cuando las personas que intervienen no son adecuadas la una para la otra.

—Tonterías. He admitido que metí la pata y no puedo cambiar lo que ocurrió, pero estoy seguro como que la mierda termina meada de que quieres cortar conmigo por aquello. Expusiste tus normas y yo traté de adaptarme a ellas, pero tú no quieres hacer ni lo más mínimo por adaptarte a mí. Tenemos que encontrarnos a medio camino. —Tenía la cara rígida por la frustración—. Cede un poco, tía.

Le observé detenidamente, intentando comprender qué estaba haciendo y adónde quería llegar.

—¿Qué pretendes, Gideon? —le pregunté suavemente.

Me sujetó la cara con la mano.

—Pretendo seguir sintiéndome como cuando estoy contigo. Sólo tienes que decirme lo que debo hacer. Y dame un margen de error. No he hecho esto nunca en mi vida, y siempre hay una fase de aprendizaje.

Le tanteé el corazón y comprobé que latía impetuosamente. Era impaciente y apasionado, y eso me encendía. ¿Cómo tenía que responderle? ¿Con la razón o con el corazón?

—¿Qué es lo que no has hecho nunca?

—Lo que sea necesario para pasar contigo el mayor tiempo posible. En la cama y fuera de la cama.

Me invadió una absurda y poderosa ráfaga de placer.

—Gideon, ¿eres consciente del tiempo y el esfuerzo que hacen falta en una relación? Yo ya estoy hecha polvo. Además, hay cosas personales de las que tengo que ocuparme, y está mi trabajo... mi madre, que es una trastornada... —le tapé la boca con la mano antes de que le diera tiempo a abrirla—, pero tú mereces la pena, y me derrito por ti, así que creo que no tengo alternativa ¿verdad?

—¡Eva, maldita sea! —Gideon me levantó en vilo, impulsándome con las manos desde el trasero para que le rodeara la cintura con las piernas. Me besó en la boca con fuerza y frotó su nariz contra la mía—. Encontraremos la manera.

—Lo dices como si fuera a resultar fácil. —Yo sabía de sobra que necesitaba mucho mantenimiento y él parecía que también.

—Lo fácil es aburrido. —Me llevó en brazos hasta la barra y me depositó en un taburete. Levantó el cubreplatos que tenía delante y apareció una enorme hamburguesa con queso y patatas fritas. Todavía estaba todo caliente, gracias a una placa térmica de granito que había debajo.

—Hmmm —exclamé, y me di cuenta del hambre que tenía. Después de hablar, había recuperado el apetito.

Desdobló una servilleta y la puso en mi regazo al mismo tiempo que me daba un apretón en la rodilla; Luego, se sentó a mi lado.

—Entonces, ¿cómo lo hacemos?

—Pues la coges con las dos manos y te la llevas a la boca.

Me dirigió una mirada divertida que me hizo sonreír. Era bueno sonreír. Era bueno estar con él. Normalmente lo era... durante un ratito. Le di un bocado a la comida y lancé una exclamación de gusto al percibir de lleno su sabor. Era una hamburguesa tradicional, pero me sabía a gloria.

—Está buena, ¿verdad?

—Muy buena. Puede que me convenga quedarme para mí sola un hombre que sabe tanto de hamburguesas. —Me limpié la boca y las manos—. ¿Qué tal aguantas las exclusividades?

Dejó la hamburguesa a un lado y se quedó extrañamente quieto. No podía adivinar qué estaba pensando.

—Doy por sentado que va implícito en nuestro trato, pero, para que no haya dudas, te diré claramente que no puede haber otros hombres en tu vida, Eva.

El tono tajante que empleó y su mirada glacial me dieron escalofríos. Gideon tenía su lado oscuro. Yo había aprendido mucho tiempo atrás a descubrir y evitar a los hombres con sombras peligrosas en los ojos. Pero las alarmas no habían sonado con él como tal vez hubieran debido.

—¿Y mujeres puede haber? —pregunté, para relajar el ambiente.

—Sé que tu compañero de piso es bisexual. ¿Lo eres tú también?

—¿Te molestaría?

—Me molesta compartirte. No es una opción. Tu cuerpo me pertenece.

—¿Y el tuyo me pertenece a mí? ¿En exclusiva?

Se le encendió la mirada.

—Sí, y espero que te aproveches mucho y con frecuencia.

Bueno... en ese caso...

—Pero tú a mí me has visto desnuda —bromeé—. Tú sabes lo que te vas a llevar; yo, no. Me encanta lo que he visto hasta ahora, pero todavía falta.

—Podemos arreglarlo ahora mismo.

La idea de que se desnudara para mí me hizo retorcerme en el asiento. Él se dio cuenta e hizo una mueca maliciosa.

—Mejor no lo hagas —dije muy a mi pesar—, que ya volví tarde al trabajo el viernes.

—Entonces esta noche.

—De acuerdo —contesté, tragando saliva.

—Procuraré estar libre a las cinco —dijo, y reanudó la comida, tan satisfecho de que ambos hubiéramos marcado mentalmente *sexo alucinante* para aquel día en nuestro calendario.

—No tienes por qué. —Abrí la mini botella de ketchup que había junto a mi plato—; tengo que ir al gimnasio después de trabajar.

—Iremos juntos.

—¿Ah, sí? —Puse la botella boca abajo y le di unos golpecitos en la base.

Me la quitó de las manos y usó el cuchillo para servirme el ketchup.

—Será mejor que consuma un poco de energía antes de tenerte desnuda. Mañana querrás ser capaz de andar con normalidad.

Le miré, estupefacta, por la naturalidad con que había dicho aquello y la cara de fingida pena que había puesto; algo me daba a entender que no hablaba completamente en broma. Mi sexo se contrajo ante aquella deliciosa perspectiva. Podía imaginarme a mí misma haciéndome adicta a Gideon Cross.

Comí unas cuantas patatas fritas pensando en otra persona que ya era adicta a Gideon.

—Magdalene puede suponer un problema para mí.

Tragó un bocado de su hamburguesa acompañado de un sorbo de agua.

—Me contó que habíais tenido una charla y que las cosas no fueron bien.

Me tomé en serio las maquinaciones de Magdalene y su hábil intentona de cortarme el paso. Debía tener mucho cuidado con ella y Gideon tenía que hacer algo al respecto, o sea, cortar con ella. Punto.

—No, no fueron bien —admití—, pero es que no puedo agradecer mucho que me digan que tú no respetas a las mujeres que te tiras y que terminarías conmigo en cuanto me metieras la polla.

Gideon se quedó paralizado.

—¿Eso te dijo?

—Palabra por palabra. Y también que a ella la tienes reservada para el momento en que decidas sentar la cabeza.

—Así que eso te dijo. —Usó un tono bajo y lleno de frialdad.

Se me hizo un nudo en el estómago, sabiendo que todo podía salir realmente bien o realmente mal, dependiendo de lo que Gideon dijera inmediatamente después.

—¿No me crees?

—Claro que te creo.

—Ella podría ser un problema —repetí, porque quería insistir en aquello.

—No lo será. Yo hablaré con ella.

Me fastidiaba la idea de que hablasen; me ponía enferma de celos. Entonces, se me ocurrió que ése era un tema que habría que poner sobre la mesa.

—Gideon...

—¿Qué? —Había terminado la hamburguesa y estaba dedicándose a las patatas fritas.

—Yo soy muy celosa; puedo llegar a la irracionalidad —jugueteé un poco tocando la hamburguesa con una patata—. Tal vez deberías tenerlo en cuenta, y también si quieres tratar con alguien como yo, que tiene conflictos de autoestima. Éste era uno de los peros cuando me invitaste a la cama por primera vez, que iba a trastornarme con tantas mujeres babeando por ti y que yo no tendría derecho a decir nada.

—Ahora sí tienes derecho.

—No me tomas en serio. —Sacudí la cabeza de lado a lado y le di otro mordisco a la hamburguesa.

—No he sido más serio en toda mi vida. —Me pasó un dedo por la comisura de la boca y le dio un lengüetazo a la pizca de salsa que había recogido—. No sólo tú puedes resultar posesiva; yo soy muy acaparador con lo que es mío.

No lo dudé ni un instante.

Le di otro mordisco a la comida y me puse a pensar en la noche que teníamos por delante. Estaba impaciente hasta no poder más. Me moría por ver a Gideon desnudo. Me moría por pasarle las manos y la boca por todo el cuerpo. Me moría por tener otra oportunidad de volverle loco. Y me apremiaba la necesidad de estar debajo de él, de sentir su peso, sus arremetidas dentro de mí, de notar que se corría frenética y profundamente en mis entrañas...

—Sigue pensando en eso —me dijo de pronto— y volverás tarde otra vez.

Levanté las cejas en un gesto de asombro.

—¿Cómo sabes en qué estoy pensando?

—Cuando estás excitada, se te pone una mirada especial. Espero provocarte esa mirada tan a menudo como sea posible. —Gideon tapó el plato y se levantó. Luego, sacó una tarjeta de visita y la dejó a mi lado. Vi que había escrito en el reverso los números de su teléfono móvil y del fijo de su casa—. Te parecerá una tontería decirte esto después de la conversación que hemos tenido, pero necesito el número de tu móvil.

—¡Ah, sí! —Me costó trabajo dejar atrás los pensamientos libidinosos—. Pero antes necesito comprarme uno. Está en la lista de cosas importantes que tengo que hacer.

—¿Qué pasó con el que usaste para mandarme mensajes la semana pasada?

Arrugué la nariz, en una expresión de disgusto.

—Mi madre ha estado usándolo para rastrear mis movimientos por la ciudad. Se pasa un pelo... intentando protegerme.

—Ya entiendo. —Me acarició la mejilla con el dorso de los dedos—.Te referías a eso cuando decías que tu madre te acosaba.

—Sí, desgraciadamente.

—Bueno, pues nos ocuparemos de lo del teléfono a la salida del trabajo, antes de ir al gimnasio. Te conviene tenerlo por seguridad. Y, además, quiero poder llamarte cuando me apetezca.

Dejé una cuarta parte de la hamburguesa porque ya no podía comer más, y me limpié la boca y las manos.

—Estaba deliciosa, gracias.

—De nada —se inclinó hacia mí y me besó brevemente en la boca—. ¿Necesitas ir al baño?

—Sí. Voy a sacar el cepillo de dientes que llevo en el bolso.

Unos minutos después, me encontraba de pie en un cuarto de baño escondido tras una puerta que combinaba a la perfección con los paneles de caoba que había detrás de las pantallas planas. Nos cepillamos los dientes uno al lado del otro ante el doble lavabo y cruzamos las miradas en el espejo. Era una escena muy doméstica, muy *normal*, y aun así nos llenaba de placer.

—Te acompañaré hasta abajo —me dijo, dirigiéndose al perchero.

Yo iba siguiéndole, pero me desvié al pasar cerca de su mesa. Me acerqué a ella y puse la mano en el espacio vacío que quedaba delante de la silla.

—¿Es aquí donde pasas la mayor parte del día?

—Sí. —Le vi ponerse la chaqueta y me dieron ganas de morderle, tan apetecible me resultaba.

En vez de eso, me senté sobre la mesa. Según mi reloj me quedaban cinco minutos, el tiempo justo para volver a mi puesto, pero no pude resistir la tentación de ejercer mis nuevos derechos.

—Siéntate —le pedí, señalándole la silla.

Hizo un gesto de sorpresa, pero no discutió y se acomodó en la silla.

Separé las piernas y le hice señas con el dedo para que se aproximara.

—Más cerca.

Se echó hacia delante, llenando el espacio que quedaba entre mis muslos. Me abrazó por las caderas y me miró.

—Eva, un día de éstos te voy a follar aquí mismo.

—Sólo un beso por ahora —susurré, inclinándome para besarle. Apoyé las manos en sus hombros y le pasé la lengua por los labios; luego la introduje en su boca y le acaricié con delicadeza.

Gimiendo, ahondó el beso, comiéndome la boca de una manera que me dejó dolorida y húmeda.

—Un día de éstos —repetí yo pegada a sus labios— me pongo de rodillas debajo de esta mesa y te chupo todo. A lo mejor mientras estás hablando por teléfono y juegas con tus millones como si fuera al Monopoly. Usted, señor Cross, pasará de la casilla Go y recogerá sus doscientos dólares.

Su boca se curvó contra la mía.

—Ya sé lo que va a pasar. Me vas a hacer perder la cabeza y correrme en cualquier parte posible de tu duro y sexy cuerpo.

—¿Estás quejándote?

—Se me está haciendo la boca agua, cielo.

Aquella palabra me desconcertó, aunque me pareció muy dulce.

—¿Cielo?

Asintió con una especie de canturreo, y me besó.

Resultaba increíble lo decisiva que podía ser una hora. Salí del despacho de Gideon con un estado de ánimo completamente distinto al de cuando entré. El contacto de su mano en la parte baja de mi espalda me hacía disfrutar por anticipado en vez de sentirme amargada como cuando llegué allí.

Le dije adiós a Scott con la mano y le dediqué una sonrisa radiante a la nada sonriente recepcionista.

—Creo que no le gusto —le dije a Gideon mientras esperábamos al ascensor.

—¿A quién?

—A tu recepcionista.

Echó un vistazo hacia allá, y a la pelirroja se le iluminó la cara.

—Bueno —murmuré—, tú sí le gustas.

—Yo le garantizo el sueldo.

Hice un mohín.

—Sí, seguro que es eso. Apuesto a que no tiene nada que ver con que seas el hombre más sexy de la tierra.

—¿Lo soy en este momento? —Me sujetó contra la pared, con una mirada ardiente.

Le toqué el abdomen y, al notar cómo se endurecían las líneas de su firme musculatura, me mordí el labio inferior.

—Sólo era una observación.

—A *mí* me gustas. —Con las manos contra la pared, a ambos lados de mi cabeza, bajó la boca hasta la mía y me besó dulcemente.

—Tú a mí también, pero ¿eres consciente de que estás en el trabajo?

—¿Y de qué sirve ser jefe si no puedes hacer lo que te dé la gana?

—Humm...

Cuando llegó un ascensor, me agaché por debajo de un brazo de Gideon y entré. Él me siguió y, como un depredador, me sujetó por detrás para atraerme hacia él. Metió las manos en los bolsillos delanteros de mi chaqueta y tiró de ellos hasta los huesos de las caderas, manteniéndome inmovilizada. La calidez de su contacto, tan próximo al punto donde más rabiaba yo por él, era toda una tortura. En venganza, moví el culo contra él y sonreí cuando le oí respirar fuerte y noté que tenía una erección.

—Pórtate bien —me regañó con cierta brusquedad—, tengo una reunión dentro de quince minutos.

—¿Pensarás en mí cuando estés sentado a tu mesa?

—Sin duda alguna. Y tú vas a pensar en mí cuando estés sentada a la tuya. Es una orden, señorita Tramell.

Dejé caer la cabeza hacia atrás, contra su pecho, encantada con el tono autoritario de su voz.

—No podría ser de otro modo, señor Cross, teniendo en cuenta cómo pienso en ti dondequiera que esté.

Salimos juntos al llegar al vigésimo piso.

—Gracias por comer conmigo.

—Creo que eso me toca a mí decirlo. —Me alejé un poco—. Hasta luego, Oscuro y Peligroso.

Se sorprendió al oír el apodo que le había puesto.

—A las cinco. No me hagas esperar.

Llegó uno de los ascensores de la izquierda. Megumi salió de él y Gideon entró, su mirada fija en la mía hasta que se cerraron las puertas.

—¡Jo! —exclamó Megumi—, qué suerte. Me muero de envidia.

No se me ocurrió nada que decir. Todavía era todo muy reciente y tenía miedo de gafarlo. En el fondo de mi alma sabía que aquellos sentimientos de felicidad no podían durar mucho. Todo iba *demasiado* bien.

Corrí a mi mesa y me puse a trabajar.

—Eva —levanté la mirada y vi a Mark en el umbral de su despacho—, ¿puedo hablar contigo un minuto?

—Por supuesto —cogí la tableta, a pesar de que el tono de su voz y la expresión adusta que tenía me decían que no iba a necesitarlo. Cuando Mark cerró la puerta a mis espaldas, aumentaron mis temores—. ¿Va todo bien?

—Sí. —Esperó hasta que me senté y después ocupó la silla que estaba a mi lado, en vez de la de su escritorio—. No sé cómo decir esto...

—Sólo dilo. Supongo que lo entenderé.

Me miró con ojos compasivos y un cierto sonrojo.

—No me corresponde a mí interferir; sólo soy tu jefe y eso comporta unos límites, pero voy a traspasarlos porque me caes bien, Eva, y quiero que trabajes aquí durante mucho tiempo.

Se me encogió el corazón.

—Qué bien, porque me encanta mi trabajo.

—Vale, vale, me alegro —me dirigió una sonrisa fugaz—. Bueno... que tengas cuidado con Cross, ¿de acuerdo?

Me alarmé ante el rumbo que tomaba la conversación.

—De acuerdo.

—Es brillante, rico y sexy, así que comprendo que te atraiga. Con todo lo que yo quiero a Steven, todavía me pongo nervioso cerca de Cross. Tiene mucho gancho. —Mark hablaba deprisa y gesticulaba con evidente turbación—. Tampoco me extraña que se interese por ti: eres guapa, inteligente, sincera, atenta... podría seguir así un buen rato porque eres estupenda.

—Gracias —contesté en voz baja, con la esperanza de que no se me viera tan mal como yo me sentía. Aquella especie de advertencia por parte de un amigo, y el que otra gente pensara de mi que sólo era otra chica-de-la-semana, eran la clase de cosas que hacían mella en mi inseguridad.

—Es que no quiero que te hagan daño —dijo entre dientes, y parecía estar pasándolo tan mal como yo—. En parte es por egoísmo, lo admito. No quiero perder a una ayudante magnífica porque no quiera trabajar en un edificio cuyo propietario es un ex.

—Mark, significa mucho para mí que te preocupes y que me consideres valiosa, pero no tienes que preocuparte por mí. Ya soy mayorcita. Además, nada va hacer que deje este empleo.

Respiró aliviado.

—Muy bien, entonces dejémoslo y vamos a trabajar.

Y así lo hicimos, pero me preparé para futuros disgustos suscribiéndome a la alerta diaria de Google con el nombre de Gideon. Y cuando llegaron las cinco, la certeza de mis muchas debilidades se extendía sobre mi felicidad como una mancha de aceite.

Gideon fue tan puntual como me había asegurado que sería, y no pareció darse cuenta de mi ánimo pensativo mientras bajábamos en un ascensor abarrotado. Más de una mujer le dirigió furtivas miradas, pero a mí no me importó mucho. Era muy atractivo; lo raro habría sido que no hubieran reparado en él.

Me cogió de la mano cuando pasamos los torniquetes y entrelazamos los dedos. Aquel sencillo gesto significó tanto para mí en aquella ocasión que le apreté un poco más. Pero debía tener cuidado. En el momento en que me mostrase agradecida de que pasara el tiempo conmigo sería el principio del fin. Si eso ocurría, ni yo me respetaría a mí misma ni él me respetaría tampoco.

9

Primero fuimos a la tienda de telefonía móvil. La encargada que nos atendió parecía muy susceptible al magnetismo de Gideon. Se desvivía en cuanto él mostraba el menor interés en cualquier cosa, y enseguida se lanzaba dar detalladas explicaciones e invadía su espacio para hacerle demostraciones.

Yo intentaba separarme de ellos y buscar a alguien que me atendiera a *mí*, pero Gideon me agarraba de la mano y no dejaba que me separase de su lado. Luego discutimos sobre quién iba a pagar; parecía pensar que debía ser él, aunque el teléfono y la cuenta eran míos.

—Ya te has salido con la tuya al elegir el proveedor —señalé, apartando su tarjeta de crédito y empujando la mía para que la chica la cogiera.

—Porque es práctico. Al pertenecer a la misma red, las llamadas que me hagas son gratis. —Cambió las tarjetas hábilmente.

—Como no quites de ahí esa puñetera tarjeta, no te llamaré en absoluto.

Eso sí funcionó, aunque era evidente que no le hacía ninguna gracia. Tendría que superarlo.

Cuando volvimos al Bentley, parecía haber recuperado el humor.

—Ya puedes dirigirte al gimnasio, Angus —le dijo a su chófer, acomodándose en el asiento. Entonces sacó su *smartphone* del bolsillo. Grabó mi nuevo número en su lista de contactos; luego me cogió de las manos mi teléfono nuevo y programó mi lista con los números de teléfono de su casa, de su oficina y de sus móviles.

Apenas había terminado cuando llegamos al CrossTrainer. Como era de esperar, aquel moderno gimnasio de tres plantas era el sueño de cualquier entusiasta de la salud. Me impresionó la elegancia y la máxima calidad de hasta el último rincón. Incluso el vestuario de mujeres era como sacado de una película de ciencia-ficción.

Pero lo que realmente me puso la piel de gallina fue el mismísimo Gideon cuando, al terminar de ponerme la ropa de deporte, me lo encontré esperándome en el pasillo. Él llevaba unos pantalones cortos y una camiseta sin mangas, lo cual me permitió ver por primera vez sus brazos y piernas desnudos.

Me paré tan de repente que alguien que venía detrás se chocó conmigo. No sabía cómo disculparme; estaba demasiado ocupada devorando visualmente el cuerpo de Gideon. Tenía unas piernas tonificadas y vigorosas, perfectamente proporcionadas a sus esbeltas caderas y cintura. Se me hacía la boca agua cuando le miraba los brazos. Tenía unos bíceps delineados a la perfección, y las gruesas venas que le recorrían los antebrazos le daban un aspecto brutal y endemoniadamente sexy al mismo tiempo. Llevaba el pelo recogido atrás, lo que hacía resaltar la definición del cuello, las mandíbulas y los rasgos esculturales de su rostro.

¡*Dios!* Conocía a aquel hombre íntimamente. No acababa de asimilarlo, no con la prueba irrefutable de su excepcional belleza allí delante.

Y estaba mirándome con el ceño fruncido.

Separándose de la pared donde había estado apoyado, vino hacia mí, luego me rodeó. Me recorrió con los dedos el estómago y la espalda desnudos según daba la vuelta, poniéndome la carne de gallina. Cuando se detuvo delante de mí, le eché los brazos al cuello y le incliné hacia mí para plantarle un sonoro y juguetón beso en la boca.

—¿Pero qué demonios llevas puesto? —preguntó, ligeramente apaciguado por mi entusiástico recibimiento.

—Ropa.

—Pareces desnuda con ese *top*.

—Creía que te gustaba desnuda. —En mi fuero interno estaba muy satisfecha con la elección que había hecho aquella misma mañana antes de saber que él me acompañaría. La parte superior consistía en un triángulo con tiras largas en los hombros y las costillas que se sujetaban con Velcro y que podía llevarse de diversas maneras, lo cual permitía determinar en qué punto necesitaban los pechos un mayor soporte. Estaba especialmente diseñado para mujeres curvilíneas, y era el primer *top* que había tenido que evitaba que fuera por ahí rebotando. A lo que Gideon ponía peros era al color carne, que hacía juego con las rayas de los pantalones negros de yoga que llevaba.

—Me gustas desnuda *en privado* —dijo entre dientes—. Tendré que estar contigo cada vez que vengas al gimnasio.

—No me quejaré, puesto que me encanta la vista que tengo delante en este momento. —Y además, de alguna manera perversa me excitaba que se mostrase posesivo después del dolor que me había ocasionado su abandono del sábado por la noche. Una muestra de dos extremos muy diferentes, la primera de muchas, estaba segura.

—Terminemos con esto. —Me agarró de la mano y me alejó de los vestuarios, a la vez que cogía dos toallas con logo de un montón junto al que pasamos—. Quiero echarte un polvo.

—Quiero que me echen un polvo.

—¡Joder, Eva! —Me agarraba con tanta fuerza que me hacía daño—. ¿Adónde vamos? ¿Pesas? ¿Máquinas? ¿Cintas?

—A las cintas. Me apetecer correr un poco.

Me llevó en esa dirección. Vi cómo las mujeres le seguían con la mirada, y luego con los pies. Querían estar en la parte del gimnasio donde estuviera él, y no podía culparlas. Yo también me moría por verle en acción.

Cuando llegamos a las aparentemente interminables filas de cintas de correr y bicicletas, nos encontramos con que no había dos cintas libres contiguas.

Gideon se acercó a un hombre que tenía una libre a cada lado.

—Le estaría muy agradecido si se corriera una más allá.

El tipo me miró y sonrió.

—Sí, claro.

—Muchas gracias.

Gideon se subió a la cinta del hombre y me hizo un gesto para que me subiera a la de al lado. Antes de que programara su ejercicio, me incliné hacia él.

—No quemes mucha energía —susurré—. La primera vez te quiero en la postura del misionero. Hace tiempo que fantaseo con la idea de tenerte encima follándome con todas tus fuerzas.

Sus ojos me taladraron.

—Eva, ni te imaginas.

Casi mareada sólo de pensarlo y con una agradable sensación de poderío femenino, me subí en la cinta y empecé a caminar a paso ligero. Mientras calentaba, puse mi iPod para que reprodujera canciones al azar, y cuando sonó «SexyBack», de Justin Timberlake, apreté el paso y fui a por todas. Para mí correr era un ejercicio tanto físico como mental. A veces deseaba que corriendo deprisa pudiera alejarme de todo aquello que me atormentaba.

Al cabo de veinte minutos aflojé el ritmo, luego paré, aventurándome finalmente a echar un vistazo a Gideon, que corría con la fluidez de una maquinaria bien engrasada. Estaba viendo la CNN en las pantallas de arriba, pero me dedicó una rápida sonrisa mientras me secaba el sudor de la cara. Bebí agua de la botella mientras me dirigía a las máquinas, y elegí una desde la que podía verle.

Siguió corriendo hasta los treinta minutos; luego fue a hacer pesas, sin perderme de vista en ningún momento. Mientras hacía ejercicio rápida y eficientemente, no pude por menos de pensar en lo viril que era. Claro que yo conocía muy bien lo que había en aquellos pantalones cortos, pero, pese a todo, era un hombre que trabajaba detrás de una mesa y no obstante se mantenía en perfecto estado de forma.

Cuando cogí una pelota para hacer unos abdominales, se acercó a mí uno de los monitores. Como cabría esperar de un gimnasio de primer orden, era guapo y con un físico muy agraciado.

—Hola —me saludó, con una sonrisa de estrella de cine que exhibía unos perfectos dientes blancos. Tenía el pelo castaño oscuro y los ojos casi del mismo color—. Eres nueva, ¿no? No te había visto antes por aquí.

—Sí, es la primera vez que vengo.

—Soy Daniel. —Alargó la mano, y yo le dije mi nombre—. ¿Encuentras todo lo que necesitas, Eva?

—Hasta ahora sí, gracias.

—¿De qué sabor has elegido el batido de frutas?

Fruncí el ceño.

—¿Perdona?

—El batido que dan con la demostración gratuita. —Cruzó los brazos y se le marcaron sus enormes bíceps en las estrechas mangas del polo de su uniforme—. ¿No te dieron uno en el bar cuando te apuntaste? Se supone que tienen que dártelo.

—Ah, bueno. —Me encogí de hombros tímidamente, pensando que era un bonito detalle de todas formas—. No me han hecho la demostración habitual.

—¿Te han enseñado las instalaciones? Si no, puedo hacerlo yo. —Me tocó el codo ligeramente y me señaló las escaleras—. También tienes derecho a una hora de entrenamiento personal. Podríamos hacerlo esta tarde o quedar para un día de esta semana. Y estaría encantado de acompañarte al bar de comida saludable y tachar eso de la lista también.

—La verdas es que no puedo. —Arrugué la nariz—. No soy miembro.

—Ah. —Me hizo un guiño—. Has venido con un pase temporal. Está bien. No se puede esperar que tomes una decisión sin tener un conocimiento completo. Pero te aseguro que CrossTrainer es el mejor gimnasio de Manhattan.

Gideon apareció detrás de Daniel.

—El conocimiento completo está incluido —dijo, dando la vuelta para ponerse detrás de mí y agarrarme por la cintura— cuando se es la novia del dueño.

La palabra *novia* reverberó en mi interior, provocando que un torrente de adrenalina inundara mi organismo. Aún estaba asimilando que tuviéramos ese nivel de compromiso, pero eso no me impidió pensar que la denominación sonaba bien.

—Señor Cross. —Daniel se enderezó y retrocedió un paso, luego alargó la mano—. Es un honor conocerle.

—Daniel me tiene entusiasmada con este lugar —le dije a Gideon cuando se estrechaban la mano.

—Creí que ya lo había hecho *yo.* —Tenía el pelo húmedo de sudor y olía a gloria. No sabía que un hombre sudoroso pudiera oler tan bien.

Deslizó las manos por mis brazos y noté sus labios en la coronilla.

—Vámonos. Hasta luego, Daniel.

Yo le dije adiós con la mano según nos íbamos.

—Gracias, Daniel.

—Cuando quiera.

—Ya, ya —masculló Gideon—. No dejaba de mirarte las tetas.

—Son unas tetas muy bonitas.

Emitió un tenue gruñido. Yo me aguanté la risa.

Me dio un azote en el trasero lo bastante fuerte como para hacerme dar un paso delante y dejarme un escozor incluso a través de los pantalones.

—Esa maldita tirita que tú llamas camisa no deja mucho a la imaginación. No tardes mucho en ducharte. No vas a tardar en sudar otra vez.

—Un momento. —Le cogí del brazo antes de que pasara de largo por el vestuario de mujeres camino del de los hombres—. ¿Te desagradaría que te dijera que no quiero que te duches? ¿Si te dijera que me gustaría encontrar un lugar cercano donde pudiera saltar sobre ti mientras estás sudando?

Gideon apretó la mandíbula y su mirada se nubló peligrosamente.

—Estoy empezando a preocuparme por tu seguridad, Eva. Coge tus cosas. Hay un hotel a la vuelta de la esquina.

No nos cambiamos de ropa ninguno de los dos y a los cinco minutos estábamos fuera. Gideon caminaba con paso enérgico y yo me daba prisa para seguirle el ritmo. Cuando de repente se paró, se dio la vuelta y me echó hacia atrás con un beso ardiente y apasionado en la abarrotada acera, me quedé tan anonadada que no pude hacer nada. Aquella gozosa fusión de nuestras bocas, llena de pasión y dulce espontaneidad, hizo que me doliera el corazón. A nuestro alrededor la gente rompió a aplaudir.

Cuando me enderezó, estaba mareada y sin respiración.

—¿Qué ha sido eso? —pregunté entrecortadamente.

—Un preludio. —Reanudó la carrera al hotel más cercano, del que no pude ni ver el nombre, cuando entramos a toda prisa delante del portero y derechos a los ascensores. Me di cuenta de que la propiedad era una de las de Gideon incluso antes de que el director le saludara por su nombre en el momento en que se cerraban las puertas del ascensor.

Gideon dejó caer la bolsa de deporte en el suelo del ascensor, se afanó en desentrañar cómo quitarme el *top* deportivo. Estaba yo dándole manotadas para que me dejara cuando se abrieron las puertas y él cogió la bolsa. No había nadie esperando en nuestra planta ni nadie en el pasillo. De alguna parte sacó una llave maestra, e instantes después estábamos en una habitación.

Me abalancé sobre él, metiéndole las manos por debajo de la camiseta para sentir su piel húmeda y la dureza de sus músculos.

—Desnúdate. Pero *¡ya!*

Se reía mientras se quitaba las deportivas con la puntera y se sacaba la camiseta por la cabeza.

¡Dios mío!... verle en carne y hueso... —todo él, al caerle al suelo los pantalones cortos— fue un cortocircuito sináptico. No había ni un solo gramo de carne en ninguna parte, sólo duros bloques de afilado músculo. Tenía unos abdominales perfectos y aquella V de músculo súper sexy de la pelvis que Cary llamaba el Lomo de Apolo. Gideon no se depilaba el pecho como hacía Cary, pero se notaba que ponía en él el mismo cuidado que en el resto de su cuerpo. Era un varón en toda regla, la personificación de todo lo que codiciaba, con lo que fantaseaba y lo que deseaba.

—Me he muerto y estoy en el cielo —dije, mirando sin disimulo.

—Tú sigues vestida. —La emprendió con mi ropa, arrancándome el *top* sin que me diera tiempo a respirar. Tiró de mis pantalones y yo me quité las deportivas a patadas, con tanta prisa que perdí el equilibrio y me caí en la cama. Apenas había recuperado el aliento cuando ya le tenía encima.

Rodamos por el colchón hechos un revoltijo. Por donde me tocaba iba dejando estelas de fuego. El olor limpio y natural de su piel se convirtió de inmediato en un embriagador afrodisíaco que espoleó mi deseo hasta la locura.

—Eres guapísima, Eva. —Me plantó una mano en un pecho y a continuación empezó a comerme el pezón.

Grité al sentir aquel calor abrasador y el azote de su lengua, notando cómo me tensaba en lo más íntimo con cada suave lametón. Deslizaba mis codiciosas manos por su piel húmeda de sudor, acariciando y apretando, buscando los puntos que le hacían aullar y gemir. Entrelacé mis piernas con las suyas para intentar darle la vuelta, pero pesaba demasiado y era demasiado fuerte.

Levantó la cabeza y me sonrió.

—Esta vez me toca a mí.

Lo que sentía por él en aquel momento, viendo aquella sonrisa y aquel fuego en sus ojos, era tan intenso que dolía. Demasiado rápido, pensé. Estaba cayendo muy deprisa.

—Gideon...

Me besó profundamente, lamiéndome la boca de aquella forma tan suya. Pensé que podría conseguir que me corriera con un simple beso, si ambos le dedicábamos el tiempo suficiente. Todo en él me excitaba, desde cómo le veía y le sentía yo bajo mis manos hasta la forma en que me miraba y me tocaba. Lo que codiciosa y calladamente exigía de mi cuerpo, la intensidad con que me daba placer y obtenía el suyo a cambio, me volvía loca.

Pasé las manos por su sedoso pelo húmedo. El vello crespo de su pecho me atormentaba los pezones erectos, y el contacto de su cuerpo, duro como una piedra, con el mío bastaba para ponerme húmeda y anhelante.

—Me encanta tu cuerpo —susurró, desplazando los labios desde mi mejilla hasta la garganta. Con una mano me acariciaba el torso desde el pecho a la cadera—. No me sacio de él.

—Tampoco has tenido oportunidad —me burlé.

—Creo que nunca podré saciarme. —Mordisqueando y lamiéndome el hombro, descendió hasta cogerme el otro pezón entre los dientes. Tiró de él, y el pequeño ramalazo de dolor hizo que se me arqueara la espalda con un tenue grito—. Nunca he deseado nada tanto.

—¡Házmelo, entonces!

—Todavía no —murmuró, deslizándose hacia abajo, rodeándome el ombligo con su lengua—. Aún no estás lista.

—¡Qué! ¡Oh, Dios!... No puedo estarlo más. Le tiré del pelo, intentando que subiera.

Gideon me cogió de las muñecas y me las sujetó contra el colchón.

—Tienes un coño pequeño y apretado, Eva. Te haré daño si no ablandas y te relajas.

Sentí un violento estremecimiento de excitación. Me encendía cuando hablaba tan abiertamente de sexo. Entonces volvió a deslizarse hacia abajo y me tensé.

—No, Gideon. Tengo que ducharme para eso.

Hundió la cabeza en mi hendidura y yo forcejeé para zafarme, y me ruboricé, avergonzada de repente. Me pellizcó en la cara interior del muslo con los dientes.

—Para ya.

—No, por favor. No tienes que hacerlo.

Su furibunda mirada apaciguó mis frenéticos movimientos.

—¿Crees que tengo un sentimiento hacia tu cuerpo diferente del que tienes tú hacia el mío? —preguntó con aspereza—. Te deseo, Eva.

Me lamí los labios resecos, tan sumamente enardecida por su deseo animal que no pude articular palabra. Gruñó suavemente y se sumergió en busca de la carne resbaladiza de entre mis piernas. Me introdujo la lengua, lamiendo y separando los sensibles pliegues. Mis caderas se agitaban nerviosas; mi cuerpo, en silencio, pedía más. Era una sensación tan increíble que podría haber llorado.

—¡Joder, Eva! Llevo queriendo comerte el coño desde el día en que te conocí.

Mientras la suavidad aterciopelada de su lengua vibraba sobre mi clítoris hinchado, yo hincaba la cabeza en la almohada.

—Sí. Así. Haz que me corra.

Lo hizo, succionando de la manera más delicada y con un lametón enérgico. Me retorcía con las sacudidas del orgasmo, tensándome en lo más íntimo, temblándome las extremidades. Me clavó la lengua en el sexo mientras se convulsionaba, estremeciéndose con aquella penetración superficial, queriendo que entrara más adentro. Sus gemidos vibraban contra mi carne inflamada, haciendo que el clímax se prolongara. Se me saltaron las lágrimas y me rodaron hacia las sienes, el placer físico estaba destruyendo el muro que contenía mis sentimientos.

Y Gideon no se detuvo. Rodeó la trémula entrada de mi cuerpo con la punta de la lengua y empezó a lamer mi clítoris palpitante hasta que me aceleré otra vez. Me introdujo dos dedos que se retorcían y me acariciaban. Estaba tan sensible que me revolvía contra las embestidas. Cuando acercó los labios a mi clítoris y empezó a lamerme con movimientos rítmicos y regulares, volví a correrme, gritando con voz ronca. Luego me introdujo tres dedos, retorciéndolos y abriéndome.

—No. —Sacudí la cabeza de un lado a otro; me ardía y me cosquilleaba cada centímetro de mi piel—. No más.

—Una vez más —me engatusó con la voz quebrada—. Una vez más y después te follaré.

—No puedo...

—Sí que podrás. —Sopló, lanzándome una lenta corriente de aire en mi carne húmeda, y aquel frescor sobre mi enfebrecida piel volvió a despertar las sensibles terminaciones nerviosas—. Me encanta ver cómo te corres, Eva. Me encanta oír los ruidos que haces, cómo se estremece tu cuerpo...

Me masajeó un punto delicado de mi interior y me vino otro orgasmo en forma de lenta y ardiente delicia, no menos devastador, por ser más leve, que los dos anteriores.

Noté que su peso y su calor me abandonaban. En algún rincón de mi confundida mente, oí que se abría un cajón, seguido rápidamente del ruido que hace el papel de aluminio al rasgarse. El colchón se hundió al regresar él, y ahora, con manos rudas, me colocó en el centro de la cama. Se puso encima de mí, sujetándome, colocando los antebrazos por fuera de mis bíceps y apretándolos hacia los lados, apresándome.

Miraba fascinada la austera belleza de su rostro. El deseo le endurecía los rasgos, tensa la piel de los pómulos y la mandíbula. Tenía los ojos tan oscuros y dilatados que se veían negros, y se supone que estaba contemplando la cara de un hombre que había sobrepasado los límites de su control. Para mí era importante que él hubiera llegado hasta allí en beneficio mío y que lo hubiera hecho para satisfacerme y prepararme para lo que suponía que sería una dura cabalgada.

Me aferré a la colcha, cada vez más expectante. Se había asegurado de que yo me llevaba lo mío una y otra vez. Ésta era para él.

—Fóllame —le ordené, desafiándole con los ojos.

—*Eva.* —Soltó mi nombre al embestirme, hundiéndose hasta el fondo en una única y feroz arremetida.

Di un grito ahogado. Era enorme, dura como una piedra y muy profunda. La conexión era asombrosamente intensa. Emocionalmente. Mentalmente. Nunca me había sentido tan completamente... tomada. Poseída.

Nunca pensé que podría soportar estar inmovilizada durante una relación sexual, y menos con mi pasado siendo el que era, pero el total dominio que Gideon ejercía de mi cuerpo aumentó mi deseo a un nivel exorbitante. Nunca había estado tan lanzada, lo cual parecía una locura después de lo que había experimentado con él hasta ese momento.

Me apreté a él, gozando de la sensación de tenerle dentro, llenándome.

Sus caderas se clavaban en las mías, empujaban como diciendo: *¿Me sientes? Estoy dentro de ti. Me perteneces.*

Su cuerpo entero se endureció, los músculos del pecho y los brazos se estiraban cuando salía hasta la punta. La rígida tensión de sus abdominales era el único aviso que me daba antes de estrellarse hacia delante. Con fuerza.

Grité y su pecho resonó con un sonido profundo y primitivo.

—¡Dios!... ¡Qué sensación tan increíble!

Agarrándome con más fuerza, empezó a follarme, clavándome las caderas en el colchón con unas embestidas feroces. De nuevo me inundó una oleada de placer, que me penetraba con cada empellón de su cuerpo en el mío. *Así*, pensé. *Así es como te quiero.*

Hundió la cara en mi cuello y me sujetó con firmeza, hundiéndose rápidamente y con fuerza, diciendo, con la voz entrecortada, crudas y encendidas palabras de sexo que me volvían loca de deseo.

—Nunca había estado tan duro y tan lleno. Estoy tan dentro de ti... que lo noto contra el estómago... noto la polla clavándose en ti.

Yo había dado por hecho que le tocaba a él; sin embargo, seguía conmigo, seguía concentrado en mí, moviendo las caderas para provocarme placer en lo más íntimo y sensible. Emití un tenue sonido de desvalimiento y su boca se posó sobre la mía. Le deseaba desesperadamente, le clavaba las uñas en sus bombeantes caderas, luchaba con el impulso de mecerme al ritmo de las feroces embestidas de su enorme polla.

Estábamos empapados de sudor, la piel caliente y pegajosa, respirando trabajosamente. Cuando en mi interior se avecinó un orgasmo, como una tormenta, todo mi ser se tensó y apretó, exprimiendo. Él maldijo y me metió una mano por debajo de la cadera, agarrándome el trasero y levantándome hacia sus embestidas de manera que la punta de su polla pegaba una y otra vez en el punto que a él le dolía.

—Córrete, Eva —ordenó con aspereza—. Córrete ya.

Alcancé el clímax como un torrente que me dejó sollozando su nombre, realzada y magnificada la sensación por la forma en que él retenía mi cuerpo. Echó la cabeza hacia atrás, estremeciéndose.

—¡Ah, Eva! —Me estrechó con tanta fuerza que apenas podía respirar, subiendo y bajando las caderas mientras se vaciaba todo él.

No recuerdo cuánto tiempo estuvimos de aquella manera, uno encima del otro, con la boca en el hombro del otro, tratando de calmar y suavizar la garganta. Me palpitaba el cuerpo entero.

—¡Guau! —conseguí decir.

—Vas a matarme —murmuró él con los labios en mi mandíbula—. Vamos a terminar follándonos el uno al otro hasta morir.

—¿Yo? Yo no he hecho nada. —Me había controlado por completo, y ¿no había sido de lo más sexy?

—Respiras, que ya es bastante.

Me reí y le abracé.

Alcé la cabeza y él me acarició la nariz.

—Vamos a comer algo y luego lo haremos otra vez.

Enarqué las cejas.

—¿Puedes hacerlo otra vez?

—Toda la noche. —Giró las caderas y noté que seguía medio empalmado.

—Eres una máquina —le dije—. O un dios.

—Tú tienes la culpa. —Con un beso suave y dulce, se levantó. Se quitó el preservativo, lo envolvió en un pañuelo de papel que cogió de la mesilla y lo tiró todo a la papelera que había junto a la cama.

—Vamos a ducharnos y pediremos que nos suban la comida del restaurante. A menos que quieras bajar.

—No creo que pueda andar.

El relámpago de su sonrisa hizo que se me parara el corazón durante unos instantes.

—Me alegro de no ser el único.

—Tienes buen aspecto.

—Me siento fenomenal. —-Volvió a sentarse en el borde de la cama y me echó hacia atrás el pelo de la frente. Había dulzura en su cara, su sonrisa era cálida y afectuosa.

Me pareció ver algo en su mirada y se me agarrotó la garganta ante la posibilidad. Me dio miedo.

—Dúchate conmigo —dijo, pasándome la mano por el brazo.

—Espera a que me encuentre y voy para allá.

—Vale. —Entró en el cuarto de baño, ofreciéndome una inmejorable panorámica de su escultural espalda y su perfecto trasero. Suspiré, apreciando, desde un punto de vista puramente femenino, aquel magnífico ejemplar de varón.

Oí el agua de la ducha. Conseguí sentarme y deslizar las piernas a un lado de la cama, sintiéndome muy inestable. Me fijé en que el cajón de la mesilla estaba ligeramente abierto y a través de la abertura vi los condones.

Se me puso un nudo en el estómago. El hotel era lo bastante exclusivo como para ser de los que proporcionan condones junto con la obligada Biblia.

Con una mano temblorosa, abrí el cajón un poco más y encontré una considerable cantidad de profilácticos, además de un frasco de lubricante femenino y un gel espermicida. El corazón me latía desbocado otra vez. Recordé el recorrido, guiado por la lascivia, que nos llevó al hotel. Gideon ni siquiera preguntó si había alguna habitación disponible. Aunque dispusiera de una llave maestra, tendría que saber qué habitaciones estaban ocupadas antes de coger una... a menos que supiera de antemano que aquella habitación en particular estaría libre.

Claramente era *su* suite, un picadero con todo lo necesario para pasárselo en grande con las mujeres que le servían a ese propósito en la vida.

Cuando logré ponerme en pie y dirigirme hacia el armario, oí que se abría la puerta de cristal de la ducha en el cuarto de baño y a continuación se cerraba. Agarré los dos pomos de las puertas de lamas del armario de nogal, y las separé. Había una pequeña sección de ropa de hombre colgada de una barra metálica, camisas y pantalones de traje, así como vaqueros y chinos Me quedé helada y una tremenda tristeza arrasó con mi orgásmica euforia.

Los cajones de la derecha contenían camisetas perfectamente dobladas, calzoncillos tipo bóxer y calcetines. El superior de la izquierda estaba lleno de juguetes eróticos aún sin estrenar. No quise mirar los cajones inferiores. Ya había visto suficiente.

Me puse las bragas y cogí una de las camisas de Gideon. Mientras me vestía, repasé mentalmente los pasos que había aprendido durante la terapia: *Sácatelo. Cuéntale a tu pareja qué ha desencadenado esos sentimientos negativos. Afronta la reacción y trabaja en ella.*

Tal vez, si no hubiera estado tan alterada por mis sentimientos hacia Gideon, podría haberlo hecho. Tal vez, si no acabáramos de haber vivido aquella experiencia sexual tan alucinante, me habría sentido menos desnuda y vulnerable. Nunca lo sabría. Pero me sentía ligeramente sucia, un poco utilizada y muy dolida. Aquel descubrimiento había sido un golpe atroz, y como una cría pequeña, deseaba devolverle el daño.

Cogí los condones, el lubricante y los juguetes y los tiré encima de la cama. Luego, cuando oí que me llamaba con voz risueña y juguetona, cogí mi bolso y me marché.

10

Mantuve la cabeza baja al pasar por el mostrador de recepción y salí del hotel por una puerta lateral. Tenía la cara roja de vergüenza al recordar al gerente que había saludado a Gideon cuando entramos en el ascensor. Era fácil imaginarse lo que habría pensado de mí. Él debía de saber para qué tenía Gideon reservada la habitación. No podía soportar la idea de ser una de tantas y, sin embargo, eso es exactamente lo que había sido desde el momento en que entré en el hotel.

¿Tanto habría costado acercarse al mostrador y conseguir una habitación que sólo fuera para nosotros?

Empecé a caminar sin rumbo. Ya era de noche y la ciudad asumía una vida completamente diferente a la que tenía durante la jornada. Carros de comida humeante salpicaban las aceras, un puesto donde se vendían cuadros enmarcados, otro de camisetas, y otro, y otro más que tenía dos mesas plegables cubiertas de guiones de películas y series de televisión.

Con cada paso que daba se iba quemando la adrenalina de la huida. Se desvanecía el malicioso regocijo al imaginar a Gideon saliendo del baño y encontrándose con una habitación vacía y una cama llena de trastos desparramados. Empecé a calmarme... y a pensar seriamente en lo que acababa de suceder.

¿Había sido pura coincidencia que Gideon me hubiera invitado a un gimnasio que estaba justo al lado de su picadero?

Recordé la conversación que habíamos tenido en su oficina a la hora de la comida y cómo se había esforzado para retenerme. Estaba tan confuso como yo respecto a lo que estaba pasando entre nosotros, y a mí me constaba lo fácil que era caer en los patrones establecidos. Después de todo, ¿no había caído yo en uno de los míos al salir huyendo? Había pasado bastantes años haciendo terapia como para salir corriendo cuando algo me dolía.

Completamente abatida, entré en un restaurante italiano y me senté a una mesa. Pedí un vaso de *syrah* y una *pizza* margarita, esperando que el vino y la comida aplacaran mi ansiedad y pudiera pensar con lucidez.

Cuando el camarero volvió con el vino, me bebí media copa sin saborearlo. Ya echaba de menos a Gideon y el ánimo alegre y divertido que tenía cuando me fui. Estaba invadida por su olor —la fragancia de su piel y de su sexo caliente y juguetón—. Me escocían los ojos y dejé resbalar unas lágrimas por las mejillas, a pesar de que era un restaurante muy concurrido. Llegó la comida, escarbé un poco en ella. Me sabía a cartón, aunque suponía que ni el cocinero ni el lugar tenían la culpa.

Acerqué la silla donde había puesto el bolso y saqué mi nuevo *smartphone* con la intención de dejar un mensaje en el contestador del doctor Travis. Me había sugerido que nos comunicáramos por video-chat hasta que encontrara otro psicólogo en Nueva York y decidí aceptar su propuesta. Entonces fue cuando vi las veintiuna llamadas perdidas y un mensaje de Gideon: «La he cagado otra vez. No me dejes. Habla conmigo. Xfvr».

Las lágrimas brotaron de nuevo. Sujeté el teléfono contra el pecho, sin saber qué hacer. No podía quitarme de la cabeza las imágenes de Gideon con otras mujeres. No podía dejar de imaginármelo follando a todo follar con otra en aquella misma cama, usando juguetes con ella, volviéndola loca, obteniendo placer de su cuerpo.

Pensar en esas cosas era irracional e inútil, y me hacía sentir mezquina, y enferma.

Di un respingo cuando vibró el teléfono, y casi lo dejé caer. Me daba pena de mí misma y no sabía si dejar contestar al buzón de voz porque veía en la pantalla que era Gideon (además, era el único que tenía el número), pero no podía pasar de él porque se veía que estaba desesperado. Con todo lo que había querido herirle antes, ahora me era imposible hacerlo.

—Hola. —Mi voz no parecía la mía, empañada como estaba de lágrimas y emoción.

—¡Eva! Gracias a Dios —Gideon parecía muy preocupado—, ¿dónde estás?

Miré a mi alrededor pero no vi nada que me indicara el nombre del restaurante.

—No lo sé. Yo... lo siento, Gideon.

—No, Eva. No lo sientas. Es culpa mía. Tengo que encontrarte ¿Puedes describir dónde estás? ¿Has ido andando?

—Sí, he venido andando.

—Sé por qué puerta saliste. ¿Hacia dónde fuiste luego? —Respiraba deprisa y se oían de fondo el ruido del tráfico.

—A la izquierda.

—¿Y luego te metiste por alguna calle lateral?

—Creo que no. No lo sé. —Busqué con la mirada algún camarero a quien preguntar—. Estoy en un restaurante italiano. Tiene mesas en la acera... y una verja de hierro forjado. Ventanas francesas. Por Dios, Gideon, yo...

Apareció su silueta en la entrada, con el teléfono pegado al oído. Le reconocí de inmediato, le vi detenerse cuando me encontró sentada contra la pared del fondo. Se guardó el teléfono en el bolsillo de los vaqueros que tenía en el hotel. Pasó de largo delante de la encargada, que le estaba diciendo algo, y fue directo hasta mí. Apenas me había puesto en pie cuando me atrapó entre sus brazos y me atrajo con fuerza hacia él.

—Dios mío —temblando ligeramente, hundió la cara en mi cuello—, Eva.

Yo también le abracé. Estaba fresco por la ducha reciente y me hizo darme cuenta de que yo también necesitaba una.

—No puedo estar aquí —dijo con voz trémula y separándose un poco para cogerme la cara con las manos—; no puedo dejarme ver en público ahora, ¿vienes a casa conmigo?

De algún modo mi expresión debió de traicionar mi persistente cautela, porque me besó en la frente y murmuró:

—No será como el hotel, te lo prometo. Mi madre es la única mujer que ha estado en mi casa, aparte del ama de llaves y el servicio.

—Esto es una idiotez —dije entre dientes—. Soy una idiota.

—No. —Me retiró el pelo hacia atrás y me susurró al oído—. Si tú me hubieras llevado a un sitio que reservaras para follar con otros, no lo habría soportado.

El camarero regresó y nos separamos.

—¿Le traigo una carta, señor?

—No hace falta —Gideon sacó la cartera del bolsillo posterior y le dio su tarjeta de crédito—, nos vamos ya.

Cogimos un taxi hasta su casa y no me soltó la mano en todo el tiempo. No debería haberme puesto tan nerviosa en el ascensor privado que nos llevaba al ático de Gideon en la Quinta Avenida. Los techos altos y la arquitectura de antes de la guerra no eran nuevos para mí y, en realidad, era de esperar si salías con un hombre que parecía tenerlo casi todo. Y las codiciadas vistas a Central Park, por supuesto que también las tenía.

Pero la tensión de Gideon era palpable, y ello me hizo darme cuenta de que para *él* esto era algo importante. Cuando el ascensor se abrió directamente al vestíbulo de mármol del apartamento me dio un apretón en la mano antes de soltarme. Abrió la doble puerta de entrada para hacerme pasar, y pude notar su nerviosismo mientras observaba mi reacción.

La casa de Gideon era tan hermosa como el hombre que la habitaba. Muy diferente de su oficina, tan aséptica, moderna y fría. Su espacio privado era cálido y suntuoso, lleno de antigüedades y objetos de arte, realzados por preciosas alfombras Aubusson sobre relucientes suelos de maderas nobles.

—Es... impresionante —dije en voz baja, sintiéndome privilegiada de poder verlo. Era como un atisbo del Gideon privado que yo me moría por conocer, y resultaba maravilloso.

—Entra —me llevó dentro del apartamento—. Quiero que duermas aquí esta noche.

—No tengo ropa ni mis cosas...

—Sólo necesitas un cepillo de dientes y tienes uno en el bolso. Podemos acercarnos a tu casa por la mañana y traemos lo demás. Te prometo que te llevaré a trabajar a tiempo. —Me atrajo contra su cuerpo y apoyó la barbilla sobre mi cabeza—. De verdad, me encantaría que te quedaras, Eva. No te culpo por escaparte de aquella habitación, pero al ver que te habías ido me llevé un susto de muerte. Necesito estar contigo un poco más.

—Necesito que me abraces. —Metí las manos debajo de su camiseta para acariciar la dureza sedosa de su espalda desnuda—. También me vendría bien una ducha.

Con la nariz en mi pelo, inhaló profundamente.

—Me gusta que huelas como yo.

Pero me llevó a través de la sala de estar y un pasillo hasta la entrada de su dormitorio.

—¡Vaya! —exclamé cuando dio la luz. Una enorme cama trineo dominaba la estancia, de madera oscura, que parecía su favorita, y la ropa de cama de suave color crema. El resto del mobiliario iba a juego, y los accesorios eran de oro pulido. Era un espacio acogedor y masculino, sin cuadros en las paredes que distrajeran de la serena vista nocturna de Central Park y los magníficos edificios residenciales del otro lado. Mi lado de Manhattan.

—El baño está aquí.

Mientras yo observaba el tocador, que parecía estar hecho de una antigua vitrina de nogal con patas en forma de garra, él sacó toallas de un armario del mismo estilo y me las entregó, moviéndose con aquella seguridad elegante y sensual que tanto admiraba en él. Verlo en su casa, con ropa informal, me llegó al alma. Saber que era la primera mujer que vivía esa experiencia con él me emocionó aún más. Sentí que lo estaba viendo más desnudo que nunca.

—Gracias.

Me miró y pareció entender que me refería a algo más que a las toallas.

—Está muy bien tenerte aquí.

—No tengo ni idea de cómo he terminado así, contigo. —Pero de verdad, de verdad, me encantaba.

—¿Importa mucho? —Gideon se acercó a mí, levantándome la barbilla para besarme la punta de la nariz—. Te dejaré una camiseta encima de la cama. ¿Qué te parecen caviar y vodka?

—Bueno, está un peldaño por encima de la *pizza*.

—Petrossian's Ossetra —dijo, sonriendo.

—Rectifico. Cientos de peldaños por encima. —Sonreí yo también.

Me duché y me vestí con la enorme camisa de Cross Industries que me había preparado. Luego llamé a Cary para decirle que pasaría la noche fuera y hacerle un breve resumen del incidente del hotel.

Cary soltó un silbido.

—No sé qué decir.

Decía mucho de él que no dijera nada.

Busqué a Gideon en la sala de estar y nos sentamos en el suelo para comer sobre la mesa de centro el costoso caviar con mini tostadas y nata fresca. Vimos una reposición de una serie policíaca ambientada en Nueva York que, curiosamente, incluía una escena filmada en la calle del Crossfire.

—Creo que sería guay ver un edificio mío en la televisión —dije.

—No está mal, si no cierran la calle durante varias horas para filmar.

Le di un golpecito en un hombro con el mío.

—Pesimista.

Nos metimos en la cama de Gideon a las diez y media y vimos juntitos la mitad de un programa. Saltaban chispas por el aire de la tensión sexual que había entre nosotros, pero él no hizo ningún avance ni yo tampoco. Suponía que aún estaba intentando desagraviarme por lo del hotel, intentando demostrar que quería pasar tiempo conmigo sin necesidad de follar.

Funcionó. A pesar de desearlo tanto, se estaba bien estando sólo abrazados.

Dormía desnudo, así que fue estupendo acurrucarse junto a él. Puse una pierna sobre la suya, un brazo alrededor de su cintura y apoyé una mejilla sobre su corazón. No me acuerdo del final del programa, así que supongo que me quedé dormida antes de que terminara.

Cuando me desperté, aún estaba oscuro en la habitación y yo me había movido hasta el otro lado de mi mitad de la cama. Me incorporé para mirar la hora en el reloj digital de la mesilla de Gideon y vi que apenas eran las tres de la mañana. Yo solía dormir toda la noche de un tirón y pensé que tal vez había extrañado el lugar y eso me había quitado el sueño. Entonces Gideon emitió un quejido y se revolvió, muy inquieto, así que comprendí qué era lo que me había despertado. Escapaba de él un murmullo dolorido junto a una respiración atormentada.

—¡No me toques! —murmuraba con violencia—. ¡Quítame esas manos asquerosas de encima!

Me quedé helada, con el corazón a mil. Sus palabras, llenas de furia, rasgaban la oscuridad.

—¡Maldito cabrón! —Se retorcía y daba patadas a las mantas. Arqueaba la espalda con un lamento que resultaba perversamente erótico—. ¡No! ¡Dios mío...! Me *duele*.

Yo no podía soportar ver cómo se crispaba y estremecía.

—Gideon. —Como Cary a veces tenía pesadillas, yo sabía que no hay que tocar a nadie en ese trance, así que me arrodillé al lado de la cama y le llamé—: Gideon, despierta.

Paralizado de súbito, se dejó caer de espaldas, tenso y expectante. Su respiración era agitada. Tenía la polla dura reposando sobre el vientre.

Le hablé con firmeza, aunque se me estaba rompiendo el corazón.

—Gideon, estás soñando. Vuelve conmigo.

Se desmadejó sobre el colchón.

—¡Eva!

—Me tienes aquí. —Me alejé de la luz de la luna, pero no vi ningún brillo que me indicara que tuviera los ojos abiertos—. ¿Estás despierto?

Empezó a respirar con más calma, pero se quedó callado. Tenía los puños cerrados en la sábana bajera. Me saqué por la cabeza la camisa que llevaba puesta y la dejé caer sobre la cama. Me acerqué sigilosamente, estirando una mano cautelosa para tocarle el brazo.

Como no se movía, lo acaricié, deslizando suavemente los dedos sobre el duro músculo de sus bíceps.

—Gideon...

Se despertó con un sobresalto

—¿Qué? ¿Qué pasa?

Me senté sobre los talones, con las manos en los muslos. Me miró parpadeando y se pasó los dedos por el pelo. Aún se percibía la pesadilla que le tenía atrapado, yo la notaba en la rigidez de su cuerpo.

—¿Qué ocurre? —preguntó con brusquedad, apoyándose en un codo—. ¿Estás bien?

—Te deseo.

Me estiré a su lado, alineando mi cuerpo desnudo contra el suyo. Presioné la cara contra su garganta, húmeda de sudor, y lamí con delicadeza la piel salada. Sabía por mis propias pesadillas que sentirte abrazado y querido podía devolver a los fantasmas al armario durante un rato. Me rodeó con los brazos y recorrió la curva de mi columna de arriba a abajo. Oí cómo se libraba del mal sueño con un suspiro largo y profundo.

Le empujé hacia atrás, me subí encima de él y sellé su boca con la mía. Su pene erecto apuntaba hacia los labios de mi sexo y yo me friccionaba con él. Me sujetó la cabeza para tomar las riendas del beso, y el simple contacto de su mano en mi pelo me puso enseguida a punto. Froté el clítoris una y otra vez contra toda la longitud de su atributo y lo usé para masturbarme hasta que Gideon lanzó una brusca exclamación y se giró para ponerme debajo.

—No tengo condones aquí —musitó, antes de envolverme un pezón con los labios y lamerlo tiernamente.

Me encantó que no estuviese preparado. Aquél no era su picadero; era su casa y yo, la única amante que había llevado allí.

—Ya sé que hablaste de intercambiar certificados de no padecer enfermedades contagiosas cuando tocamos el tema del control de natalidad y ése es el comportamiento más responsable, pero...

—Yo confío en ti. —Levantó la cabeza para mirarme a la pálida luz de la luna. Luego, separándome las rodillas, me penetró unos centímetros. Estaba ardiente y suave como la seda—. Eva —me dijo, agarrándome muy fuerte—, yo nunca... ¡Cuánto me gusta tocarte! ¡Cuánto me alegro de que estés aquí!

Atraje sus labios hasta los míos y le besé.

—Yo también.

Me desperté como me había quedado dormida, con Gideon encima y dentro de mí. Él tenía los ojos entrecerrados de deseo mientras yo pasaba de la inconsciencia al placer encendido. Le caía el pelo por la cara y los hombros, alborotado, y así parecía todavía más sexy. Pero lo mejor de todo era que no había sombras en sus espléndidos ojos, ningún resto del sufrimiento que rondaba sus sueños.

—Espero que no te importe —murmuró con una sonrisa malvada, saliendo y entrando—, pero estás suave y calentita. No puedo evitar desearte.

Estiré los brazos y arqueé la espalda, apretando los senos contra su pecho. Por las esbeltas ventanas rematadas por un arco entraba la tenue luz del amanecer que se extendía por el cielo.

—Mmm... qué fácil sería acostumbrarse a despertar así.

—Eso mismo pensé yo a las tres de la madrugada. —Hizo girar las caderas y se hundió en mi cuerpo—. Pensé que podía devolver el favor.

Mi ser entero se activó, con el pulso a toda pastilla.

—Sí, por favor.

Cary se había ido ya cuando llegamos a mi apartamento; había dejado una nota diciendo que tenía trabajo, pero que volvería con tiempo de sobra para la *pizza* con Trey. Como el día anterior estaba demasiado disgustada para disfrutarla, no me importaba intentarlo de nuevo ahora que me sentía tan bien.

—Tengo una cena de negocios esta noche —dijo Gideon, asomándose por encima de mi hombro para leer la nota—. Esperaba que vinieras conmigo para hacerla más llevadera.

—No puedo dejar tirado a Cary —dije en tono de disculpa y me volví a mirarle—. Las chicas antes que las pollas y todo eso.

Frunció los labios y me aprisionó contra la encimera. Llevaba un traje que yo le había elegido, un Prada gris grafito, con un brillo muy sutil. La corbata era del azul de sus ojos, y como estaba tumbada en la cama mientras él se vestía, tuve que contenerme para no quitárselo todo.

—Cary no es una chica, pero entiendo lo que quieres decir. Quiero verte esta noche. ¿Puedo venir después de la cena y quedarme a dormir?

Me estremecí de placer con sólo pensarlo. Le alisé la chaqueta con la sensación de que yo guardaba un secreto especial porque sabía exactamente cómo estaba sin ropa.

—Me encantaría.

—Bien —asintió con satisfacción—. Haré café mientras te vistes.

—El café en grano está en el congelador. El molinillo, al lado de la cafetera. Me gusta con mucha leche y un poco de edulcorante.

Cuando volví, veinte minutos después, Gideon cogió dos tazas desechables y salimos. Paul nos apremió a salir por la puerta y a subir al asiento trasero del Bentley de Gideon, que nos estaba esperando.

Mientras el chófer se incorporaba al tráfico, Gideon me echó un vistazo y dijo:

—Decididamente, quieres matarme. ¿Te has puesto ligueros otra vez?

Me levanté la falda y le enseñé el punto en que el liguero prendía la media negra de seda.

Soltó un taco entre dientes que me hizo sonreír. Yo llevaba un jersey de cuello alto de seda negra y manga corta a juego con una falda roja plisada, de limitada pero decente longitud, y unos zapatos Mary Janes de tacón. Como Cary no estaba para hacerme algo bonito en el pelo, me lo recogí en una cola de caballo.

—¿Te gusta?

—Estoy empalmado. —Hablaba con la voz ronca mientras se organizaba el interior de la bragueta—. ¿Cómo quieres que aguante todo el día pensando en ti vestida de esa manera?

—Siempre está la hora de la comida —sugerí fantaseando con un polvo a mediodía en el sofá de la oficina de Gideon.

—Hoy tengo un almuerzo de trabajo. La pospondría si no lo hubiera hecho ya ayer.

—¿La cambiaste por mí? Me siento muy halagada.

Se acercó y me rozó la mejilla con los dedos, un gesto afectuoso que ahora era habitual, tierno y muy íntimo. Estaba empezando a depender de aquellas caricias.

Apoyé la cara en la palma de su mano.

—¿No puedes sacar quince minutos para mí?

—Lo intentaré.

—Llámame cuando sepas la hora.

Respiré hondo, busqué en mi bolso y cogí un regalo que no estaba segura de si Gideon querría recibir, pero no podía dejar de pensar en su pesadilla. Esperaba que lo que iba a darle le hiciera recordarme a mí y al polvo de las tres de la mañana, y le ayudaría a sobrellevar....

—Tengo una cosa. Pensé...

De pronto me pareció presuntuoso dárselo.

—¿Qué pasa? —Frunció el ceño.

—Nada. Sólo que... —se lo solté de golpe—: Mira, te he traído una cosa, pero acabo de darme cuenta de que es uno de esos regalos... bueno, no es un regalo de verdad. Estoy pensando que no sería adecuado y...

—Dámelo. —Me tendió la mano con brusquedad.

—Puedes rechazarlo sin problemas...

—Cállate, Eva, dámelo ya.

Lo saqué del bolso y se lo di.

Gideon miró la fotografía en completo silencio. Era lo último en marcos digitales, con imágenes troqueladas que tenían que ver con la graduación, incluida una esfera digital que marcaba las 3:00 A.M. En la foto estaba yo posando en Coronado Beach, con un bikini de color coral y un gran sombrero de paja. Estaba bronceada, feliz y le tiraba un beso a Cary, que había hecho el papel de fotógrafo de alta costura, gritando palabras ridículas para animar: *Preciosa, cariño. Ponte atrevida. Ponte sexy. Espléndida. Ponte traviesa... guau...*

Me dio vergüenza y me moví, inquieta, en el asiento.

—Como te dije, no tienes que quedarte con...

—Yo... —carraspeó—. Gracias, Eva.

—Bueno... —Agradecí ver el Crossfire por la ventanilla. Salté deprisa cuando el chófer se detuvo, y me arreglé la falda, sintiéndome cohibida.

—Si quieres, me la quedo hasta más tarde.

Gideon cerró la puerta del Bentley y negó con la cabeza.

—Es mía, no te la voy a devolver.

Entrelazó los dedos de nuestras manos y señaló la puerta giratoria con la mano con que sostenía el marco. Me emocioné cuando comprendí que pensaba llevárselo al trabajo.

Una de las cosas divertidas del negocio de la publicidad era que ningún día era igual que el anterior. Estuve corriendo de acá para allá toda la mañana y ya estaba pensando en qué hacer durante la hora la comida cuando sonó el teléfono.

—Oficina de Mark Garrity. Le habla Eva Tramell.

—Tengo noticias —dijo Cary a modo de saludo.

—¿Qué? —se notaba por su voz que eran buenas noticias, fuera lo que fuera.

—He conseguido una campaña de Grey Isles.

—¡Oh, Dios mío, Cary! ¡Es fantástico! Me encantan sus vaqueros.

—¿Qué vas a hacer en el descanso para comer?

Sonreí.

—Celebrarlo contigo. ¿Puedes venir a las doce?

—Ya voy para allá.

Colgué y me balanceé en la silla, tan entusiasmada por lo de Cary que me entraron ganas de bailar. Necesitaba algo que hacer para rellenar los quince minutos que quedaban hasta la hora del almuerzo, así que revisé mi correo y encontré una alerta de Google con el nombre de Gideon. Más de treinta entradas en sólo un día.

Abrí el correo y aluciné con todos los titulares de «mujer misteriosa» que aparecían. Pinché el primer enlace y me vi a mí misma en un blog de cotilleos.

Allí, a todo color, había una foto de Gideon besándome locamente en la acera de enfrente de su gimnasio. El artículo adjunto era corto e iba al grano:

Gideon Cross, el soltero más codiciado de Nueva York desde John F. Kennedy Jr., fue visto ayer besándose apasionadamente en público con una mujer misteriosa. Fuentes de Cross Industries identificaron a la afortunada como la socialité *Eva Tramell, hija del multimillonario Richard Stanton y su esposa Monica. Cuando se le preguntó por la naturaleza de la relación, dicha fuente confirmó que Miss Tramell es la «actual pareja» del magnate. Imaginamos que muchos corazones se estarán rompiendo esta mañana por todo el país.*

—¡Mierda! —exclamé.

11

Abrí rápidamente los otros enlaces del boletín y me encontré con la misma fotografía y similares pies de foto y artículos. Sobresaltada, me eché hacia atrás y pensé en qué significaba todo aquello. Si un solo beso era noticia de primera plana, ¿qué posibilidad tendríamos Gideon y yo de conseguir que nuestra relación funcionara?

Me temblaban las manos según cerraba las pestañas del navegador. No había tenido en cuenta a la prensa, pero debería haberlo hecho.

—¡Maldita sea!

El anonimato era mi aliado. Me protegía de mi pasado. Protegía a mi familia de la vergüenza, y a Gideon también. Ni siquiera tenía cuentas en redes sociales, de manera que sólo las personas con las que mantenía una estrecha relación podían encontrarme.

El muro delgado e invisible que había entre la atención mediática y yo había desaparecido.

—¡Demonios! —exclamé en voz baja, al encontrarme en una dolorosa situación que podría haber evitado si hubiera empleado las neuronas en algo más aparte de Gideon.

Además, había que tener en cuenta cómo iba a reaccionar él a todo esto... Me moría de vergüenza sólo de pensarlo. Y mi madre. No tardaría mucho en llamarme y sacar las cosas de quicio.

—¡Mierda! —Al acordarme de que ella no tenía mi nuevo número de móvil, descolgué el teléfono de mi mesa y llamé a mi otro buzón de voz para ver si ya había intentado ponerse en contacto conmigo. Me estremecí al oír que tenía el buzón lleno.

Colgué, agarré el bolso y me fui a almorzar, segura de que Cary me ayudaría a poner todo aquello en perspectiva. Estaba tan aturdida cuando llegué al vestíbulo que salí corriendo del ascensor con la sola idea de encontrar a mi compañero de piso. Cuando le vi, no me fijé en nadie más hasta que Gideon se hizo a un lado delante de mí y me cerró el paso.

—Eva. —Me miró con el ceño fruncido. Cogiéndome del codo, me giró ligeramente. Fue entonces cuando me fijé en las dos mujeres y el hombre que me habían impedido verle.

Les sonreí como buenamente pude.

—Hola.

Gideon me presentó a las personas con las que había quedado para almorzar.

—¿Qué ocurre? Pareces alterada.

—Está por todos lados —susurré—. Una foto de ti y de mí juntos.

El afirmó con la cabeza.

—La he visto.

Le miré sorprendida, desconcertada por su despreocupación.

—¿No te importa?

—¿Por qué iba importarme? —respondió tranquilamente—. Para una vez que dicen la verdad...

Me asaltó una duda.

—Lo has planeado tú. Tú has filtrado esta historia.

—Eso no es del todo cierto —dijo suavemente—. El fotógrafo estaba allí por casualidad. Yo sólo le di una fotografía que valiera la pena imprimir, y dije a los de relaciones públicas que aclararan quién eres tú y lo que significas para mí.

—¿Por qué? ¿Por qué tenías que hacerlo?

—Tú superas los celos a tu manera y yo a la mía. Ambos estamos fuera del mercado y ahora todo el mundo lo sabe. ¿Qué problema tienes?

—Me preocupaba cómo reaccionarías, pero hay algo más... Hay cosas que no sabes y yo... —Inspiré profunda y temblorosamente—. Nuestra relación no puede ser así, Gideon. No puede ser de dominio público. No quiero... ¡Maldita sea! No quiero avergonzarte.

—No podrías. Es imposible. —Me retiró un mechón de pelo suelto de la cara—. ¿Podemos hablar de ello luego? Si me necesitas...

—No, no pasa nada. Vete.

Cary se me acercó. Aun vestido con unos holgados pantalones de cargo negros y una camisa blanca de cuello pico daba la impresión de llevar ropa cara.

—¿Todo bien?

—Hola, Cary. Todo bien.

Gideon me apretó la mano.

—Disfruta del almuerzo y no te preocupes.

Eso lo decía él porque no sabía.

Y yo no sabía si seguiría queriéndome cuando lo hiciera.

Cary se me puso delante cuando Gideon se alejó.

—¿Qué te preocupa? ¿Qué ocurre?

—Todo. —Suspiré—. Vámonos de aquí y te lo contaré mientras comemos.

—Bueno —murmuró Cary, mirando el enlace que le había enviado desde mi *smartphone* al suyo—. Eso sí que es un beso. La postura es todo un detalle. No podría parecer más colado por ti ni aunque se lo propusiera.

—Ésa es la cuestión. —Tomé otro buen trago de agua—. Que se lo propuso.

Se guardó el teléfono en el bolsillo.

—La semana pasada no dejabas de meterte con él porque sólo le interesaba tu vagina. Esta semana está anunciando a los cuatro vientos que mantiene una seria y apasionada relación contigo, y tampoco estás contenta. Estoy empezando a compadecerle. Parece que todo lo que hace está mal.

Eso me dolió.

—Los periodistas van a investigar, Cary, y encontrarán trapos sucios. Y como es material escabroso, lo esparcirán por todas partes, y pondrá a Gideon en una situación embarazosa.

—Nena. —Me puso una mano encima de la mía—. Stanton enterró todo aquello.

Stanton. Me enderecé. No había pensado en mi padrastro. Él vería avecinarse el desastre y se encargaría de taparlo porque sabía lo que supondría para mi madre el que aquello saliera a la luz. Aun así...

—Tengo que contárselo a Gideon. Tiene derecho a estar prevenido.

Me sentía desgraciada sólo de pensar en esa conversación.

Cary sabía cómo funcionaba mi cabeza.

—Me parece que te equivocas si crees que va a cortar y salir corriendo. Te mira como si no existiera nadie más.

Hurgué en la ensalada César que me había pedido.

—Él tiene sus propios demonios. Pesadillas. Se ha encerrado en sí mismo, creo, por lo que sea que le reconcome.

—Pero a ti te ha dejado entrar.

—Y ya ha dado muestras de lo posesivo que podría ser respecto a esa relación. Lo he aceptado porque es un defecto que yo tengo también, pero aun así...

—Lo analizas todo hasta el cansancio, Eva —dijo Cary—. Piensas que lo que él siente por ti tiene que ser un golpe de suerte o un error. Alguien como él no podría colgarse de ti por tu gran corazón y tu inteligencia, ¿verdad?

—No tengo la autoestima *tan* mal —protesté.

Tomó un sorbo de champán.

—¿De veras? Pues dime algo que *tú* creas que le gusta de ti que no tenga nada que ver con el sexo ni la dependencia mutua.

Lo pensé y no se me ocurrió nada, lo cual me hizo fruncir el ceño.

—Vale —siguió, con un gesto de la cabeza—. Y si por un casual Cross tiene tantos problemas como nosotros, estará pensando lo mismo sólo que al revés, y se preguntará qué ve una chica tan despampanante como tú en un tipo como él. Tienes dinero, así que ¿qué tiene él aparte de ser un semental que no para de joder?

Apoyé la espalda en la silla y asimilé todo lo que había dicho.

—Cary, cuánto te quiero.

Sonrió.

—Lo mismo digo, mi vida. Si quieres un consejo: terapia de pareja. Es lo que siempre he pensado que haré yo cuando encuentre a la persona con la que sentar la cabeza. Y procura divertirte con él. Tienes que tener tantos buenos ratos como malos; si no, todo se vuelve muy complicado y doloroso.

Me acerqué y le apreté la mano.

—Gracias.

—¿Por qué? —Quitó importancia a mi gratitud con un elegante gesto de la mano—. Es fácil criticar la vida de los demás. Tú sabes que no podría sobrellevar mis puntos débiles sin ti.

—Que ahora mismo no tienes —señalé, centrando la atención en él—. Estás a punto de aparecer en la cartelera de Times Square. Vas a dejar de ser mi secreto. ¿No crees que deberíamos elevar la categoría de la cena de *pizza* a algo más acorde con la ocasión? ¿Qué te parece si sacamos la caja de Cristal que nos dio Stanton?

—Así se habla.

—¿Vamos al cine? ¿Hay alguna película que quieras ver?

—Lo que tú quieras. No me gustaría interferir con un genio de los peliculones.

Sonreí, sintiéndome mejor, como sabría que me sentiría después de una hora con Cary.

—Tú dime si me pongo muy espesa para darme cuenta de que Trey y tú queréis estar solos.

—¡Ja! No te preocupes por eso. Tu agitada vida amorosa me hace sentir soso y aburrido. No me vendría mal echar un buen polvo con mi propio semental.

—Sólo tuviste un revolcón de cuarto de mantenimiento hace un par de días.

Él suspiró.

—Casi me había olvidado. ¿A que es triste?

—No lo es cuando tus ojos se están riendo.

Acababa de volver a mi mesa cuando comprobé mi *smartphone* y me encontré con un texto de Gideon en el que me decía que tenía quince minutos libres a las tres menos cuarto. Me pasé la siguiente hora y media dejándome llevar por la imaginación, ya que había decidido seguir el consejo de Cary y divertirme un poco. Gideon y yo, no tardando, tendríamos que lidiar con la fealdad de nuestro pasado, pero de momento, yo podría ofrecer algo que nos hiciera sonreír a ambos.

Le envié un mensaje de texto antes de salir para decirle que iba de camino. Teniendo en cuenta las limitaciones de tiempo, no podríamos perder ni un minuto. Gideon debía de haber pensado lo mismo, pues me encontré con que Scott me esperaba en recepción cuando llegué a la zona de espera de Cross Industries. Me acompañó en cuanto la recepcionista me abrió la puerta.

—¿Cómo te va el día? —le pregunté.

Él sonrió.

—Hasta ahora bien. ¿Y a ti?

Le devolví la sonrisa.

—Los he tenido peores.

Gideon estaba al teléfono cuando entré en su oficina. Su tono de voz era cortante e impaciente mientras le decía a la persona que estaba al otro lado de la línea que tenían que ser capaces de arreglárselas sin que él tuviera que supervisar el trabajo personalmente.

Levantó un dedo en mi dirección, dándome a entender que sólo tardaría un minuto. Yo respondí haciendo un enorme globo con el chicle que tenía en la boca y reventándolo después ruidosamente.

Él enarcó las cejas, y presionó los botones para cerrar las puertas y escarchar la pared de cristal.

Sonriendo, me acerqué despacio a su mesa y me senté en ella, haciendo espirales con los dedos alrededor de los labios y balanceando las piernas. Él estalló el siguiente globo que hice de un pinchazo con el dedo. Hice un gracioso mohín.

—Soluciónalo —dijo con serena autoridad a quien estuviera al teléfono—. No podría ir allí hasta la semana que viene, y esperando sólo conseguiríamos retrasarlo más. Deja ya de hablar. Tengo algo encima de la mesa que requiere atención inmediata y estás impidiendo que se la dedique. Te aseguro que eso no mejora mi predisposición. Arregla lo que haya que arreglar y vuelve a informarme mañana.

Dejó el teléfono en su soporte con violencia reprimida.

—Eva...

Levanté una mano para interrumpirle y envolví el chicle en un Post-it que cogí de un dispensador que tenía en la mesa.

—Antes de que me riña, señor Cross, quiero decir que cuando, ayer en el hotel, llegamos a un punto muerto en nuestras negociaciones de fusión, yo no debería haberme marchado. No ayudó a resolver la situación. Y sé que no he reaccionado muy bien al asunto de los relaciones públicas con la foto. Pero aun así... Aunque no he sido una buena secretaria, creo que se me debería dar otra oportunidad para superarme.

Afiló la mirada mientras me observaba, aquilatando, reevaluando la situación a toda pastilla.

—¿Le he pedido su opinión sobre la medida más adecuada que hay que tomar, señorita Tramell?

Negué con la cabeza y le miré desde debajo de mis pestañas. Vi cómo la frustración que le había producido la llamada telefónica le desaparecía e iba dando paso a un creciente interés y a la excitación sexual.

Me bajé de la mesa de un salto, me fui acercando a él y le aflojé su inmaculada corbata con las dos manos.

—¿Podemos solucionar algo? Poseo una amplia variedad de útiles destrezas.

Me cogió por las caderas.

—Que es una de las muchas razones por las que nunca he considerado a ninguna otra mujer para el puesto.

Me invadió una oleada de ternura al oír sus palabras. Rodeándole la polla con la mano descaradamente, le acaricié a través de los pantalones.

—¿Debería volver a mis obligaciones, entonces? Puedo mostrarle en qué aspectos estoy excepcionalmente capacitada para ser su ayudante.

A Gideon se le puso dura con deliciosa prontitud.

—¡Qué iniciativa la suya, señorita Tramell! Pero tengo una reunión dentro de diez minutos. Y además, no acostumbro estudiar nuevas oportunidades de ampliación de las responsabilidades laborales en mi oficina.

Le desabroché el botón de la bragueta y le bajé la cremallera.

—Si crees que hay algún sitio en el que no puedo hacer que te corras, habrá que volver y comprobarlo.

—Eva —dijo entre dientes, con la mirada tierna y ardiente. Me rodeó la garganta, acariciándome la mandíbula con los pulgares.

—Me estás derritiendo, ¿lo sabías? ¿Lo haces a propósito?

Hurgué dentro de sus calzoncillos bóxers y le rodeé la verga con las manos, ofreciéndole los labios para besarnos. Él me complació, cogiéndome la boca con una intensidad que me dejó sin respiración.

—Te deseo —mascculló.

Me arrodillé en el suelo enmoquetado y le bajé los pantalones lo suficiente para acceder a lo que me interesaba.

Él espiró con fuerza.

—Eva, ¿qué estás...?

Posé los labios en el ancho capullo. Él se agarró al borde de la mesa, con tanta fuerza que los nudillos se le pusieron blancos. Le sujeté el miembro con ambas manos, me metí la suave cabeza en la boca y empecé a succionar con delicadeza. La suavidad de la piel y aquel olor tan increíblemente atrayente me hicieron gemir. Noté cómo se le sacudía todo el cuerpo y oí que en su pecho resonaba un sonido ronco.

Gideon me rozó la mejilla.

—Láncheme.

Excitada por aquella orden, deslicé la lengua por la cara inferior y me estremecí de gusto cuando me recompensó con un chorro caliente de líquido preseminal. Agarrándole por la base del tronco con una mano, ahuequé los carrillos y mamé rítmicamente, esperando que me diera más.

Pensé que ojalá tuviera tiempo para prolongarlo. Para volverle loco...

Emitió un sonido teñido de dulce agonía.

—¡Dios, Eva... qué boca! No dejes de chupar. Así... con fuerza.

Yo estaba tan caliente viéndole disfrutar que me revolvía inquieta. Él me empujaba la cabeza con las manos, tirándome del pelo, que llevaba recogido. Me encantaba la ternura con que había empezado y cómo había ido volviéndose más rudo a medida que el deseo podía con él.

Aquellas pequeñas punzadas de dolor me hacían más ávida, más codiciosa. Movía la cabeza arriba y abajo mientras le daba placer, masturbándole con una mano a la vez que le chupaba y le acariciaba el glande con la boca. Se le marcaban las venas a lo largo de la polla, y yo, ladeando la cabeza, se las recorrí una a una con la lengua.

Se ponía más grande y más gruesa por momentos. Yo estaba incómoda de rodillas, pero me daba igual; no apartaba los ojos de Gideon, que tenía la cabeza hacia atrás y trataba de respirar normalmente.

—Eva, ¡qué bien me chupas! —Me sujetó la cabeza para que estuviera quieta y asumió el control de los movimientos: impulsaba violentamente las caderas, restregándose dentro de mi boca, despojado de todo lo que no fuera el instinto básico de conseguir el orgasmo.

Me electrizaba la imagen de nosotros que tenía en el cerebro: Gideon, con toda la urbana sofisticación que le adornaba, junto a la mesa desde donde dirigía su imperio, metiendo y sacando su gran polla en mi ávida cavidad bucal.

Le agarré con fuerza por los muslos, tan tirantes, y usé frenéticamente los labios y la lengua en un irresistible intento por que llegara a su clímax. Luego, le cogí las bolas, grandes y cargadas, ostentosa evidencia de su potente virilidad, y las acaricié con dulzura, notando cómo se endurecían y preparaban para el acto final.

—¡Ay, Eva! —exclamó con un timbre gutural, al tiempo que se aferraba a mi pelo—, me obligas a correrme...

El primer chorro de semen fue tan espeso que lo tragué con dificultad. Inmerso en su placer, Gideon me hundía la polla hasta el fondo de la garganta, vibrando dentro de mi boca a cada sinuoso envite. Me lloraban los ojos, los pulmones me quemaban, pero yo seguía bombeando con las manos para exprimírsela al máximo. Se estremeció todo entero cuando le extraje hasta la última gota. Sus jadeos y el balbuceante elogio que me hizo fueron los sonidos más gratificantes de toda mi vida.

Le limpié lamiéndole, maravillada de que no se le ablandara del todo ni siquiera después de un orgasmo tan explosivo. Todavía era capaz de follarme a lo loco, y de muy buena gana, yo lo sabía. Pero no había tiempo y a mí no me importaba. Yo quería hacer aquello por él. Por nosotros. Por mí misma, en realidad, pues necesitaba estar segura de que podía permitirme una práctica sexual desinteresada sin sentir que se aprovechaban de mí.

—Tengo que irme —le susurré, incorporándome y apretando sus labios contra los míos—. Espero que el resto del día sea estupendo, y la cena de negocios también.

Empecé a alejarme pero me asió por las muñecas, con la mirada puesta en la pantallita del reloj de su teléfono de mesa. En ese momento advertí mi fotografía, colocada en un lugar prominente donde podía verla todo el tiempo.

—Eva, coño, espera...

Hablaba con un tono de inquietud y frustración y yo torcí un poco el gesto.

Enseguida recuperó su apariencia normal; se puso los calzoncillos y estiró el faldón de la camisa para poder abrocharse los pantalones. Era muy agradable verle recomponerse, restablecer la fachada que llevaba para el mundo mientras yo conocía por lo menos un poco del hombre que había detrás.

Me atrajo hacia él y me besó en la frente. Metió las manos entre mi pelo para quitar el pasador de carey que me lo sujetaba.

—Yo no te lo he hecho a ti.

—Ni falta que hace. —Me encantaba el roce de sus manos en mi cuero cabelludo—. Eso ha estado bien así.

Estaba concentrado en colocarme el pelo, con las mejillas encendidas por el orgasmo.

—En esto es necesario un intercambio equitativo. No puedo dejar que te sientas como si yo te hubiera utilizado.

Una ternura agridulce me invadió el alma. Gideon me había escuchado. Y le importaba.

Le cogí la cara con las manos.

—Sí, me has utilizado, pero con mi permiso, y ha sido increíble. Yo quería darte eso, Gideon, ¿recuerdas? Quería que tuvieras ese recuerdo mío, te lo dije.

—¿Para qué coño necesito recuerdos tuyos si te tengo a ti? Si te refieres a la foto...

—Calla y disfruta de la euforia. —No teníamos tiempo de tocar el tema de la foto en ese momento, y además yo no quería porque iba a estropearlo todo—. Si tuviéramos una hora, tampoco dejaría que me lo hicieras a mí. No llevo la cuenta de los tantos, campeón. Y, sinceramente, eres el primer hombre a quien puedo decírselo. Ahora, tengo que irme. Y tú, también.

Volví a intentar marcharme, pero me retuvo.

La voz de Scott salió del altavoz.

—Disculpe, señor Cross, pero son las tres.

—Estoy *bien*, Gideon, te lo aseguro. Vendrás esta noche, ¿verdad?

—Nada podría impedírmelo.

Me puse de puntillas y le besé en la mejilla.

—Ya hablaremos luego.

Al terminar la jornada, bajé por las escaleras hasta la planta baja para sentirme menos culpable por no haber ido al gimnasio y lo lamenté muchísimo cuando llegué al vestíbulo. La falta de sueño de la noche anterior me había dejado hecha polvo. Estaba contemplando la posibilidad de coger el metro en vez de volver andando a casa, cuando vi el Bentley de Gideon aparcado allí delante. El chófer salió y se dirigió a mí por mi nombre; yo me detuve, extrañada.

—El señor Cross me ha dicho que la lleve a casa —me informó, muy elegante con un traje negro y gorra de chófer. Era un hombre mayor, con el pelo rojo canoso, los ojos de un azul pálido y acento agradable y cultivado.

Con lo que me dolían las piernas, agradecí mucho la oferta.

—Gracias... lo siento, ¿cómo se llama?

—Angus, señorita Tramell.

¿Cómo no me había acordado? Tenía un nombre tan original que me hizo sonreír.

—Gracias, Angus.

Se llevó la mano a la gorra.

—No hay de qué.

Entré por la puerta que él había abierto para mí y me acomodé en el asiento. Alcancé a ver la pistola que llevaba enfundada en un costado, debajo de la chaqueta. Parecía que Angus, igual que Clancy, eran tanto guardaespaldas como chóferes.

Nos pusimos en marcha y le pregunté:

—Angus, ¿cuánto tiempo lleva trabajando con el señor Cross?

—Ocho años ya.

—Bastante.

—Le conozco desde mucho antes —me informó motu proprio, mirándome por el espejo retrovisor—. Le llevaba a la escuela cuando era niño. Después, en su momento, dejé de trabajar con el señor Vidal y me fui con él.

Una vez más intenté imaginarme a Gideon de pequeño. Seguro que ya entonces era guapísimo y atractivo.

¿Habría tenido relaciones sexuales «normales» de adolescente? No podía dejar de pensar que las mujeres se le echarían a los brazos incluso entonces. Y, con esa sensualidad innata que poseía, seguro que era un jovencito muy fogoso.

Busqué unas llaves en mi bolso y me incliné hacia delante para dejarlas en el asiento delantero.

—¿Puede dárselas a Gideon? Vendrá después de terminar lo que esté haciendo ahora y, según lo tarde que sea, puede que no le oiga llamar.

—Por supuesto.

Al llegar a mi casa, Paul abrió la puerta y saludó a Angus por su nombre, haciéndome recordar quién era el propietario del edificio. Me despedí de los dos hombres, dije en recepción que Gideon vendría después y subí a mi apartamento. La expresión de Cary me hizo reír.

—Gideon viene luego —le expliqué—, pero me encuentro tan molida que no sé si podré estar levantada mucho tiempo, así que le he dado unas llaves para que entre. ¿Has pedido la cena?

—Sí, y he puesto unas botellas de Cristal en la vinoteca.

—Eres un encanto —le dije, y le pasé mi bolso.

Me duché y llamé a mi madre desde mi habitación. Hice una mueca de crispación cuando la oí decir con tono estridente:

—¡Llevo *varios días* intentando localizarte!

—Mamá, si es por Gideon Cross...

—Bueno, en parte, sí. Eva, por amor de Dios, te llaman la actual pareja en su vida. ¿Cómo no iba a hablar de eso contigo?

—Mamá...

—Pero también está la cita con el doctor Petersen. —El matiz de petulante regocijo de su voz me provocó una risita—. Tenemos que verle el jueves a las seis. Espero que esa hora te venga bien. No da muchas citas por la tarde.

Me dejé caer en la cama suspirando. Había estado tan entretenida con el trabajo y con Gideon que lo de la cita se me había olvidado.

—El jueves a las seis está bien. Gracias.

—Y ahora, háblame de Cross...

Cuando salí del dormitorio, vestida con pantalones de punto y camiseta de la Universidad de San Diego, encontré a Trey con Cary en el salón. Los dos se levantaron al verme y Trey me saludó con una franca y amistosa sonrisa.

—Siento que me veáis con esta pinta —dije, con un poco de vergüenza y pasándome la mano por la coleta mojada—. Bajar por las escaleras hoy en el trabajo casi me mata.

—¿El ascensor tenía el día libre?

—Pues no, pero mi cerebro sí; no sé en qué estaría yo pensando. —Pasar la noche con Gideon ya era un buen ejercicio.

Sonó el timbre de la puerta y Cary fue a abrir mientras yo me dirigía a la cocina a buscar el Cristal. Me reuní con él junto al mostrador del desayuno mientras él firmaba el recibo de haber pagado con la tarjeta de crédito. Me enterneció la mirada que le dedicó a Trey.

Se cruzaron muchas más miradas como aquélla entre los dos a lo largo de la noche. Y tuve que admitir que, como decía Cary, Trey era un bombonazo. Vestido con vaqueros envejecidos, chaqueta a juego y camiseta de manga larga, el aspirante a veterinario tenía un aspecto informal pero bien conjuntado. Parecía muy diferente del tipo de hombres con los que Cary solía salir. Trey parecía más asentado; no excesivamente formal, pero tampoco frívolo. Pensé que sería una buena influencia para Cary si seguían juntos el tiempo suficiente.

Entre los tres nos zampamos dos *pizzas*, dos botellas de Cristal y toda *Demolition Man* antes de darme por satisfecha. Le sugerí a Trey que se quedara a ver *Driven* para redondear la minimaratón de Stallone; yo me fui a mi cuarto y me puse un «picardías» negro, que me habían regalado en una boda en que fui dama de honor, pero sin la parte de abajo.

Encendí una vela para Gideon y me quedé frita.

Me desperté en medio de la oscuridad, percibiendo el fragante aroma de la piel de Gideon. Los ruidos de la ciudad quedaban amortiguados por las ventanas insonorizadas; las luces, por las cortinas opacas.

Gideon se deslizó sobre mí, como una sombra, con la piel desnuda, fresca al tacto. Su boca, besándome la mía despacio y sutilmente, tenía sabor a menta además del suyo propio, insuperable. Le pasé las manos por la espalda, musculosa y elegante al mismo tiempo, y separé las piernas para que se colocase cómodamente entre ellas. Sentir su peso en mi cuerpo hizo suspirar a mi corazón y encendió mi sangre de deseo.

—Bueno, hola a ti también —dije casi sin respiración.

—La próxima vez vendrás conmigo —me susurró con aquella voz sexy y decadente, mientras me mordisqueaba el cuello.

—¿Ah, sí?

Metió las manos debajo de mi trasero, adaptándolo a un hábil movimiento de sus caderas.

—Sí, Eva. Te he echado de menos.

Le acaricié el pelo con los dedos, deseando poder verle.

—No me conoces lo suficiente como para echarme de menos.

—Eso da una idea de lo que sabes —dijo, burlándose, y se escurrió más abajo para poner la boca entre mis pechos.

Lancé una exclamación cuando me apresó un pezón y comenzó a chuparlo por encima del satén, Profundas succiones que repercutían en mis entrañas, forzándolas a contraerse. Se cambió al otro pecho, levantando el camisón al mismo tiempo. Yo me curvé hacia él, perdida entre la magia de sus labios que se movían por doquier, su lengua que se hundía en el ombligo y luego bajaba más.

—Y tú me has echado de menos también —dijo en un arrullo lleno de satisfacción masculina, mientras me bordeaba la vagina con el dedo corazón—. Está abultada y húmeda para mí.

Colocó mis piernas sobre sus hombros y comenzó a lamerme los pliegues de la vulva en tenues y estimulantes lengüetazos, como de terciopelo caliente, por mi carne tan sensible. Me agarré a las sábanas con los puños cerrados y mi pecho empezó a palpitar cuando se puso a hacer círculos alrededor del clítoris con la punta de la lengua, presionando suavemente sobre ese hiperdelicado nudo de nervios. Gemí, agitando las caderas sin parar y contrayendo los músculos por la desesperada necesidad de correrme.

Los ligeros y excitantes lametones estaban volviéndome loca; me hacían retorcerme pero no me daban lo suficiente para culminar.

—Gideon, por favor...

—Todavía no.

Era una tortura que me llevara al borde del orgasmo y luego me dejase venirme abajo una y otra vez, hasta que el sudor me cubría la piel y el corazón parecía a punto de estallar. Tenía una lengua incansable y diabólica, hábilmente concentrada en mi clítoris hasta que un único roce me hiciera explotar, para luego bajar un poco y clavármela descaradamente.

—Por favor, Gideon... déjame llegar... necesito llegar, por favor.

—Shh.. , cielo mío... ya me ocupo yo de ti.

Concluyó conmigo tan tiernamente que el orgasmo se expandió por mi cuerpo como una onda que nace y aumenta mientras avanza, hasta hacerse una ola que choca y se convierte en un torrente de placer.

Enlazó sus dedos con los míos cuando se puso encima de mí otra vez, sujetándome los brazos. Acercó la punta de la polla a la resbaladiza entrada de mi cuerpo. Yo gemía, moviéndome para dar cabida a la tremenda crecida de su pene.

Gideon me echaba su trabajosa y húmeda respiración en el cuello, estremeciéndose todo él al deslizarse cuidadosamente dentro de mí.

—Eres tan cálida y tan suave... Mía, Eva. Eres mía.

Le rodeé las caderas con mis piernas, invitándole a entrar más hondo, sintiendo cómo contraía y relajaba las nalgas contra mis pantorrillas, mientras le mostraba a mi cuerpo que iba a introducir todo el grueso largo de su miembro hasta la raíz.

Con nuestras manos entrelazadas, me tomó la boca y empezó a moverse, deslizándose adentro y afuera con lánguida destreza, con el tempo preciso e implacable, pero tranquilo y sin prisa. Yo notaba cada endurecido centímetro de su cuerpo, notaba la inconfundible reiteración de que cada centímetro de mí le pertenecía. Él insistió en ese mensaje hasta que yo jadeaba contra su boca, agitándome sin cesar debajo de él, con las manos sin sangre en las venas por la fuerza con que me agarraba a él.

Me alababa y animaba con encendidas palabras, diciéndome lo hermosa que era... lo perfecta que le parecía... que nunca pararía... que no podía parar. Me corrí con un agudo grito de alivio, vibrando con el éxtasis, y allí estaba él conmigo. Aceleró el ritmo durante varias potentes embestidas; luego alcanzó el clímax susurrando mi nombre, derramándose dentro de mí.

Me hundí con el cuerpo laxo en el colchón, sudorosa, desmadejada, repleta.

—No he acabado —musitó enigmáticamente, ajustando las rodillas para aumentar la fuerza de sus envites. Siguió midiendo el ritmo con pericia, reclamando con cada inmersión: *tu cuerpo existe para servirme.*

Mordiéndome el labio, reprimí los sonidos de inevitable placer que podrían haber roto la tranquilidad de la noche... y delatado la inquietante profundidad de los sentimientos que empezaba a albergar hacia Gideon Cross.

12

Gideon me encontró en la ducha a la mañana siguiente. Entró con determinación en el baño principal con su gloriosa desnudez y con el andar elegante y seguro que admiré en él desde el principio. Observando la flexión de sus músculos mientras se movía, ni siquiera fingí no mirar el magnífico bulto que había entre sus piernas.

A pesar de lo caliente del agua, los pezones se me endurecieron y por todo el cuerpo se me puso la carne de gallina.

Su sonrisa cómplice mientras se acercaba me indicaba que sabía exactamente qué tipo de efecto producía en mí. Yo respondí pasando las manos enjabonadas por todo su cuerpo divino. A continuación, me senté y empecé a chupársela con tal entusiasmo que tuvo que apoyarse fuertemente y con las dos manos sobre los azulejos.

Su voz ronca y rasgada dándome instrucciones resonaba todo el rato en mi mente mientras me vestía para ir a trabajar, lo cual hice rápido, antes de darle la oportunidad de que terminara de ducharse y me follara bien fuerte, tal y como había amenazado justo antes de correrse a chorros y con fuerza dentro de mi garganta.

No había tenido pesadillas durante la noche. El sexo parecía funcionar como sedante y yo me sentí enormemente agradecida por ello.

—Espero que no creas que te vas a escapar —me dijo cuando entró después en la cocina. Inmaculadamente vestido con un traje negro de raya diplomática, aceptó la taza de café que le pasé y me lanzó una mirada que prometía todo tipo de perversidades. Lo vi con su atuendo sumamente civilizado y pensé en el hombre insaciable que se había deslizado con sigilo en el interior de mi cama durante la noche. El pulso se me aceleró. Estaba dolorida. Los músculos me vibraban de placer al recordarlo y aún seguía deseando más.

—Sigue mirándome así y verás lo que pasa —me advirtió, apoyándose con indiferencia sobre la barra mientras daba sorbos a su café.

—Voy a perder mi trabajo por tu culpa.

—Yo te conseguiré otro.

Solté un resoplido.

—¿De qué? ¿De esclava sexual tuya?

—Una sugerencia muy provocadora. Hablémoslo.

—Malo —murmuré mientras enjuagaba mi taza en el fregadero y la metía en el lavavajillas—. ¿Listo? ¿Para ir a *trabajar*?

Se terminó el café y yo alargué la mano para cogerle la taza, pero él la eludió y enjuagó él mismo la taza. Otra tarea mortal que lo convertía en más asequible y menos en una fantasía a la que yo nunca tendría la oportunidad de aferrarme.

Él me miró.

—Quiero invitarte a cenar por ahí esta noche y, después, llevarte a mi casa y meterte en mi cama.

—No quiero que te canses de mí, Gideon. —Era un hombre acostumbrado a estar solo, un hombre que no había tenido una relación física importante en mucho tiempo, si es que la había tenido alguna vez. ¿Cuánto tiempo pasaría antes de que aparecieran sus instintos de huida? Además, teníamos que permanecer ocultos ante la gente como pareja.

—No me pongas excusas. —Sus rasgos se endurecieron—. No eres tú quien decide si puedo hacer esto.

Me di de cabezazos contra la pared por haberle ofendido. Se estaba esforzando y yo tenía que asegurarme de reconocérselo, no desanimarle.

—No me refería a eso. Simplemente, no quiero agobiarte. Además, todavía tenemos que...

—Eva —dijo con un suspiro mientras la fuerte tensión desaparecía de él con aquella exhalación de frustración—. Tienes que confiar en mí. Yo confío en ti. De no ser así no estaríamos aquí.

—Vale —asentí tragando saliva—. Cenamos y, después, a tu casa. Lo estoy deseando.

Aquellas palabras de Gideon sobre la confianza permanecieron en mi mente durante toda la mañana, lo cual me vino bien cuando sonó la alerta de Google en mi bandeja de entrada.

Esta vez había más de una foto. Cada artículo y entrada del blog tenía varias instantáneas de Cary y yo despidiéndonos con un abrazo en la puerta del restaurante donde habíamos almorzado el día anterior. Los pies de foto especulaban sobre la naturaleza de nuestra relación y en algunas decían que vivíamos juntos. Otras sugerían que yo había pescado al «*playboy* multimillonario, Gideon Cross» mientras continuaba con mi novio, el prometedor modelo.

El motivo de la publicidad se hizo patente cuando vi la foto de Gideon mezclada con las que nos sacaron a Cary y a mí. La habían sacado la noche anterior mientras yo estaba viendo películas con Cary y Trey y mientras se suponía que Gideon se encontraba en una cena de negocios. En la foto, Gideon y Magdalene Perez se sonreían de una forma íntima mientras ella apoyaba la mano en el brazo de él en la puerta de un restaurante. Los pies de foto iban desde los elogios por «el grupo de guapas famosas» de Gideon hasta la especulación de que él estuviera ocultando su mal de amores, provocado por mi infidelidad, saliendo con otras mujeres.

Tienes que confiar en mí.

Cerré mi correo electrónico, respirando con rapidez y con el corazón acelerado. Aquella confusión de los celos me retorcía las entrañas. Yo sabía que era imposible que hubiese tenido una relación íntima con otra mujer y sabía que yo le importaba. Pero odiaba a Magdalene con todas mis fuerzas —lo cierto es que ella me había dado buenas razones para ello durante nuestra conversación en el baño— y no soportaba verla con Gideon. No podía soportar ver cómo él le sonreía de una forma tan tierna, sobre todo después del modo en que ella me había tratado.

Pero aparté todo aquello. Lo metí en un cajón de mi mente y me concentré en el trabajo. Mark se iba a reunir al día siguiente con Gideon para repasar la solicitud de propuestas para la campaña de Kingsman y yo estaba organizando el flujo de información entre Mark y los departamentos que participaban.

Mark asomó la cabeza por la puerta de su despacho.

—Oye, Eva, vamos a comer juntos Steve y yo en el Asador de Bryant Park. Me ha preguntado si quieres venir. Quiere volver a verte.

—Me encantaría. —La tarde se me arregló ante la idea de disfrutar de un almuerzo en uno de mis restaurantes favoritos con dos chicos realmente encantadores. Harían que no pensara en la conversación que en pocas horas iba a tener con Gideon sobre mi pasado.

Claramente, mi intimidad había desaparecido. Tendría que echarle pelotas y hablar con Gideon antes de que saliéramos a cenar. Antes de que siguieran viéndolo conmigo en público. Tenía que saber el riesgo que corría por relacionarse conmigo.

Cuando recibí un sobre interno poco después, supuse que se trataba del bosquejo de uno de los anuncios de Kingman, pero en lugar de ello, me encontré con una tarjeta de Gideon.

A MEDIODÍA. EN MI DESPACHO.

—¿De verdad? —murmuré, enfadada por la ausencia de un saludo y una despedida. Por no mencionar la falta de ninguna fórmula de petición. ¿Y cómo olvidar el hecho de que Gideon ni siquiera hubiese mencionado haberse encontrado con Magdalene en la cena?

¿La había invitado a ella como sustituta mía? Al fin y al cabo, para eso estaba, para ser una de las mujeres con las que él alternaba fuera de su habitación de hotel.

Le di la vuelta a la tarjeta de Gideon y le escribí el mismo número de palabras sin firmar.

LO SIENTO. YA TENGO PLANES.

Una contestación irritante, pero se la merecía. Cuando dieron las doce menos cuarto, Mark y yo nos dirigimos a la planta baja. Cuando me detuvieron los de seguridad y el guardia llamó a Gideon para decirle que yo estaba en el vestíbulo, mi irritación pasó al enfado.

—Vámonos —le dije a Mark mientras daba zancadas hacia la puerta giratoria sin hacer caso a las súplicas del guardia de seguridad para que esperara un momento. Me sentí mal por meterle en esto.

Vi a Angus y al Bentley parados en el bordillo en el mismo momento en que escuché a Gideon gritar mi nombre detrás de mí como el golpe de una fusta. Lo miré mientras se unía a nosotros en la acera con rostro impasible y una mirada gélida.

—Voy a comer con mi jefe —le dije desafiante.

—¿Adónde vais, Garrity? —preguntó Gideon sin apartar los ojos de mí.

—Al Asador de Bryant Park.

—Me aseguraré de que ella va. —Dicho lo cual, me agarró del brazo y me condujo con firmeza hacia el Bentley y hacia la puerta trasera que Angus mantenía abierta para mí. Gideon entró detrás de mí obligándome a arrastrarme por el asiento. La puerta se cerró y salimos de allí.

Tiré de la falda de mi vestido de tubo para colocármela bien.

—¿Qué haces, además de avergonzarme delante de mi jefe?

Pasó un brazo por encima del respaldo del asiento y se inclinó hacia mí.

—¿Cary está enamorado de ti?

—¿Qué? ¡No!

—¿Te lo has follado?

—¿Has perdido la cabeza? —Avergonzada, miré a Angus y vi que actuaba como si estuviera sordo—. Que te follen, conquistador millonario con tu grupito de famosas guapas.

—Así que has visto las fotos.

Estaba tan enfadada que resollaba. Los nervios. Aparté la cabeza haciendo caso omiso de él y de sus estúpidas acusaciones.

—Cary es como un hermano para mí. Ya lo sabes.

—Sí, pero, ¿qué eres tú para él? Las fotos son increíblemente claras, Eva. Sé reconocer el amor cuando lo veo.

Angus aminoró la marcha para que una multitud de peatones cruzara la calle. Yo abrí la puerta y giré la cabeza hacia atrás mirando a Gideon para que pudiera ver bien mi cara.

—Está claro que no es así.

Cerré la puerta de golpe y empecé a andar con paso enérgico dejando claro mi enfado. Había reprimido mis dudas y mis celos con un esfuerzo hercúleo, ¿y qué obtenía a cambio? Un Gideon con un cabreo irracional.

—Eva, párate ahora mismo.

Le hice una peineta con el dedo sin girar la cabeza y subí corriendo los escalones de la puerta de Bryant Park, un exuberante oasis verde y tranquilo en medio de la ciudad. El simple hecho de cruzar la calle y subir desde la acera era como transportarte a un mundo completamente distinto. Achaparrado bajo los imponentes rascacielos que lo rodeaban, Bryant Park era una zona ajardinada que quedaba tras una hermosa y antigua biblioteca. Un lugar donde el tiempo se detenía, los niños reían con la alegría inocente de unas vueltas en el tiovivo y los libros constituían unos preciados compañeros.

Por desgracia para mí, el guapísimo ogro de un mundo me siguió al otro. Gideon me agarró de la muñeca.

—No corras —me siseó al oído.

—Actúas como un demente.

—Quizá sea porque me estás volviendo loco, joder. —Sus brazos se endurecieron hasta convertirse en cintas de acero—. Eres mía. Dime que Cary lo sabe.

—Claro, igual que Magdalene sabe que tú eres mío. —Deseé que pusiera algo cerca de mi boca para poder morderlo—. Estás llamando la atención.

—Podríamos haber hecho esto en mi despacho si no hubieses sido tan condenadamente cabezota.

—Tenía planes, idiota. Y me los estás arruinando. —La voz se me rompió y las lágrimas empezaron a salir mientras notaba que había muchos ojos puestos sobre nosotros. Me iban a despedir por dar aquel espectáculo tan vergonzoso—. Lo estás jodiendo todo.

Gideon me soltó en ese instante y me dio la vuelta para que lo mirara. Con sus manos sobre mis hombros se aseguró de que aún no pudiera escaparme de allí.

—Dios mío. —Me aplastó contra él colocando los labios sobre mi cabello—. No llores. Lo siento.

Golpeé el puño contra su pecho, lo cual tuvo el mismo efecto que si hubiese golpeado una roca.

—¿Qué *pasa* contigo? ¿Puedes salir con una mala zorra que me llama puta y que cree que va a casarse contigo y yo no puedo ir a comer con un buen amigo que ha estado apoyándote desde el principio?

Colocó la palma de la mano sobre la parte de atrás de mi cabeza y apretó su mejilla contra mi sien.

—Eva, Maggie estaba por casualidad en el mismo restaurante donde yo cenaba con mis socios.

—No me importa. Quieres hablar sobre cómo me mira una persona. Y tú... ¿Cómo puedes mirarla así después de lo que me dijo?

—Cielo... —Sus labios se movían fervientemente por mi rostro—. Esa mirada era por ti. Maggie me alcanzó en la puerta y le dije que me iba a casa contigo. No puedo evitar la mirada que pongo al pensar en nosotros estando a solas y juntos.

—¿Y esperas que me crea que ella sonrió al escuchar aquello?

—Me dijo que te saludara de su parte, pero supuse que eso no te sentaría bien y no estaba dispuesto a fastidiar nuestra noche por ella.

Mis brazos se deslizaron alrededor de su cintura por debajo de su chaqueta.

—Tenemos que hablar. Esta noche, Gideon. Hay cosas que tengo que contarte. Si un periodista busca bien y tiene suerte... Tenemos que mantener nuestra relación en privado o terminar con ella. Cualquiera de las dos cosas será lo mejor para ti.

Gideon colocó las manos sobre mi cara y apretó su frente contra la mía.

—Ninguna de las dos es una opción válida. Sea lo que sea, lo solucionaremos.

Me puse de puntillas y apreté la boca contra la de él. Nuestras lenguas se acariciaron y se sumieron en un beso muy apasionado. Tomé algo de conciencia de la multitud de personas que pululaban a nuestro alrededor, el murmullo de numerosas conversaciones y el continuo ruido del incesante tráfico del centro de la ciudad, pero nada de aquello importaba estando al abrigo de Gideon, mientras él me acariciaba. Me producía tanta tortura como placer. Era un hombre cuyos cambios de humor y pasiones volubles rivalizaban con los míos.

—Venga —susurró recorriendo mi mejilla con la yema de los dedos—. Vámonos para seguir con esto.

—No me escuchas, loco cabezota. Tengo que irme.

—Vámonos juntos a casa después del trabajo. —Fue apartándose, agarrándome de la mano hasta que la distancia hizo que los dedos se separaran.

Cuando me giré hacia el restaurante cubierto de hiedra vi que Mark y Steven me esperaban en la entrada. Formaban una pareja extraña, Mark vestido con su traje y Steven con sus vaqueros gastados y sus botas viejas.

Steven estaba con las manos en los bolsillos y una enorme sonrisa en su atractivo rostro.

—Creo que tengo ganas de aplaudir. Ha sido mejor que ver una película romántica.

Me ruboricé mientras cambiaba mi peso de un pie a otro.

Mark abrió la puerta y me hizo una señal para que pasara.

—Creo que puedes olvidar lo que te he dicho antes tan sabiamente sobre que Cross es un mujeriego.

—Gracias por no despedirme —contesté irónicamente mientras esperábamos a que el encargado comprobaba nuestra reserva—. O al menos, por darme de comer antes.

Steven me dio un golpecito en el hombro.

—Mark no puede permitirse el perderte.

Mientras apartaba la silla para que me sentara, Mark sonrió.

—¿Cómo si no voy a informar a Steven con regularidad de tu vida amorosa? Es adicto a los culebrones, ¿sabes? Le encantan los dramas románticos.

—Estás de broma —dije soltando un bufido.

Steven se pasó una mano por el mentón y sonrió.

—Nunca admitiría ni una cosa ni la otra. Los hombres deben mantener sus secretos ocultos.

Sonreí, pero fui dolorosamente consciente de mis propios secretos. Y de lo rápido que pasaba el tiempo antes de tener que revelarlos.

A las cinco de la tarde me estaba armando de valor para contar mis secretos. Estaba tensa y triste cuando Gideon entró en el Bentley y mi intranquilidad no hizo más que empeorar cuando vi cómo estudiaba mi rostro, que yo trataba de apartar. Cuando me cogió la mano y se la llevó a los labios, me dieron ganas de llorar. Aún me estaba recuperando de nuestra discusión en el parque y aquél era el menor de los problemas que debíamos tratar.

No hablamos hasta que llegamos a su apartamento.

Cuando entramos en su casa, me condujo a través de su preciosa y cara sala de estar y a lo largo del pasillo hasta su dormitorio. Allí, extendido sobre la cama, había un fabuloso vestido de cóctel del color de los ojos de Gideon y una bata de seda negra que llegaba hasta los tobillos.

—Tuve un poco de tiempo para ir de compras antes de la cena de anoche —me explicó.

Mi temor se desvaneció un poco, suavizado por el placer que me produjo su consideración.

—Gracias.

Colocó mi bolso en una silla junto al vestidor.

—Quiero que te pongas cómoda. Puedes ponerte la bata o algo mío. Voy a abrir una botella de vino y nos sentiremos mejor. Cuando estés lista, podremos hablar.

—Me gustaría darme una ducha rápida. —Deseé que pudiéramos separar lo que había ocurrido en el parque de lo que tenía que contarle para así poder tratar cada asunto como se merecía, pero no tuve otra opción. Cada día que pasaba suponía una oportunidad más para que alguien le contara a Gideon lo que tenía que escuchar de mis labios.

—Como quieras, cielo. Estás en tu casa.

Cuando me quité los tacones y me metí en el baño, sentí el peso de su preocupación, pero mi revelación tendría que esperar hasta que yo me sintiera mejor. En un esfuerzo por hacerme con ese control, me tomé mi tiempo bajo la ducha. Por desgracia, eso hizo que me acordara de la que nos habíamos dado juntos esa misma mañana. ¿Había sido nuestra primera y última ducha como pareja?

Cuando estuve preparada, encontré a Gideon de pie junto al sofá de la sala de estar. Él se había puesto los pantalones de un pijama de seda negro que le quedaba por debajo de la cintura. Nada más. Una pequeña llama parpadeaba en la chimenea y en una cuba llena de hielo colocada sobre la mesita había una botella de vino. En el centro, había dispuesto varias velas de color marfil y su resplandor dorado era la única iluminación aparte de la del fuego.

—Perdone —dije desde la puerta de la habitación—. Estoy buscando a Gideon Cross, el hombre que no cuenta con ningún romanticismo en su repertorio.

Sonrió tímidamente, una sonrisa infantil que contrastaba enormemente con la sexualidad madura de su torso desnudo.

—No creo que sea así. Simplemente intento adivinar lo que te puede complacer y luego pruebo, con la esperanza de acertar.

—*Tú* me complaces. —Crucé la habitación hasta él y la bata negra osciló alrededor de mis piernas. Me gustó ver que él se había puesto algo que encajaba con lo que me había regalado.

—Eso quiero —dijo serio—. Me estoy esforzando.

Me detuve delante de él y bebí ante la belleza de su rostro y la forma tan erótica con que su pelo le acariciaba la parte superior de los hombros. Pasé las manos por sus bíceps y estrujé con suavidad el fuerte músculo antes de dar un paso más hacia él y apretar mi rostro contra su pecho.

—Oye —murmuró envolviéndome con sus brazos—, ¿esto es por haber sido un estúpido a la hora del almuerzo? ¿O qué es lo que tienes que decirme? Háblame, Eva, para que yo pueda decirte que no va a pasar nada malo.

Acaricié sus pectorales con mi nariz sintiendo el cosquilleo del pelo de su pecho contra mi mejilla y respirando el olor tranquilizador y familiar de su piel.

—Deberías sentarte. Tengo que contarte algunas cosas sobre mí. Cosas feas.

Gideon me soltó a regañadientes cuando me aparté de él. Me acurruqué en su sofá con las piernas encogidas por debajo de mi cuerpo y él nos sirvió unas copas de vino dorado antes de sentarse. Inclinándose hacia mí, pasó un brazo por detrás del respaldo del sofá mientras sostenía la copa con la otra mano, prestándome toda su atención.

—Bien. Allá va. —Respiré hondo antes de empezar, sintiéndome aturdida por el elevado ritmo de mi pulso. No podía recordar cuándo había sido la última vez que había estado tan nerviosa ni tan mal—. Mi madre y mi padre nunca se casaron. La verdad es que no sé mucho sobre cómo se conocieron porque ninguno de los dos habla de ello. Sí sé que mi madre procedía de una familia adinerada. No tanto como el que consiguió al casarse después, pero más del que la mayoría de la gente tiene. Se estaba presentando en sociedad. Con toda la parafernalia del vestido blanco y la presentación. El quedarse embarazada de mí fue un error que hizo que la repudiaran, pero se quedó conmigo. —Bajé la mirada hacia mi copa—. De verdad que la admiro por ello. Tuvo muchas presiones para deshacerse del bebé... de *mí*, pero siguió adelante con el embarazo. Claro está.

Él pasaba los dedos por mi cabello mojado tras la ducha.

—Por suerte para mí —dijo.

Agarré sus dedos y le besé los nudillos y, a continuación, él colocó la mano sobre mi regazo.

—Incluso con un bebé, pudo conseguir pescar un millonario. Él era un viudo con un hijo dos años mayor que yo, así que creo que los dos pensaron que se trataba de un acuerdo perfecto. Él viajaba mucho y apenas estaba en casa y mi madre se gastaba su dinero y se ocupaba de criar a su hijo.

—Comprendo la necesidad de dinero, Eva —murmuró—. Yo también necesito tenerlo. Necesito el poder que te da. La seguridad.

Nuestros ojos se miraron. Algo ocurrió entre los dos tras aquella pequeña confesión. Hizo que me resultara más fácil contar lo que venía después.

—Yo tenía diez años la primera vez que mi hermanastro me violó...

El pie de su copa se rompió en su mano. Se movía con tanta rapidez que su rostro se desdibujó mientras agarraba el cuenco de su copa contra su muslo para que no se derramara.

Me puse de pie cuando él lo hizo.

—¿Te has cortado? ¿Estás bien?

—Estoy bien —contestó con voz cortante. Fue a la cocina para tirar la copa rota haciéndola añicos. Yo dejé la mía con cuidado. Las manos me temblaban. Oí armarios abriéndose y cerrándose. Un momento después, Gideon volvió con un vaso de algo más oscuro en la mano.

—Siéntate, Eva. —Me quedé mirándole. Su cuerpo estaba tenso y su mirada, gélida. Se pasó una mano por la cara y dijo con más suavidad—: Siéntate... por favor.

Mis flaqueantes piernas cedieron y me senté en el filo del sofá, apretándome la bata alrededor del cuerpo.

Gideon se quedó de pie, dando un largo trago a lo que fuera que tenía en la mano.

—Has dicho la primera vez. ¿Cuántas veces fueron?

Respiré varias veces tratando de calmarme.

—No lo sé. Perdí la cuenta.

—¿Se lo contaste a alguien? ¿Se lo contaste a tu madre?

—No. Por Dios, si lo llega a saber me habría sacado de allí. Pero Nathan se aseguró de que yo estuviera demasiado asustada como para contárselo. —Traté de tragar saliva para humedecerme la garganta e hice una mueca al sentir el dolor y la quemazón como si fuera de papel de lija. Cuando volvió a salirme la voz, apenas fue en forma de susurro—. Hubo una vez que me sentí tan mal que casi se lo conté, pero él se dio cuenta. Nathan sabía que yo estaba a punto de hacerlo. Así que le rompió el cuello a mi gata y la dejó sobre mi cama.

—¡Dios mío! —El pecho se le movía con fuerza—. No es sólo que fuera un hijo de puta, es que estaba loco. Y estaba abusando de ti.... *Eva.*

—Los criados tuvieron que saberlo. —Continué aturdida mientras miraba mis manos retorcerse. Sólo quería terminar con aquello, sacarlo todo para poder volver a guardarlo en el cajón de mi mente donde poder olvidar aquello durante mi vida diaria—. El hecho de que tampoco dijeran nada me hizo pensar que también estaban asustados. Eran adultos y no dijeron nada. Yo era una niña. ¿Qué podía hacer si ellos no hacían nada?

—¿Cómo saliste de aquello? —preguntó con la voz quebrada—. ¿Cuándo acabó?

—Cuando cumplí catorce años. Creía que estaba teniendo el periodo, pero había demasiada sangre. Mi madre se asustó y me llevó a urgencias. Tuve un aborto. Mientras me examinaban encontraron pruebas de... otros traumatismos. Desgarros vaginales y anales...

Gideon dejó el vaso en la mesa con un ruido sordo y fuerte.

—Lo siento —susurré, sintiéndome como si estuviera enferma—. Te ahorraría los detalles, pero tienes que saber lo que alguien podría descubrir. El hospital denunció los abusos ante los servicios sociales para menores. Todo está en los registros públicos y han sido precintados, pero hay gente que conoce la historia. Cuando mi madre se casó con Stanton, él reforzó aquellos precintos, pagó dinero a cambio de acuerdos de confidencialidad... cosas así. Pero tú tienes derecho a saber que esto puede volver a salir a la luz y hacer que te avergüences.

—*¿Avergonzarme?* —preguntó bruscamente lleno de rabia—. La vergüenza no está incluida en la lista de cosas que sentiría.

—Gideon...

—Destruiría la carrera de cualquier periodista que escribiera sobre esto y luego desmantelaría la publicación que sacara el artículo. —Su voz sonaba tan fría y llena de furia que era glacial—. Encontraré a ese monstruo que te hizo daño, Eva, dondequiera que esté y voy a hacer que desee estar muerto.

Un escalofrío recorrió mi cuerpo porque le creí. Lo vi en su rostro. En su voz. En la energía que irradiaba y en su mirada afilada. No sólo era una mirada oscura y peligrosa. Gideon era un hombre que conseguía lo que quería, no importa lo que costara.

Me puse de pie.

—No merece la pena el esfuerzo. Él no merece que pierdas el tiempo.

—*Tú* sí. Tú lo mereces. ¡Maldita sea! ¡Joder!

Me acerqué a la chimenea en busca de calor.

—También hay una estela de dinero. Los policías y los periodistas siempre siguen el dinero. Alguien puede preguntarse por qué mi madre dejó su primer matrimonio por dos millones de dólares, pero su hija, de una relación anterior, se quedó con cinco. —Sin mirarle, sentí su repentina quietud—. Por supuesto —continué—, es probable que ese puñetero dinero ahora haya aumentado considerablemente, yo no lo toco, pero Stanton administra la cuenta donde lo deposité y todo el mundo sabe que tiene la habilidad de ser un Midas. Si alguna vez te preocupa que yo quiera tu dinero...

—No sigas hablando.

Giré la cara hacia él. Vi su cara, sus ojos. Vi la pena y el horror. Pero lo que más me dolió fue lo que *no* vi.

Mi mayor pesadilla se había hecho realidad. Había temido que mi pasado pudiera afectar negativamente a la atracción que él sentía por mí. Le había dicho a Cary que Gideon quizá se quedara conmigo por los motivos equivocados. Que podría quedarse a mi lado, pero que aun así —a todos los efectos—, lo perdería de todos modos.

Y parecía que así era.

13

Me apreté el cinturón de la bata.

—Voy a vestirme y me voy.

—¡Qué? —Gideon me miró enfurecido—. ¿Irte adónde?

—A casa —contesté agotada—. Creo que necesitas asimilar todo esto.

Cruzó los brazos.

—Podemos hacerlo juntos.

—No creo que podamos. —Lo miré con determinación y una profunda pena inundó mi vergüenza y mi desgarradora decepción—. No mientras me mires como si sintieras pena por mí.

—No soy de piedra, Eva. No sería un ser humano si no me preocupara.

Las emociones que había sentido desde el almuerzo se fusionaron en un dolor abrasador en el pecho y un depurador arrebato de rabia.

—No quiero tu maldita compasión.

Se pasó las dos manos por el pelo.

—Entonces, ¿qué demonios quieres?

—¡A ti! Te quiero a ti.

—Ya me tienes. ¿Cuántas veces tengo que decírtelo?

—Tus palabras no significan nada si no puedes corroborarlas. Desde el momento en que nos conocimos, me has deseado. No has sido capaz de mirarme sin dejar bien claro que quieres follarme hasta reventar. Y eso ha desaparecido, Gideon. —Me ardían los ojos—. Esa mirada... ha desaparecido.

—No lo estás diciendo en serio. —Me miró como si me hubieran salido dos cabezas.

—Creo que no sabes cómo me hace sentir tu deseo. —Envolví mi cuerpo entre mis brazos, cubriéndome el pecho. De repente, me sentía desnuda en el peor de los sentidos—. Hace que me vea hermosa, que me sienta fuerte y viva. Yo... no puedo soportar estar contigo si ya no sientes eso por mí.

—Eva, yo... —Su voz se desvaneció y quedó en silencio. Su rostro era severo y distante y sus puños apretados le caían a ambos lados.

Desaté el cinturón de la bata y me la quité.

—Mírame, Gideon. Mira mi cuerpo. Es el mismo del que anoche no te cansabas. El mismo que querías penetrar con tanta desesperación que me llevaste a esa habitación de hotel. Si ya no lo quieres... Si no se te pone dura mirándolo...

—¿Te parece esto lo suficientemente dura? —Se rompió el cordón de los pantalones y se los bajó para mostrar la pesada y venosa longitud de su erección.

Los dos nos lanzamos a la vez, colisionando. Nuestras bocas se deslizaron sobre el cuerpo del otro mientras él me levantaba para envolver sus labios con mis piernas. Tropezó con el sofá y caímos, y aguantó el peso de los dos con una sola mano extendida.

Me tumbé debajo de él, jadeando y sollozando, mientras él se ponía de rodillas en el suelo y me lamía la barbilla. Se movía con brusquedad e impaciencia, sin la sutileza a la que me tenía acostumbrada, y me encantó. Me gustó más cuando se levantó por encima de mí y me metió la polla. Yo no estaba muy húmeda y aquel ardor me hizo ahogar un grito. Y entonces, me puso el pulgar en el clítoris, restregándolo en círculos y haciendo que mi cadera se agitara.

—Sí —gemí, pasando mis uñas por su espalda. Ya no estaba gélido. Estaba ardiendo—. Fóllame, Gideon. Fóllame fuerte.

—*Eva*. —Tapó mi boca con la suya. Me agarró el pelo con el puño inmovilizándome, mientras me embestía una y otra vez, machacándome con fuerza y hasta el fondo. Dio una patada contra el brazo del sofá impulsándose contra mí, llevándome a su orgasmo con decidida furia—. Mía... mía... mía...

El rítmico golpeteo de sus pesadas pelotas contra la curva de mis nalgas y la dureza de su posesiva letanía, me volvió loca de deseo. Sentí que me aceleraba con cada punzada de dolor mientras mi sexo se tensaba con una excitación cada vez mayor.

Con un largo gemido gutural, empezó a correrse y su cuerpo flexionado tembló mientras se vaciaba dentro de mí.

Me agarré a él mientras llegaba a su orgasmo, acariciándole la espalda y besándolo con fuerza en el hombro.

—Espera —dijo con brusquedad apretando las manos por debajo de mí y aplastando mis pechos contra él.

Gideon me levantó y se sentó conmigo montada a horcajadas en su cintura. Mi sexo resbalaba tras su orgasmo, lo cual le hizo más fácil volver a introducirse en mí.

Sus manos me apartaron el pelo de la cara y luego limpiaron mis lágrimas de alivio.

—Siempre me la pones dura, siempre me pones caliente. Siempre me vuelvo medio loco de tanto desearte.

De haber algo que pudiese cambiar esto, lo habría hecho antes de que llegáramos tan lejos. ¿Lo entiendes?

Mis manos rodearon sus muñecas.

—Sí.

—Ahora, demuéstrame que *me* deseas después de esto. —Tenía el rostro encendido y humedecido y sus ojos me miraban oscuros y turbulentos—. Necesito saber que haber perdido el control no significa que te haya perdido a ti.

Aparté sus manos de mi cara y las bajé hasta mis pechos. Cuando él los cubrió con la palma de sus manos, extendí las mías sobre sus hombros y sacudí mi cadera. Él no estaba duro del todo pero enseguida se puso mientras yo empezaba a ondularme. Con sus dedos sobre mis pezones, moviéndolos y tirando de ellos, hacía que me invadieran oleadas de placer y aquella sutil estimulación llegaba a lo más profundo de mí ser. Cuando me acercó a él y se metió uno de mis duros pezones en la boca, yo grité y mi cuerpo se encendió deseando aún más.

Agarrándome los muslos, me levantó. Cerré los ojos para concentrarme en la forma en que salía de mí. Después, me mordí un labio por el modo en que me estiraba al volver a entrar.

—Así —murmuró lamiéndome todo el pecho hasta llegar al otro pezón, agitando la lengua por la punta dura y dolorida—. Córrete para mí. Quiero que te corras mientras montas en mi polla.

Moviendo mis caderas, sentí el placer de la exquisita sensación de que él entrara en mí de una forma tan perfecta. No sentí vergüenza ni remordimiento alguno mientras llegaba al frenesí montada en su pene duro, ajustando el ángulo de manera que su gruesa corona se restregara justo donde yo quería.

—Gideon —susurré—. Ay, sí... Ah, por favor...

Me agarró la parte posterior del cuello con una mano y la muñeca con la otra, arqueando su cadera para entrar un poco más hondo.

—Eres tan hermosa, tan sensual... Voy a volver a correrme por ti otra vez. Eso es lo que provocas en mí, Eva. Nunca tengo suficiente.

Gemí cuando todo se puso rígido, cuando llegó la dulce tensión después de los golpes rítmicos y profundos. Yo jadeaba con desesperación y movía con fuerza las caderas. Metí la mano entre las piernas y me masajeé el clítoris con la yema de los dedos para acelerar el orgasmo.

Él ahogó un grito y echó la cabeza hacia atrás sobre el cojín del sofá mientras se le marcaban las venas del cuello por la tensión.

—Noto que estás a punto de correrte. El coño se te pone muy caliente y tenso, muy goloso.

Sus palabras y su voz me hicieron caer. Grité cuando sentí el primer temblor fuerte y luego otra vez, mientras el orgasmo se extendía por mi cuerpo y mi sexo se contraía espasmódicamente alrededor de la férrea erección de Gideon.

Los dientes le rechinaron y él me apretó hasta que sus puños empezaron a aflojarse. Después, me agarró la cadera hacia arriba y se movió con fuerza dentro de mí. Una vez, dos. Al tercer empujón pronunció mi nombre con un gruñido y se vació con fuerza haciendo que mis últimos temores y dudas se echaran a dormir.

No sé cuánto tiempo estuvimos tumbados en el sofá, conectados y juntos, con mi cabeza sobre su hombro y sus manos acariciando la curva de mi columna vertebral.

Gideon apretó los labios contra mi sien y murmuró:

—Quédate.

—Sí.

Me abrazó.

—Eres muy valiente, Eva. Muy fuerte y honesta. Eres un milagro. Mi milagro.

—Puede que un milagro de la terapia moderna —me burlé, mientras mis dedos jugaban con su abundante pelo—. Y aun así, estuve realmente jodida durante un tiempo y todavía quedan algunos problemas que no creo que pueda superar nunca.

—Dios mío. La forma en que te tiré los trastos al principio... Pude haber echado a perder todo lo nuestro antes incluso de empezar. Y la cena de beneficencia... —Se estremeció y enterró la cara en mi cuello—. Eva, no me permitas que eche a perder esto. No permitas que te aleje de mí.

Levanté la cabeza para mirarlo a la cara. Era increíblemente guapo. A veces, me costaba asimilarlo.

—No puedes criticar a posteriori todo lo que hagas o lo que me digas por culpa de Nathan y de lo que me hizo. Eso nos terminará separando. Acabará con nosotros.

—No digas eso. Ni siquiera lo pienses.

Le alisé el ceño con unas caricias de mi dedo pulgar.

—Ojalá no hubiera tenido que contártelo. Ojalá no tuvieras que saberlo.

Me agarró la mano y apretó las yemas de mis dedos contra sus labios.

—Tengo que saberlo todo, cada parte de ti, exterior e interior, cada detalle.

—Las mujeres deben guardarse algún secreto —bromeé.

—Conmigo no tendrás ninguno. —Me agarró del pelo y me rodeó la cadera con un brazo apretándome contra él, recordándome, como si pudiera olvidarlo, que seguía estando dentro de mí—. Voy a ser tu dueño, Eva. Es lo más justo, puesto que tú eres la mía.

—¿Y qué pasa con tus secretos, Gideon?

Su rostro se convirtió en una máscara inexpresiva, un acto tan fácilmente conseguido que supe que se había convertido en algo natural en él.

—Empecé desde cero cuando te conocí. Todo lo que creía que era yo, todo lo que pensaba que necesitaba... —Negó con la cabeza—. Estamos descubriendo juntos quién soy. Tú eres la única que me conoce.

Pero no lo conocía. No de verdad. Lo estaba llegando a entender, conociéndolo poco a poco, pero seguía siendo un misterio para mí en muchos aspectos.

—Eva... si simplemente me dijeras qué es lo que quieres... —Se esforzó por tragar saliva—. Puedo ser mejor si me das la oportunidad. Pero no... No te des por vencida conmigo.

Dios mío. Podía triturarme con total facilidad. Unas cuantas palabras, una mirada desesperada, y yo me abría en canal.

Le acaricié la cara, el pelo, los hombros. Estaba tan destrozado como yo, de un modo que todavía no conocía.

—Necesito algo de ti, Gideon.

—Lo que sea. Dime lo que es.

—Necesito que cada día me cuentes algo que no sepa de ti. Algo revelador, por muy pequeño que sea. Necesito que me prometas que lo vas a hacer.

Gideon me miró con recelo.

—¿Lo que yo quiera?

Asentí, sin estar segura de qué pensar ni de qué podía esperar sonsacarle.

Soltó un fuerte suspiro.

—De acuerdo.

Le besé suavemente, una muestra silenciosa de agradecimiento.

—Salgamos a cenar. ¿O quieres que pidamos algo? —me preguntó acariciando mi nariz con la suya.

—¿Estás seguro de que debemos salir?

—Quiero tener una cita contigo.

No había modo de que pudiera negarme a aquello, no cuando era consciente del gran paso que suponía para él. Un gran paso para los dos, en realidad, puesto que la última vez que habíamos salido juntos había terminado en desastre.

—Suena romántico. E irresistible.

Su alegre sonrisa fue mi recompensa, al igual que la ducha que nos dimos para limpiarnos. Me encantaba la intimidad de lavar su cuerpo tanto como me gustaba la sensación de las palmas de sus manos deslizándose por el mío. Cuando le cogí la mano y la puse entre mis piernas, animándolo a que metiera dos de sus dedos dentro de mí, vi el familiar y bienvenido calor de sus ojos al tocar la esencia resbaladiza que había dejado detrás.

—Mía —murmuró tras besarme.

Aquello me hizo deslizar las dos manos hasta su polla y susurrarle lo mismo a él.

En el dormitorio, cogí de la cama mi vestido nuevo y me lo puse por encima.

—¿Lo has elegido tú, Gideon?

—Sí, así es. ¿Te gusta?

—Es bonito. —Sonreí—. Mi madre dijo que tenías un gusto excelente... excepto por tus preferencias por las morenas.

Me miró justo antes de que su magnífico culo desnudo desapareciera dentro de su inmenso vestidor.

—¿Qué morenas?

—Ah, buena respuesta.

—Mira en el cajón de arriba de la derecha —gritó.

¿Estaba intentando evitar que pensara en todas las morenas con las que le habían fotografiado, Magdalene incluida?

Dejé el vestido sobre la cama y abrí el cajón. Dentro había una docena de conjuntos de lencería de Carine Gilson, todos de mi talla, en una amplia variedad de colores. También había ligas y medias de seda aún dentro de sus embalajes.

Levanté la vista hacia Gideon cuando volvió a aparecer con su ropa en la mano.

—¿Tengo un cajón?

—Tienes tres en el vestidor y dos en el baño?

—Gideon —dije sonriendo—, normalmente se tardan meses en reunir el valor para dejar un cajón.

—¿Cómo lo sabes? —Dejó su ropa sobre la cama—. ¿Has vivido con algún otro hombre aparte de Cary?

Lo fulminé con la mirada.

—Tener un cajón no es vivir con alguien.

—Ésa no es una respuesta. —Se acercó y me apartó suavemente a un lado para coger unos calzoncillos.

Al notar su retirada y que su humor se ensombrecía, contesté antes de que se apartara.

—No, no he vivido con ningún otro hombre.

Inclinándose sobre mí, Gideon me dio un beso brusco y fuerte en la frente antes de volver a la cama. Se detuvo a los pies dándome la espalda.

—Quiero que esta relación signifique más para ti que ninguna otra que hayas tenido.

—Así es. Hasta ahora. —Apreté el nudo de la toalla entre mis pechos—. Aún me cuesta un poco. Se ha convertido en algo importante muy rápidamente. Quizá demasiado rápido. No dejo de pensar que es demasiado bueno para ser verdad.

Se dio la vuelta y me miró.

—Puede que sea así. Si lo es, lo merecemos.

Fui hacia él y dejé que me estrechara entre sus brazos. Allí es donde quería estar más que en ningún otro sitio.

Me dio un beso en la cabeza.

—No soporto la idea de que estés esperando que esto se acabe. Eso es lo que estás haciendo, ¿verdad? Eso es lo que parece.

—Lo siento.

—Tenemos que conseguir que te sientas segura. —Me pasó los dedos por el pelo—. ¿Cómo podemos hacerlo?

Vacilé un momento y, a continuación, me decidí a contestar.

—¿Irías conmigo a una terapia de pareja?

La caricia de sus dedos se detuvo. Se quedó en silencio un momento, respirando con fuerza.

—Piénsalo —le sugerí—, quizá si lo examinamos podemos ver qué pasa.

—¿Lo estoy haciendo mal? ¿Contigo y conmigo? ¿Tanto la estoy fastidiando?

Me retiré para poder mirarlo.

—No, Gideon. Eres perfecto. Perfecto para mí, al menos. Estoy loca por ti. Creo que eres...

Me besó.

—Lo haré. Iré.

Lo amé en ese momento. Con locura. Y al momento siguiente. Y durante todo el camino de lo que resultó ser una cena deslumbrante e íntima en el restaurante Masa. Éramos una de las tres únicas parejas del restaurante y a Gideon lo saludaron por su nombre nada más verlo. La comida que nos sirvieron estaba increíblemente buena y el vino demasiado caro como para pensar en ello. De lo contrario, no habría sido capaz de beberlo. Gideon era carismático y misterioso. Su encanto, relajado y seductor.

Me sentía guapa con el vestido que había elegido para mí y estaba de buen humor. Él conocía lo peor que se podía saber de mí y, aun así, seguía conmigo.

Sus dedos me acariciaron el hombro... dibujando círculos en mi nuca... bajando por la espalda. Me besó en la sien y me acarició bajo la oreja con la nariz, tocando ligeramente con su lengua mi piel sensible. Por debajo de la mesa, su mano me apretaba el muslo y me tocaba la parte posterior de la rodilla. Todo mi cuerpo vibró al sentirlo. Lo deseaba tanto que dolía.

—¿Cómo conociste a Cary? —me preguntó mirándome por encima del borde de su copa de vino.

—Terapia de grupo. —Apoyé mi mano sobre la suya para detener su movimiento hacia la parte superior de mi pierna, sonriendo ante el travieso brillo de sus ojos—. Mi padre es policía y había oído hablar de un terapeuta que supuestamente tenía una habilidad tremenda con niños salvajes, que es lo que yo era. Cary también estaba viendo al doctor Travis.

—Habilidad tremenda, ¿eh? —Gideon sonrió.

—El doctor Travis no es como los demás terapeutas a los que he ido. Su consulta es un viejo gimnasio que ha transformado. Tiene una política de puertas abiertas con «sus chicos» y estar por allí era para mí más real que tumbarme en un sofá. Además, no había normas estúpidas. Tenía que haber una verdadera honestidad en ambas direcciones o se cabreaba. Siempre me gustó eso de él, que se preocupara lo suficiente como para que le afectara.

—¿Elegiste la Universidad Estatal de San Diego porque tu padre está en el sur de California?

Torcí la boca irónicamente al ver que conocía algo más de mí que yo no le había dicho.

—¿Cuánto has descubierto sobre mí?

—Todo lo que he podido encontrar.

—Me gustaría saber hasta dónde has llegado.

Levantó mi mano hasta sus labios y me la besó.

—Probablemente no.

Yo negué con la cabeza exasperada.

—Sí, por eso asistí a la Universidad Estatal de San Diego. No había pasado mucho tiempo con mi padre cuando era niña. Además, mi madre me estaba asfixiando.

—¿Y nunca le dijiste a tu padre lo que te había pasado?

—No. —Giré el pie de mi copa de vino entre los dedos—. Sabe que yo era una chica rabiosa y problemática, con problemas de autoestima, pero no sabe lo de Nathan.

—¿Por qué no?

—Porque no puede cambiar lo que ocurrió. Nathan fue castigado legalmente. Su padre pagó una gran cantidad de dinero por daños. Se hizo justicia.

Gideon habló con calma:

—No estoy de acuerdo.

—¿Qué más se puede esperar?

Dio un largo sorbo antes de contestar.

—No está bien decirlo en plena cena.

—Ah. —Como aquello sonaba siniestro, sobre todo cuando iba acompañado por su mirada fría, volví a centrar mi atención en la comida que tenía delante. No había menú en Masa, solo *omakase,* así que cada bocado era un placer sorprendente y la escasez de clientes lo hacía parecer como si tuviéramos todo el local para nosotros solos.

—Me encanta verte comer —dijo un momento después.

Lo fulminé con la mirada.

—¿Qué se supone que significa eso?

—Comes con gusto. Y tus pequeños gemidos de placer me la ponen dura.

Choqué mi hombro con el suyo.

—Según tú mismo has dicho, siempre la tienes dura.

—Por tu culpa —contestó sonriendo, lo que hizo que yo también sonriera.

Gideon comía con más calma que yo y no miró siquiera la astronómica cuenta.

Antes de salir, me colocó su chaqueta sobre los hombros.

—Vamos mañana a tu gimnasio —dijo.

Yo lo miré.

—El tuyo está mejor.

—Por supuesto que sí. Pero yo iré adondequiera que tú prefieras ir.

—¿Algún lugar sin entrenadores serviciales que se llamen Daniel? —le pregunté con dulzura.

Me miró arqueando la ceja y haciendo una mueca con los labios.

—Cuidadito, cielo, o tendré que pensar en algún castigo apropiado por haberte burlado de mi actitud posesiva.

Me di cuenta de que no me había vuelto a amenazar con unos azotes. ¿Era consciente de que el dolor infligido con el sexo era para mí una provocación? Aquello me devolvió a un lugar de mi mente al que nunca quise regresar.

Durante el camino de vuelta a casa de Gideon, me acurruqué entre sus brazos en el asiento trasero del Bentley, con las piernas apoyadas en uno de sus muslos y la cabeza sobre su hombro. Pensé en el modo en que los abusos de Nathan seguían afectando a mi vida, sobre todo a mi vida sexual.

¿A cuántos de esos fantasmas podríamos exorcizar Gideon y yo juntos? Tras aquel breve atisbo de juguetes que había visto en el cajón de la habitación del hotel, estaba claro que él tenía más experiencia y sexualmente era más atrevido que yo. Y el placer que yo había obtenido antes por la ferocidad de su forma de hacerme el amor en el sofá me demostraba que podía hacerme cosas que nadie más podía.

—Confío en ti —susurré.

Apretó los brazos alrededor de mi cuerpo.

—Vamos a ser buenos el uno para el otro, Eva —murmuró con los labios sobre mi pelo.

Cuando esa misma noche me quedé dormida en sus brazos, lo hice con aquellas palabras en mi cabeza.

—No... ¡No! No... ¡Por favor!

Los gritos de Gideon me levantaron de la cama y el corazón me latía con fuerza. Me costaba respirar mientras miraba asustada al hombre que se retorcía a mi lado.

Gruñía como una bestia salvaje, dando puñetazos con las manos y patadas con los pies sin parar. Yo me aparté, con miedo de que me golpeara sin querer mientras dormía.

—Caliéntame —dijo jadeando.

—¡Gideon! Despierta.

—Ca... lién... ta... me... —Arqueó la cadera con un bufido de dolor. Se mantuvo así, con los dientes apretados y la espalda doblada, como si la cama ardiera debajo de él. Después, se dejó caer y el colchón se sacudió mientras él rebotaba.

—Gideon. —Alargué la mano hacia la lámpara de la mesilla de noche con la garganta ardiéndome. No podía llegar a ella y tuve que apartarme las mantas enredadas para poder acercarme. Gideon se retorcía del dolor y se revolvía con tal fuerza que movía la cama.

La habitación se iluminó con un repentino destello de luz. Me giré hacia él...

Y lo encontré masturbándose con espantosa fiereza. Con la mano derecha se agarraba la polla con tanta fuerza que tenía los nudillos blancos y la bombeaba con una rapidez despiadada. Con la mano izquierda se agarraba a la sábana ajustable. Su rostro se retorcía por el suplicio y el dolor.

Temiendo por su seguridad, le empujé en el hombro con las dos manos.

—Gideon, joder. *¡Despierta!*

Mi grito atravesó su pesadilla. Abrió los ojos y se incorporó, mirándome frenéticamente.

—¡Qué? —gritó mientras el pecho le palpitaba. Tenía la cara encendida y los labios y las mejillas rojos por la excitación—. ¿Qué pasa?

—Dios mío. —Me pasé las manos por el pelo y me levanté, cogiendo la bata negra que había dejado colgada de los pies de la cama.

¿Qué ocurría en su mente? ¿Qué podía hacer que alguien tuviera unos sueños sexuales tan violentos?

—Estabas teniendo una pesadilla. Me has asustado —respondí con voz agitada.

—Eva. —Bajó la mirada hacia su erección y su rubor se oscureció por la vergüenza.

Me quedé mirándolo desde mi sitio seguro junto a la ventana, mientras me ataba el cinturón de la bata con fuertes tirones.

—¿Qué estabas soñando?

Él negó con la cabeza y bajó la mirada humillado, un gesto de vulnerabilidad que no había visto ni reconocía en él. Fue como si otra persona hubiera ocupado el cuerpo de Gideon.

—No lo sé.

—Y una mierda. Hay algo en ti, algo que te corroe por dentro. ¿Qué es?

Se recuperó visiblemente mientras su cerebro se esforzaba por despertar del todo.

—Sólo ha sido un sueño, Eva. Son cosas que le pasan a la gente.

Me quedé mirándole, dolida porque utilizara ese tono conmigo, como si yo estuviera siendo irracional.

—Que te den.

Se puso derecho y tiró de las sábanas para ponerlas sobre su regazo.

—¿Por qué te enfadas?

—Porque estás mintiendo.

Su pecho se ensanchó mientras tomaba aire. A continuación, lo dejó escapar rápidamente.

—Siento haberte despertado.

Me apreté el puente de la nariz sintiendo que un dolor de cabeza iba cobrando fuerza. Los ojos me escocían por la necesidad de llorar por él, llorar por cualquiera que fuese el tormento que había sufrido. Y llorar por nosotros, porque si no me dejaba entrar ahí, nuestra relación no iría a ningún lado.

—Una vez más, Gideon: ¿qué estabas soñando?

—No me acuerdo. —Se pasó una mano por el pelo y dejó caer las piernas por el borde de la cama—. Tengo algunas cosas en la cabeza y probablemente me van a mantener despierto. Voy a trabajar un rato en el despacho. Vuelve a la cama e intenta dormir.

—Había unas cuantas respuestas correctas para esa pregunta, Gideon. «Hablemos de ello mañana» habría sido una de ellas. E incluso un «no estoy preparado para hablar de ello» habría estado bien. Pero tienes el valor de actuar como si no supiera lo que estoy diciendo y me hablas como si estuviese loca.

—Cielo...

—No. —Coloqué los brazos alrededor de mi cintura—. ¿Crees que me ha resultado fácil hablarte de mi pasado? ¿Crees que no me ha dolido abrirme en canal para dejar que saliera todo lo feo? Habría sido más sencillo cortar *contigo* y salir con otra persona menos importante. Quizá algún día sientas lo mismo por mí.

Salí de la habitación.

—¡Eva! Eva, maldita sea, vuelve aquí. ¿Qué te pasa?

Aceleré el paso. Sabía cómo se sentía: aquellas náuseas en su estómago que se extendían como el cáncer, la rabia, la impotencia y la necesidad de acurrucarse en privado y buscar la fuerza para volver a meter los recuerdos en aquel agujero profundo y oscuro donde seguían viviendo.

No era una excusa para mentir ni desviar la culpa hacia mí.

Cogí el bolso de la silla donde lo había dejado al llegar de cenar y me apresuré rápidamente hacia la puerta y hacia el vestíbulo que llevaba al ascensor. Las puertas del ascensor se cerraban conmigo dentro cuando, a través de la puerta de la calle, lo vi entrar en la sala de estar. Al verlo desnudo estuve segura de que no podría venir detrás de mí, mientras que sus ojos me aseguraban que yo no me iba a quedar. Se había puesto otra vez la máscara, aquel rostro increíblemente implacable que mantenía al mundo a una distancia de seguridad.

Temblando, me incliné sobre la barra de metal en busca de apoyo. Me debatía entre mi preocupación por él, que me empujaba a quedarme, y lo que había aprendido con mucho esfuerzo y que me aseguraba que esta forma de enfrentarse a los problemas no estaba hecha para mí. Para mí, el camino hacia la recuperación estaba pavimentado con verdades difíciles, no con negaciones y mentiras.

Dándome pequeños toques en las mejillas húmedas al pasar por la tercera planta, respiré hondo y me recompuse antes de que se abrieran las puertas en la planta de abajo.

El portero llamó con un silbido a un taxi que pasaba y actuó de manera tan profesional que hizo como si yo fuera vestida para trabajar en lugar de lucir unos pies descalzos y una bata negra. Le di las gracias sinceramente.

Y estaba tan agradecida al taxista por llevarme a casa rápidamente que le di una buena propina y no me importaron las furtivas miradas que recibí de mi portero y del señor de la recepción. Ni siquiera me importó la mirada que me brindó la despampanante y escultural rubia que salió del ascensor mientras yo esperaba, hasta que olí en ella la colonia de Cary y me di cuenta de que la camiseta que llevaba puesta era de él.

Recibió mi estado a medio vestir con una mirada divertida.

—Bonita bata.

La rubia se fue con una sonrisita.

Cuando llegué a mi planta, encontré a Cary esperando con la puerta abierta y vestido con una bata suya.

Se enderezó y abrió los brazos hacia mí.

—Ven aquí, nena.

Fui directamente hacia él y lo abracé con fuerza, mientras todo su cuerpo olía a perfume de mujer y a sexo fuerte.

—¿Quién es la chica que acaba de marcharse?

—Otra modelo. No te preocupes por ella. —Me condujo al interior del apartamento y cerró la puerta con llave—. Cross ha llamado. Ha dicho que venías para acá y que tiene tus llaves. Quería asegurarse de que yo estaba aquí y despierto para que pudieras entrar. Por si te interesa saberlo, parecía hecho polvo y preocupado. ¿Quieres que hablemos de ello?

Dejé el bolso sobre la barra de la cocina al entrar.

—Ha tenido otra pesadilla. Una realmente mala. Cuando le he preguntado por ella, él lo ha negado, ha mentido y después ha actuado como si estuviera loca.

—Ah, lo típico.

El teléfono empezó a sonar. Rápidamente le di al interruptor de la base para apagar timbre y Cary hizo lo mismo con el auricular que había dejado sobre la barra. A continuación, saqué mi teléfono móvil, cerré el mensaje que me decía que tenía varias llamadas perdidas de Gideon y le envié un mensaje de texto: «En casa sana y salva. Espero que duermas bien el resto de la noche».

Apagué el teléfono y volví a meterlo en el bolso; luego cogí una botella de agua del frigorífico.

—Lo que me repatea es que esta noche yo le había contado toda mi basura.

Cary me miró asombrado.

—¡Lo has hecho! ¿Y cómo se lo ha tomado?

—Mejor de lo que me podía esperar. Nathan va a desear no haberle conocido nunca. —Me terminé la botella—. Y Gideon aceptó ir a la terapia de parejas que me aconsejaste. Creía que habíamos superado los obstáculos. Puede que así fuera, pero aun así nos hemos dado contra un muro.

—De todas formas, parece que estás bien —dijo apoyándose sobre la barra—. Sin lágrimas. Muy tranquila. ¿Debo preocuparme?

Me froté el vientre para liberar el miedo que se había arraigado en él.

—No. Me pondré bien. Sólo... quiero que funcionen las cosas entre nosotros. Quiero estar con él, pero mentir sobre asuntos serios supone para mí un impedimento.

Dios. Ni siquiera podía pensar que quizá no superaríamos aquello. Estaba nerviosa. La necesidad de estar con Gideon hacía que el pulso me bombeara con fuerza.

—Eres dura de pelar, nena. Estoy orgulloso de ti. —Se acercó a mí, estrechamos los brazos y apagamos las luces de la cocina—. Vamos a dormir. Mañana será otro día.

—Creía que las cosas entre Trey y tú iban bien.

Adoptó una espléndida sonrisa.

—Cariño, creo que me he enamorado.

—¿De quién? —Apoyé la mejilla en su hombro—. ¿De Trey o de la rubia?

—De Trey, tonta. La rubia sólo me ha servido para hacer un poco de ejercicio.

Tenía muchas cosas que decir al respecto, pero no era el momento de entrar en el historial de Cary sobre sabotajes a su propia felicidad. Y quizá centrarse en lo bien que le iban las cosas con Trey fuera lo mejor en ese momento.

—Así que por fin te has enamorado de una persona buena. Tenemos que celebrarlo.

—Oye, eso lo debería decir yo.

14

La mañana siguiente amaneció con un extraño tinte surrealista. Fui a trabajar y, después, a lo largo de las horas previas al almuerzo estuve sumida en una especie de niebla fría. No conseguía entrar en calor, a pesar de llevar puestas una chaqueta de punto por encima de la blusa y una bufanda que no pegaban entre sí. Tardaba unos minutos más en procesar lo que me pudieran pedir y no podía deshacerme de una sensación de temor.

Gideon no se puso en contacto conmigo de modo alguno.

Nada en el móvil ni en mi correo electrónico después de mi mensaje de la noche anterior. Nada en mi bandeja de entrada del correo. Ninguna nota interna.

Aquel silencio era insoportable. Sobre todo, cuando en mi bandeja de entrada sonó la alerta de Google y vi las fotos y vídeos de Gideon y yo en Bryant Park. Vernos juntos —la pasión y la necesidad, el doloroso deseo en nuestros rostros y el agradecimiento de la reconciliación— fue una sensación agridulce.

El dolor se retorcía en mi pecho. *Gideon.*

Si no conseguíamos resolver esto, ¿dejaría alguna vez de pensar en él y de desear que lo hubiésemos hecho?

Me esforcé por recomponerme. Mark se iba a reunir hoy con Gideon. Quizá por eso a Gideon le había resultado difícil ponerse en contacto conmigo. O puede que simplemente estuviera muy ocupado. Yo sabía que tenía que estarlo, teniendo en cuenta su calendario de trabajo. Y por lo que tenía entendido, aún teníamos planes de ir al gimnasio después del trabajo. Dejé escapar el aire rápidamente y me dije que las cosas se arreglarían. Tenía que ser así.

Eran las doce menos cuarto cuando sonó el teléfono de mi escritorio. Al ver en la pantalla que la llamada venía de la recepción, suspiré decepcionada y contesté.

—Hola, Eva —me saludó Megumi con voz alegre—, Magdalene Perez ha venido a verte.

—¿Sí? —Me quedé mirando mi monitor, confundida y enfadada. ¿Las fotos de Bryant Park habían sacado a Magdalene de debajo del puente de trol que sería su casa?

Cualquiera que fuera el motivo, no tenía ningún interés en hablar con ella.

—Dile que me espere ahí, ¿vale? Antes tengo que ocuparme de otra cosa.

—Claro. Le diré que se siente.

Colgué y, a continuación, saqué mi móvil y busqué en la lista de contactos hasta encontrar el número del despacho de Gideon. Marqué y me sentí aliviada cuando respondió Scott.

—Hola, Scott. Soy Eva Tramell.

—Hola, Eva. ¿Quieres hablar con el señor Cross? Está en una reunión en este momento, pero puedo darle un toque.

—No. No le molestes.

—Es una orden prioritaria. No le importará.

Oír aquello me tranquilizó enormemente.

—Odio endilgarte esto, pero tengo que pedirte algo.

—Lo que necesites. También es una orden prioritaria —El tono divertido de su voz me relajó aún más.

—Magdalene Perez está aquí abajo, en la planta veinte. Con franqueza, lo único que tenemos ella y yo en común es a Gideon y eso no es bueno. Si tiene algo que decir es con tu jefe con quien debería hablar. ¿Puedes enviar a alguien que la lleve arriba?

—Por supuesto. Me encargo de ello ahora mismo.

—Gracias, Scott. Te debo una.

—Ha sido un placer, Eva.

Colgué el teléfono y me hundí en mi asiento, sintiéndome ya mejor y orgullosa de mí misma por no dejarme llevar por los celos. Aunque seguía odiando la idea de que Gideon le dedicara parte de su tiempo, no había mentido cuando le dije que confiaba en él. Sabía que sus sentimientos hacia mí eran fuertes y profundos. Pero no sabía si eran suficientes como para anular su instinto de supervivencia.

Megumi me volvió a llamar.

—Ay, Dios mío —dijo riéndose—. Deberías haber visto su cara cuando ha venido a por ella quienquiera que fuera ése.

—Bien. —Sonreí—. Supongo que no venía por nada bueno. Entonces, ¿ya se ha ido?

—Sí.

—Gracias. —Crucé el pequeño trozo de pasillo hasta la puerta de Mark y asomé la cabeza para ver si quería que fuera a traerle algo de comida.

Él frunció el ceño mientras lo pensaba.

—No, gracias. Voy a estar demasiado nervioso como para comer hasta después de la presentación con Cross. Para entonces, lo que sea que me traigas ya estará pasado.

—¿Y un batido de proteínas? Te dará un poco de energías hasta que puedas comer.

—Eso sería estupendo. —Su sonrisa iluminó sus oscuros ojos—. Algo que combine bien con el vodka, sólo para animarme un poco.

—¿Hay algo que no te guste? ¿Alguna alergia?

—Nada.

—Muy bien. Nos vemos dentro de una hora. —Sabía adónde tenía que ir. La tienda que tenía en mente estaba a sólo dos manzanas y en ella vendían batidos, ensaladas y una variedad de *paninis* hechos por encargo con un servicio rápido.

Me dirigí a la planta de abajo y traté de no pensar en el silencio de Gideon. Casi había esperado tener *alguna* noticia tras el incidente de Magdalene. El no haber recibido ningún tipo de reacción hizo que volviera a preocuparme. Salí a la calle por la puerta giratoria y apenas presté atención al hombre que salía de la parte de atrás de una limusina que había en la acera hasta que dijo mi nombre.

Al girarme, me vi frente a frente con Christopher Vidal.

—Ah... Hola —saludé—. ¿Cómo estás?

—Mejor, ahora que te veo. Tienes un aspecto fantástico.

—Gracias. Puedo decir lo mismo de ti.

Aunque era muy diferente a Gideon, era guapo a su manera, con sus ondas de color caoba, sus ojos verdes grisáceos y su encantadora sonrisa. Iba vestido con unos vaqueros holgados y un jersey de pico color crema que le daban un aspecto muy sexy.

—¿Has venido a ver a tu hermano? —le pregunté.

—Sí, y a ti.

—¿A mí?

—¿Vas a comer? Voy contigo y te cuento.

Recordé brevemente que Gideon me había advertido que me mantuviera lejos de Christopher, pero supuse que para entonces él ya confiaba en mí. Sobre todo, con su hermano.

—Voy a un bar que hay calle arriba —le dije—. Si quieres, apúntate.

—Claro.

Empezamos a caminar.

—¿Para qué querías verme? —le pregunté, sintiendo demasiada curiosidad como para esperar.

Se metió la mano en uno de los dos grandes bolsillos de su pantalón y sacó una invitación que venía en un sobre de papel de vitela.

—He venido a invitarte a una fiesta que celebramos en el jardín de la casa de mis padres el domingo. Una mezcla de placer y negocios. Vendrán muchos de los artistas que han firmado con Vidal Records. He pensado que le vendría bien a tu compañero de piso para establecer contactos. Tiene una buena mano para los vídeos de música.

Se me iluminó la cara.

—¡Eso sería maravilloso!

Christopher sonrió y me pasó la invitación.

—Lo pasaréis bien los dos. Nadie celebra fiestas como mi madre.

Miré brevemente el sobre que tenía en la mano. ¿Por qué no me había dicho Gideon nada de esa fiesta?

—Si te estás preguntando por qué Gideon no te había hablado de esto —dijo como si me leyera la mente—, es porque no va a venir. Nunca lo hace. Aunque sea el accionista mayoritario de la compañía, creo que la industria musical y los músicos le parecen demasiado impredecibles para su gusto. Pero seguro que ya sabes cómo es.

Oscuro e intenso. Poderosamente magnético y tremendamente sexual. Sí, sabía cómo era. Y era de los que preferían saber en qué se metían a toda costa.

Hice un gesto hacia el bar cuando llegamos a la puerta, entramos y esperamos nuestro turno.

—Este sitio huele genial —dijo Christopher, mirando al móvil mientras escribía un mensaje rápido.

—El olor está a la altura del sabor, créeme.

Adoptó una sonrisa juvenil que estuve segura de que hacía que la mayoría de las mujeres cayeran rendidas.

—Mis padres están deseando conocerte, Eva.

—¿Qué?

—Ver las fotos de Gideon y tú de la semana pasada ha supuesto una verdadera sorpresa. Una sorpresa buena —matizó rápidamente al ver mi gesto—. Es la primera vez que le hemos visto realmente interesado en alguien con quien está saliendo.

Suspiré pensando que en ese mismo momento ya no estaba tan interesado en mí. ¿Había cometido un terrible error al dejarle solo la noche anterior?

Cuando llegamos al mostrador, pedí un *panini* vegetal con queso y dos batidos de granada y les pedí que esperaran media hora con el que llevaba la dosis de proteínas hasta que yo comiera. Christopher pidió lo mismo y conseguimos encontrar una mesa en el atestado bar.

Hablamos de trabajo, riéndonos los dos de las tomas falsas de un reciente anuncio de comida para bebés que habían difundido por internet y de algunas anécdotas de actores con los que Christopher había trabajado. El tiempo pasó rápidamente y cuando nos separamos a la entrada del Crossfire, me despedí con verdadero afecto.

Subí a la planta veinte y me encontré a Mark aún en su mesa. Me regaló una rápida sonrisa a pesar de su aspecto de concentración.

—Si realmente no me necesitas —dije—, no hace falta que vaya a la presentación.

Aunque trató de ocultarlo, vi un rápido destello de alivio. No me ofendió. El estrés era el estrés y mi inestable relación con Gideon era algo en lo que Mark no tenía por qué pensar mientras trabajaba en una cuenta importante.

—Eres estupenda, Eva. ¿Lo sabías?

Sonreí y coloqué la bolsa con la bebida delante de él.

—Bébete el batido. Está muy bueno y las proteínas harán que no sientas mucha hambre hasta un poco después. Estaré en mi mesa por si me necesitas.

Antes de meter el bolso en el cajón, le mandé un mensaje a Cary para preguntarle si tenía planes para el domingo y si le gustaría asistir a una fiesta de Vidal Records. Después, me puse de nuevo a trabajar. Empecé a organizar los archivos de Mark en el servidor, etiquetándolos y colocándolos en directorios para hacer más fácil y rápida la recopilación de los archivos.

Cuando Mark salió para su reunión con Gideon, el pulso se me aceleró y sentí en el estómago un fuerte pinchazo por la expectación. No podía creer mi excitación simplemente por saber lo que Gideon estaría haciendo en ese preciso momento y que tendría que pensar en mí cuando viera a Mark. Esperaba tener noticias suyas después de aquello. Me sentí más animada al pensarlo.

Durante la siguiente hora esperé impaciente por saber cómo había ido todo. Cuando Mark volvió a aparecer con una gran sonrisa y un paso animado, yo me puse de pie en mi cubículo y le aplaudí.

Él hizo una reverencia cortés y exagerada.

—Gracias, señorita Tramell.

—¡Me alegro mucho por ti!

—Cross me ha pedido que te dé esto. —Me pasó un sobre manila cerrado—. Ven a mi despacho y te daré todos los detalles.

El sobre pesaba y sonaba al moverlo. Supe por el tacto lo que iba a encontrar dentro antes de abrirlo, pero aun así, ver cómo salían mis llaves y caían sobre mi mano me dolió. Ahogando un grito ante aquel dolor más intenso que cualquier otro que pudiera recordar, leí la nota que venía con ellas:

GRACIAS POR TODO, EVA.
TUYO, G.

Una nota de despedida. Tenía que ser eso. De lo contrario, me habría dado las llaves después del trabajo, de camino al gimnasio.

Había un estruendo sordo en mis oídos. Me sentí mareada. Desorientada. Estaba asustada y angustiada. Furiosa.

Pero estaba en el trabajo.

Cerré los ojos y apreté los puños. Me recompuse y repelí el deseo de subir y llamar cobarde a Gideon. Probablemente me consideraba una amenaza, alguien que, sin ser invitada, había entrado en su vida y la había puesto patas arriba. Alguien que exigía más que simplemente un cuerpo atractivo y una importante cuenta corriente.

Encerré mis emociones tras un muro de cristal, donde yo sabía que estarían esperando en un segundo plano, pero pude continuar con el resto de la jornada laboral. Cuando llegó la hora de salir y me dispuse a bajar, aún no había tenido noticias de Gideon. En ese momento, yo era tal desastre emocional que sólo sentí una única y afilada punzada de desesperación al salir del Crossfire.

Me dirigí al gimnasio. Apagué el cerebro y me puse a correr a toda marcha en la cinta, huyendo de la angustia que me alcanzaría poco después. Corrí hasta que me cayeron ríos de sudor por la cara y el cuerpo y mis piernas de chicle me obligaron a parar.

Maltrecha y agotada, llegué a las duchas. Después, llamé a mi madre y le pedí que enviara a Clancy al gimnasio a recogerme para ir a nuestra cita con el doctor Petersen. Mientras volvía a ponerme la ropa de trabajo, reuní las fuerzas para afrontar aquella última tarea antes de poder irme a casa y caer en la cama.

Esperé a la limusina en la calle, sintiéndome apartada y fuera de la ciudad que hervía a mi alrededor. Cuando Clancy se detuvo y dio un brinco para abrirme la puerta de atrás me quedé atónita al ver a mi madre ya en el interior. Aún era pronto. Había esperado que me llevaran a mí sola al apartamento que compartía con Stanton y allí esperar con ella veinte minutos o más. Aquélla era una práctica inusual.

—Hola, mamá —la saludé con voz cansina, colocándome en el asiento al lado de ella.

—¿Cómo has podido, Eva? —Estaba llorando sobre un pañuelo bordado con iniciales y su rostro era hermoso pese a estar enrojecido y humedecido por las lágrimas. *¿Por qué?*

—¿Qué he hecho ahora? —le pregunté frunciendo el ceño y saliendo de mi tormento al ver su aflicción.

El nuevo teléfono móvil, si es que se había enterado de ello, no podía ser el causante de tanto drama. Y aún era demasiado pronto para que ella supiese algo de mi ruptura con Gideon.

—Le has hablado a Gideon Cross de... lo que te pasó. —Su labio inferior le temblaba por la consternación.

Eché la cabeza hacia atrás ante aquel bombazo. ¿Cómo podía saberlo? Dios mío... ¿Había puesto micrófonos en mi nueva casa? ¿En mi bolso...? *¿Qué?*

—No lo niegues.

—¿Cómo sabes que se lo he contado? —Mi voz era un susurro de dolor—. Lo hablamos ayer mismo.

—Ha ido hoy a ver a Richard para hablar de ello.

Traté de imaginarme la cara de Stanton durante *aquella* conversación. No imaginé que mi padrastro se lo hubiese tomado bien.

—¿Por qué haría algo así?

—Quería saber qué habíamos hecho para evitar que esa información se filtrara. Y quería saber dónde está Nathan —dijo entre sollozos—. Quería saberlo todo.

Suspiré con un fuerte bufido. No estaba segura de cuáles eran los motivos de Gideon, pero la posibilidad de que me hubiera puesto en contra de Nathan y de que ahora se estuviera asegurando de librarse del escándalo me dolía más que nada. Me retorcí de dolor, arqueando la espalda y separándola del respaldo del asiento. Había creído que era *su* pasado lo que habría una brecha entre los dos, pero tenía más sentido que fuera el *mío.*

Por una vez, agradecí el ensimismamiento de mi madre, que le impidió darse cuenta de lo desolada que yo estaba.

—Tenía derecho a saberlo. —Conseguí decir con una voz tan cortante que no se parecía en nada a la mía—. Y tiene derecho a tratar de protegerse de lo que esto le pueda perjudicar.

—Nunca se lo habías contado a ninguno de tus otros novios.

—Tampoco he salido nunca con nadie que ocupe titulares a nivel nacional por el simple hecho de estornudar. —Miré por la ventanilla hacia los coches que nos rodeaban—. Gideon Cross y Cross Industries son noticia en todo el mundo, mamá. Está a años luz de los tipos con los que salí en la universidad.

Siguió hablando, pero yo no la escuché. Me cerré en banda para protegerme, alejándome de la realidad que, de repente, era demasiado dolorosa como para poder soportarla.

La consulta del doctor Petersen era tal cual yo la recordaba. Decorada en colores neutros y relajantes, resultaba tan profesional como confortable. El doctor Petersen era igual, un hombre atractivo de pelo canoso y unos ojos azules, inteligentes y dulces.

Nos dio la bienvenida y nos hizo pasar a su despacho con una amplia sonrisa, comentando el estupendo aspecto de mi madre y cómo me parecía yo a ella. Dijo que se alegraba de volver a verme pero estoy segura de que lo decía por el bien de mi madre. Era un observador demasiado cualificado como para no darse cuenta de las emociones que yo estaba reprimiendo.

—¿Y bien? —empezó a decir mientras se colocaba en su sillón, al otro lado del sofá en el que mi madre y yo nos sentamos—. ¿Qué les trae hoy por aquí?

Le hablé de cómo mi madre había estado siguiendo mis movimientos a través de la señal de mi teléfono móvil y lo invadida que yo me sentía. Mamá le habló de mi interés por el Krav Maga y de cómo ella lo interpretaba como un síntoma de que no me sentía segura. Le conté cómo mi madre y Stanton se habían hecho con el control del estudio de Parker, lo cual me asfixiaba y agobiaba. Ella le dijo que yo había traicionado su confianza al haber compartido asuntos muy personales con extraños, lo cual le hacía sentirse desnuda y terriblemente expuesta.

Durante todo ese tiempo, el doctor Petersen escuchó con atención, tomó notas y apenas habló hasta que lo hubimos expulsado todo.

—Monica, ¿por qué no me había contado que estaba rastreando el teléfono móvil de Eva? —preguntó cuando nos quedamos en silencio.

Ella movió el mentón hacia abajo, un gesto defensivo ya familiar.

—No vi que eso pudiera ser algo malo. Muchos padres siguen el rastro de sus hijos a través de sus teléfonos móviles.

—Hijos menores de edad —protesté—. Yo soy adulta. Mis momentos privados son exactamente eso.

—Si usted se viera en el lugar de ella, Monica —interpuso el doctor Petersen—, ¿es posible que se sintiera igual que Eva? ¿Qué pasaría si descubriera que alguien está controlando sus movimientos sin su conocimiento ni su permiso?

—No si ese alguien fuera mi madre y yo supiera que eso le daba tranquilidad —argumentó.

—¿Y ha considerado usted cómo sus actos afectan a la tranquilidad de Eva? —preguntó con voz queda—. Su necesidad de protegerla es comprensible, pero debería hablar abiertamente con ella de los pasos que desea dar. Es importante saber qué tiene que decir y esperar su colaboración cuando ella así lo decida. Tiene que respetar su derecho a establecer unos límites que quizá no sean tan amplios como usted desearía. —Mi madre farfulló indignada—. Eva necesita poner una frontera, Monica —continuó—, y tener la sensación de que tiene el control sobre su vida. Durante mucho tiempo, se le negaron ese tipo de cosas y tenemos que respetar su derecho a que las establezca ahora del modo que le parezca más conveniente.

—Vaya. —Mi madre retorcía su pañuelo entre los dedos—, no lo había visto de ese modo.

Extendí la mano para agarrar la de mi madre cuando su labio inferior empezó a temblar con fuerza.

—No hay nada que me hubiera impedido hablarle a Gideon sobre mi pasado. Pero sí podría haberte avisado antes. Siento no haber caído en eso.

—Eres mucho más fuerte de lo que yo fui nunca —contestó mi madre—, pero no puedo evitar preocuparme.

—Mi sugerencia —dijo el doctor Petersen— es que usted, Monica, le dedique un tiempo a pensar qué tipo de casos y situaciones provocan su preocupación. Después, los escribe. —Mi madre asintió—. Cuando tenga lo que seguramente no sea una lista muy exhaustiva pero sí un comienzo importante, puede sentarse a hablar con Eva de las estrategias que deben adoptar para abordar esas preocupaciones, estrategias con las que las dos se sientan cómodas. Por ejemplo, si el hecho de no tener noticias de Eva durante unos días la inquieta, quizá un mensaje o un correo electrónico pueda mitigar esa inquietud.

—De acuerdo.

—Si lo prefiere, podemos repasar esa lista los dos.

Aquel intercambio de opiniones entre los dos hizo que me dieran ganas de gritar. Era como echar sal en la herida. No me esperaba que el doctor Petersen hiciera entrar en razón a mi madre, pero sí que al menos adoptara una postura más firme. Dios sabe que alguien tenía que hacerlo, alguien cuya autoridad ella respetara.

Cuando terminó la visita y nos dirigíamos a la puerta, le pedí a mi madre que esperara un momento para que yo pudiera hacerle al doctor Petersen una última pregunta personal y en privado.

—Sí, Eva. —Él estaba delante de mí, con una mirada de infinita paciencia y sabiduría.

—Me estaba preguntando... —Hice una pausa para deshacer el nudo que tenía en la garganta—. ¿Es posible que dos personas que han sufrido abusos puedan tener una buena relación amorosa?

—Por supuesto. —Su respuesta inmediata y rotunda hizo que pudiera sacar el aire que tenía atrapado en mis pulmones.

Le estreché la mano.

—Gracias.

Cuando llegué a casa, abrí la puerta con las llaves que Gideon me había devuelto y fui directa a mi dormitorio, brindando un pobre saludo con la mano a Cary, que estaba practicando yoga en el salón ante un DVD.

Me quité la ropa mientras recorría la distancia desde la puerta cerrada de mi habitación hasta la cama para acurrucarme por fin entre las sábanas frías, vestida simplemente con ropa interior. Me abracé a la almohada y cerré los ojos, tan agotada y vacía que no me quedaba nada más en mi interior.

La puerta se abrió detrás de mí y un momento después Cary se sentó a mi lado.

Me apartó el pelo de la cara llena de lágrimas.

—¿Qué te pasa, nena?

—Hoy me han mandado a freír espárragos. A través de una mierda de tarjeta.

Él suspiró.

—Ya sabes cómo es esto, Eva. Va a alejarte de su lado porque espera que le falles como lo han hecho todos los demás.

—Y yo le estoy dando la razón. —Me reconocí en la descripción que Cary me acababa de hacer. Echaba a correr cuando las cosas se ponían feas porque estaba segura de que todo iba a terminar mal. Lo único que yo podía controlar era ser yo la que se fuera en lugar de ser la que se quedaba atrás.

—Porque te estás esforzando por proteger tu propia recuperación. —Se tumbó y amoldó su cuerpo al mío, envolviéndome con su brazo musculado y apretándome con fuerza contra él. Me acurruqué bajo aquella muestra física de afecto que no había sido consciente de necesitar.

—Quizá me haya dejado por *mi* pasado, no por el suyo.

—Si eso fuera cierto, es mejor que se haya terminado. Pero creo que al final los dos os volveréis a encontrar. Al menos, eso espero —susurraba dulcemente sobre mi cuello—. Quiero que todo el mundo tenga su final feliz. Enséñame el camino, cariño. Haz que lo crea.

15

El viernes empezó con Trey desayunando con Cary y conmigo tras haber pasado la noche juntos. Mientras me bebía la primera taza de café del día, le vi interactuar con Cary y me estremeció enormemente ver las sonrisas íntimas y las caricias disimuladas que se hacían el uno al otro.

Yo había disfrutado de relaciones fáciles como aquélla y en su momento no las había sabido apreciar. Habían sido cómodas y sencillas, pero también superficiales en lo esencial.

¿Cómo se puede profundizar en una relación amorosa si no se conocen los secretos del alma de la persona a la que amas? Ése era el dilema al que me enfrentaba con Gideon.

Había comenzado el segundo día sin Gideon. Me descubrí deseando ir a verle y pedirle disculpas por haberle dejado. Quería decirle que seguía estando con él, lista para escuchar o simplemente ofrecerle un consuelo silencioso. Pero estaba demasiado implicada emocionalmente. Me herían con facilidad. Tenía demasiado miedo al rechazo. Y saber que no me dejaría acercarme demasiado no hacía más que intensificar ese miedo. Aunque llegáramos a arreglar las cosas, terminaría destrozada, tratando de vivir simplemente con los restos y los retazos que él decidiera compartir conmigo.

Al menos, en el trabajo me iba bien. El almuerzo al que la directiva nos había invitado para celebrar que se hubiese conseguido la cuenta de Kingsman me puso realmente contenta. Me sentía afortunada por trabajar en un ambiente tan positivo. Pero cuando me enteré de que habían invitado a Gideon —aunque nadie esperaba que apareciera— regresé en silencio a mi mesa y me concentré en el trabajo durante el resto de la tarde.

Fui al gimnasio de camino a casa, luego compré algunas cosas para preparar unos *fettuccini alfredo* para cenar y *crème brûlée* para el postre. Estaba segura de que una buena comida casera me dejaría en un coma de carbohidratos. Esperaba que el sueño diera un respiro a los infinitos «¿y si...?» a los que daba vueltas mi cerebro, con suerte hasta bien entrada la mañana del sábado.

Cary y yo cenamos en la sala de estar con palillos chinos. Ésa era su idea de alegrarme. Dijo que la cena estaba estupenda, pero yo no estaba tan segura. Levanté el ánimo cuando vi que él también se quedaba en silencio y me di cuenta de que no estaba siendo una amiga ejemplar.

—¿Cuándo sale el anuncio de Grey Isles? —le pregunté.

—No estoy seguro, pero... —Sonrió—. Ya sabes lo que pasa con los modelos masculinos. Se nos zarandea de un lado a otro como a los condones en plena orgía. Es difícil sobresalir entre la multitud a menos que estés saliendo con alguien famoso, lo cual se dice que estoy haciendo de repente, desde que salieron en todos sitios esas fotos de nosotros dos juntos. Soy el otro en tu relación con Gideon Cross. Has sido una gran ayuda al convertirme en un personaje popular.

Me reí.

—No necesitabas mi ayuda para eso.

—Bueno, lo que está claro es que no me ha hecho ningún mal. De todos modos, me han llamado para un par de sesiones más. Creo que es posible que me utilicen para algo más de cinco minutos.

—Tendremos que celebrarlo —bromeé.

—Por supuesto. Cuando quieras.

Terminamos pasando el rato juntos y viendo la primera versión de *Tron*. Su teléfono sonó cuando llevábamos veinte minutos de película y escuché que hablaba con su agente.

—Claro. Estoy ahí en quince minutos como mucho. Te llamo en cuanto llegue.

—¿Te han dado un trabajo? —le pregunté cuando colgó.

—Sí. El modelo para una sesión nocturna ha llegado tan borracho que no les sirve. —Se me quedó mirando—. ¿Quieres venir?

Estiré las piernas sobre el sofá.

—No. Estoy bien aquí.

—¿Seguro que estás bien?

—Lo único que necesito es entretenerme sin pensar en nada. La simple idea de volver a vestirme me agota. —Me sentiría feliz con mis pantalones de pijama de franela y mi agujereada camiseta de tirantes durante todo el fin de semana. Por muy dolida que me sintiera por dentro, la comodidad exterior me parecía imprescindible—. No te preocupes por mí. Sé que últimamente he sido un desastre, pero me pondré bien. Ve y pásatelo bien.

Después de que Cary se fuera, paré la película y fui a la cocina a por una copa de vino. Me detuve junto a la barra y deslicé los dedos por las rosas que Gideon me había enviado el fin de semana anterior. Los pétalos caían sobre la barra como si fuesen lágrimas. Pensé en cortar los tallos y utilizar el envase en el que venía el ramo, pero no tenía sentido aferrarse a aquello. Lo tiraría a la basura al día siguiente, el último recuerdo de una relación igual de condenada.

Había llegado más lejos en mi relación con Gideon en una semana de lo que había llegado con cualquier otra relación que me hubiese durado dos años. Le querría siempre por ello. Quizá le querría siempre y punto.

Y quizá un día no me dolería tanto.

—Arriba, dormilona —canturreó Cary mientras me quitaba el edredón.

—¡Uf! ¡Vete!

—Tienes cinco minutos para levantar tu culo de ahí y meterte en la ducha o la ducha vendrá hasta ti.

Abrí un ojo y le di un besito. No llevaba camiseta y vestía unos pantalones anchos que le caían de la cintura. En lo referente a los despertares, era el mejor.

—¿Por qué tengo que levantarme?

—Porque estás tumbada y no estás de pie.

—Vaya, me has convencido, Cary Taylor.

Se cruzó de brazos y me lanzó una mirada maliciosa.

—Tenemos que ir de compras.

Yo enterré la cara en la almohada.

—No.

—Sí. Recuerdo que en una misma frase hablaste de una fiesta al aire libre el domingo y una reunión de estrellas de rock. ¿Qué demonios voy a ponerme para algo así?

—Ah, vale. Una buena razón.

—¿Que vas a ponerte tú?

—Yo... No sé. Me había decantado por el *look* de merienda inglesa con sombrero, pero ya no estoy tan segura.

—Eso es —asintió con energía—. Vamos a quemar las tiendas y buscarte algo sensual, elegante y guay.

Protesté entre gruñidos, salí de la cama dándome la vuelta y caminé hasta el baño. Era imposible ducharse sin pensar en Gideon, sin imaginar su cuerpo perfecto y recordar los ruidos de desesperación que hizo cuando se corrió en mi boca. Allá donde mirara, estaba Gideon. Incluso empecé a ver coches Bentley negros por toda la ciudad. Creía ver uno cerca adondequiera que fuera.

Cary y yo almorzamos y, después, dimos brincos por toda la ciudad, llegando a las mejores tiendas de segunda mano del Upper East Side y a las *boutiques* de Madison Avenue antes de tomar un taxi hacia el SoHo. Por el camino, Cary se topó con dos chicas adolescentes que le pidieron un autógrafo y que creo que me hicieron más gracia a mí que a él.

—Te lo dije —se pavoneó.

—¿Que me dijiste?

—Me han reconocido por un blog de noticias de entretenimiento. Una de las entradas era sobre Cross y tú.

Solté un bufido.

—Me alegro de que mi vida amorosa sirva de algo a alguien.

Él tenía que ir a otro trabajo a eso de las tres y yo le acompañé, y pasamos unas cuantas horas en el estudio de un presuntuoso fotógrafo que hablaba a voces. Al recordar que era sábado, me deslicé a un rincón apartado e hice mi llamada semanal a mi padre.

—¿Sigues siendo feliz en Nueva York? —me preguntó por encima del ruido de fondo que procedía de los mensajes de la radio de su coche de policía.

—Hasta ahora sí. —Era mentira, pero la verdad no iba a beneficiar a nadie.

Su compañero dijo algo que no entendí. Mi padre resopló y dijo:

—Oye, Chris insiste en que te vio el otro día en la televisión. En un canal de pago, algún programa de cotilleos. Los chicos no paran de decírmelo.

Suspiré.

—Diles que ver esos programas es malo para las neuronas.

—¿Entonces no estás saliendo con uno de los hombres más ricos de Estados Unidos?

—No. ¿Y qué tal tu vida amorosa? —le pregunté cambiando rápidamente de tema—. ¿Estás saliendo con alguien?

—Nada serio. Espera —respondió a una llamada de la radio y, a continuación, dijo—: Lo siento, cariño. Tengo que irme. Te quiero. Te echo muchísimo de menos.

—Yo también te echo de menos, papá. Cuídate.

—Siempre. Adiós.

Corté la llamada y volví a mi sitio anterior para esperar que Cary recogiera sus cosas. En aquel paréntesis, mi mente empezó a torturarme. ¿Dónde estaba Gideon en ese momento? ¿Qué estaba haciendo?

¿Recibiría el lunes un correo lleno de fotografías de él con otra mujer?

El domingo por la tarde le pedí a Stanton que me prestara a Clancy y una de sus limusinas para que me llevara a la casa de los Vidal en el condado de Dutchess. Apoyada en el respaldo del asiento, miré por la ventanilla, admirando distraída la vista serena de las praderas ondulantes y los bosques verdes que se extendían hacia el lejano horizonte. Me di cuenta de que estaba viviendo el cuarto día sin Gideon. El dolor que había sentido los primeros días se había convertido en una vibración sorda que se parecía casi a una gripe. Me dolía cada parte del cuerpo, como si estuviera sufriendo algún retraimiento físico, y la garganta me quemaba por las lágrimas que no había derramado.

—¿Nerviosa? —me preguntó Cary.

Le miré.

—La verdad es que no. Gideon no va a estar.

—¿Estás segura?

—No iría si creyera lo contrario. Tengo algo de orgullo, ¿sabes? —Vi que golpeteaba los dedos contra el brazo que había entre los dos asientos. En todo el rato que habíamos estado de compras el día anterior, él sólo había comprado una cosa: una corbata de piel negra. Yo me burlé de él sin piedad por ello. Él, con su perfecto sentido de la moda, llevando una cosa así.

Me sorprendió mirándola.

—¿Qué? ¿Sigue sin gustarte mi corbata? Creo que va muy bien con mis vaqueros de estilo *emo* y mi chaqueta *lounge* de calle.

—Cary —dije arqueando los labios—, tú puedes ponerte cualquier cosa.

Era cierto. Cary podía atreverse con cualquier estilo, gracias a su cuerpo esculpido, alto y delgado y una cara que podría hacer llorar a los ángeles.

Coloqué la mano sobre sus inquietos dedos.

—¿Y *tú?* ¿Estás nervioso?

—Trey no me llamó anoche —murmuró—. Me dijo que lo haría.

Le apreté la mano para tranquilizarlo.

—Sólo es una llamada, Cary. Estoy segura de que no implica nada serio.

—Podría haberme llamado esta mañana —continuó—. Trey no es raro, como los otros con los que he salido. No se le pasaría llamarme, lo cual quiere decir que no ha querido hacerlo.

—Esa rata asquerosa. Me aseguraré de hacerte muchas fotos pasándolo en grande con un aspecto sexy, elegante y estupendo para torturarle con ellas el lunes.

Hizo una mueca con la boca.

—Ah, lo enrevesada que es la mente femenina. Es una pena que Cross no te vea hoy. Creo que casi me he empalmado cuando te he visto salir de tu habitación con ese vestido.

—¡Puaj! —Le di un manotazo en el hombro y lo miré con fingido enfado cuando se rio.

El vestido nos había parecido perfecto a los dos. Tenía un corte clásico, típico de fiestas al aire libre, con un corpiño ajustado y una falda a la altura de la rodilla con vuelo desde la cintura. Era liso con flores blancas. Pero ahí es donde terminaba el estilo de té y bollos.

Lo atrevido estaba en el escote, las capas de color negro y carmesí que se alternaban y le daban volumen y las flores de piel negra que parecían siniestros molinos. Cary había sacado de mi armario las sandalias rojas de Jimmy Choo y los pendientes de rubí para darle el toque final. Habíamos decidido que llevaría el pelo suelto sobre los hombros, en caso de que llegáramos y nos dijeran que era obligado llevar sombrero. En general, me sentía guapa y segura.

Clancy nos condujo a través de unas imponentes puertas de entrada con unas iniciales incrustadas y entramos a un camino circular siguiendo las indicaciones de un mayordomo. Cary y yo nos bajamos en la entrada y él me agarró del brazo, pues mis tacones se hundieron en la gravilla azul grisácea del camino que conducía a la casa.

Al entrar en la enorme mansión de estilo Tudor de los Vidal, la familia de Gideon, colocada en fila, nos saludó afectuosamente. Su madre, su padrastro, Christopher y su hermana.

Capté aquella visión y pensé que la familia Vidal sólo podía tener un aspecto más perfecto si Gideon estuviera en la fila con ellos. Su madre y su hermana tenían su mismo tono y presumían las dos del mismo pelo de obsidiana lustrosa y ojos azules de abundantes pestañas. Las dos tenían una belleza como si hubieran sido finamente cinceladas.

—¡Eva! —La madre de Gideon me atrajo hacia sí y, a continuación, me besó en ambas mejillas sin rozarme—. Estoy muy contenta de conocerte por fin. ¡Qué chica tan preciosa eres! Y tu vestido. Me encanta.

—Gracias.

Sus manos me acariciaron el pelo y se ahuecaron alrededor de mi cara y, después, se deslizaron por mis brazos. Me resultó difícil aguantar aquello porque, a veces, las caricias constituían para mí un desencadenante de ansiedad si me las hacía una persona desconocida.

—¿Tu cabello es rubio natural?

—Sí —contesté, sorprendida y confundida por la pregunta. ¿Quién le hacía a una extraña una pregunta como aquélla?

—¡Fascinante! En fin, bienvenida. Espero que lo pases de maravilla. Estamos muy contentos de que hayas podido venir.

En medio de una extraña inquietud, me sentí aliviada cuando se fijó en Cary y dirigió su atención hacia él.

—Y tú debes de ser Cary —canturreó—. Estaba segura de que mis dos hijos eran los más atractivos del mundo. Ahora veo que me equivocaba. Eres simplemente divino, jovencito.

Cary mostró su sonrisa más luminosa.

—Vaya, creo que me he enamorado, señora Vidal.

Ella se rio con un deleite gutural.

—Por favor, llámame Elisabeth. O Lizzie, si eres lo suficientemente valiente.

Aparté la mirada y me encontré con que Christopher Vidal, padre, me agarraba la mano. En muchos aspectos me recordó a su hijo, con sus ojos verdes pizarra y su sonrisa juvenil. En otros, supuso una agradable sorpresa. Vestido con pantalón caqui, mocasines y una chaqueta de punto de cachemira, parecía más un profesor universitario que el ejecutivo de una discográfica.

—Eva. ¿Puedo tutearte?

—Desde luego.

—Llámame Chris. Hace que resulte un poco más fácil para diferenciarnos a Christopher y a mí. —Inclinó la cabeza a un lado mientras me contemplaba a través de unas extravagantes gafas doradas—. Ya entiendo por qué le gustas tanto a Gideon. Tus ojos son de un gris borrascoso y, sin embargo, muy claros y directos. Creo que son los ojos más bonitos que he visto nunca, aparte de los de mi esposa.

Me ruboricé.

—Gracias.

—¿Va a venir Gideon?

—No, que yo sepa. —¿Por qué no sabían sus padres la respuesta a esa pregunta?—. Siempre esperamos que venga. —Hizo una señal a un criado—. Por favor, pasad al jardín. Estáis en vuestra casa.

Christopher me saludó con un abrazo y un beso en la mejilla, mientras que la hermana de Gideon, Ireland, me examinó con un mohín que sólo una adolescente podría adoptar.

—Eres rubia —dijo.

Pues sí. ¿La preferencia de Gideon por las mujeres de cabello oscuro era una maldita norma o algo así?

—Y tú una morena preciosa.

Cary me ofreció su brazo y yo lo acepté agradecida.

Mientras nos alejábamos, me preguntó en voz baja:

—¿Son como te los esperabas?

—Puede que su madre sí. Su padrastro, no. —Miré hacia atrás para ver el elegante vestido de tubo color crema que le llegaba hasta los pies y que se ajustaba a la esbelta figura de Elizabeth Vidal. Pensé en lo poco que sabía yo de la familia de Gideon—. ¿Cómo puede un niño llegar a ser un empresario que toma el control del negocio familiar de su padrastro?

—¿Cross tiene acciones de Vidal Records?

—Participación mayoritaria.

—Pues... Quizá esté ayudándolo —sugirió—, echando una mano durante una época difícil para la industria musical.

—¿Por qué no le da el dinero? —me pregunté.

—¿Porque es un astuto hombre de negocios?

Con una fuerte exhalación, descarté aquel pensamiento con un movimiento de la mano para borrarlo de mi mente. Asistía a esa fiesta por Cary, no por Gideon, y esa idea iba a ser la primera y más importante en mi cabeza.

Cuando salimos, nos encontramos en una carpa grande y muy bien decorada levantada en el jardín de atrás. Aunque el día era lo bastante bonito como para estar al sol, encontré un asiento en una mesa circular cubierta con un mantel blanco adamascado.

Cary me dio una palmada en el hombro.

—Tú relájate. Yo voy a hacer contactos.

—Ve a por ellos.

Se fue con el propósito de cumplir con su orden del día.

Yo di unos sorbos de champán y charlé con todo el que se detenía a mi lado para entablar una conversación. Había muchos artistas de la discográfica en la fiesta cuya música yo había escuchado y a quienes observé en secreto, igual que a la cantidad infinita de criados. La atmósfera en general era informal y relajada.

Empezaba a pasarlo bien cuando salió de la casa al jardín alguien a quien no esperaba ver: Magdalene Perez, con un aspecto fenomenal con su vestido de gasa de tonos rosa que flotaba alrededor de sus piernas.

Alguien me colocó una mano en el hombro y lo apretó haciendo que el corazón se me disparara, pues me recordó a la noche en que Cary y yo habíamos ido al local de Gideon. Pero esta vez, quien me dio la vuelta era Christopher.

—Hola, Eva. —Se sentó en la silla que había al lado de la mía y apoyó los codos en sus rodillas inclinándose hacia mí—. ¿Te lo estás pasando bien? No estás alternando mucho con la gente.

—Lo estoy pasando en grande. —Al menos, así había sido—. Gracias por invitarme.

—Gracias a ti por venir. Mis padres están encantados de que estés aquí. Y yo también, claro. —Su amplia sonrisa provocó la mía, al igual que su corbata, que estaba entera cubierta de viñetas de discos de vinilo—. ¿Tienes hambre? Los pasteles de cangrejo están estupendos. Coge uno cuando se acerque la bandeja.

—Lo haré.

—Dime si necesitas cualquier cosa. Y resérvame un baile. —Me guiñó un ojo y, a continuación, se levantó de un brinco y se marchó.

Ireland ocupó su asiento, arreglándose el vestido con la maña de una graduada en un colegio femenino. El pelo le caía hasta la cintura y me gustaban sus preciosos ojos, que miraban con franqueza. Tenía un aspecto más sofisticado que las chicas de diecisiete años, edad que supuse que tendría según los recortes de prensa que Cary había recopilado.

—Hola.

—Hola.

—¿Dónde está Gideon?

Me encogí de hombros ante aquella pregunta tan directa.

—No estoy segura.

Ella asintió sabiamente.

—Le gusta estar solo.

—¿Siempre ha sido así?

—Supongo que sí. Se fue de casa cuando yo era pequeña. ¿Le quieres?

La respiración se me cortó durante un segundo. La solté rápidamente y simplemente contesté:

—Sí.

—Eso pensé cuando vi el vídeo de vosotros dos en Bryant Park. —Se mordió su exuberante labio inferior—. ¿Es divertido? Ya sabes... para salir con él y eso.

—Ah, bueno... —Dios mío. ¿Había *alguien* que conociera a Gideon?—. Yo no diría que es divertido, pero nunca es aburrido.

La banda de música empezó a tocar «*Come fly with me*» y Cary apareció a mi lado como por arte de magia

—Es hora de dejarme en buen lugar, Ginger.

—Haré lo que pueda, Fred.

Miré a Ireland con una sonrisa.

—Discúlpame un momento.

—Tres minutos y diecinueve segundos. —me corrigió, mostrando parte de los conocimientos de su familia sobre música.

Cary me llevó a la pista de baile vacía y me puso a bailar un rápido *foxtrot*. Tardé un poco en seguir el paso porque durante días la tristeza me había entumecido y me había puesto tensa. Entonces, la sinergia de dos amigos de toda la vida entró en juego y nos deslizamos por la pista con amplios pasos.

Cuando la voz del cantante se desvaneció con la música, nos paramos, sin aliento. Tuvimos la grata sorpresa de recibir unos aplausos. Cary hizo un saludo elegante y yo me agarré a su mano para mantener el equilibrio mientras hacía una reverencia.

Cuando levanté la cabeza y me incorporé, vi a Gideon delante de mí. Sobresaltada, di un traspiés. Iba vestido de una forma nada apropiada, con vaqueros y una camisa blanca por fuera del pantalón abierta por el cuello y con las mangas subidas. Pero era tan guapo que aun así hacía que los demás casi dieran pena.

La tremenda ansia que sentí al verle me abrumó. Vagamente me di cuenta de que el cantante de la banda se llevaba a Cary, pero yo no podía apartar la mirada de Gideon, cuyos ojos completamente azules atravesaban los míos.

—¿Qué haces aquí? —soltó frunciendo el ceño.

Yo retrocedí ante su brusquedad.

—¿Cómo dices?

—No deberías estar aquí. —Me agarró por el brazo y empezó a arrastrarme hacia la casa—. No te quiero aquí.

Si me hubiese escupido en la cara no me habría destrozado más. Tiré del brazo para soltarme de él y caminé con paso enérgico hacia la casa con la cabeza en alto, rezando por poder llegar a la intimidad de la limusina y la vigilancia protectora de Clancy antes de que empezaran a caer las lágrimas.

Por detrás de mí, escuché que una voz femenina llamaba a Gideon por su nombre y rogué porque esa mujer lo entretuviera lo suficiente como para que yo pudiera salir sin más enfrentamientos.

Creí que estaba a punto de conseguirlo cuando pasé al fresco interior de la casa.

—Eva, espera.

Mis hombros se encorvaron al escuchar la voz de Gideon y me negué a mirarle.

—Déjame. Conozco el camino de salida.

—No he terminado...

—¡Yo sí! —Me di la vuelta para mirarle—. No te atrevas a hablarme así. ¿Quién te crees que eres? ¿Crees que he venido por *ti?* ¿Que esperaba verte para que me lanzaras un maldito hueso o un trozo de comida... algún patético reconocimiento de mi existencia? ¿Que quizá podría acosarte para echar un polvo rápido y sucio en cualquier rincón en un penoso esfuerzo por recuperarte?

—Cállate, Eva. —Su mirada era abrasadora y tenía la mandíbula tensa y apretada—. Escúchame...

—Sólo he venido porque me dijeron que tú no *estarías* aquí. He venido por Cary y por su carrera. Así que, ya puedes volver a la fiesta y olvidarte de mí de nuevo.

Te aseguro que cuando salga por la puerta yo haré lo mismo contigo.

—Cierra la maldita boca. —Me agarró por los codos y me zarandeó tan fuerte que apreté los dientes—. Cállate y déjame hablar.

Le di una bofetada lo suficientemente fuerte para girarle la cara.

—¡No me toques!

Con un gruñido, Gideon me atrajo hacia él y me besó con fuerza, haciéndome daño en los labios. Tenía la mano en mi pelo y lo agarraba con brusquedad, sujetándome de forma que no podía apartar la cara. Mordí la lengua que tan agresivamente metía en mi boca y, a continuación, su labio inferior, probando el sabor de su sangre, pero no se detuvo. Tiré de mis hombros con toda mi fuerza, pero no pude apartarlo.

¡Maldito Stanton! Si no hubiese sido por él y por la loca de mi madre, habría podido tener en mi haber unas cuantas clases de Krav Maga.

Gideon me besaba como si estuviera hambriento por mi sabor y mi resistencia empezó a ablandarse. Me gustaba su olor, tan familiar para mí. Su cuerpo se amoldaba *perfectamente* al mío. Los pezones me traicionaron, endureciéndose hasta convertirse en puntas afiladas, y un hilo de excitación caliente empezó a acumularse lentamente en mi interior. El corazón me latía con fuerza en el pecho.

¡Dios, cómo lo deseaba! Las ansias no habían desaparecido ni siquiera por un momento.

Me levantó del suelo. Atrapada entre sus fuertes garras, me costaba respirar y la cabeza empezó a darme vueltas. Cuando me hizo atravesar la puerta y la cerró con una patada detrás de él, sólo pude lanzar un débil grito de protesta.

Me vi presionada contra una pesada puerta de cristal al otro lado de una biblioteca mientras el cuerpo duro y fuerte de Gideon dominaba el mío. El brazo que tenía sobre mi cintura se deslizó hacia abajo y su mano hurgó entre mi falda en busca de las curvas de mi culo expuesto bajo mis bragas de encaje. Atrajo mi cadera con fuerza hacia la suya, haciéndome sentir lo duro y excitado que estaba. Mi sexo se estremeció de deseo, dolorosamente vacío.

Abandoné cualquier tipo de resistencia. Dejé caer los brazos a ambos lados y apreté las palmas de las manos contra el cristal. Sentí la frágil tensión que se escapaba de su cuerpo a medida que yo me rendía suavemente y cómo la presión de su boca se relajaba mientras sus besos se convertían en mimos apasionados.

Susurró con brusquedad:

—Eva. No te enfades conmigo. No puedo soportarlo.

Cerré los ojos.

—Deja que me vaya, Gideon.

Acarició su mejilla contra la mía respirando fuerte y rápido sobre mi oreja.

—No puedo. Sé que estás enfadada por lo que viste la otra noche... lo que me estaba haciendo a mí mismo...

—¡Gideon, no! *—Dios mío,* ¿cree que lo dejé por eso?—. No es eso por lo que...

—Me estoy volviendo loco sin ti. —Deslizaba los labios por mi cuello y su lengua chocaba contra mi pulso acelerado. Me chupó la piel y el placer me recorrió todo el cuerpo—. No puedo pensar. No puedo trabajar ni dormir. El cuerpo me duele sin ti. Puedo hacer que me desees de nuevo. Déjame intentarlo.

Las lágrimas se liberaron y corrieron por mi rostro. Salpicaban la parte superior de mis pechos y él las lamió hasta secarlas.

¿Cómo iba a recuperarme nunca si me volvía a hacer el amor? ¿Cómo iba a sobrevivir si no lo hacía?

—Nunca he dejado de desearte —susurré—. No puedo hacerlo. Pero me has hecho daño, Gideon. Tienes el poder de hacerme más daño que ninguna otra persona.

Me miró a la cara completamente confundido.

—¿Que te he hecho daño? ¿Cómo?

—Me has mentido. Me has excluido. —Coloqué las manos sobre su rostro porque necesitaba que entendiera esto claramente—. Tu pasado no puede apartarme de ti. Sólo tú puedes hacerlo. Y lo has hecho.

—No sabía qué hacer —dijo con tono áspero—. Nunca he querido verme así...

—Ése es el problema, Gideon. Quiero saber quién eres, lo bueno *y* lo malo que hay en ti, y hay cosas de ti que quieres mantener ocultas. Si no te abres vamos a terminar perdiéndonos el uno al otro y yo no voy a poder soportarlo. Ahora apenas estoy sobreviviendo. Durante los últimos cuatro días me he estado arrastrando. Otra semana, un mes... Me destrozaría tener que dejarte.

—Puedo dejarte entrar, Eva. Lo estoy intentando. Pero tu primera reacción cuando lo fastidié fue salir huyendo. Lo haces siempre y no puedo soportar sentir que en cualquier momento voy a hacer o decir algo malo y tú vas a salir disparada.

Volvía a hablar con ternura mientras rozaba sus labios con los míos hacia uno y otro lado. No discutí con él. ¿Cómo iba a hacerlo si tenía razón?

—Esperaba que volvieses por tu cuenta —murmuró—, pero no puedo seguir estando lejos de ti, te sacaré de aquí si es necesario. Lo que haga falta con tal de volver a estar los dos en la misma habitación y hablar de todo esto.

—¿Esperabas que yo volviera? —balbuceé—. Yo creía... Me devolviste mis llaves. Pensé que habíamos terminado.

Dio un paso atrás, con los rasgos del rostro intensamente marcados.

—Lo nuestro *nunca* terminará, Eva.

Le miré y el corazón me dolió como una herida abierta al ver lo hermoso que era, lo destrozado que estaba por el dolor, un dolor que, en cierto modo, había provocado yo.

De puntillas, le besé la enrojecida huella de la mano que le había dejado en la mejilla, agarrando su espeso y sedoso cabello con mis manos.

Gideon dobló las rodillas para que nuestros cuerpos se alinearan y su respiración era fuerte e irregular.

—Haré lo que quieras, lo que necesites. Lo que sea. Pero vuelve conmigo.

Quizá debía temer la intensidad de su ansia, pero yo sentía la misma locura apasionada por él.

Deslizando las manos por su pecho mientras trataba de aliviar su temblor, le dije la cruel verdad:

—Parece que no vamos a poder dejar de hacernos infelices el uno al otro, no puedo seguir haciéndote esto y tú no puedes seguir sufriendo esta locura de altibajos. Necesitamos ayuda, Gideon. Somos una pareja gravemente disfuncional.

—Fui a ver al doctor Petersen el viernes. Voy a ser su paciente y, si estás de acuerdo, puede tratarnos a los dos como pareja. Supuse que si tú puedes confiar en él, yo también podré.

—¿El doctor Petersen? —Recordé la breve sacudida que sentí al ver un todoterreno Bentley de color negro cuando Clancy me recogió en la consulta del médico. En ese momento, me dije a mí misma que se trataba de una ilusión. Al fin y al cabo, había montones de todoterrenos negros en Nueva York—. Has hecho que me sigan.

Su pecho se hinchó respirando hondo. No lo negó.

Me mordí la lengua. No podía imaginar lo terrible que debía ser para él tener tanta dependencia de algo —o de *alguien*— y no poder controlarlo. Lo que más importaba en ese momento era su voluntad para intentarlo y el hecho de que no se tratara sólo de palabras. Había dado pasos reales.

—Va a costar mucho esfuerzo, Gideon —le advertí.

—No me da miedo el esfuerzo. —Me acariciaba nerviosamente, deslizando sus manos por mis muslos y mis nalgas como si acariciar mi piel desnuda fuera para él tan necesario como respirar—. Lo único que me da miedo es perderte.

Apreté mi mejilla contra la suya. Nos completábamos el uno al otro. Incluso entonces, mientras sus manos recorrían mi cuerpo con afán de posesión, sentí que algo se derretía en mi alma, el desesperado alivio de estar en los brazos, por fin, del hombre que comprendía y satisfacía mis deseos más profundos e íntimos.

—Te necesito. —Deslizaba su boca por mi mejilla y mi cuello—. Necesito estar dentro de ti...

—*No*. Dios mío. Aquí no. —Pero mi protesta sonó muy débil incluso para mis propios oídos. Lo deseaba en todas partes, en todo momento, de todas las formas...

—Tiene que ser aquí —murmuró poniéndose de rodillas—. Tiene que ser ahora.

Rozó mi piel rasgando la puntilla de mis medias. Luego hurgó en mi falda hasta la cintura y me lamió el coño, abriéndose paso con la lengua entre mis pliegues para acariciar mi palpitante clítoris.

Ahogué un grito y traté de retroceder, pero no podía ir a ningún lado. No con esa puerta a mi espalda y un Gideon denodadamente decidido delante de mí, que me agarraba con una mano mientras con la otra levantaba mi pierna izquierda sobre su hombro y me abría ante su ardiente boca.

Golpeé la cabeza contra el cristal y el calor se extendió por mi sangre desde el punto donde su lengua me estaba volviendo loca. Doblé las piernas sobre su espalda, obligándole a que se acercara más, y apoyé mis manos sobre su cabeza para que no se moviera mientras yo me balanceaba contra él. Sentir el satén duro de su pelo contra la sensible parte interior de mis muslos era su provocación y hacía que yo fuera más consciente de todo lo que me rodeaba.

Estábamos en la casa de los padres de Gideon, en mitad de una fiesta a la que habían asistido docenas de personas famosas y él estaba de rodillas, saciando su hambre entre gruñidos mientras lamía y chupaba mi resbaladiza y ansiosa vagina. Sabía bien cómo conseguirme, sabía lo que me gustaba y lo que necesitaba. Conocía mi naturaleza de tal forma que iba más allá de sus aptitudes orales. Aquella combinación era devastadora y adictiva.

Mi cuerpo se sacudía, mis párpados se cerraban con aquel placer ilícito.

—Gideon... Vas a hacer que me corra.

Frotaba su lengua una y otra vez por aquella apretada entrada de mi cuerpo, provocándome, haciendo que me clavara sin pudor aquella boca en funcionamiento. Sus manos se agarraban a mi culo desnudo, amasándolo, impulsándome hacia su lengua mientras él la empujaba dentro de mí. Había cierta veneración en la golosa forma en que disfrutaba de mí, la inequívoca sensación de que adoraba mi cuerpo, de que dándole placer y obteniéndolo también era tan esencial para él como la sangre de sus venas.

—Sí —dije entre dientes, sintiendo cómo llegaba el orgasmo. El champán me había achispado y el olor caliente de la piel de Gideon se mezclaba con mi propia excitación. Mis pechos se tensaron dentro de mi cada vez más apretado sujetador sin tirantes y mi cuerpo se estremecía, a punto de llegar a un orgasmo desesperadamente necesitado—. Estoy a punto.

Vislumbré un movimiento en el otro extremo de la habitación y me quedé inmóvil mientras mis ojos se cruzaban con los de Magdalene. Estaba al otro lado de la puerta, detenida a mitad de camino, mirando con los ojos y la boca muy abiertos cómo se movía la cabeza de Gideon.

Pero él no se dio cuenta o estaba demasiado apasionado como para que le importara. Sus labios daban vueltas alrededor de mi clítoris con las mejillas hundidas. Chupando con ritmo cadencioso, masajeando aquella zona hipersensible con la punta de la lengua.

Todo mi cuerpo se puso ferozmente tenso y, después, se liberó con un ardiente estallido de placer.

El orgasmo salió de mí con una ola abrasadora. Grité, bombeando mi cadera de una forma mecánica contra su boca, perdida entre aquella conexión primaria entre los dos. Gideon me agarró mientras mis piernas flaqueaban, lamiendo mi carne estremecida hasta que pasó el último temblor.

Cuando volví a abrir los ojos, nuestro único miembro del público había desaparecido.

Poniéndose de pie rápidamente, Gideon me cogió y me llevó hasta el sofá. Me dejó caer a lo largo sobre los cojines y luego me levantó la cadera para apoyarla sobre el brazo, haciendo que mi espalda se arqueara.

Lo vi subir por mi torso. ¿Por qué no doblarme y follarme por detrás?

Entonces, se abrió la cremallera y sacó su gran y hermoso pene y no me importó cómo me tomara, siempre que lo hiciera. Solté un gemido cuando entró en mí y mi cuerpo se esforzó por alojar aquella maravillosa plenitud que tanto ansiaba. Tirando de mis caderas para que recibieran sus potentes estocadas, Gideon aporreó mi tierno sexo con aquella columna de carne rígida tan brutalmente gruesa, mirándome con sus ojos oscuros y posesivos y dejando escapar resoplidos primitivos cada vez que golpeaba el extremo de mi interior.

De mí salió un gemido tembloroso y la fricción de sus embistes estimulaba mi nunca saciada necesidad de perder el sentido mientras era follada por él. Sólo por él.

Unas cuantas caricias y su cabeza cayó hacia atrás mientras pronunciaba mi nombre entre jadeos, curvando su cadera para llevarme al delirio.

—Apriétame, Eva. Apriétame la polla.

Cuando le obedecí, el sonido irregular que salió de él me excitó tanto que mi sexo se estremeció al oírlo.

—Sí, cielo... así.

Me apreté contra él mientras maldecía. Me miró a los ojos y su impresionante color azul se nubló por la euforia sexual. Un estremecimiento convulsivo sacudió de su poderoso cuerpo, seguido de un sonido de éxtasis agonizante. Su polla se corrió dentro de mí, una, dos veces, y después siguió corriéndose larga y dura, descargándose a chorros y acaloradamente en las ansiosas profundidades de mi cuerpo.

No me dio tiempo de volver a llegar al orgasmo, pero no me importó. Lo miré con sobrecogimiento y auténtico triunfo femenino. *Yo* podía hacerle eso a *él*.

En los momentos del orgasmo, yo lo poseía de una forma tan absoluta como él me poseía a mí.

16

Gideon se plegó sobre mí con el pelo cayéndole hacia adelante y haciéndome cosquillas en el pecho y con los pulmones agitándose con fuerza.

—Dios, no puedo pasar un solo día sin esto. Incluso las horas del trabajo se me hacen demasiado largas.

Pasé los dedos por las raíces de su cabello, húmedas por el sudor.

—Yo también te he echado de menos.

Me acarició los pechos con la nariz.

—Cuando no estás conmigo, siento que... No vuelvas a marcharte, Eva. No puedo soportarlo.

Me levantó para tenerme delante de él, ocultando su polla dentro de mí hasta que las suelas de mis tacones tocaron el suelo de parqué.

—Ven conmigo a casa ahora.

—No puedo dejar a Cary.

—Entonces nos lo llevaremos con nosotros. ¡Shh! Antes de que protestes, lo que sea que él desee sacar de esta fiesta puedo conseguírselo yo. Quedándose aquí no va a lograr nada.

—Quizá se esté divirtiendo.

—No quiero que estés aquí. —De repente, parecía distante, con un tono de voz demasiado controlado.

—¿Sabes cuánto me duele que digas eso? —protesté en voz baja sintiendo un fuerte dolor en el pecho—. ¿Qué tengo de malo para que no quieras que me acerque a tu familia?

Me abrazó y sus manos vagaron por mi espalda con dulces caricias.

—No, cielo. Tú no tienes nada de malo. Es esta casa. No... no *puedo* estar aquí. ¿Quieres saber qué es lo que pasa en mis sueños? Es esta casa.

—Vaya. Lo siento, no lo sabía. —Sentí en el estómago un nudo de preocupación y confusión.

Algo en mi voz hizo que me diera un beso en el entrecejo.

—Hoy he sido brusco contigo. Perdona. Me pongo tenso y nervioso cuando estoy aquí, pero eso no es excusa.

Coloqué las manos en su rostro y lo miré a los ojos, viendo las tumultuosas emociones que tan acostumbrado estaba a ocultar.

—No te disculpes nunca por mostrarte conmigo tal cual eres. Eso es lo que quiero. Quiero ser el lugar donde te sientas seguro, Gideon.

—Lo eres. No sabes cuánto, pero encontraré el modo de decírtelo. —Apoyó su frente sobre la mía—. Vámonos a casa. Te he comprado unas cosas.

—¿Sí? Me encantan los regalos. —Sobre todo si procedían de mi autoproclamado novio nada romántico.

Con cuidado, empezó a salirse de mí. Me sorprendió ver lo húmeda que estaba, lo mucho que se había corrido. Los últimos centímetros de su polla salieron precipitadamente y el semen manchó la parte interna de mis muslos. Un momento después, dos insolentes gotitas cayeron sobre el suelo de parqué entre mis piernas extendidas.

—Ay, mierda —gruñó—. Eso ha sido jodidamente excitante. Se me está poniendo dura otra vez.

Me quedé mirando la descarada manifestación de su virilidad y sentí calor.

—No puedes hacerlo otra vez después de *esto*.

—¡Cómo que no puedo?

Colocando la palma de la mano en mi sexo, frotó la humedad por mi cuerpo, cubriendo los labios exteriores y masajeando los pliegues. La euforia se extendió por mi cuerpo como el calor de un buen licor, una sensación de satisfacción que procedía únicamente de saber que Gideon había encontrado el placer en mí y en mi cuerpo.

—Me convierto en un animal contigo —murmuró—. Quiero marcarte. Quiero poseerte tan completamente que no haya separación entre los dos.

Empezó a mover la cadera en diminutos círculos mientras sus palabras y caricias volvían a avivar el deseo que había provocado con los embistes de su polla. Yo quería correrme otra vez, sabía que me sentiría una desgraciada si tenía que esperar hasta llegar a su cama. Con él, yo era también una criatura sexual con la que tenía tal sintonía física y tan positiva que nunca me haría daño físicamente, que me haría sentir... libre.

Rodeé su muñeca con los dedos y dirigí suavemente su mano alrededor de mi cadera para que me agarrara desde atrás. Mordiéndole el mentón reuní el valor que él me inspiraba y susurré:

—Tócame aquí con los dedos. Márcame ahí.

Se quedó inmóvil, con el pecho elevándose y descendiendo rápidamente.

Levantó la voz.

—Yo no... No practico sexo anal, Eva.

Mirándole a los ojos, vi algo oscuro e imprevisible. Algo muy doloroso.

De todo lo que tenemos en común...

La pasión salvaje de nuestra lujuria se suavizó convirtiéndose en la cálida familiaridad del amor. Con el corazón casi destrozado, confesé:

—Yo tampoco. Al menos, no voluntariamente.

—Entonces... ¿por qué? —La confusión de su voz me conmovió profundamente.

Le abracé, apretando la mejilla contra su hombro y escuchando los ligeramente aterrados latidos de su corazón.

—Porque creo que tus caricias pueden borrar las de Nathan.

Apretó su mejilla contra la parte superior de mi cabeza.

—Ay, Eva.

Me acurruqué más entre su cuerpo.

—Haces que me sienta segura.

Estuvimos agarrados el uno al otro durante un largo rato. Escuché cómo sus latidos se volvían más lentos y su respiración se apaciguaba. Tomé aire con fuerza, saboreando la mezcla de su aroma personal mezclada con el olor de la fuerte pasión y el sexo aún más fuerte.

Cuando la punta de su dedo corazón se deslizó sutil y suavemente por encima de mi ano, me sorprendí y me retiré hacia atrás para mirarle.

—¿Gideon?

—¿Por qué yo? —me preguntó suavemente, con sus preciosos ojos, oscuros y atormentados—. Sabes que estoy jodido, Eva. Ya has visto lo que yo... la noche que me despertaste... Lo has *visto*, joder. ¿Cómo puedes confiarme tu cuerpo de esta forma?

—Me fío de mi corazón y de lo que me dice. —Acaricié la profunda línea que se había formado entre sus cejas—. Puedes hacer que recupere mi cuerpo, Gideon. Creo que eres el único que puede hacerlo.

Cerró los ojos y su frente húmeda tocó la mía.

—¿Tienes alguna palabra de seguridad, Eva?

Sorprendida, volví a echarme hacia atrás para estudiar su cara. Unos cuantos miembros de mi terapia de grupo habían hablado de relaciones de dominación y sumisión. Algunos necesitaban un control total para sentirse seguros durante el sexo. Otros caían en el extremo opuesto de la línea y descubrían que el *bondage* y la humillación satisfacían su profunda necesidad de sentir dolor para experimentar el placer. Para quienes practicaban ese estilo de vida, la palabra de seguridad era un modo inequívoco de decir «Basta». Pero no entendí qué tenía eso que ver con Gideon y conmigo.

—¿Y tú?

—No la necesito. —Entre mis piernas, la suave caricia de su dedo se volvió menos tentadora. Repitió la pregunta:

—¿Tienes alguna palabra de seguridad?

—No. Nunca la he necesitado. La postura del misionero, la del perro, el vibrador... hasta ahí llegan mis locas habilidades en la cama.

Eso produjo cierto tinte de diversión en su antes severo rostro.

—Gracias a Dios. De lo contrario, no saldría con vida estando contigo.

Y la punta de su dedo siguió masajeándome, incitando un oscuro anhelo. Gideon podía provocarme eso, hacer que me olvidara de todo lo que había ocurrido antes. No había detonantes sexuales negativos con él. Ninguna vacilación ni miedo. Él me había dado eso. A cambio, yo quería regalarle el cuerpo que él había liberado de mi pasado.

El reloj de pie que había al lado de la puerta empezó a dar la hora.

—Gideon, llevamos desaparecidos mucho rato. Van a venir a buscarnos.

Hizo una pequeña presión sobre mi sensible rosetón, sin apenas apretar.

—¿De verdad te importa eso?

Arqueé la cadera al sentir su tacto. Aquella expectativa hizo que volviera a ponerme caliente.

—No hay nada que me importe cuando me estás tocando.

Elevó la mano que tenía libre hasta mi pelo y la colocó sobre el cuero cabelludo, inmovilizándome la cabeza.

—¿Alguna vez has disfrutado con el sexo anal, fuera o no deliberadamente?

—No.

—Y aun así, confías en mí lo suficiente como para pedírmelo. —Me besó en la frente mientras arrastraba la humedad de su semen hacia mi trasero.

Me agarré a su cintura.

—No tienes por qué hacerlo...

—Sí que tengo que hacerlo. —Utilizó un tono malicioso al decir aquello—. Si ansías algo, seré yo quien te lo dé. Tengo que ser yo quien satisfaga todas tus necesidades, Eva. Cueste lo que cueste.

—Gracias, Gideon. —Moví nerviosamente mis caderas mientras él seguía lubricándome con suavidad—. Yo también quiero ser lo que tú necesites.

—Ya te he dicho lo que necesito, Eva... control —Movió sus labios abiertos de un lado a otro sobre los míos—. Me estás pidiendo que te lleve de nuevo por lugares dolorosos, y lo haré, si eso es lo que necesitas. Pero debemos ir con muchísimo cuidado.

—Lo sé.

—La confianza es importante para los dos. Si la rompemos, podríamos perderlo todo. Piensa en una palabra que relaciones con el poder. Tu palabra de seguridad, cielo. Elige una.

La presión de ese único dedo se volvió más insistente. Gemí.

—Crossfire.

—Mmmm... Me gusta. Muy adecuada. —Metió la lengua en mi boca, tocando apenas la mía antes de retirarla. Su dedo acariciaba mi ano una y otra vez, metiendo su semen por el arrugado agujero, escapándose de sus labios un suave gruñido al doblarlo con una súplica silenciosa por llegar a más.

La siguiente vez que presionó sobre el anillo, yo empujé hacia afuera y él deslizó la yema del dedo dentro de mí. La sensación de la penetración fue increíblemente intensa.

Al igual que antes, la rendición se apoderó de mi cuerpo, dejándome lánguida.

—¿Estás bien? —preguntó Gideon con voz áspera mientras yo me combaba hacia él—. ¿Quieres que pare?

—No... No pares.

Lo metió un poco más y yo lo rodeé con mi cuerpo, una reacción desesperada ante la sensación de que algo se deslizaba entre mis delicados tejidos.

—Estás caliente, ardiendo. —murmuró—. Y muy suave. ¿Te duele?

—No. Más, por favor.

Gideon retiró su dedo y, a continuación, lo introdujo hasta el nudillo, despacio y suavemente. Yo me estremecí del gusto, sorprendida de la sensación que daba, esa pequeña y provocadora sensación de plenitud en mi trasero.

—¿Qué se siente? —preguntó con voz ronca.

—Bien. Todo lo que me haces me gusta.

Volvió a sacarlo y lo metió de nuevo hasta el fondo. Inclinándome hacia delante, eché la cadera hacia atrás para que pudiera acceder más fácilmente y presioné mis pechos contra el suyo. Apretó su puño sobre mi pelo y me echó la cabeza hacia atrás para poder darle a mi boca un beso apasionado y húmedo. Nuestras bocas abiertas se deslizaban una sobre la otra, de forma más frenética a medida que aumentaba mi excitación. La sensación del dedo de Gideon dentro de aquel lugar tan sexual y oscuro, moviéndose con aquel suave ritmo, me hizo balancearme hacia atrás para recibir sus estocadas dentro de mí.

—Eres tan hermosa —murmuró con una voz infinitamente suave—. Me encanta darte placer. Me encanta ver cómo el orgasmo recorre todo tu cuerpo.

—Gideon. —Yo estaba perdida, ahogándome en el poderoso regocijo de estar agarrada a él, de ser querida por él. Aquellos cuatro días sola me habían enseñado lo desgraciada que me sentiría si no arreglábamos las cosas, lo aburrido y gris que sería mi mundo si Gideon no formaba parte de él—. Te necesito.

—Lo sé. —Me lamió los labios haciendo que la cabeza me diera vueltas—. Estoy aquí. El coño se te estremece y se te está poniendo tenso. Vas a correrte para mí otra vez.

Puse mis manos temblorosas entre los dos para cogerle la polla y vi que estaba dura. Me levanté la ropa para que él pudiera introducir su sexo empapado. Metió unos centímetros, al estar de pie la penetración no podía ser más profunda, pero la conexión fue suficiente. Pasé mis brazos por encima de sus hombros y enterré la cara en su cuello mientras las piernas me flaqueaban. Con su mano izquierda en mi pelo y su brazo agarrándome la espalda, me acercó aún más.

Aceleró el ritmo de sus embestidas.

—Eva, ¿tienes idea de lo que estás haciendo conmigo?

Golpeaba su cadera contra la mía y con la ancha cresta de su polla me masajeaba suavemente en un punto sensible.

—Me estás ordeñando la polla con esos pequeños estrujones hambrientos. Vas a hacer que me corra. Cuando explotes yo lo haré contigo.

Yo era vagamente consciente de los ruidos de impotencia que salían de mi garganta. Mis sentidos estaban sobrecargados por el olor de Gideon y el calor de su cuerpo duro, la sensación de su polla frotándose con el interior de mi cuerpo y su dedo moviéndose en mi culo. Estaba rodeada por él, llena de él, felizmente poseída en todos los aspectos. El orgasmo estaba llegando, palpitando por todo mi cuerpo, acumulándose en lo más profundo de mí. No sólo por el placer físico, sino por saber que él estaba dispuesto a correr el riesgo. Una vez más. Por mí.

Dejó el dedo quieto y yo protesté con un gemido.

—Calla. —susurró—. Viene alguien.

—¡Ay, Dios! Magdalene ha entrado antes y nos ha visto. ¿Y si se lo ha dicho a...?

—No te muevas. —Gideon no me soltó. Se quedó tal y como estaba, llenándome por delante y por detrás, acariciando con la mano mi espalda y alisándome la ropa—. Tu falda lo esconde todo.

Dando la espalda a la puerta de la habitación, presioné mi cara encendida contra su camisa.

La puerta se abrió. Hubo una pausa y, después:

—¿Va todo bien?

Christopher. Me sentí incómoda al no poder darme la vuelta.

Gideon contestó con tranquilidad, controlando la situación con serenidad

—Claro que sí. ¿Qué quieres?

Para mi sorpresa, él retomó el movimiento de su dedo hacia adentro y hacia afuera. No con las profundas caricias de antes, sino con movimientos lentos y superficiales que con la falda no se notaban. Excitada hasta el extremo y casi a punto del orgasmo, le hinqué las uñas en el cuello. La tensión de mi cuerpo por el hecho de que Christopher estuviera en la habitación no hizo más que aumentar la sensación erótica.

—¿Eva? —preguntó Christopher.

Tragué saliva.

—¿Sí?

—¿Estás bien?

Gideon corrigió su postura y eso hizo que su polla se moviera dentro de mí golpeando mi palpitante clítoris con su pene.

—S-sí. Sólo estamos... hablando. Sobre... la cena. —Cerré los ojos mientras el dedo de Gideon rozaba el delgado muro que lo separaba de su pene. Si volvía a darme en el clítoris, me correría. Estaba demasiado cerca como para detenerlo.

El pecho de Gideon vibró bajo mi mejilla al hablar.

—Terminaremos antes si te vas, así que dime qué necesitas.

—Mamá te está buscando.

—¿Para qué? —Gideon volvió a moverse, rozando mi clítoris a la vez que hincaba rápida y profundamente su dedo en mi culo.

Llegué al orgasmo. Temiendo el gemido de placer que deseaba sacar de mí, hundí los dientes en el fuerte pectoral de Gideon. Él emitió un suave gruñido y empezó a correrse, sacudiendo su polla mientras bombeaba densos chorros de semen dentro de mí.

El resto de la conversación se perdió bajo el fragor de mi sangre. Christopher dijo algo, Gideon contestó y, a continuación, la puerta se volvió a cerrar. Gideon me levantó para apoyarme sobre el brazo del sofá y empezó a dar embestidas entre mis piernas abiertas, usando mi cuerpo para terminar con el resto de su orgasmo mientras gruñía en el interior de mi boca, terminando así el encuentro sexual más salvaje y exhibicionista de mi vida.

Después de aquello, Gideon me llevó de la mano al baño donde enjabonó ligeramente una toallita y me limpió entre las piernas antes de prestar la misma atención a su polla. El modo en que me cuidó fue dulce e íntimo, y demostró una vez más que por muy primario que fuera su deseo de mí, me quería.

—No quiero que volvamos a pelearnos —dije en voz baja desde mi posición en la barra.

Lanzó la toalla por una rampa oculta para la ropa sucia y se subió la cremallera. Entonces, se acercó a mí y me pasó sus dedos fríos por la mejilla.

—No nos peleamos, cielo. Simplemente tenemos que aprender a no espantarnos el uno al otro.

—Haces que parezca muy fácil —refunfuñé. Considerar que alguno de los dos fuera virgen sería ridículo, pero emocionalmente es eso lo que éramos. Andando a tientas en la oscuridad y demasiado ansiosos, sin entender nada en absoluto y cohibidos, tratando de impresionar y sin hacer caso a los sutiles matices.

—Si es fácil o difícil, no importa. Superaremos esto porque tiene que ser así. —Hundió los dedos entre mi pelo, volviendo a peinármelo—. Lo hablaremos cuando lleguemos a casa. Creo que he descubierto el meollo de nuestro problema.

Su convicción y determinación calmó la agitación que había estado sintiendo los últimos días. Cerré los ojos, me tranquilicé y disfruté del placer táctil de que estuviera jugando con mi pelo.

—Parece que tu madre se ha sorprendido al ver que soy rubia.

—¿Sí?

—Mi madre también lo estaba. No porque yo sea rubia —aclaré—, sino porque tuvieras interés en alguna.

—¿De verdad?

—¡Gideon!

—¿Ajá? —Me dio un beso en la punta de la nariz y bajó las manos por mis brazos.

—No soy el tipo de chica que normalmente buscas, ¿no?

Me miró sorprendido.

—Tengo un solo tipo: Eva Lauren Tramell. Ésa es.

Volví los ojos hacia atrás.

—Vale, como quieras.

—¿Qué pasa? Tú eres la mujer con la que estoy.

—No importa. Simplemente siento curiosidad. Normalmente la gente no se sale de sus preferencias.

Dando un paso adelante entre mis piernas, colocó los brazos alrededor de mis caderas.

—Por suerte para mí, yo sí soy tu tipo.

—Gideon, tú no te adecuas a ningún tipo —dije alargando las palabras—. Tú formas parte de una clase en la que sólo entras tú.

Hubo una chispa en sus ojos.

—Te gusta lo que ves, ¿verdad?

—Sabes que sí, y ése es el motivo por el que deberíamos salir de aquí antes de que empecemos a follar como locos otra vez.

Juntando su mejilla con la mía, murmuró:

—Sólo tú podías hacer que me maravillara en un lugar que siempre me ha dado asco. Gracias por ser exactamente lo que quiero y necesito.

Le envolví con los brazos y las piernas, acercándolo a mí todo lo que pude.

—Gideon, has venido aquí por mí, ¿verdad? Para sacarme de este lugar que tanto odias.

—Iría al infierno contigo, Eva. Y esto se acerca bastante a eso. —Suspiró con fuerza—. Estaba a punto de ir a tu apartamento para llevarte conmigo cuando supe que ibas a venir aquí. Tienes que mantenerte lejos de Christopher.

—¿Por qué dices eso siempre? A mí me parece muy simpático.

Gideon se apartó, mirando mi pelo entre sus dedos. Sus ojos se clavaron con fuerza en los míos.

—Él siempre lleva la rivalidad entre hermanos hasta el extremo y es lo suficientemente inestable como para convertirse en alguien peligroso. Se está acercando a ti porque sabe que a través de ti puede hacerme daño. Tienes que fiarte de mí en esto.

¿Por qué Gideon se mostraba tan receloso respecto a las motivaciones de su hermanastro? Debía tener una buena razón. De nuevo, aquello era otra de las cosas que no compartía del todo conmigo.

—Me fío de ti. Claro que sí. Mantendré las distancias.

—Gracias. —Agarrándome por la cintura, me levantó en el aire y me puso de pie—. Vamos a por Cary y salgamos de aquí cagando leches.

Volvimos a salir con mi mano en la suya. Me incomodaba saber que habíamos estado desaparecidos mucho rato. El sol estaba poniéndose. Y no tenía las medias puestas. Mi bragas destrozadas se hacían notar en el bolsillo frontal de los vaqueros de Gideon.

Él me miró mientras salíamos a la carpa.

—Debí habértelo dicho antes. Estás preciosa, Eva. Ese vestido te queda de maravilla, igual que esos tacones rojos tan eróticos.

—Bueno, está claro que surten efecto. —Golpeé mi hombro contra el suyo—. Gracias.

—¿Por el cumplido o por el polvo?

—Calla —le reprendí ruborizada.

Su risa maliciosa hizo que todas las mujeres giraran la cabeza al oírlo desde lejos, y también algunos hombres. Colocando nuestras manos entrelazadas en mi espalda, me acercó hacia él y me plantó un beso en la boca.

Su madre vino corriendo hacia nosotros con un brillo en los ojos y una amplia sonrisa en su encantador rostro.

—¡Gideon! Cómo me alegra que estés aquí.

Parecía que iba a darle un abrazo, pero él cambió el gesto sutilmente, cargando el aire que le rodeaba con un campo de fuerza invisible que también me incluía a mí.

Elizabeth se detuvo en seco.

—Mamá —dijo saludándola con la calidez de una tormenta glacial—. Puedes dar las gracias a Eva de que yo haya venido. He venido para llevármela.

—Pero si se lo está pasando muy bien, ¿no es así, Eva? Deberías quedarte por ella —Elizabeth me miró con ojos suplicantes.

Flexioné los dedos alrededor de la mano de Gideon. Lo primero era él, de eso no había duda, pero no pude más que desear conocer la historia que se escondía detrás de su frialdad hacia una madre que parecía quererlo. Su mirada de adoración se deslizaba por un rostro que tenía elementos del suyo propio, empapando ávidamente cada rasgo. ¿Cuánto tiempo había pasado desde la última vez que ella lo había visto en persona?

Entonces me pregunté si podía ser que ella lo hubiese querido *demasiado*...

La repugnancia hizo que se me tensara la espalda.

—No pongas a Eva en un aprieto —dijo Gideon frotando sus nudillos contra mi rígida espalda—. Ya has conseguido lo que querías. La has conocido.

—Quizá podríais venir a cenar esta semana.

Su única respuesta fue una ceja arqueada. Después levantó la mirada llamando mi atención para que la siguiera. Vi a Cary salir de lo que parecía ser un laberinto de setos con una princesa del pop muy conocida agarrada a su brazo. Gideon le hizo una señal para que se acercara.

—¡Ay, no! ¡También Cary! —protestó Elizabeth—. Él es el alma de la fiesta.

—Sabía que te gustaría. —Gideon mostró sus dientes con algo que me pareció demasiado severo como para ser una sonrisa—. Pero recuerda que es el amigo de Eva, mamá. Eso hace que también sea amigo mío.

Me sentí enormemente aliviada cuando Cary se unió a nosotros y rompió la tensión con su despreocupación.

—Te he estado buscando —me dijo—. Esperaba que estuvieras lista para marcharnos. He recibido esa llamada que estaba esperando.

Mirando sus ojos chispeantes, supe que Trey se había puesto en contacto con él.

—Sí. Estamos listos.

Cary y yo dimos una vuelta para despedirnos y dar las gracias. Gideon permaneció a mi lado como una sombra posesiva, mostrándose calmado pero claramente distante.

Nos dirigíamos todos hacia la casa cuando vi a Ireland mirando a Gideon. Me detuve y me giré hacia él.

—Ve a por tu hermana para que podamos despedirnos.

—¿Qué?

—Está a tu izquierda. —Yo miré a la derecha para ocultar mi insistencia ante la chica, quien supuse que sentía adoración por su hermano mayor.

Él hizo una señal a su hermana para que se acercara con un movimiento brusco de la mano. Ella se tomó su tiempo, caminando sin prisa, su preciosa cara con una expresión de aburrimiento militante. Miré a Cary con un movimiento de la cabeza, recordando muy bien aquella época.

Apreté la muñeca de Gideon.

—Escucha. Dile que sientes que no hayáis podido poneros al día mientras has estado aquí y que te llame alguna vez si quiere.

Gideon me lanzó una mirada maliciosa.

—¿Ponernos al día sobre qué?

Acariciando su bíceps, contesté:

—Ella sería la que hablaría si le dieras la oportunidad.

Él frunció el ceño.

—Es una adolescente. ¿Por qué iba a darle la oportunidad de que me hable hasta por los codos?

Me puse de puntillas y le susurré al oído:

—Porque así te deberé una.

Me miró con recelo un momento y, a continuación, me dio un fuerte beso en los labios con un gruñido.

—Estás tramando algo. Dejémoslo en que me debes más de una. Ya decidiremos la cantidad.

Asentí. Cary se meció sobre sus talones y giró un dedo índice sobre el otro dando a entender que lo *tenía a su merced.*

Es justo, pensé, puesto que me tenía atrapado el corazón.

Me sorprendí cuando Gideon cogió las llaves del todoterreno Bentley que le daba uno de los mayordomos.

—¿Has conducido *tú?* ¿Dónde está Angus?

—Tiene el día libre. —Acarició su nariz contra mi sien—. Te echaba de menos, Eva.

Me introduje en el asiento delantero y él me cerró la puerta. Mientras me colocaba el cinturón de seguridad, vi que se detenía junto al capó y miraba a dos hombres vestidos de negro que esperaban junto a un lustroso coche negro al final del camino. Lo saludaron con la cabeza y se metieron en el Mercedes Benz. Cuando Gideon salió del camino de entrada de la familia Vidal, ellos nos siguieron justo detrás.

—¿Guardaespaldas? —pregunté.

—Sí. Salí rápidamente cuando me dijeron que estabas aquí y me perdieron la pista un rato.

Cary se fue a casa con Clancy, así que Gideon y yo nos fuimos directamente al ático. Me sorprendí excitándome al ver a Gideon conducir. Llevaba aquel vehículo de lujo como todo lo demás: con seguridad, agresividad y un hábil control. Conducía rápido pero no imprudentemente, serpenteando con facilidad en las curvas y en las rectas del pintoresco camino de vuelta a la ciudad. Apenas hubo tráfico hasta que entramos en el atasco de Manhattan.

Cuando llegamos a su apartamento, los dos fuimos directamente al baño principal y nos desvestimos para darnos una ducha. Como si no pudiera dejar de tocarme, Gideon me lavó de la cabeza a los pies. Luego me secó con una toalla y me envolvió en una bata nueva de seda azulada con bordados y mangas de kimono. Terminó sacando de un cajón unos pantalones de seda del mismo tono y con un cordón en la cintura para ponérselos él.

—¿No me das unas medias? —pregunté pensando en mi cajón de ropa interior sexy.

—No. Hay un teléfono que cuelga de la pared de la cocina. Pulsa el marcado rápido número uno y dile al que conteste que quiero doble ración de mi pedido habitual para la cena del restaurante de Peter Luger.

—De acuerdo. —Salí de la sala de estar e hice la llamada; después, tuve que buscar a Gideon. Lo encontré en su despacho, una habitación en la que yo no había estado antes.

Al principio, no pude ver bien aquel espacio porque la única luz procedía de la lámpara de un cuadro de la pared y otra lámpara de mesa que había sobre su escritorio de lustrosa madera. Además, mis ojos estaban más interesados en centrarse en él. Tenía un aspecto absolutamente sensual e irresistible sobre su gran asiento de cuero negro. Sostenía una copa de licor que calentaba entre sus manos y la belleza de su bíceps flexionado hizo que sintiera un hormigueo por todo el cuerpo, al igual que el fuerte entrelazado de los músculos de su abdomen.

Tenía la mirada puesta en la pared iluminada por la lámpara del cuadro, que también atrajo mi atención. Me quedé sorprendida al ver la pieza: un enorme *collage* de fotografías ampliadas de nosotros dos; la fotografía de nuestro beso en la calle en la puerta del gimnasio... una instantánea de los dos tomada por la prensa en la cena de beneficencia... una foto espontánea del tierno momento posterior a nuestra pelea en Bryant Park...

El foco de atención era la imagen que estaba en el centro y que me había hecho mientras dormía en mi cama, iluminada tan sólo por la vela que había dejado encendida para él. Era una foto íntima de *voyeur,* una imagen que decía más del fotógrafo que del sujeto del retrato.

Me sentí profundamente conmovida ante aquella prueba de que estaba enamorado de mí.

Gideon señaló la copa que había servido para mí previamente y que estaba en el borde de su escritorio.

—Siéntate.

Yo obedecí curiosa. Había algo en él que era nuevo, una especie de motivación y determinación tranquila unidas con la precisión de un láser.

¿Qué le había puesto así? ¿Y qué significaba aquello para el resto de nuestra velada?

Luego vi el pequeño marco con un *collage* de fotos que había sobre su ordenador al lado de mi copa y mi preocupación se desvaneció. Aquel portarretratos era muy parecido al que ya tenía en mi escritorio, pero éste tenía tres fotografías de Gideon y yo juntos.

—Quiero que te lleves esto al trabajo —dijo en voz baja.

—Gracias.

Por primera vez en varios días, estaba feliz. Abracé el marco sobre mi pecho con una mano y con la otra cogí la copa.

Sus ojos brillaron al verme tomar asiento.

—Todo el día me mandas besos desde tu foto de mi escritorio. Creo que es justo que tú también te acuerdes de mí. De nosotros.

Me quedé sin respiración y el corazón me empezó a latir de forma irregular.

—Nunca me olvido de ti ni de nosotros.

—Yo no te dejaría que lo hicieras. —Gideon dio un largo sorbo a su copa y la garganta se le movió al tragar—. Creo que ya sé dónde dimos nuestro primer traspiés, el que nos ha conducido a todos los tropezones que hemos tenido desde entonces.

—¿Sí?

—Dale un trago a tu Armagnac, cielo. Creo que lo vas a necesitar.

Di un cauteloso sorbo a la copa y, al instante, sentí el calor, seguido del reconocimiento de que me gustaba aquel sabor. Di un trago más largo.

Dándole la vuelta a la copa entre las manos, Gideon dio otro sorbo y me miró pensativo.

—Dime qué fue más excitante, Eva: ¿el sexo en la limusina cuando tú tenías el control o el sexo en el hotel cuando lo tenía yo?

Me moví inquieta, dudando de adónde nos llevaría esa conversación.

—Yo pensaba que habías disfrutado con lo que pasó en la limusina. Me refiero a mientras ocurría. No después, claro.

—Me encantó —dijo con calmada convicción—. La imagen de ti con ese vestido rojo, gimiendo y diciéndome lo que te gustaba sentir mi polla dentro de ti permanecerá conmigo mientras viva. Si te apetece volver a ser la que tiene el control en el futuro, me apunto sin dudarlo.

Sentí nervios en el estómago. En los músculos de mis hombros empezaron a formarse nudos.

—Gideon, estoy empezando a asustarme. Todo eso de palabras de seguridad y control... parece como si esta conversación llevara a algún sitio al que yo no puedo ir.

—Estás pensando en *bondage* y dolor. Yo hablo de intercambio de poder consensuado. —Gideon me estudiaba con atención—. ¿Quieres más *brandy?* Estás muy pálida.

—¿Tú crees? —Coloqué la copa sobre la mesa—. Esto suena a que me estás diciendo que eres dominante.

Curvó la boca formando una suave y sensual sonrisa.

—Cielo, eso ya lo sabías. De lo que te estoy hablando es de que tú eres sumisa.

17

Me puse de pie de inmediato.

—No —me advirtió con un oscuro susurro—. Todavía no vas a salir corriendo. No hemos terminado.

—No sabes de lo que hablas. —Estar dominada por alguien... *¡Perder mi derecho a decir no!* Eso no iba a volver a ocurrir—. Sabes por lo que he pasado. Necesito el control tanto como tú.

—Siéntate, Eva.

Me quedé de pie, sólo por demostrar que tenía razón.

Su sonrisa se amplió y yo me derretí por dentro.

—¿Tienes idea de lo loco que estoy por ti? —murmuró.

—Sí que estás loco, si crees que voy a aceptar que me estén dando órdenes, sobre todo en el sexo.

—Vamos, Eva. Sabes que no quiero golpearte, castigarte, hacerte daño, degradarte ni darte órdenes como si fueras un perro. Eso no son cosas que ninguno de los dos necesitamos. —Gideon se inclinó hacia delante y apoyó los codos sobre el escritorio—. Tú eres lo más importante que hay en mi vida. Quiero protegerte y hacer que te sientas segura. Por eso estamos hablando de esto.

Dios mío. ¿Cómo podía ser tan maravilloso y, a la vez, estar tan loco?

—¡Yo no necesito que me dominen!

—Lo que necesitas es alguien en quien confiar. No. Cierra la boca, Eva. Vas a esperar hasta que yo haya terminado.

Seguí protestando mientras balbuceaba hasta quedar en silencio.

—Me has pedido que vuelva a familiarizar tu cuerpo con actos que anteriormente habían utilizado para hacerte daño y aterrorizarte. No sabes cuánto significa para mí tu confianza y lo que me pasaría si yo traicionara esa confianza. No puedo arriesgarme, Eva. Tenemos que hacerlo bien.

Me crucé de brazos.

—Supongo que estoy tonta perdida. Creía que nuestra vida sexual era alucinante.

Dejando la copa sobre el escritorio, Gideon continuó hablando como si yo no hubiese dicho nada.

—Me has pedido que satisfaga una necesidad tuya y yo he aceptado. Ahora tenemos que...

—Si no soy lo que quieres, ¿por qué no lo dices de una vez? —Dejé el marco de fotos y la copa antes de hacer con ellos algo de lo que me pudiese arrepentir—. No trates de arreglarlo con...

Rodeó el escritorio y se acercó a mí antes de que yo pudiese dar dos pasos atrás. Su boca selló la mía y sus brazos me aprisionaron. Tal y como había hecho antes, me llevó hasta una pared y me contuvo contra ella, agarrándome las muñecas con las manos y subiéndolas por encima de mi cabeza.

Atrapada, no pude hacer nada mientras doblaba sus piernas y me golpeaba la vagina con su larga y rígida erección. Una vez, dos. La seda provocaba un sonido áspero sobre mi clítoris hinchado. El mordisco de sus dientes sobre mi pezón cubierto hizo que sintiera un escalofrío. Ahogando un grito, me hundí en su abrazo.

—¿Ves lo fácil que te entregas cuando yo tomo el control? —Sus labios recorrieron el arco de mi frente—. Y te gusta, ¿verdad? Te hace sentir bien.

—Esto no es justo —dije mirándole fijamente. ¿Cómo podía esperar que reaccionara de otro modo? Por muy preocupada y confundida que estuviera, sentía una atracción desesperada por él.

—Por supuesto que lo es. Y también es verdad.

Pasé la mirada por aquella espléndida melena de cabello negro y las líneas cinceladas de su rostro incomparable. El deseo que yo sentía era tan intenso que dolía. El daño que se ocultaba en su interior hacía que no pudiera hacer otra cosa más que amarle más. Había veces en las que creía que en él había encontrado mi otra mitad.

—No puedo evitar que me excites —murmuré—. Se supone que fisiológicamente mi cuerpo debe ablandarse y relajarse para que puedas meter tu polla grande dentro de mí.

—Eva, seamos sinceros. Tú *quieres* que yo tenga todo el control. Para ti es importante que puedas confiar en que yo voy a cuidar de ti. No hay nada malo en ello. Para mí es importante lo contrario. Necesito que confíes en mí lo suficiente como para dejarme ese control.

Yo no podía pensar cuando él se apretaba contra mí, cuando mi cuerpo era ansiosamente consciente de cada centímetro de su piel.

—*No* soy sumisa.

—Estás conmigo. Si echas la vista atrás te darás cuenta de que has estado rindiéndote ante mí todo el tiempo.

—¡Eres bueno en la cama! Y tienes más experiencia. Claro que voy a dejar que me hagas lo que quieras. —Me mordí el labio inferior para impedir que siguiera temblando.

—Gilipolleces, Eva. Sabes cuánto disfruto haciéndote el amor. Si pudiera hacer lo que me diera la gana, no podría hacer otra cosa. No estamos hablando de juegos que me den morbo.

—Entonces, ¿estamos hablando de lo que me da morbo *a mí?* ¿Es eso?

—Sí, eso creo. —Frunció el ceño—. Estás enfadada. No he pretendido... Mierda. Creía que hablarlo nos ayudaría.

Sentí un escozor en los ojos y, a continuación, se inundaron de lágrimas. Él parecía tan herido y confuso como yo.

—Gideon, me estás partiendo el corazón.

Soltándome las muñecas, dio un paso atrás y me tomó en brazos, sacándome de su despacho y recorriendo el largo pasillo hasta una puerta cerrada.

—Ábrela —dijo en voz baja.

Entramos en una habitación iluminada por velas que seguía oliendo ligeramente a recién pintada. Durante unos segundos, me sentí desorientada, incapaz de entender cómo habíamos salido del apartamento de Gideon y entrado en mi dormitorio.

—No lo entiendo. —Al decir aquello me quedaba corta, pero mi cerebro seguía tratando de superar la sensación de haber sido teletransportada de una casa a la otra—. Tú... ¿me he mudado a vivir contigo?

—No del todo. —Me dejó en el suelo, pero mantuvo un brazo alrededor de mí—. He recreado tu habitación basándome en la fotografía que te hice mientras dormías.

—*¿Por qué?*

¿Qué demonios? ¿Quién era capaz de hacer algo así? ¿Todo aquello era para evitar que yo presenciara sus pesadillas?

Aquella idea me destrozó aún más el corazón. Sentí como si Gideon y yo nos estuviéramos separando cada vez más por momentos.

Pasó sus manos por mi pelo húmedo, lo cual no hizo más que acrecentar mi inquietud. Me dieron ganas de apartarle la mano y alejarme de él, al menos, lo que medía la habitación. O quizá dos habitaciones.

—Si sientes la necesidad de salir corriendo —dijo con voz suave—, puedes venirte aquí y cerrar la puerta. Prometo no molestarte hasta que estés lista. Así tendrás tu lugar seguro y sabré que no me has dejado.

Por mi mente pasaron un millón de preguntas y conjeturas, pero la que más resaltaba era:

—¿Vamos a seguir compartiendo la cama para dormir?

Los labios de Gideon me acariciaron la frente.

—Cada noche. ¿Cómo puedes pensar lo contrario? Háblame, Eva. ¿Qué está pasando por esa preciosa cabecita tuya?

—¿Que qué está pasando por *mi* cabeza? —pregunté con brusquedad—. ¿Qué cojones pasa por la tuya? ¿Qué te ha pasado en los cuatro días en que rompimos?

Apretó la mandíbula.

—Nunca hemos roto, Eva.

El teléfono sonó en la otra habitación. Maldije entre dientes. Yo quería que habláramos y quería que se fuera, las dos cosas a la vez.

Me apretó los hombros y, a continuación, me soltó.

—Es nuestra cena.

No le seguí cuando salió. Estaba demasiado nerviosa como para comer. En lugar de eso, me arrastré hasta la cama, que era exactamente como la mía, y me acurruqué alrededor de una almohada cerrando los ojos. No oí a Gideon volver, pero lo sentí cuando se detuvo al borde de la cama.

—Por favor, no me hagas comer solo —dijo tras mi espalda tensa.

—¿Y por qué no simplemente me ordenas que coma contigo?

Suspiró y, después, se tumbó sobre la cama abrazándome por detrás. Agradecí su calor, que ahuyentó el frío que me había puesto la piel de gallina. Él no dijo nada durante un buen rato. O quizá fuera que se sentía a gusto conmigo.

Sus dedos acariciaron mi brazo cubierto de seda.

—Eva, no puedo soportar que seas infeliz. Háblame.

—No sé qué decir. Creía que por fin estábamos llegando a un punto en que las cosas entre nosotros se suavizarían. —Me abracé con más fuerza a la almohada.

—No te pongas tensa, Eva. Me duele ver que te apartas de mí.

Yo sentía que era él quien me *apartaba.*

Dándome la vuelta, lo empujé para que se pusiera de espaldas; después, me subí encima de él y la bata se me abrió cuando monté a horcajadas sobre él. Pasé la palma de mis manos por su fuerte pecho y arañé su piel bronceada con las uñas. Ondulé las caderas por encima de él mientras acariciaba mi coño desnudo sobre su polla. A través de la fina seda de sus pantalones pude sentir cada bulto y cada vena gruesa. Por el modo en que se oscurecieron sus ojos y su boca esculpida se abrió con una respiración acelerada, supe que él también podía notar el contorno y el calor húmedo de mi coño.

—¿Te resulta tan desagradable esto? —pregunté moviendo mi cadera—. ¿Estás ahí tumbado pensando que no me estás dando lo que quiero porque soy yo la que tiene el control?

Gideon puso las manos sobre mis muslos. Incluso aquella caricia inconsciente me pareció dominante.

La irritabilidad y la mirada afilada que detecté en él no mucho tiempo atrás de repente tuvo sentido. Ya no refrenaba su fuerza de voluntad.

La tremenda energía que se enroscaba dentro de él la dirigía ahora hacia mí como una oleada de calor.

—Ya te lo he dicho —dijo con voz ronca—. Te aceptaré del modo que sea.

—Sí, vale. No creas que no me estoy dando cuenta de que estás controlándome desde abajo.

Sonrió divertido y sin mostrar remordimiento.

Me deslicé hacia abajo y jugueteé con el disco liso de su pezón con la punta de mi lengua. Lo cubrí como había hecho él anteriormente, extendiendo mi cuerpo sobre su cadera y sus piernas y acariciando con mis manos su precioso culo para apretar la carne dura y atraerlo hacia mí. Su polla era una columna gruesa bajo mi vientre, renovando mi feroz apetito de él.

—¿Vas a castigarme dándome placer? —me preguntó en voz baja—. Porque puedes hacerlo. Puedes ponerme de rodillas, Eva.

Dejé caer la frente sobre su pecho y expulsé el aire de mis pulmones con un fuerte suspiro.

—Ojalá.

—Por favor, no te preocupes tanto. Superaremos esto junto a todo lo demás.

Entrecerré los ojos.

—Estás demasiado seguro de llevar la razón. Intentas demostrar que la tienes.

—Y tú podrías demostrar que la tienes tú. —Gideon se lamió el labio inferior y mi sexo se apretó con un deseo silencioso.

Había en sus ojos una profunda y brillante emoción. Ocurriera lo que ocurriera después en nuestra relación, no había duda de que estábamos enredados el uno en el otro.

Y yo estaba a punto de demostrarlo en vivo.

El cuello de Gideon se arqueó cuando moví mi boca por su torso.

—Ah, Eva.

—Tu mundo está a punto de sufrir una sacudida, señor Cross.

Así fue. Me aseguré de ello.

Sintiéndome tontorrona tras mi triunfo femenino, me senté en la mesa del comedor de Gideon y lo recordé tal y como había estado poco antes: mojado por el sudor y jadeante, maldiciendo mientras yo me tomaba mi tiempo para saborear su delicioso cuerpo.

Dio un bocado a su filete, que se había mantenido caldeado gracias a un calienta platos, y dijo con voz calmada:

—Eres insaciable.

—Obvio. Eres guapo, sexy y estás muy bien dotado.

—Me alegra que te guste. También soy tremendamente rico.

Moví una mano con aire despreocupado por todo lo que debía ser un apartamento de cincuenta millones de dólares.

—¿A quién le importa eso?

—Bueno, la verdad es que a mí sí.

Clavé el tenedor en una patata frita pensando que la comida del restaurante de Peter Luger era casi tan buena como el sexo. Casi.

—Sólo me interesa tu dinero si eso implica que puedes dejar de trabajar para andar por ahí desnudo como mi esclavo sexual.

—Podría permitírmelo económicamente, sí. Pero te aburrirías y me dejarías y, entonces, ¿qué haría yo? —Me miró con ojos cálidos y divertidos—. Crees que has demostrado tener razón, ¿no?

Mastiqué y, después, dije:

—¿Quieres que vuelva a demostrártelo?

—El hecho de que sigas estando bastante caliente como para querer hacerlo demuestra que soy *yo* quien tiene razón.

Me terminé el vino.

—Mmm. ¿Estás planeando algo?

Me lanzó una mirada y, con indiferencia, dio otro bocado al más tierno de los filetes que yo había comido nunca.

Impaciente y preocupada, respiré hondo y pregunté:

—Si nuestra vida sexual no te satisficiera, ¿me lo dirías?

—No seas ridícula, Eva.

¿Qué otra cosa podría haber provocado que él sacara aquella conversación tras nuestra ruptura de cuatro días?

—Estoy segura de que no ayuda el hecho de que no soy el tipo de chica con el que sueles estar. Y no hemos utilizado ninguno de esos juguetes que tenías en el hotel...

—Deja de hablar.

—¿Perdona?

Gideon dejó los cubiertos sobre la mesa.

—No voy a escuchar cómo haces trizas tu autoestima.

—¿Qué? Eres tú él único que consigue hablar siempre.

—Puedes buscar pelea conmigo, Eva, pero aun así, no vas a joderte.

—¿Quién ha dicho...? —Cerré la boca mientras él me fulminaba con la mirada. Tenía razón. Seguía deseándolo. Quería tenerlo encima de mí, con una lujuria explosiva, tomando el control absoluto tanto de mi placer como del suyo.

Levantándose de la mesa, dijo con sequedad:

—Espera aquí.

Cuando volvió un momento después, colocó una cajita de piel negra junto a mi plato y volvió a sentarse. Aquella visión me sacudió como si de un golpe físico se tratase. Al principio, sentí miedo, me quedé helada. A lo que rápidamente le siguió un deseo candente.

Las manos me temblaban en el regazo. Junté los dedos y me di cuenta de que todo el cuerpo me temblaba. Sin saber qué hacer, levanté la mirada hacia el rostro de Gideon.

Sentir sus dedos acariciándome la mejilla calmó gran parte de la palpitante inquietud que sentía en mi interior y dejó atrás la horrible ansiedad.

—No se trata de *ese* anillo —murmuró suavemente—. Todavía no. No estás preparada.

Algo en mi interior se marchitó. Después, el alivio me invadió. *Era* demasiado pronto. Ninguno de los dos estaba preparado. Pero si alguna vez me había preguntado si estaba profundamente enamorada de Gideon, entonces lo supe.

Asentí.

—Ábrelo —dijo.

Con dedos cautelosos, me acerqué la caja y abrí la tapa.

—Vaya.

Entre la piel negra y el terciopelo había un anillo como no había visto otro. Dos tiras de oro que imitaban una cuerda se entrelazaban y estaban adornadas con diamantes en forma de equis.

Murmuré:

—Cadenas unidas por cruces.

Gideon *Cross.*

—No exactamente. Para mí las cuerdas representan los muchos hilos que hay en ti, no implica nada de esclavitud. Pero sí, las equis son mi forma de aferrarme a ti. Como si fuese a través de mis uñas. —Se terminó la copa de vino y volvió a llenar las dos.

Yo me quedé sentada e inmóvil, sorprendida, tratando de asimilar todo aquello. Todo lo que había hecho mientras estábamos separados: las fotos, el anillo, el doctor Petersen, la réplica del dormitorio y quienquiera que hubiese estado siguiéndome. Todo ello me decía que nunca me había alejado de su mente, si es que alguna vez me había salido de ella.

—Me devolviste las llaves —susurré, recordando aún aquel dolor.

Estiró la mano y cubrió con ella la mía.

—Hay muchas razones por las que lo hice. Te fuiste sin llevar nada puesto más que una bata, Eva, y sin tus llaves. No puedo soportar pensar qué habría ocurrido si Cary no hubiese estado en casa para dejarte entrar en ese momento.

Levantando su mano hasta mi boca, la besé y luego la solté y cerré la tapa de la caja.

—Es precioso, Gideon. Gracias. Significa mucho para mí.

—Pero no te lo pones. —No era una pregunta.

—Después de la conversación que hemos tenido esta noche, me parece más como un collar de perro.

Unos segundos después, asintió.

—No te equivocas del todo.

Me dolía el cerebro y el corazón. Cuatro noches durmiendo inquieta no ayudaban. No podía comprender por qué pensaba que yo era tan necesaria aun cuando yo sentía lo mismo por él. Había miles de mujeres sólo en Nueva York que podrían ocupar mi puesto en su vida, pero solamente había un Gideon Cross.

—Siento como si te estuviera decepcionando, Gideon. Después de todo lo que hemos hablado esta noche... Creo que éste es el principio del fin.

Apartando su silla, se inclinó sobre mí y me acarició la mejilla.

—No lo es.

—¿Cuándo vamos a ver al doctor Petersen?

—Los martes iré yo solo. Después de que tú hables con él para la terapia de parejas, podemos ir juntos los jueves.

—Dos horas a la semana, todas las semanas. Sin incluir el camino de ida y el de vuelta. Eso es comprometerse mucho. —Levanté la mano y le aparté el pelo de la mejilla—. Gracias.

Gideon me cogió la mano y me besó en la palma.

—No es ningún sacrificio, Eva.

Entró en su despacho para trabajar un poco antes de irse a la cama y me llevé la caja del anillo al baño del dormitorio principal. Lo examiné con más atención mientras me cepillaba los dientes y el pelo.

Había cierta sensación de necesidad por debajo de mi piel, un persistente grado de excitación que no tenía lógica considerando la cantidad de orgasmos que ya había tenido a lo largo de ese día. Se trataba de una necesidad emocional de conectar con Gideon, de asegurarme de que estábamos bien.

Agarrando la caja en la mano, me dirigí a mi lado de la cama de Gideon y la dejé sobre la mesa de noche. Quería que estuviera donde pudiera verla nada más despertar, tras haber dormido toda la noche.

Con un suspiro, dejé mi preciosa bata nueva sobre los pies de la cama y me metí en ella.

Me desperté en mitad de la noche al notar un pulso acelerado y una respiración rápida y superficial. Desorientada, me quedé quieta un momento, mientras volvía en mí y recordaba dónde estaba. Me puse tensa cuando desperté del todo y agucé el oído para escuchar si Gideon estaba teniendo otra pesadilla. Cuando vi que estaba tumbado tranquilamente a mi lado respirando profundamente y con normalidad, me relajé con un suspiro.

¿A qué hora había vuelto por fin a la cama? Tras los días que habíamos pasado separados, me preocupó que quizá tuviera la necesidad de estar solo.

Entonces, lo sentí. Estaba *excitada*. Desesperadamente.

Tenía los pechos apretados y pesados y los pezones duros. Estaba ansiosa y tenía el sexo húmedo. Tumbada allí en la oscuridad iluminada por la luna, me di cuenta de que había sido mi propio cuerpo quien me había despertado con sus exigencias. ¿Había tenido algún sueño erótico? ¿O era suficiente con que Gideon estuviera tumbado a mi lado?

Apoyándome en los codos, lo miré. La sábana y el edredón se le habían bajado hasta la cintura y dejaban desnudos su esculpido pecho y sus bíceps. Tenía el brazo derecho extendido por encima de la cabeza, enmarcando la caída de su pelo oscuro alrededor de su rostro. Su brazo izquierdo yacía entre los dos sobre las mantas y la mano se cerraba en un puño que liberaba la red de gruesas venas que recorrían sus antebrazos. Incuso en reposo parecía feroz y poderoso.

Fui más consciente de la tensión que había en mi interior, la sensación de que me atraía hacia él el esfuerzo silencioso de su imponente voluntad. No era posible que estuviera exigiendo mi rendición mientras dormía y, sin embargo, yo lo sentía así, sentía cómo esa cuerda invisible que existía entre los dos tiraba de mí hacia él.

Las punzadas entre mis piernas se volvieron insoportables y apreté una mano contra aquella fuerte vibración, esperando aliviar el ansia. Pero la presión lo empeoró.

No podía quedarme quieta. Retirando la colcha, deslicé las piernas por fuera del colchón y pensé en probar a tomarme un vaso de leche caliente con el *brandy* que Gideon me había ofrecido antes. De repente, me detuve, fascinada por el reflejo de la piel de la caja del anillo que estaba en la mesilla. Pensé en la joya que había en su interior y el deseo aumentó. En ese momento, la idea de que Gideon me pusiera un collar de perro me llenó de una acalorada ansia.

Simplemente estás cachonda, me reprendí.

Una de las chicas del grupo había hablado de cómo su «amo» utilizaba el cuerpo de ella en el momento y del modo que él quería, buscando solamente su propio placer. No vi en ello nada que me pareciera erótico... hasta que introduje a Gideon en aquella imagen. Me encantaba darle morbo. Me encantaba hacer que se corriera. Simplemente porque sí.

Acaricié con los dedos la tapa de la diminuta caja. Con un suspiro tembloroso, la cogí y la abrí. Un momento después, me estaba deslizando el frío anillo por el dedo anular de la mano derecha.

—¿Te gusta, Eva?

Un escalofrío me recorrió el cuerpo al escuchar la voz de Gideon, más profunda y dura de lo que la había oído nunca. Estaba despierto, observándome.

¿Cuánto tiempo llevaba consciente? ¿Estaba sintonizado con mi sueño como yo parecía estarlo con el suyo?

—Me encanta.

«Te quiero».

Dejando la caja, giré la cabeza y vi que estaba sentado. Sus ojos brillaban de un modo que me excitó tremendamente, pero también me asustaban. Se trataba de una mirada desprotegida, como la que literalmente me había hecho caer de culo cuando nos conocimos. Abrasadora y posesiva, llena de oscuras amenazas de éxtasis. Su maravilloso rostro desprendía dureza entre las sombras y tensó la mandíbula mientras se llevaba mi mano derecha hasta la boca y besaba el anillo que me había regalado.

Me moví para ponerme de rodillas en la cama y le pasé los brazos alrededor del cuello.

—Tómame. Hazme lo que quieras.

Colocó las manos sobre mi culo y apretó.

—¿Qué se siente al decir eso?

—Casi tan bien como los orgasmos que vas a darme.

—Vaya, un desafío —Pasó la punta de la lengua por mis labios, provocándome con la promesa de un beso que deliberadamente se reservaba.

—¡Gideon!

—Túmbate, cielo, y agárrate a la almohada con las dos manos. —Sonrió maliciosamente—. No te sueltes bajo ningún concepto, ¿entendido?

Tragué saliva e hice lo que me dijo, tan excitada que creí que me correría simplemente por los agitados espasmos de mi impaciente sexo.

Con una patada, lanzó el edredón a los pies de la cama.

—Extiende las piernas y levanta las rodillas.

Empecé a respirar con fuerza mientras los pezones se me ponían más duros, provocándome una profunda ansia en mi pecho. Dios, Gideon estaba buenísimo así. Yo jadeaba por la excitación y la cabeza me daba vueltas, llena de posibilidades. La carne entre mis piernas se estremecía de deseo.

Me habló con voz suave mientras recorría con el dedo índice mi resbaladizo coño:

—Ah, Eva. Estás muy deseosa de mí. Tener satisfecho este dulce coñito requiere dedicación completa.

Ese único dedo rígido se introdujo en mí, separando mis hinchados tejidos. Apreté mi cuerpo alrededor del suyo, tan a punto de correrme que casi podía saborearlo. Él se retiró y se llevó la mano a la boca, lamiendo mi sabor, que había quedado impregnado en su piel. Arqueé las caderas involuntariamente para acercar mi cuerpo al suyo.

—Tú eres el culpable de que esté tan caliente —dije jadeando—. Has descuidado tus obligaciones durante varios días.

—Entonces, más vale que recupere el tiempo perdido. —Poniéndose boca abajo, colocó los hombros debajo de mis piernas y lamió la temblorosa entrada de mi cuerpo con la punta de la lengua. Dando una vuelta tras otra a su alrededor, sin tocarme el clítoris y absteniéndose de follarme aun cuando yo se lo suplicaba.

—Por favor, Gideon.

—Calla. Primero tengo que prepararte.

—Lo estoy. Estaba lista para ti antes de que te despertaras.

—Entonces, deberías haberme despertado antes. Siempre cuidaré de ti, Eva. No vivo para otra cosa.

Con un quejido de angustia, levanté las caderas hacia esa lengua provocadora. Cuando estuve empapada por mi propia excitación, humedeciéndome desesperadamente, deseando que me introdujera cualquier parte de su cuerpo, se arrastró por encima de mí y se colocó entre mis piernas extendidas, apoyando los antebrazos sobre la cama.

Me miró fijamente. Su polla, tremendamente caliente y dura como una piedra, yacía sobre los labios de mi sexo. Deseé que estuviera dentro de mí más de lo que deseaba respirar.

—Ya —dije entre jadeos—. Ahora.

Con un experto movimiento de su cintura, se clavó dentro de mí, empujándome hacia la parte superior de la cama.

—¡Oh, Dios! —exclamé ahogando un grito, sacudiéndome eufórica alrededor de la gruesa columna de carne que me poseía. Eso era lo que yo necesitaba desde que habíamos hablado en su despacho de la casa, lo que ansiaba mientras me movía arriba y abajo montada sobre su férrea erección antes de la cena, lo que había necesitado cuando llegué al orgasmo rodeada por su fuerte cuerpo.

—No te corras —murmuró en mi oído, colocándome la palma de las manos sobre los pechos y frotando mis pezones con sus dedos pulgar e índice.

—*¿Qué?* —Estaba segura de que simplemente con que él respirara hondo, yo me correría.

—Y no sueltes la almohada.

Gideon empezó a moverse con un ritmo lento y perezoso.

—Vas a querer hacerlo —susurró, rozando con la nariz el punto sensible que había bajo mi oreja—. Te encanta agarrarme el pelo y clavarme las uñas en la espalda. Y cuando estás a punto de correrte te gusta apretarme el culo para hacer que entre más profundo. Me pone muchísimo cuando te pones así de salvaje, cuando me demuestras lo mucho que te gusta sentirme dentro de ti.

—No es justo —me quejé, sabiendo que me estaba provocando deliberadamente. La cadencia de su voz áspera se acompasaba a la perfección con el incesante movimiento de su cadera—. Me estás torturando.

—Lo bueno se hace esperar. —Recorrió con la lengua el exterior de mi oreja y luego la metió dentro a la vez que tiraba de mis pezones

Me sacudí con su siguiente empujón y casi me corrí. Gideon conocía bien mi cuerpo, conocía todos sus secretos y sus zonas erógenas. Daba embistes perfectos con su polla dentro de mí, frotando una y otra vez el tierno lío de nervios que se estremecían de placer.

Curvando la cintura, me penetró aún más e hizo estallar otros puntos. Yo solté otro sonido lastimero mientras ardía por él, con desesperada obsesión. Mis dedos se retorcían al agarrar la almohada y movía la cabeza ante la huracanada necesidad de llegar al orgasmo. Gideon podía llevarme a él mientras frotaba mi interior, el único hombre que había sabido provocarme un intenso orgasmo vaginal.

—No te corras —repitió con voz ronca—. Haz que dure.

—No... puedo. Me gusta mucho. Dios, Gideon... —Empezaron a salirme lágrimas por el rabillo de los ojos—. Me... vuelves loca.

Solté un pequeño grito, temiendo decir demasiado pronto la palabra «amor».

Él frotó su mejilla contra mi cara húmeda.

—Eva, he debido desearte tanto y tantas veces que, al final, no podías más que hacerte realidad.

—Por favor —supliqué—. Más despacio.

Gideon levantó la cabeza para mirarme, eligiendo ese momento para apretarme los pezones sólo con la fuerza suficiente como para infligirme un ligero dolor. Los músculos sensibles de mi interior se tensaron con tanta fuerza que su siguiente empujón me hizo gemir.

—Por favor —volví a suplicarle, temblando mientras me esforzaba por evitar el orgasmo que iba creciendo en mí—. Voy a correrme si no paras.

Miraba mi rostro con ojos ardientes y su cintura seguía con sus arremetidas a un ritmo cuidado que, poco a poco, iba haciendo que perdiera la cordura.

—¿No quieres correrte, Eva? —susurró con aquella voz que me llevaba al infierno con una sutil sonrisa—. ¿No es eso lo que has querido toda la noche?

Arqueé el cuello mientras sus labios lo recorrían.

—Sólo cuando digas que puedo hacerlo —respondí entre jadeos—. Sólo... cuando tú lo digas.

—Cielo. —Acercó una mano a mi cara, apartándome los pelos que se me quedaban pegados a la piel con el sudor. Me besó profundamente, con veneración, lamiendo el interior de mi boca.

Sí...

—Córrete para mí —me ordenó aligerando el ritmo—. Córrete, Eva.

Siguiendo sus órdenes, el orgasmo me golpeó como una explosión, sacudiendo mi cuerpo con una sobrecarga. Una oleada tras otra de ardiente calor me recorrió el cuerpo, contrayendo mi sexo y tensando todo mi ser. Grité, primero con un sonido inarticulado de placer agonizante y, después, con su nombre. Lo grité una y otra vez mientras él introducía su preciosa polla dentro de mí y prolongaba mi clímax antes de llevarme a otro orgasmo.

—Acaríciame —me espetó mientras yo caía debajo de él—. Abrázame.

Liberándome de su orden de agarrarme a la almohada, lo atraje hacia mi cuerpo resbaladizo y sudado con brazos y piernas. Él me machacó con fuerza mientras llegaba enérgicamente a su orgasmo.

Se corrió con un gruñido, echando la cabeza hacia atrás mientras se vaciaba dentro de mí durante un largo rato. Me agarré a él hasta que nuestros cuerpos se enfriaron y nuestra respiración se calmó.

Cuando por fin Gideon se salió de mí, no fue muy lejos. Me abrazó por la espalda y me susurró:

—Ahora, a dormir.

No recuerdo si me quedé despierta el suficiente tiempo para poder contestarle.

18

Los lunes por la mañana podían ser estupendos si se empezaban con Gideon Cross. Fuimos al trabajo con mi espalda apoyada a su lado y su brazo echado por encima de mi hombro, de modo que sus dedos se entrelazaban con los míos.

Mientras él jugueteaba con el anillo que me había regalado, yo extendí las piernas y vi los tacones que me había comprado junto con otra ropa para ponerme cuando me quedara a dormir en su casa. Para empezar la nueva semana, me había decidido por un vestido de tubo de raya diplomática con un cinturón fino de color azul que me recordaba a sus ojos. Tenía un gusto excelente, eso había que reconocerlo.

A no ser que estuviera enviando a una de sus «conocidas» morenas a que fuera de tiendas...

Alejé ese desagradable pensamiento de mi cabeza.

Cuando miré los cajones que él había dejado libres para mí en su baño, encontré todos mis cosméticos y artículos de tocador habituales con los tonos que yo solía utilizar. No me molesté en preguntarle cómo lo sabía, porque eso podría haber hecho que me asustara. Por el contrario, decidí verlo como una prueba más de su carácter detallista. Pensaba en todo.

El punto culminante de mi mañana había sido ayudar a Gideon a ponerse uno de sus trajes enormemente atractivos. Le abotoné la camisa y él se la remetió entre los pantalones. Yo le subí la cremallera y él se apretó la corbata. Él se colocó el chaleco y yo le alisé el tejido elegantemente confeccionado por encima de su igual de elegante camisa, sorprendiéndome al descubrir que podía ser tan erótico verle *ponerse* la ropa que *quitársela*. Era como envolver mi propio regalo.

Todo el mundo vería lo bonito que resultaba el envoltorio, pero sólo yo conocía al hombre que había dentro y su verdadero valor. Sus íntimas sonrisas y su profunda y ronca risa, la suavidad de su tacto y la fiereza de su pasión quedaban reservadas para mí.

El Bentley se sacudió un poco al pasar por un bache de la carretera y Gideon me apretó la mano.

—¿Qué planes tienes después del trabajo?

—Hoy empiezo mis clases de Krav Maga —No pude evitar la excitación que se desprendió de mi voz.

—Ah, es verdad. —Puso los labios sobre mi sien—. Sabes que voy a tener que vigilar que haces tus ejercicios. Sólo con pensarlo se me pone dura.

—¿No habíamos quedado ya en que a ti *todo* te la pone dura? —bromeé, dándole un suave golpe con el codo.

—Todo lo que tenga que ver *contigo*. Lo cual es una suerte para los dos, puesto que eres insaciable. Envíame un mensaje cuando hayas terminado y nos vemos en tu casa.

Miré en mi bolso, saqué el móvil para ver si todavía tenía batería y vi un mensaje de Cary. Lo abrí y encontré un video junto con un mensaje: «¿Sabe X que su hermano es un ser despreciable? Mantente alejada de CV, nena. Besitos».

Puse en marcha la reproducción pero tardé un momento en saber qué estaba viendo. Cuando lo comprendí, me quedé helada.

—¿Qué es? —preguntó Gideon con los labios en mi pelo. Entonces, se puso tenso, por lo que supe que estaba mirando por encima de mi hombro.

Cary había grabado un vídeo en la fiesta del jardín de los Vidal. Desde los setos de dos metros y medio de alto del fondo, cuando estaba en el laberinto, y desde las hojas que enmarcaban la pantalla, escondido. Las estrellas del espectáculo eran una pareja fundida en un abrazo pasional. La mujer sollozaba y hablaba con desesperación mientras él la besaba y la tranquilizaba con suaves caricias de sus manos.

Estaban hablando de Gideon y de mí, de cómo yo estaba utilizando mi cuerpo para meter las manos en su dinero.

—No te preocupes —le susurraba Christopher a una desconsolada Magdalene—. Ya sabes que Gideon se aburre enseguida.

—Ha cambiado con ella. Creo que se ha enamorado.

Él la besó en la frente.

—Ella no es su tipo.

Los dedos que tenía entrelazados con los de Gideon se tensaron.

Mientras veíamos el vídeo, la conducta de Magdalene fue cambiando poco a poco. Ella empezó a frotarse contra Christopher, su voz se suavizó y su boca empezó a buscarlo. Para cualquier observador, estaba claro que él conocía bien el cuerpo de ella, dónde acariciar y dónde restregarse. Cuando ella reaccionó a la hábil seducción de él, éste le levantó el vestido y se la folló. Era obvio que se estaba aprovechando de ella. Se podía ver en la mirada triunfal y desdeñosa que había en su rostro mientras la penetraba hasta que ella se quedó sin fuerzas.

Yo no reconocía al Christopher que veía en la pantalla. Su cara, su gesto, su voz... era como si se tratase de un hombre distinto.

Me sentí aliviada cuando el móvil se quedó sin batería y la pantalla se apagó de repente. Gideon me envolvió en sus brazos.

Suspiró con fuerza.

—Así es Christopher.

—Un gilipollas. Ese engreimiento en su rostro... ¡Uf! —Sentí un escalofrío.

Apretando sus labios contra mi pelo, murmuró:

—Yo creía que Maggie estaría a salvo de él. Nuestras madres se conocen desde hace años. Se me olvida lo mucho que él me odia.

—¿Por qué?

Durante un breve momento me pregunté si las pesadillas de Gideon estaban relacionadas con Christopher pero, después, aparté esa idea de mi mente. Ni hablar. Gideon era varios años mayor y mucho más fuerte. Le podría dar a Christopher una paliza.

—Piensa que yo recibía toda la atención cuando éramos más jóvenes —me explicó Gideon con voz cansina—, porque todos estaban preocupados por cómo estaba llevando yo el suicidio de mi padre. Así que, él quiere lo que es mío. Todo aquello a lo que pueda echar mano.

Giré la cabeza hacia él y metí los brazos por debajo de su chaqueta para acercarme más. Había algo en su voz que hizo que me preocupara por él. La casa familiar era un lugar que, según dijo, aparecía en sus pesadillas y estaba muy alejado de su familia

Nunca lo habían querido. Era así de simple... y complicado.

—¿Gideon?

—¿Sí?

Me retiré para mirarlo. Extendí la mano y recorrí con ella el marcado arco de su ceja.

—Te quiero.

Un violento estremecimiento lo recorrió, lo suficientemente fuerte como para que yo también me estremeciera.

—No quiero asustarte —le aseguré enseguida, apartando la cara para darle algo de privacidad—. No tienes que decir nada al respecto. Simplemente, no quería que pasara un minuto más sin que supieras lo que siento. Ahora, olvídalo.

Con una de sus manos me agarró la nuca. La otra la escondió casi con violencia en mi cintura. Gideon me sostuvo así, inmóvil, apretada contra él como si el viento pudiera llevárseme. Su respiración era entrecortada y el corazón le latía con fuerza. No dijo una palabra más durante el resto del camino hacia el trabajo, pero tampoco me soltó.

Pensé en volver a decírselo una vez más en el futuro, pero, para ser la primera vez, pensé que los dos lo habíamos hecho bien.

A las diez en punto mandé que enviaran dos docenas de rosas rojas y tallo largo al despacho de Gideon con una nota:

PARA CELEBRAR LOS VESTIDOS ROJOS Y LOS VIAJES EN LIMUSINA.

Diez minutos después, recibí un sobre interno con una tarjeta que decía:

HAGÁMOSLO OTRA VEZ, PRONTO.

A las once, envié un ramo de calas blancas y negras a su despacho con la nota:

En honor a los vestidos de fiesta blancos y negros y por ser llevada a rastras a la biblioteca.

Diez minutos después, obtuve su respuesta:

Dentro de un momento te voy a estar arrastrando por el suelo...

A mediodía me fui de compras. A comprar un anillo. Fui a seis tiendas antes de encontrar el que me pareció absolutamente perfecto. Hecho de platino y tachonado con diamantes negros, se trataba de un anillo de apariencia industrial que me hizo pensar en poder y esclavitud. Era un anillo para alguien dominante, muy llamativo y masculino. Tuve que abrir una nueva cuenta de crédito en la tienda para poder cubrir su considerable precio, pero pensé que los meses de pagos que tenía por delante merecían la pena.

Llamé al despacho de Gideon y hablé con Scott, quien me ayudó a encontrar un descanso de quince minutos en el ocupado día de Gideon para pasarme por ahí.

—Muchas gracias por tu ayuda, Scott.

—De nada. He disfrutado viendo cómo recibía tus flores hoy. Creo que nunca le había visto sonreír así.

Una cálida oleada de amor fluyó por mi cuerpo. Quería hacer feliz a Gideon. Al igual que había dicho él, yo vivía para ello.

Volví al trabajo con una sonrisa. A las dos mandé que enviaran un ramo de lirios atigrados al despacho de

Gideon y, a continuación, una nota privada a través de una comunicación interna:

COMO AGRADECIMIENTO POR TODO EL SEXO SALVAJE.

Su respuesta:

«NO VAYAS A KRAV MAGA. YO TE DARÉ TU DOSIS DE EJERCICIO».

Cuando dieron las cuatro menos veinte, cinco minutos antes de mi cita con Gideon, me puse nerviosa. Me levanté de la silla con piernas temblorosas y me dirigí al ascensor para subir a su planta. Ahora que había llegado el momento de darle mi regalo, me preocupaba que quizá no le gustaran los anillos... Al fin y al cabo, no llevaba ninguno.

¿Era demasiado presuntuoso y posesivo por mi parte querer que él llevara uno sólo porque yo sí lo tenía?

La recepcionista pelirroja no puso problema alguno para que yo entrara y cuando Scott me vio aparecer por el pasillo, me saludó con una amplia sonrisa. Cuando entré en el despacho de Gideon, Scott cerró la puerta detrás de mí.

Inmediatamente me sorprendió la encantadora fragancia de las flores y la calidez que aportaban a aquel despacho moderno y austero.

Gideon levantó la mirada de su monitor, sorprendido de verme. Se levantó con fluidez.

—Eva, ¿ocurre algo?

Vi cómo cambiaba su actitud profesional hacia la personal.

—No, sólo que... —Tomé aire y me acerqué a él—. Tengo una cosa para ti.

—¿Más? ¿Me he olvidado de alguna ocasión especial?

Coloqué la caja del anillo en el centro de su escritorio. Entonces, aparté la mirada con una sensación de intranquilidad. Dudaba seriamente de lo acertado de mi impetuoso regalo. Ahora me parecía una idea estúpida.

¿Qué podía decir yo para absolverle de toda culpa por no quererlo? Por si eso fuera poco, ese mismo día yo había dejado caer sobre él la bomba de la palabra «amor», y ahora había tenido que venir con el maldito anillo. Probablemente él estaría ya sintiendo los grilletes, arrastrándome con él en su huida. Y el lazo se iba tensando...

Oí cómo se abría rápidamente la caja y cómo a Gideon se le cortaba la respiración.

—*Eva.*

Su voz sonó oscura y peligrosa. Me giré con cautela, estremeciéndome ante la severidad de sus rasgos y la crudeza de su mirada. Sostenía la caja con fuerza.

—¿Es demasiado? —pregunté con aspereza.

—Sí. —Dejó la caja en la mesa y la rodeó—. Demasiado. No puedo quedarme sentado, no puedo concentrarme. No puedo sacarte de mi cabeza. Estoy jodidamente inquieto, y eso nunca me ha pasado en el trabajo. Estoy demasiado ocupado. Pero tú me tienes sitiado.

Yo sabía muy bien lo exigente que debía ser su trabajo, pero no lo había tenido en cuenta cuando me entraron ganas de sorprenderle, una y otra vez.

—Lo siento, Gideon. No se me había ocurrido.

Él se acercó con un paso sensual, que insinuaba lo genial que era en la cama.

—No lo sientas. Hoy ha sido el mejor día de mi vida.

—¿De verdad? —Vi cómo se ponía el anillo en el dedo anular de su mano derecha—. Quería agradarte. ¿Se ajusta bien? He tenido que adivinar...

—Es perfecto. Tú eres perfecta —Gideon me agarró de las manos y me besó el anillo y, después, me miró mientras yo repetía el mismo gesto—. Lo que tú me haces sentir, Eva... duele.

Me dio un vuelco el corazón.

—¿Tan malo es?

—Es maravilloso. —Colocó mi cara entre sus manos y el frío del anillo sobre mi mejilla. Me besó apasionadamente, con sus labios solícitos contra los míos y hundiendo la lengua en mi boca con gran habilidad.

Yo quería más, pero me contuve, pensando que ya me había pasado suficiente para un día. Además, él se había distraído con mi inesperada aparición y no cubrió la pared de cristal para que tuviéramos algo de privacidad.

—Vuelve a decirme lo que me dijiste en el coche —susurró.

—Pues... no sé. —Le pasé la mano que tenía libre por el chaleco. Tenía miedo de volver a decirle que le quería. La primera vez le había afectado mucho y yo no estaba segura de que él hubiese comprendido del todo lo que eso significaba para los dos. Para él—. Eres terriblemente guapo, ¿sabes? Cada vez que te veo supone para mí un golpe a traición. De todos modos... No quiero arriesgarme a espantarte.

Inclinándose hacia mí, acarició mi frente con la suya.

—Te arrepientes de lo que has dicho, ¿no? Todas esas flores, el anillo...

—¿Te ha gustado de verdad? —pregunté inquieta, dando un paso hacia atrás para examinar su cara y ver si decía la verdad—. No quiero que lo lleves si no te gusta.

Pasó los dedos por mi oreja.

—Es perfecto. Es tal y como me ves. Estaré orgulloso de llevarlo.

Yo estaba encantada de que lo tuviera. Por supuesto, era así porque él me tenía a mí.

—Si estás tratando de suavizar el golpe por retirar lo que has dicho... —empezó a decir, mientras su mirada delataba una sorprendente inquietud.

No pude resistir la ligera súplica que había en sus ojos.

—Cada palabra era real, Gideon.

—Te obligaré a decirlo otra vez —amenazó con seductor ronroneo—. Vas a gritarlo cuando haya acabado contigo.

Sonreí y di un paso atrás.

—Vuelve al trabajo, malo.

Me miró mientras yo me acercaba a la puerta.

—Te llevaré a casa a las cinco. Quiero tu coño desnudo y húmedo cuando bajes al coche. Si te tocas antes, no vayas a correrte o habrá consecuencias.

Consecuencias. Un pequeño escalofrío me atravesó el cuerpo, pero era capaz de soportar ese temor. Confiaba en que Gideon supiera cuánto podía presionarme.

—¿La tendrás dura y dispuesta?

Una sonrisa sardónica se formó en sus labios.

—¿Cuándo no lo estoy contigo? Gracias por el día de hoy, Eva. Por cada minuto.

Le lancé un beso y vi cómo sus ojos se oscurecían. Su mirada permaneció conmigo durante el resto del día.

Dieron las seis antes de que me pusiera en marcha hacia mi apartamento en un estado de desaliño tras haber sido bien follada. Sabía lo que se me venía encima cuando al salir del trabajo vi en la acera la limusina de Gideon en lugar del Bentley. Él casi me abordó cuando subí a la parte de atrás y, a continuación, procedió a demostrar sus fenomenales habilidades orales antes de clavarme al asiento con un enérgico entusiasmo.

Menos mal que yo me mantenía en forma. De lo contrario, el insaciable apetito sexual de Gideon mezclado con su resistencia aparentemente infinita podrían haber acabado ya conmigo. No es que me quejara. Simplemente se trataba de una observación.

Clancy me estaba esperando en el vestíbulo de mi edificio cuando entré a toda prisa. Si vio mi vestido espantosamente arrugado, mis mejillas enrojecidas y mi cabello revuelto, no lo demostró. Yo esperaba que la clase empezara tranquilamente porque seguía teniendo las piernas un poco temblorosas por los dos orgasmos increíblemente placenteros.

Cuando llegamos al almacén reacondicionado de Brooklyn, yo estaba emocionada y preparada para aprender. Había alrededor de una docena de alumnos ocupados en distintos ejercicios y Parker los supervisaba y los animaba desde el borde de la colchoneta. Cuando me vio, se acercó y me llevó al otro extremo de la zona de entrenamiento donde podríamos trabajar individualmente.

—Bueno... ¿qué tal te va? —pregunté para deshacer mi propia tensión.

Él sonrió, haciendo resaltar una cara interesante y llamativa.

—¿Nerviosa?

—Un poco.

—Vamos a trabajar en tu fuerza y resistencia físicas, así como en tu nivel de atención. También voy a empezar a entrenarte para que no te quedes inmóvil ni vaciles ante un enfrentamiento inesperado.

Antes de empezar, yo creía que tenía una fuerza y resistencia físicas bastante buenas, pero me di cuenta de que las dos cosas podían mejorar. Empezamos con una breve introducción sobre el equipo y la composición del espacio y, después, pasamos a una explicación tanto de posturas de ofensiva como neutrales o pasivas. Hicimos calentamiento con calistenia básica de peso corporal y, después, pasamos a la «marcación», donde tratamos de marcar los hombros y rodillas de cada uno mientras estábamos cara a cara y hacíamos contraataques de bloqueo.

A Parker se le daba muy bien la marcación, claro, pero yo empecé a cogerle el tranquillo. La mayor parte del tiempo, sin embargo, la pasamos en preliminares y me metí de lleno en ello. Sabía muy bien lo que era estar en el suelo y en desventaja.

Si Parker notó mi violencia subyacente, no lo dijo.

Cuando Gideon apareció en mi apartamento esa misma noche, me encontró empapando mi dolorido cuerpo en la bañera. Aunque estoy segura de que se acababa de duchar tras haber hecho ejercicio con su entrenador personal, se desnudó y se metió en la bañera detrás de mí, acunándome con sus brazos y piernas. Gemí mientras me mecía.

—Ha estado bien, ¿eh? —bromeó mordiéndome la oreja.

—¿Quién iba a saber que revolcarte durante una hora con un tío bueno podría ser tan agotador? —Cary tenía razón al decir que el Krav Maga provocaba cardenales. Pude verme ya unas cuantas sombras que me aparecían por debajo de la piel y ni siquiera habíamos empezado aún con lo más duro.

—Me pondría celoso —murmuró Gideon apretándome los pechos—, si no fuera porque sé que Smith está casado y tiene hijos.

Resoplé ante aquella nueva muestra de conocer algo que no tenía por qué saber.

—¿Sabes también su número de pie y de sombrero?

—Todavía no. —Se rio ante mi gruñido exasperado y no pude evitar sonreír al escuchar aquel extraño sonido.

Algún día de ésos hablaríamos sobre su obsesión por obtener información, pero éste no era el día de ocuparse de ello. Últimamente habíamos tenido muchas discusiones y en mi mente estaba siempre presente el consejo de Cary de que nos aseguráramos de que nos divertíamos.

Jugueteando con el anillo del dedo de Gideon, le hablé de la conversación que había mantenido con mi padre el sábado y de cómo sus compañeros policías le habían estado tomando el pelo con los cotilleos sobre mi relación con el famoso Gideon Cross.

Dejó escapar un suspiro.

—Lo siento.

Me di la vuelta para mirarle a la cara.

—No es culpa tuya que hablen de ti. No puedes evitar ser increíblemente atractivo.

—Algún día de éstos sabré si mi cara es una maldición o no —me respondió con un tono seco.

—Bueno, si mi opinión te sirve de algo, a mí me gusta mucho.

Gideon retorció los labios y me acarició la mejilla.

—Tu opinión es lo único que cuenta. Y la de tu padre. Quiero gustarle, Eva, que no piense que estoy exponiendo a su hija a que invadan su privacidad.

—Le vas a gustar. Sólo quiere que esté bien y sea feliz.

Se calmó visiblemente y se acercó más a mí.

—¿Te hago feliz?

—Sí. —Apoyé la cara en su corazón—. Me encanta estar contigo. Cuando no estamos juntos, deseo que lo estemos.

—Habías dicho que no querías que nos peleáramos más —murmuró sobre mi pelo—. Le he estado dando vueltas a eso. ¿Te estás cansando de que la esté cagando cada dos por tres?

—Tú *no* la estás cagando cada dos por tres. Yo también he metido la pata. Las relaciones son difíciles, Gideon. La mayoría de ellas no tienen un sexo estupendo como nosotros. Creo que somos de los afortunados.

Cogió agua entre sus manos y me la echó por la espalda, una y otra vez. Tranquilizándome con su calor serpenteante.

—La verdad es que no recuerdo a mi padre.

Intenté no ponerme tensa para no mostrar mi sorpresa. Ni mi agitada emoción ni mi deseo desesperado por saber más de él. Nunca antes me había hablado de su familia. Me moría por inundarlo a preguntas, pero no quise presionar por si no estaba preparado...

Su pecho se elevó y se rebajó al respirar profundamente. Había algo en el sonido de sus susurros que hizo que yo levantara la cabeza y echara a perder mis intenciones de ser cautelosa.

Pasé la mano por sus fuertes pectorales.

—¿Quieres hablar de lo que *sí* recuerdas?

—Son sólo... impresiones. No aparecía mucho por casa. Trabajaba mucho. Supongo que he salido a él.

—Quizá tengáis en común la adicción al trabajo, si es que eso existe, pero sólo eso.

—¿Cómo lo sabes? —Me miró desafiante.

Extendí la mano, y le aparté el pelo de la cara.

—Perdona, Gideon, pero tu padre era un farsante que tomó la salida más fácil y egoísta. Tú no eres así.

—No, así no. —Hizo una pausa—. Pero creo que nunca aprendió a conectar con la gente, a ocuparse de nada que no fueran sus necesidades más inmediatas.

Lo observé.

—¿Crees que tú eres igual en eso?

—No lo sé —respondió en voz baja.

—Pues yo sí, y no lo eres. —Le di un beso en la punta de la nariz—. Tú cuidas a la gente.

Estrechó los brazos a mi alrededor.

—Más vale que sea así. No puedo pensar en ti con otra persona, Eva. La simple idea de que otro hombre te vea como lo hago yo, viéndote así... colocando sus manos sobre ti... Me lleva a un lugar oscuro.

—Eso no va a suceder, Gideon. —Sabía cómo se sentía. Yo sería incapaz de soportarlo si lo viera en una actitud íntima con otra mujer.

—Lo has cambiado todo en mí. No podría soportar perderte.

Lo abracé.

—Esa sensación es mutua.

Incliné mi cabeza hacia atrás y Gideon me besó la boca con intensidad.

Pocos momentos después, quedó claro que pronto íbamos a derramar agua por todo el suelo. Me aparté.

—Necesito comer si quieres que nos pongamos de nuevo a ello, maníaco sexual.

—Dijo la novia frotando todo su cuerpo desnudo contra el mío. —Apoyó la espalda con una sonrisa pecaminosa.

—Vamos a pedir comida china barata y a comerla directamente de la caja con palillos.

—Hagamos lo mismo con comida china buena.

19

Cary se unió a nosotros en la sala de estar para cenar una excelente comida china, beber un dulce licor de ciruela y tener una sesión de televisión de lunes por la noche. Mientras cambiábamos de canal y nos reíamos de los divertidísimos nombres de algunos programas de telerrealidad, observé cómo los dos hombres más importantes de mi vida disfrutaban de un rato de distracción y también el uno del otro. Se llevaban bien, tomándose el pelo e insultándose el uno al otro en broma, tal y como suelen hacer los hombres. Nunca antes había visto ese aspecto de Gideon y me encantó.

Mientras yo acaparaba todo un lado del sofá, ellos dos estaban sentados en el suelo con las piernas cruzadas y utilizaban la mesita para apoyar sus platos. Los dos llevaban pantalón de chándal y camisetas ajustadas y yo disfrutaba con la vista. ¿No era una chica con mucha suerte?

Haciendo crujir sus nudillos, Cary se dispuso a abrir su galleta de la suerte con gran dramatismo.

—Veamos. ¿Seré rico? ¿Famoso? ¿Estoy a punto de conocer al señor o la señora alta, misteriosa y sabrosa? ¿Voy a viajar a lugares remotos? ¿Qué os ha salido a vosotros?

—La mía es muy tonta —dije—. «Al final todo se sabrá». ¡Bah! No necesitaba que un adivino me dijera eso.

Gideon abrió la suya y la leyó:

—«La prosperidad llamará pronto a tu puerta».

Solté un bufido.

Cary me miró fijamente.

—Ya sé. Le has quitado la galleta a otro, Cross.

—Es mejor no dejarle cerca de la galleta de otro —dije yo secamente.

Extendiendo la mano, Gideon arrancó de mis dedos la mitad de la mía.

—No te preocupes, cielo. La tuya es la única galleta que quiero. —Y se la metió en la boca guiñando un ojo.

—¡Puaj! —exclamó Cary con una arcada—. ¿Por qué no os vais a vuestra habitación? —Abrió su galleta con un movimiento ostentoso y, a continuación, frunció el ceño—. ¿Qué coño...?

Yo me incliné hacia delante.

—¿Qué dice?

—Dijo Confucio: «Hombre con mano en el bolsillo, se lo tiene todo el día muy creído» —improvisó Gideon

Cary le lanzó la mitad de su galleta a Gideon, que la agarró hábilmente y sonrió.

—Dame eso. —Arranqué la suerte de entre los dedos de Cary y leí. Después, me reí.

—Vete a la mierda, Eva.

—¿Y bien? —Quiso saber Gideon.

«Coge otra galleta».

Gideon sonrió.

—*Machacado* por una galleta.

Cary le lanzó la otra mitad de su galleta.

Me acordé de veladas parecidas que había compartido con Cary cuando iba a la Universidad Estatal de San Diego, lo cual hizo que tratara de imaginarme el aspecto de Gideon cuando estaba en la universidad. Por los artículos que había leído, sabía que había asistido, sin licenciarse, a la Universidad de Columbia y que luego lo dejó para centrarse en sus intereses de expansión empresarial.

¿Se había relacionado con otros estudiantes? ¿Asistió a fiestas de las hermandades, folló con alguna chica, se había emborrachado muchas veces? ¿Alguna de esas cosas o todas? Era un hombre con tanto autocontrol que me costó imaginarlo tan despreocupado y, sin embargo, ahí estaba, comportándose exactamente así conmigo y con Cary.

Entonces, me miró, aún sonriendo, y el corazón se me dio la vuelta en el pecho. Por una vez, parecía tener su verdadera edad, tan joven, tan guapo y tan normal. En ese momento, sólo éramos una pareja de veintitantos años relajándose en casa con un compañero de piso y un mando a distancia. Él era simplemente el novio con el que yo estaba saliendo. Todo era dulce y fácil. Aquella imagen me pareció conmovedora.

Sonó el portero automático y Cary se puso de pie de un salto y fue a contestar. Me miró con una sonrisa.

—Puede que sea Trey.

Yo levanté una mano con los dedos cruzados.

Pero cuando Cary abrió la puerta unos minutos después, fue la rubia de piernas largas de la otra noche la que entró.

—Hola —saludó mientras veía los restos de la cena sobre la mesa. Estudió a Gideon mientras éste, educadamente, descruzaba las piernas y se levantaba con aquella elegancia poderosa que tenía. Ella me lanzó una sonrisita y, a continuación, miró a Gideon con otra deslumbrante sonrisa de supermodelo y le extendió la mano.

—Tatiana Cherlin.

Él le estrechó la mano.

—Soy el novio de Eva.

Me sorprendió aquella forma de presentarse. ¿Estaba protegiendo su identidad? ¿O su espacio personal? En cualquier caso, me gustó aquella respuesta.

Cary volvió a la sala de estar con una botella de vino y dos copas.

—Vamos —dijo, señalando hacia el pasillo que llevaba a su dormitorio.

Tatiana nos dedicó un pequeño saludo con la mano y salió delante de Cary.

—¿Qué haces? —le pregunté a Cary moviendo los labios en silencio mientras ella estaba de espaldas

Él me guiñó un ojo y susurró.

—Coger otra galleta.

Gideon y yo dimos por terminada la velada poco después y nos dirigimos a mi dormitorio. Mientras nos preparábamos para meternos en la cama, le pregunté algo en lo que había estado pensando antes:

—¿Tenías algún picadero cuando estabas en la universidad?

Se quitó la camiseta por la cabeza.

—¿Cómo?

—Ya sabes, como la habitación del hotel. Eres un hombre muy caliente. Simplemente me preguntaba si entonces también tenías alguna especie de pequeño apartamento.

Él negó con la cabeza mientras yo me comía con los ojos su torso maravillosamente perfecto y su delgada cintura.

—He tenido más sexo desde que te he conocido que en los dos últimos años.

—Venga ya.

—Trabajo mucho y hago muchísimo ejercicio, y ambas cosas me tienen felizmente agotado la mayor parte del tiempo. Puede que de vez en cuando haya recibido alguna oferta que no he rechazado, pero, aparte de eso, hasta que te he conocido, si tenía sexo, bien, y si no, también.

—Tonterías. —Aquello me resultaba imposible de creer.

Me fulminó con la mirada antes de dirigirse al baño con una bolsa de aseo de piel negra.

—Sigue dudando de mí, Eva. Y atente a las consecuencias.

—¿Qué? —Fui detrás de él disfrutando de la visión de su delicioso culo—. ¿Vas a demostrar que puedes dejar el sexo cuando quieras follándome otra vez?

—Para eso hacen falta dos personas. —Abrió su bolsa y sacó un cepillo de dientes nuevo al que liberó de su embalaje y lo dejó caer en mi vaso del cepillo de dientes—. Tú has iniciado el sexo entre nosotros tanto como yo. Necesitas esa conexión igual que yo.

—Tienes razón. Sólo que...

—¿Sólo que qué? —Abrió un cajón, frunció el ceño al ver que estaba lleno y se movió para abrir otro.

—En el otro lavabo —dije sonriendo ante su suposición de que iba a tener cajones en mi sitio y su mala cara al ver que no los encontraba—. Son todos para ti.

Gideon se acercó al segundo lavabo y empezó a sacar las cosas de su bolsa para meterlas en los cajones.

—¿Sólo que qué? —repitió, mientras llevaba el champú y el gel a mi ducha.

Con la cadera apoyada en el lavabo y los brazos cruzados, lo observé mientras iba tomando posesión de todo mi baño. No había duda de lo que estaba haciendo, así como tampoco la había de que cualquiera que entrara en la habitación sabría enseguida que había un hombre en mi vida.

De repente, sentí que yo también había tomado posesión de su espacio privado. Las cosas de su casa tenían que saber que su jefe se había comprometido ahora en una relación. Pensar aquello me emocionó un poco.

—Antes he estado imaginándote en la universidad —continué—, cuando estábamos cenando, pensando cómo sería poder verte por el campus. Yo habría estado obsesionada contigo. Me habría desviado de mi camino sólo por verte por ahí y disfrutar de la vista. Habría tratado de matricularme en las mismas asignaturas que tú, para poder soñar despierta durante las clases imaginando que metía mano en tus pantalones.

—Una maníaca sexual. —Me dio un beso en la punta de la nariz al pasar por mi lado y fue a lavarse los dientes—. Los dos sabemos lo que habría ocurrido en cuanto yo te hubiese visto.

Me cepillé el pelo y los dientes y, después, me lavé la cara.

—Entonces... ¿tenías un picadero para las raras ocasiones en que alguna puta afortunada consiguiera llevarte a la cama?

A través del espejo, miró mi rostro enjabonado.

—Siempre he utilizado la habitación del hotel.

—¿Ése es el único sitio en el que has tenido relaciones sexuales antes de mí?

—El único sitio en el que he tenido sexo consentido antes de ti —me corrigió en voz baja.

—Ah. —Se me partió el corazón.

Me acerqué a él y lo abracé por detrás. Acaricié mi mejilla contra su espalda.

Fuimos a la cama y nos abrazamos. Enterré la cara en su cuello y respiré su olor, acurrucándome. Su cuerpo era duro, pero maravillosamente cómodo cuando lo apretaba contra el mío. Era tan cálido y fuerte, tan poderosamente masculino, que sólo tenía que pensar en él para desearle.

Deslicé mis piernas por encima de su cintura y me puse encima de él, extendiendo las manos sobre los lomos de su abdomen. Estaba oscuro. No podía verlo, pero no lo necesitaba. Por mucho que me encantara su cara —esa de la que a veces él se quejaba—, era su forma de acariciarme y el modo en que me susurraba lo que de verdad me llegaba de él. Como si para él no hubiese nadie más en el mundo, nada que deseara más.

—Gideon. —No necesité decir nada más.

Sentándose, me envolvió con sus brazos y me besó apasionadamente. Entonces, me dio la vuelta, me colocó debajo de él y me hizo el amor con una tierna actitud posesiva que me llegó hasta el alma.

Me desperté con un susto. Me estaba aplastando un gran peso y una voz áspera me escupía al oído palabras feas y desagradables. El pánico se adueñó de mí y me dejó sin respiración.

Otra vez no... Por favor, no...

La mano de mi hermanastro me cubrió la boca mientras me separaba las piernas. Sentí esa cosa dura entre sus piernas hurgando a ciegas, tratando de introducirse en mi cuerpo. Mi grito quedó ahogado por la palma de su mano apretada contra mis labios y me encogí, con el corazón golpeándome tan fuerte que pensé que iba a explotar. Nathan pesaba mucho. Pesaba mucho y era muy fuerte. No podía quitármelo de encima, no podía empujarlo para que se apartara.

¡Para! Déjame. No me toques. Dios mío... Por favor, no me hagas eso... otra vez no...

¿Dónde estaba mamá?

¡Mamá!

Grité, pero la mano de Nathan me tapaba la boca. La apretaba contra mí y me aplastaba la cara sobre la almohada. Cuanto más me resistía, más se excitaba él. Jadeando como un perro, me embestía una y otra vez... tratando de penetrarme...

—Vas a saber lo que se siente.

Me quedé inmóvil. Conocía aquella voz. Supe que no era la de Nathan.

No era un sueño. Seguía viviendo la pesadilla.

No, Dios mío. Parpadeando como loca en la oscuridad, traté de ver. La sangre me retumbaba en los oídos. No podía oír nada.

Pero conocía el olor de su piel. Conocía su tacto, incluso cuando era cruel. Conocía la sensación de su cuerpo sobre el mío, incluso mientras trataba de invadirme

La erección de Gideon se golpeaba contra el pliegue de mi muslo. Aterrada, empujé hacia arriba con todas las fuerzas. Su mano sobre mi cara.

Entrando aire en mis pulmones, grité.

—No eres tan pulcra cuando te están follando. —Su pecho se levantaba mientras gruñía.

—Crossfire —dije con voz entrecortada.

Un rayo de luz del pasillo me cegó, seguido por la bendita retirada del asfixiante peso de Gideon. Me di la vuelta hacia mi lado sollozando, me caían tantos ríos de lágrimas de mis ojos que apenas vi la imagen borrosa de Cary empujando a Gideon hasta el otro extremo de la habitación y contra la pared, haciendo una marca en el tabique.

—¡Eva! ¿Estás bien? —Cary encendió la luz de la mesa de noche y maldijo cuando me vio acurrucada en posición fetal, dando fuertes sacudidas.

Cuando Gideon se enderezó, Cary se volvió contra él.

—¡Mueve un jodido músculo antes de que llegue la policía y te hago papilla!

Tragando saliva por mi abrasadora garganta, me incorporé para sentarme. Miré fijamente a Gideon y vi que el embotamiento del sueño había desaparecido de sus ojos y que había sido sustituido por un naciente horror.

—Un sueño —balbuceé agarrando el brazo de Cary mientras éste cogía el teléfono—. G-Gideon estaba s-soñando.

Cary miró al suelo, donde Gideon estaba agachado como un animal salvaje. Cary dejó caer el brazo.

—Dios —suspiró—. Pensaba que era yo quien estaba jodido.

Me deslicé para salir de la cama y me puse de pie con piernas temblorosas, mareada por el miedo persistente. Mis piernas cedieron y Cary me agarró, me bajó al suelo y me sujetó mientras yo lloraba.

—Voy a dormir en el sofá. —Cary se pasó una mano por el pelo revuelto por el sueño y se apoyó en la pared del pasillo. La puerta de mi dormitorio estaba abierta detrás de mí y Gideon estaba dentro, pálido y angustiado—. Voy a sacar también mantas y almohadas para él. No creo que deba volver a casa solo. Está hecho polvo.

—Gracias, Cary. —Apreté los brazos con los que me abrazaba el pecho—. ¿Tatiana sigue aquí?

—Madre mía, no. No es lo que crees. Sólo follamos.

—¿Y Trey? —le pregunté en voz baja, con la mente pensando aún en Gideon.

—Yo quiero a Trey. Creo que es la mejor persona que he conocido nunca aparte de ti. —Se inclinó hacia delante y me besó en la frente—. Y ojos que no ven, corazón que no siente. Deja de preocuparte por mí y cuídate tú.

Levanté la mirada hacia él con los ojos bañados en lágrimas.

—No sé qué hacer.

Cary dejó escapar un suspiro y me miró con sus ojos verdes, oscuros y serios.

—Creo que tienes que decidir si esta situación te está superando, pequeña. Hay personas que no pueden estar juntas. Mírame a mí. Tengo un tío estupendo y me estoy follando a una chica a la que no soporto.

—Cary... —Alargué la mano y le acaricié el hombro.

Él me agarró la mano y la apretó.

—Estoy aquí para lo que necesites.

Gideon estaba cerrando la cremallera de su bolso de viaje cuando volví a la habitación. Me miró y sentí miedo en las tripas. No por mí, sino por él. Nunca había visto a nadie tan desolado, tan completamente destrozado. El desconsuelo de sus preciosos ojos me asustó. No había vida en él. Estaba tan gris como un muerto, con profundas sombras en todos los ángulos y planos de su imponente rostro.

—¿Qué haces? —susurré.

Él dio un paso atrás, como si quisiera estar lo más lejos posible de mí.

—No puedo quedarme.

Me preocupó sentir un repentino alivio ante la idea de quedarme sola.

—Habíamos acordado... no salir huyendo.

—Eso fue antes de que yo te atacara —dijo bruscamente, mostrando el primer síntoma de vida en más de una hora.

—No eras consciente.

—No vas a volver a ser una víctima nunca más. Dios mío... lo que he estado a punto de hacerte... —Se giró dándome la espalda y sus hombros se encorvaron de un modo que me asustó tanto como lo había hecho el ataque.

—Si te vas, nosotros salimos perdiendo y nuestro pasado es el que gana. —Vi que mis palabras llegaban a él como un golpe. Estaban encendidas todas las luces de mi habitación, como si la electricidad sola pudiera hacer desaparecer todas las sombras que había en nuestro interior—. Si te rindes ahora, me temo que va a ser más fácil que tú te alejes y que yo te deje hacerlo. Habremos terminado, Gideon.

—¿Cómo voy a quedarme? ¿Por qué ibas a querer que lo haga? —Se dio la vuelta y me miró con tanto deseo que hizo que de nuevo aparecieran las lágrimas en mis ojos—. Me mataría antes de hacerte daño.

Ése era uno de mis temores. Lo había pasado mal imaginándome al Gideon que yo conocía —el dominante, el poderoso y obstinado— quitándose la vida, pero el Gideon que estaba de pie ante mí era una persona completamente distinta. Y era el hijo de un padre que se había suicidado.

Tiré del dobladillo de la camiseta con los dedos.

—Nunca me harías daño.

—Tienes miedo de mí —dijo con voz áspera—. Puedo verlo en tu cara. Yo mismo *me tengo miedo.* Miedo de dormir contigo y hacerte algo que nos destruya a los dos.

Tenía razón. Le tenía miedo. El terror me helaba el vientre.

Ahora conocía la violencia que había en él. La furia enconada. Y sentíamos una gran pasión el uno por el otro. Yo le había dado una bofetada en la cara en la fiesta del jardín, emprendiéndola a golpes cuando yo *jamás* hacía eso.

Estaba en la naturaleza de nuestra relación ser vigorosos e impulsivos, groseros y salvajes. La confianza que nos había mantenido juntos también se nos abría a los dos de un modo que nos volvía vulnerables y peligrosos. Y sería cada vez peor.

Se pasó una mano por el cabello.

—Eva, yo...

—Te quiero, Gideon.

—Dios mío. —Me miró con algo que se parecía a la repugnancia. Si iba dirigido a mí o a sí mismo, eso no lo supe—. ¿Cómo puedes decir eso?

—Porque es la verdad.

—Sólo ves esto. —Se señaló a sí mismo con un movimiento de la mano—. No ves al jodido y destrozado desastre que hay dentro de mí.

Tomé aire.

—¿Me dices eso sabiendo que yo también estoy jodida y destrozada?

—Quizá estés mal porque siempre vas a por tipos que son terribles para ti —dijo con amargura.

—Basta. Sé que estás sufriendo, pero atacándome sólo vas a conseguir sentirte peor. —Miré el reloj y vi que eran las cuatro de la mañana. Me acerqué a él. Necesitaba superar mi miedo de tocarle y de que él me tocara.

Él levantó una mano como para mantenerme apartada.

—Me voy a casa, Eva.

—Duerme en el sofá de aquí. No te pelees conmigo por esto, Gideon. Por favor. Me voy a preocupar mucho si te vas.

—Lo estarás más si me quedo. —Me miró fijamente y parecía perdido, furioso y lleno de un terrible anhelo. Sus ojos me suplicaban perdón, pero él no lo aceptaría si yo trataba de dárselo.

Fui hasta él y le agarré de la mano, conteniendo la oleada de aprensión que sentí al tocarnos. Seguía teniendo los nervios de punta y la garganta y la boca aún me dolían, mientras el recuerdo de sus intentos de penetrarme —tan parecido a como lo hacía Nathan— seguía estando muy fresco.

—S-superaremos esto —le prometí odiando el temblor en mi voz—. Irás a ver al doctor Petersen y luego ya veremos.

Levantó la mano como para acariciarme la cara.

—Si Cary no llega a estar aquí...

—Estaba. Y yo me pondré bien. Te quiero. Superaremos esto. —Me acerqué a él y lo abracé, pasando las manos por debajo de su camisa para tocar su piel desnuda—. No vamos a dejar que el pasado se interponga en lo que tenemos.

No estaba segura a cuál de los dos trataba de convencer.

—Eva. —Con su abrazo me dejó sin aire—. Lo siento. Esto me está destrozando. Por favor, perdóname... No puedo perderte.

—No lo harás. —Cerré los ojos y me concentré en sentirlo. Su olor. Recordar que antes no tenía miedo cuando estaba con él.

—Lo siento mucho. —Sus manos temblorosas me acariciaban la curva de la espalda—. Haré lo que sea...

—Shh. Te quiero. Vamos a estar bien.

Giró la cabeza y me besó suavemente.

—Perdóname, Eva. Te necesito. Tengo miedo de lo que será de mí si te pierdo...

—No me voy a ir a ningún sitio. —Sentí un cosquilleo en la piel bajo el agitado deslizamiento de sus manos sobre mi espalda—. Estoy aquí. No voy a salir huyendo nunca más.

Se detuvo, respirando con fuerza sobre mis labios. Entonces, inclinó la cabeza y selló mi boca con la suya. Mi cuerpo reaccionó ante el suave mimo de su beso. Me eché sobre él sin ser consciente de mis movimientos, acercándomelo más.

Colocó la palma de sus manos sobre mis pechos y los masajeó, dando vueltas con la yema de sus pulgares alrededor de mis pezones hasta que se pusieron de punta y me dolieron. Gemí con una mezcla de miedo y ansia y él se estremeció al oírlo.

—¿Eva?

—Yo... No puedo. —El recuerdo de cómo me había despertado estaba demasiado fresco en mi mente. Me dolió rechazarlo, sabiendo que él necesitaba lo mismo de mí que yo de él cuando le hablé de Nathan, demostrándole que el deseo seguía estado ahí, que por muy feas que fueran las cicatrices de nuestros pasados, no afectaban a lo que éramos ahora el uno para el otro.

Pero no podía darle aquello. Todavía no. Me sentía demasiado abierta y vulnerable.

—Abrázame, Gideon. Por favor.

Él asintió y me envolvió con sus brazos.

Hice que se tumbara en el suelo conmigo, esperando que se durmiera. Yo me acurruqué a su lado, colocando la pierna sobre la suya y mi brazo sobre su duro vientre.

Él me apretó con suavidad, presionando sus labios sobre mi frente, susurrando una y otra vez lo mucho que lo sentía.

—No me dejes —susurré—. Quédate.

Gideon no respondió ni hizo ninguna promesa, pero tampoco me dejó marchar.

Me desperté un rato después, oyendo los uniformes latidos del corazón de Gideon debajo de mi oído. Seguían encendidas todas las luces y el suelo enmoquetado me parecía duro e incómodo.

Gideon estaba tumbado boca arriba, con su hermoso rostro juvenil de cuando dormía y la camisa levantada lo suficiente como para dejar ver su ombligo y sus abdominales marcados.

Ése era el hombre al que yo amaba. Ése era el hombre cuyo cuerpo me daba tanto placer, cuyas atenciones me conmovían una y otra vez. Seguía estando ahí. Y a juzgar por el ceño fruncido que afeaba su frente, seguía sufriendo.

Deslicé la mano por el interior de sus pantalones del chándal. Por primera vez desde que estábamos juntos, no estaba caliente como el acero al contacto de mi mano, pero rápidamente creció y se hinchó mientras yo le acariciaba con cautela desde abajo hasta la punta. El miedo persistía por debajo de mi excitación, pero tenía más miedo de perderle que de vivir con los demonios que había en su interior.

Se revolvió y tensó el brazo alrededor de mi espalda.

—¿Eva...?

Esta vez le respondí del modo que no había podido hacer antes.

—Vamos a olvidarlo —le susurré al oído—. Vamos a hacer que lo olvidemos.

—*Eva.*

Enrolló su cuerpo con el mío, quitándome la camiseta con movimientos cautelosos. Yo tuve el mismo cuidado a la hora de desvestirle. Nos acercamos el uno al otro como si pudiéramos rompernos. El lazo que nos unía era frágil en ese momento y a los dos nos preocupaba el futuro y las heridas que podríamos infligirnos con todos nuestros filos dentados.

Sus labios envolvieron mi pezón y sus mejillas se fueron ahuecando despacio, conteniendo su seducción. Su suave forma de mamar me gustaba tanto que ahogué un grito y me arqueé sobre su mano. Él me acarició el costado, desde el pecho hasta la cintura y hacia arriba otra vez, una y otra vez, tranquilizándome mientras el corazón se me desbocaba.

Me fue besando de un pecho al otro, murmurando palabras de disculpa y de deseo con una voz rota por el arrepentimiento y la tristeza.

Su lengua me lamió en el punto más endurecido, jugueteando con él antes de envolverlo de calor húmedo y succionarlo.

—Gideon. —Sus suaves y hábiles tirones conseguían que de mi mente asustadiza saliera el deseo. Mi cuerpo estaba ya rendido ante él, buscando ávidamente el placer y la belleza que él tenía.

—No tengas miedo de mí —susurró—. No te apartes.

Me besó el ombligo y, después, fue más abajo, acariciando con el pelo mi vientre mientras se colocaba entre mis piernas. Me abrió con manos temblorosas y me acarició el clítoris con la nariz. Sus lametones ligeros y provocadores a través de mi vagina y los palpitantes descensos al interior de mi sexo vibrante me llevaron al borde de la locura.

Doblé la espalda. De mis labios salieron roncas súplicas. La tensión se extendió por todo mi cuerpo, que se puso rígido hasta sentir que podía romperme con tanta presión. Y entonces, él me llevó al orgasmo con el más suave roce de la punta de su lengua.

Grité, y un ardiente alivio me recorrió el cuerpo mientras me retorcía.

—No puedo dejar que te vayas, Eva. —Gideon se levantó por encima de mí mientras yo me estremecía de placer—. No puedo.

Limpiándome las lágrimas que quedaban en mi rostro, le miré a sus ojos enrojecidos. Presenciar su tormento me causaba dolor y hacía que el corazón me doliera.

—No te dejaría aunque quisieses.

Se puso encima de mí y me metió la polla despacio, con cuidado. Presioné la cabeza con fuerza contra el suelo mientras él se hundía más adentro y tomaba posesión de mi cuerpo centímetro a centímetro cada vez que lo hacía.

Cuando todo él estuvo dentro de mí, empezó a moverse con embestidas moderadas y pausadas. Cerré los ojos y me concentré en la conexión que había entre los dos. Entonces, se echó sobre mí, apretando su vientre contra el mío, y el pulso se me disparó aterrado. Sintiendo un miedo repentino, vacilé.

—Mírame, Eva. —Su voz era tan ronca que no la reconocía.

Lo hice y vi su angustia.

—Hazme el amor —me suplicó con un susurró jadeante—. Haz el amor *conmigo*. Tócame. Pon las manos sobre mí.

—Sí. —Apreté las palmas de la mano en su espalda y, después, pasé las manos por los trémulos músculos hasta llegar al culo. Apretando la carne dura y flexionada, le insté a que se moviera más rápido y se metiera más adentro.

Los golpes rítmicos de su pesada polla a través de las profundidades cerradas de mi sexo me llevaron al éxtasis en oleadas de calor. Me gustaba. Mis piernas rodeaban su cintura y mi respiración se iba acelerando a medida que el frío nudo que había dentro de mí empezaba a derretirse. Nos miramos fijamente.

Por mis sienes corrían las lágrimas.

—Te quiero, Gideon.

—Por favor... —Cerró los ojos, apretándolos.

—Te quiero.

Me acercaba al orgasmo con los hábiles movimientos de su cintura removiendo su polla dentro de mí. Comprimí mi sexo con fuerza, tratando de mantenerle dentro, tratando de hacer que se quedara en lo más profundo de mí.

—Córrete, Eva —jadeó contra mi cuello.

Me esforcé por hacerlo, me esforcé por superar la persistente aprensión que sentía por tenerlo encima de mí. La ansiedad se mezclaba con el deseo manteniéndome en el filo.

Emitió un ronco sonido de dolor y arrepentimiento.

—Necesito que te corras, Eva... Necesito sentirte... Por favor...

Agarrándome de las nalgas, me movió las caderas y golpeó una y otra vez ese punto sensible de mi interior. Era infatigable, implacable, follándome hasta el fondo y con fuerza hasta que mi mente perdió el control de mi cuerpo y me corrí con fuerza. Le mordí en el hombro para contener mis gritos mientras me sacudía por debajo de él y los diminutos músculos de mi interior se agitaban con oleadas de éxtasis. Él gruñó en mi pecho, un sonido dentellado de placer atormentado.

—Más —me ordenó, clavando sus embestidas más hondo para proporcionarme esa deliciosa sensación de dolor. El hecho de que él volviera a confiar lo suficiente en los dos como para introducir ese pequeño toque de dolor ahuyentó la última de mis reservas. Así como confiábamos el uno en el otro, estábamos aprendiendo a confiar también en nuestros instintos.

Volví a correrme, con ferocidad, apretando los dedos de los pies hasta que sentí un calambre. Sentí la familiar tensión en Gideon y apreté las manos sobre sus caderas, espoleándolo para que siguiera, desesperada por sentir cómo se salía a chorros dentro de mí.

—No. —Se apartó y cayó sobre su espalda lanzando un brazo por encima de sus ojos. Castigándose mientras le negaba a su cuerpo el consuelo y el placer del mío.

Su pecho se movía y brillaba del sudor. Su polla yacía pesadamente sobre su vientre, con un aspecto brutal, con su ancha cabeza púrpura y sus gruesas venas.

Me lancé sobre ella con manos y boca, ignorando su despiadada maldición. Sujeté su torso con mi antebrazo y la agarré con fuerza con mi otro puño, chupando vorazmente su sensible corona. Los muslos le temblaban y pateaba las piernas incansablemente.

—Joder, Eva. Mierda. —Se puso rígido y jadeó, empujando las manos entre mi pelo, moviendo sus caderas—. Oh, mierda... Oh, Dios... Estalló en un torrente poderoso que casi me ahogaba, duro, inundándome la boca. Lo tomé todo, mientras mi puño ordeñaba, impulso tras impulso, por todo lo largo de su polla, tragándomelo hasta que se estremeció con la excesiva sensación suplicándome que parara.

Me incorporé y Gideon se sentó envolviendo mi cuerpo con el suyo. Me volvió a tumbar en el suelo y allí enterró la cara en mi cuello y lloró hasta el amanecer.

El martes fui al trabajo con una blusa de seda negra de manga larga y pantalones, sintiendo la necesidad de establecer una barrera entre el mundo y yo. En la cocina, Gideon me cogió la cara entre sus manos y acarició mis labios con los suyos con desgarradora ternura. Seguía teniendo aquella mirada de angustia.

—¿Comemos juntos? —pregunté, sintiendo que necesitábamos aferrarnos a la conexión que había entre los dos.

—Tengo una comida de trabajo. —Pasó los dedos por mi pelo suelto—. ¿Quieres venir? Me aseguraré de que Angus te lleve de vuelta al trabajo a tiempo.

—Me encantaría ir contigo. —Pensé en el calendario de eventos nocturnos, reuniones y citas que me había enviado al móvil—. ¿Y mañana por la noche tenemos la cena de beneficencia en el Waldorf-Astoria?

Su mirada se suavizó. Vestido con la ropa del trabajo, parecía triste pero sereno. Yo sabía que no lo estaba.

—Es cierto que no vas a renunciar a mí, ¿verdad? —preguntó en voz baja.

Levanté la mano derecha y le enseñé mi anillo.

—Estás conmigo, Gideon. Ve acostumbrándote.

De camino al trabajo, me acurrucó en su regazo y, de nuevo, cuando íbamos a la comida en Jean Georges. Yo no pronuncié más de una docena de palabras durante el almuerzo, donde Gideon había pedido por mí y yo disfruté enormemente.

Me quedé sentada en silencio a su lado, con la mano izquierda apoyada en su fuerte muslo por debajo del mantel, una afirmación sin palabras de mi compromiso con él. Con nosotros. Una de sus manos descansaba sobre la mía, cálida y fuerte, mientras hablaba de una nueva propiedad que estaba en construcción en St. Croix. Nos mantuvimos así durante toda la comida, y cada uno de nosotros decidió comer con una mano para no separarlas.

A medida que pasaban las horas, sentía que el horror de la noche anterior se iba alejando de los dos. Sería otra cicatriz que añadir a su colección, otro recuerdo amargo que él siempre tendría, un recuerdo que yo compartiría y temería junto a él, pero que no nos dominaría. No dejaríamos que eso ocurriera.

Angus estaba esperando para llevarme a casa cuando terminó mi jornada. Gideon trabajaba hasta tarde y luego iría directamente desde el Crossfire a la consulta del doctor Petersen. Durante el viaje me fui preparando para la siguiente sesión de entrenamiento con Parker. Pensé saltármela pero, al final, decidí que era importante continuar con la rutina. En ese momento, ya había demasiados aspectos de mi vida que se habían descontrolado. Seguir un calendario era una de las pocas cosas que podía controlar.

Tras hora y media marcajes y preliminares con Parker en su estudio, me sentí aliviada cuando Clancy me dejó en casa y también orgullosa por haber estado haciendo ejercicio cuando era lo último que deseaba hacer.

Cuando entré en el vestíbulo, me encontré a Trey en la recepción.

Lo saludé.

—Hola. ¿Subes?

Se giró para mirarme con sus cálidos ojos color avellana y una amplia sonrisa. Había dulzura en Trey, una especie de sincera ingenuidad que lo diferenciaba del resto de relaciones que Cary había tenido antes. O quizá debería decir simplemente que Trey era «normal», lo cual no era muy usual en la vida de Cary ni en la mía.

—Cary no está —dijo—. Han intentado llamarle.

—Puedes subir conmigo y esperar. No voy a volver a salir.

—Si de verdad no te importa. —Empezó a caminar a mi lado. Yo saludé con la mano a la chica de la recepción y nos dirigimos hacia el ascensor—. Le he traído una cosa.

—No me importa en absoluto —le aseguré, devolviéndole su dulce sonrisa.

Miró mis pantalones de yoga y mi camiseta sin mangas.

—¿Vienes ahora del gimnasio?

—Sí. Aunque hoy es uno de esos días que habría preferido hacer *cualquier* otra cosa.

Se rio mientras entrábamos en el ascensor.

—Conozco esa sensación.

Mientras subíamos, nos quedamos en silencio. Me sentía pesada.

—¿Va todo bien? —le pregunté.

—Bueno... —Trey se ajustó la correa de la mochila—. Parece que Cary ha estado un poco ausente estos últimos días.

Me mordí el labio inferior.

—Vaya. ¿En qué sentido?

—No sé. Es difícil de explicar. Simplemente tengo la sensación de que le está pasando algo y no sé qué puede ser.

Pensé en la rubia y me estremecí por dentro.

—Quizá esté estresado por el trabajo de Grey Isles y no quiere preocuparte. Sabe que estás muy ocupado con tu trabajo y los estudios.

La tensión de sus hombros se alivió.

—Quizá sea eso. Tiene sentido. Vale, muchas gracias.

Abrí la puerta del apartamento y le dije que se sintiera como en su casa. Trey se dirigió a la habitación de Cary para dejar sus cosas, mientras yo me acerqué al teléfono para escuchar los mensajes de voz.

Un grito desde el otro extremo del pasillo hizo que cogiera el teléfono por un motivo diferente. El corazón se me disparó al pensar que pudiera haber intrusos o algún peligro inminente. Hubo más gritos y una de las voces pertenecía claramente a Cary.

De repente, suspiré aliviada. Con el teléfono en la mano, fui a ver qué demonios estaba pasando. Casi choco con Tatiana al doblar la esquina, aún abotonándose la blusa.

—¡Huy! —exclamó con una sonrisa nada arrepentida—. Hasta luego.

No pude oír cómo cerraba la puerta al salir por los gritos de Trey.

—Vete a la mierda, Cary. ¡Ya habíamos hablado de esto! ¡Lo prometiste!

—Estás exagerando las cosas —protestó Cary—. No es lo que piensas.

Trey salió del dormitorio de Cary hecho una furia y con una prisa tal que me tuve que pegar a la pared del pasillo para apartarme de su camino. Cary iba detrás con una sábana sujeta a la cintura. Cuando pasó por mi lado, le miré frunciendo el ceño y él me respondió levantando un dedo para mandarme a la mierda.

Los dejé solos y huí hacia la ducha, enfadada con Cary porque, una vez más, estaba echando a perder algo bueno que había en su vida. Era un patrón del que yo esperaba que saliera, pero parecía incapaz de hacerlo.

Cuando salí a la cocina media hora después, había un completo silencio en el apartamento. Me concentré en la preparación de la cena, decidiéndome por filetes de cerdo asado y patatas con espárragos, una de las cenas preferidas de Cary, por si acaso volvía a casa para cenar y necesitaba animarse.

Me sorprendí al ver a Trey salir al pasillo mientras yo metía el asado en el horno y, a continuación, sentí pena. Odié verle salir enrojecido, despeinado y llorando. La pena se convirtió en enorme decepción cuando Cary vino a la cocina conmigo oliendo a sudor masculino y a sexo. Me lanzó una mirada de enfado al pasar por mi lado de camino a la nevera de los vinos.

Yo le miré con los brazos cruzados.

—Follarse a un amante que está destrozado sobre las mismas sábanas en las que te ha pillado engañándolo no arregla las cosas.

—Cállate, Eva.

—Probablemente se esté odiando ahora mismo por haber cedido.

—He dicho que te calles de una puta vez.

—Muy bien. —Me di la vuelta y me centré en sazonar las patatas para meterlas en el horno con el asado.

Cary sacó unas copas de vino del armario.

—Noto cómo me estás juzgando. Déjalo ya. No estaría la mitad de jodido si me hubiese pillado follando con un hombre.

—Es culpa suya, ¿no?

—Para tu información: tu vida amorosa tampoco es perfecta.

—Eso es un golpe bajo, Cary. Esta vez no voy a quedarme callada. La has fastidiado y, después, lo has hecho aún peor. Es todo culpa tuya.

—Que no se te suban los humos, guapa. Tú te estás acostando con un hombre que va a violarte cualquier día de estos.

—¡Eso no es verdad!

Soltó un bufido y apoyó la cadera sobre el mostrador, con sus ojos verdes llenos de dolor y rabia.

—Si vas a poner la excusa de que está dormido mientras te ataca, vas a tener que usar la misma excusa para los borrachos y drogadictos. Ellos tampoco saben lo que hacen.

La verdad de sus palabras me golpeó con fuerza, al igual que el hecho de que estaba tratando de hacerme daño deliberadamente.

—Se puede dejar de beber, pero no de dormir.

Se puso derecho, abrió la botella que había cogido y llenó dos copas, deslizando una por el mostrador para mí.

—Si hay alguien que sabe lo que es estar con quien te hace daño, soy yo. Tú lo quieres. Quieres salvarle, pero ¿quién va a salvarte a ti, Eva? No voy a estar siempre a tu lado cuando estés con él y Gideon es una bomba de relojería que se ha puesto en marcha.

—¿Quieres hablar de relaciones que hacen daño, Cary? —le respondí, haciendo que se desviara de mis dolorosas verdades—. ¿Te has follado a Trey para protegerte? ¿Has pensado que le has apartado de ti antes de darle la oportunidad de decepcionarte?

Cary adoptó una expresión amarga. Chocó su copa con la mía, que todavía estaba sobre el mostrador.

—Brindo por los dos, que estamos realmente jodidos. Al menos, nos tenemos el uno al otro.

Salió airadamente de la habitación y yo me desinflé. Sabía que esto iba a suceder: ver cómo se desencadenaban circunstancias demasiado buenas para ser ciertas. La satisfacción y la felicidad no duraban en mi vida más que unos momentos y lo cierto es que no eran más que una ilusión.

Siempre había algo oculto, esperando a salir para echarlo todo a perder.

20

Gideon llegó justo cuando sacaba la cena del horno. Traía una bolsa de ropa en una mano y una funda de ordenador portátil en la otra. Me preocupaba que se fuera solo a casa tras su sesión con el doctor Petersen y sentí alivio cuando me llamó para decirme que venía de camino. Aun así, cuando abrí la puerta y le vi allí, un escalofrío de inquietud me recorrió el cuerpo.

—Hola —me saludó en voz baja, siguiéndome después a la cocina—. Huele de maravilla aquí dentro.

—Espero que tengas hambre. Hay mucha comida y me sorprendería que Cary apareciera para ayudarnos a comérnosla.

Gideon dejó sus cosas sobre el mostrador y se acercó a mí con recelo, buscando mis ojos con los suyos a medida que se acercaba.

—Me he traído unas cuantas cosas para pasar la noche, pero me puedo ir a casa si quieres. Cuando sea. Simplemente dímelo.

Dejé escapar el aire de mi pecho con fuerza, decidida a no dejar que el miedo dictara mis acciones.

—Quiero que te quedes.

—Y yo quiero quedarme. —Se detuvo delante de mí—. ¿Puedo abrazarte?

Me giré hacia él y lo apreté con fuerza.

—Por favor.

Presionó su mejilla contra la mía y me abrazó. Aquel abrazo no fue tan natural y relajado como los que solíamos darnos. Había entre nosotros un nuevo recelo diferente a todo lo que habíamos sentido antes.

—¿Qué tal estás? —murmuró.

—Mejor, ahora que estás aquí.

—Pero aún nerviosa. —Apretó sus labios contra mi frente—. Yo también. No sé cómo vamos a poder quedarnos dormidos de nuevo el uno junto al otro.

Apartándome un poco, lo miré. Eso es también lo que yo temía, y mi anterior conversación con Cary no había ayudado en nada. *Es una bomba de relojería en marcha...*

—Lo superaremos —dijo.

Se quedó callado un largo rato.

—¿Alguna vez se ha puesto Nathan en contacto contigo?

—No. —Aunque tenía auténtico pánico a encontrármelo de nuevo algún día, ya fuera por casualidad o deliberadamente. Estaba en algún lugar, ahí afuera, respirando el mismo aire—. ¿Por qué?

—Porque hay mucho bagaje que se interpone entre nosotros dos.

—¿Crees que es demasiado?

Gideon negó con la cabeza.

—No pienso eso.

Yo no supe qué hacer o decir. ¿Qué garantías darle, si ni siquiera estaba segura de mi amor y de si el hecho de necesitarle sería suficiente para que nuestra relación funcionara?

—¿En qué estás pensando? —preguntó.

—En la comida. Estoy hambrienta. ¿Por qué no vas a ver si Cary quiere comer? Luego podemos ponernos a cenar.

Gideon encontró a Cary durmiendo, así que cenamos él y yo a la luz de las velas en la mesa del comedor, una especie de comida formal vestidos con las camisetas y pantalones de pijama que nos habíamos puesto tras nuestras respectivas duchas. Yo estaba preocupada por Cary, pero tener un respiro tranquilo a solas con Gideon me pareció que era justo lo que necesitábamos.

—Ayer comí con Magdalene en mi despacho —dijo después de que disfrutáramos de los primeros bocados.

—¿Ajá? —¿Mientras yo había ido a comprar el anillo, Magdalene había disfrutado de un tiempo a solas con mi hombre?

—No uses ese tono —me reprendió—. Estuvo comiendo en un despacho rodeada de tus flores mientras me lanzabas besos desde mi escritorio. Tú estabas tan presente como ella.

—Perdona. Ha sido un acto reflejo.

Levantó mi mano hacia su boca y le dio un beso rápido y fuerte.

—Me alivia ver que aún puedes sentir celos por mí.

Solté un suspiro. Mis emociones llevaban todo el día desperdigadas, no podía saber cuáles eran mis sentimientos con respecto a nada.

—¿Le has dicho algo sobre Christopher?

—Ése era el motivo de la comida. Le enseñé el vídeo.

—¿Qué? —Fruncí el ceño, recordando que mi teléfono se había quedado sin batería en su coche—. ¿Cómo lo has hecho?

—Subí tu teléfono a mi despacho y saqué el vídeo con un USB. ¿No te diste cuenta de que lo traje anoche con toda la batería?

—No. —Dejé el cubierto sobre la mesa. Con dominación o no, Gideon y yo íbamos a tener que hablar sobre qué límites cruzar para que yo no perdiera los papeles—. No puedes piratear mi teléfono sin más, Gideon.

—No lo pirateé. Aún no le has puesto una contraseña.

—¡Ésa no es la cuestión! Se trata de una grave invasión de mi puñetera privacidad. Dios mío... —¿Por qué en mi vida nadie comprendía que yo tenía unas fronteras?—. ¿Te gustaría que yo hurgara en tus cosas?

—No tengo nada que ocultar. —Sacó su teléfono del bolsillo de sus pantalones y lo sostuvo en el aire ante mí—. Y tú tampoco lo tendrás.

No quería discutir en ese momento. Las cosas estaban demasiado frágiles tal y como estaban, pero ya había permitido lo suficiente que aquello siguiera adelante.

—No importa si yo tengo algo que no quiero que veas. Tengo derecho a un espacio y a una privacidad y tú debes preguntar antes de acceder por tu cuenta a mi información y mis pertenencias. Tienes que dejar de coger todo lo que quieres sin pedir permiso.

—¿Qué tenía eso de privado? —me preguntó frunciendo el ceño—. Tú misma me lo enseñaste.

—¡No seas como mi madre, Gideon! —grité—. Sólo puedo aguantar cierto grado de locura.

Dio un respingo hacia atrás ante mi vehemencia, claramente sorprendido al ver lo enfadada que estaba.

—De acuerdo. Lo siento.

Me bebí el vino de un trago tratando de refrenar mi genio y desasosiego.

—¿Sientes que me haya enfadado o sientes lo que has hecho?

Tras un silencio que duró varios latidos del corazón, Gideon respondió:

—Siento que te hayas enfadado.

Vi que no lo había entendido.

—¿Por qué no ves lo raro que es todo esto?

Dejó escapar un suspiro y se pasó la mano por el pelo.

—Eva, paso una cuarta parte de cada día *dentro* de ti. Cuando estableces límites fuera, no puedo evitar verlos como algo arbitrario.

—Pues no lo son. Son importantes para mí. Si hay algo que quieras saber, tendrás que preguntármelo.

—De acuerdo.

—No lo hagas más —le advertí—. No estoy bromeando, Gideon.

Apretó la mandíbula.

—Vale, ya lo he entendido.

Entonces, como realmente no quería discutir, seguí con la conversación.

—¿Qué dijo ella al verlo?

Él se relajó visiblemente.

—Le resultó difícil, desde luego. Aún más al saber que yo lo había visto.

—Ella nos vio en la biblioteca.

—No hablamos de eso directamente, pero de todos modos, ¿qué iba a decirle? No pienso disculparme por hacerle el amor a mi novia en una habitación cerrada. —Apoyó la espalda en su silla y exhaló con fuerza—. Ver la cara de Christopher en el vídeo, ver lo que realmente piensa de ella, le ha dolido. Es duro ver cómo te utilizan así. Sobre todo, si lo hace alguien que se supone que te quiere.

Para ocultar mi reacción, me ocupé de rellenar las dos copas. Él hablaba como si se tratara de una experiencia propia. ¿Qué era exactamente lo que le habían hecho?

Tras un rápido sorbo de vino, le pregunté:

—¿Y cómo lo llevas *tú?*

—¿Qué puedo hacer? Con el paso de los años he hecho todo lo posible por hablar con Christopher. Lo he intentado dándole dinero. Lo he intentado amenazándolo. Nunca se ha mostrado dispuesto a cambiar. Hace tiempo me di cuenta de que lo único que puedo hacer es poner paños fríos. Y mantenerte todo lo lejos de él que me sea posible.

—Ahora que yo ya lo sé, te ayudaré con ello.

—Bien. —Dio un trago y me miró por encima del borde de la copa—. No me has preguntado por mi cita con el doctor Petersen.

—No es de mi incumbencia. A menos que quieras hablarme de ello. —Lo miré a los ojos, deseando que lo hiciera—. Estaré dispuesta a escucharte siempre que lo necesites, pero no voy a fisgonear. Cuando estés listo para dejarme entrar, házmelo saber. Dicho lo cual, me encantaría saber si te ha gustado.

Respondió sonriendo.

—Hasta ahora sí. Me habla con rodeos. No mucha gente sabe hacer eso.

—Sí. Te habla haciéndote volver a un asunto para que lo enfoques desde otra perspectiva diferente a la que estás pensando, en plan «¿Cómo es que no lo había visto así?»

Gideon subía y bajaba los dedos por el pie de su copa.

—Me ha recetado que tome una cosa por la noche antes de acostarme. Lo he comprado antes de venir.

—¿Qué piensas sobre el hecho de tomar medicación?

Me lanzó una mirada oscura y angustiada.

—Creo que es necesario. Tengo que estar contigo y debo hacer que sea seguro para ti, cueste lo que cueste. El doctor Petersen dice que esta medicación combinada con la terapia ha sido un éxito en otros pacientes que sufren «parasomnia sexual atípica». Tengo que creer que es cierto.

Extendí la mano para agarrar la suya. Tomar la medicación era un gran paso, sobre todo para alguien que había evitado enfrentarse a sus problemas durante mucho tiempo.

—Gracias.

Gideon me apretó la mano.

—Al parecer, hay bastante gente con este problema a la que han estudiado. Me ha hablado de un caso documentado en el que un hombre estuvo atacando sexualmente a su mujer en sueños durante doce años antes de buscar ayuda.

—¿Doce años? Dios mío.

—Parece que, en parte, esperaron tanto porque el hombre era mejor en la cama cuando estaba dormido —dijo fríamente—. Y si eso no constituye un golpe mortal para el ego, no sé qué otra cosa puede serlo.

Me quedé mirándolo.

—Vaya mierda.

—Lo sé, ¿vale? —Su sonrisa irónica se desvaneció—. Pero no quiero que te sientas obligada a compartir la cama conmigo, Eva. No existe ninguna pócima mágica. Puedo dormir en el sofá o irme a casa, aunque de las dos opciones preferiría el sofá. Mis días son mejores si me preparo contigo para ir a trabajar.

—Para mí también.

Extendiendo la mano, Gideon cogió la mía y se la llevó a los labios.

—Nunca imaginé que podría tener esto... Alguien en mi vida que sepa lo que tú sabes sobre mí. Alguien con quien poder hablar de mis cagadas durante la cena porque me acepta tal cual soy... Te estoy muy agradecido, Eva.

Mi corazón se retorció al sentir un dulce dolor en el pecho. Sabía decir cosas hermosas, cosas perfectas.

—Yo siento lo mismo por ti. —Puede que más, porque yo le quería. Pero no lo dije en voz alta. Algún día le llegaría el momento. No iba a rendirme hasta que fuera absoluta e irrevocablemente mío.

* * *

Con los pies desnudos sobre la mesa del café y el ordenador en su regazo, Gideon parecía tan cómodo y relajado, que estuvo todo el tiempo distrayéndome de mis programas de la televisión.

¿Cómo hemos llegado hasta aquí?, me pregunté. ¿Este hombre tan desmesuradamente atractivo y yo?

—Me estás mirando —murmuró, con los ojos puestos en la pantalla de su portátil.

Le saqué la lengua.

—¿Es eso una provocación sexual, señorita Tramell?

—¿Cómo puedes verme si estás mirando lo que sea eso en lo que estás trabajando?

Levantó en ese momento la vista y me miró fijamente. Sus ojos azules resplandecían de energía y calor.

—Siempre te veo, cielo. Desde el momento en que me encontraste, no he visto otra cosa más que a ti.

El miércoles empezó con la polla de Gideon tratando de penetrarme por detrás, mi nueva forma preferida de despertarme.

—Vaya —dije con voz ronca, quitándome el sueño de los ojos mientras pasaba el brazo por mi cintura y me acercaba a su cálido y fuerte pecho—. Esta mañana estás juguetón.

—Estás preciosa y sexy por las mañanas —susurró, acariciándome el hombro con la nariz—. Me encanta despertar contigo.

Celebramos una noche de sueño ininterrumpido con unos cuantos orgasmos entre los dos.

Horas después, almorcé con Mark y Steven en un encantador restaurante mexicano escondido bajo el nivel de la calle. Bajamos unas escaleras de cemento y entramos en un restaurante sorprendentemente espacioso con camareros vestidos con chaleco negro y mucha luz.

—Tienes que volver aquí con tu chico para que te invite a un margarita de granada —dijo Steven.

—¿Están buenos? —pregunté.

—Desde luego.

Cuando vino la camarera a por la comanda, flirteó descaradamente con Mark agitando unas pestañas envidiablemente largas. Mark también flirteó con ella. A medida que avanzó la comida, la exuberante pelirroja, en cuya solapa lucía el nombre de Shawna, se volvió más atrevida, y tocaba el hombro y la nuca de Mark cada vez que se acercaba. A cambio, las bromas de Mark se hicieron más sugerentes hasta que me fijé en que Steven se ponía nervioso, con la cara enrojecida y el ceño cada vez más fruncido. Me revolvía incómoda y conté los minutos hasta que terminó aquella comida cargada de tensión.

—Veámonos esta noche —le dijo Shawna a Mark cuando trajo la cuenta—. Una noche conmigo y te curaré.

Yo ahogué un grito. ¿De verdad?

—¿Te viene bien a las siete? —susurró Mark—. Te voy a destrozar, Shawna. Ya sabes lo que pasa, que una vez que se ha catado lo bueno...

El agua me entró por el otro lado y me atraganté.

Steven se puso en pie de un brinco, rodeó la mesa y empezó a darme golpes en la espalda.

—Por Dios, Eva —dijo riéndose—. Sólo estábamos gastándote una broma. No te nos mueras.

—¿Qué? —jadeé con los ojos llenos de lágrimas.

Riéndose, se dio la vuelta y pasó el brazo por encima de la camarera.

—Eva, ésta es mi hermana, Shawna. Shawna, Eva es la que hace que la vida de Mark sea más fácil.

—Eso está bien —respondió Shawna—, porque seguro que él te la hace más difícil.

Steven me guiñó un ojo.

—Por eso es por lo que me tiene cerca.

Al ver a los hermanos juntos, por fin me di cuenta del parecido que antes se me había pasado por alto. Me hundí en mi asiento y miré a Mark con odio.

—Ha sido terrible. Creía que Steven iba a explotar.

Mark levantó las manos, mostrando su arrepentimiento.

—Ha sido todo idea suya. Es la reina de los dramas, ¿recuerdas?

Dándose la vuelta, Steven sonrió y dijo:

—No, Eva, ya sabes que en esta relación quien tiene las ideas es Mark.

Shawna sacó una tarjeta de visita de su bolsillo y me la entregó.

—Mi número está por el otro lado. Llámame. Tengo información jugosa sobre estos dos. Puedes vengarte bien de ellos.

—¡Traidora! —la acusó Steven.

Shawna se encogió de hombros.

—Oye, las chicas debemos permanecer unidas.

Después del trabajo, Gideon y yo fuimos al gimnasio. Angus nos dejó en la calle y entramos. El lugar estaba lleno y los vestuarios abarrotados. Me cambié, guardé mis cosas y luego me encontré con Gideon en el vestíbulo.

Saludé con la mano a Daniel, el entrenador que había hablado conmigo la primera vez que fui a CrossTrainer, y recibí un azote en el culo.

—Oye —protesté intentando dar un manotazo sobre la mano castigadora de Gideon—. ¡No hagas eso!

Tiró de mi cola de caballo moviendo suavemente mi cabeza hacia atrás, inclinándome la boca hacia arriba, de modo que pudiera marcar su territorio con un beso profundo y largo.

Su forma de tirarme del pelo hizo que una oleada de electricidad me recorriera la piel.

—Si esta es tu idea de elemento disuasorio, debo decirte que es mucho más un incentivo —le susurré ante sus labios.

—Estoy dispuesto a hacerlo más fuerte. —Me mordió el labio inferior—. Pero te sugiero que no pongas a prueba mis límites con estas cosas, Eva.

—No te preocupes, prefiero hacerlo con otras.

Gideon se dirigió primero a la cinta de correr, lo cual me permitió tener el placer de ver cómo su cuerpo brillaba con el sudor... en público. Por mucho que lo viera así en privado, nunca dejaba de volverme loca.

Dios mío, me encantaba su aspecto con el pelo recogido por detrás. Y la flexión de sus músculos bajo la piel ligeramente bronceada. Y la grácil fuerza de sus movimientos. Ver a un hombre urbano tan elegante despojarse de sus trajes y mostrar su lado animal ponía en marcha todos los resortes de mi excitación.

No podía dejar de mirarle y me alegraba no tener que hacerlo. Al fin y al cabo, era mío, un hecho que provocaba que un cálido placer me recorriera el cuerpo. Además, las demás mujeres del gimnasio se habían fijado también en él. Mientras se movía de un aparato a otro, docenas de ojos de admiradoras le seguían.

Cuando me sorprendía comiéndomelo con los ojos, le lanzaba una mirada sugerente y me pasaba la lengua por el labio inferior. Su ceja levantada y su sonrisa compungida hacían que mi cuerpo se estremeciera. No recordaba la última vez que me había sentido tan estimulada mientras hacía ejercicio. La hora y media se pasó volando.

Cuando volvimos al Bentley y nos dirigíamos al ático, yo me retorcía en el asiento. Miré repetidamente a Gideon con una silenciosa provocación.

Él entrelazó sus dedos con los míos.

—Tendrás que esperar.

Aquella declaración me sorprendió.

—*¿Qué?*

—Ya me has oído. —Me besó los dedos y tuvo el valor de dedicarme una sonrisa maliciosa—. Se llama demora de la gratificación, cielo.

—¿Por qué vamos a tener que hacerlo?

—Piensa en lo locos que vamos a estar el uno por el otro después de la cena.

Me acerqué más de modo que Angus no me oyera, aunque sabía que era lo suficientemente profesional como para no hacernos caso.

—Hay dos opciones: esperar o no. Yo voto por el no.

Pero no cedió. Al contrario, nos torturó a los dos, haciendo que nos desvistiéramos el uno al otro para darnos una ducha caliente, acariciando y rozando con nuestras manos las curvas y depresiones del cuerpo del otro y, después, vistiéndonos para cenar. Él se vistió de etiqueta pero sin corbata. Llevaba el cuello de su almidonada camisa blanca sin abotonar, mostrando un destello de su piel. El vestido de cóctel que había elegido para mí era un Vera Wang de seda de color champán, con un corpiño de *bustier* sin tirantes, espalda abierta y una falda de tejidos superpuestos que terminaba unos cuantos centímetros por encima de la rodilla.

Sonreí al verlo, sabiendo que le volvería loco verme con ese vestido toda la noche. Era precioso y me encantó, pero se trataba de un estilo más apropiado para modelos altas y delgadas, no chicas bajitas y llenas de curvas. En un lamentable intento de aparentar modestia, dejé que el pelo me cayera sobre el pecho, pero no sirvió de mucho si debía tener en cuenta la expresión de Gideon.

—Dios mío, Eva —dijo ajustándose los pantalones—. He cambiado de idea con respecto a ese vestido. No deberías llevarlo en público.

—No tenemos tiempo para que cambies de opinión.

—Creía que tenía más tela.

Me encogí de hombros sonriendo.

—¿Qué puedo decir yo? Has sido tú quien lo ha comprado.

—Me lo estoy pensando mejor. ¿Cuánto tiempo hará falta para quitártelo?

Deslizando mi lengua por el labio inferior, contesté:

—No lo sé. ¿Por qué no lo descubres por ti mismo?

Sus ojos se oscurecieron.

—No vamos a salir nunca de aquí.

—Yo no me quejaría.

Estaba tremendamente atractivo y yo lo deseaba con todo mi cuerpo, como siempre.

—¿No habrá alguna chaqueta u otra cosa que puedas ponerte por encima? ¿Un anorak, quizá? ¿O un impermeable?

Riéndome, cogí mi bolso de mano de la cómoda y pasé mi brazo por el suyo.

—No te preocupes. Todos estarán muy ocupados observándote a ti como para siquiera darse cuenta de que yo estoy allí.

Frunció el ceño mientras yo lo sacaba a rastras del dormitorio.

—En serio, ¿se te han puesto las tetas más grandes? Sobresalen por encima de esa cosa.

—Tengo veinticuatro años, Gideon —contesté con sequedad—. Dejé de desarrollarme hace años. Lo que ves es lo que hay.

—Sí, pero se supone que soy yo el único que lo tiene que ver, porque soy yo el único al que se le permite tenerlo.

Entramos en la sala de estar. En el corto espacio de tiempo que tardamos en atravesar el vestíbulo, saboreé la calmada belleza de la casa de Gideon. Me gustaba lo cálida y acogedora que era. El encanto del Viejo Mundo en la decoración era muy elegante, pero también extraordinariamente agradable. La imponente vista desde las ventanas en arco se complementaba con el interior, pero no distraía la atención de él.

La mezcla de maderas oscuras, piedra envejecida, colores cálidos y vívidos toques de piedras preciosas era claramente cara, al igual que las obras de arte que colgaban de las paredes, pero se trataba de una exhibición de riqueza de buen gusto. No podía imaginar que nadie se sintiera incómodo sin saber qué se podía tocar o dónde sentarse. No se trataba de ese tipo de espacios.

Tomamos el ascensor privado y Gideon me miró mientras las puertas se cerraban. Inmediatamente trató de subirme el corpiño.

—Si no tienes cuidado, vas a dejarme al aire la entrepierna —le advertí.

—Maldita sea.

—Podemos divertirnos con esto. Puedo interpretar el papel de una rubia guapa y tonta que va detrás de tu polla y tu dinero y tú puedes hacer de ti mismo: el conquistador millonario con su último juguete. Aparenta aburrimiento e indulgencia mientras yo me cuelgo de ti y hago gorgoritos diciendo lo brillante que eres.

—Eso no tiene gracia. —Y entonces, se le iluminó la cara—. ¿Y un pañuelo?

Cuando entramos en la cena de gala para recaudar fondos para un centro de acogida para mujeres y niños, tuvimos que aguantar el acoso de la prensa, lo que provocó mi miedo a la exposición. Me concentré en Gideon, pues nada distraía tanto mi atención como él. Y al fijarme en él, pude observar el cambio del hombre que era en privado con respecto al personaje público.

La máscara se fue colocando en su sitio poco a poco. El iris de sus ojos pasó a un gélido color azul y su boca sensual perdió cualquier atisbo de curvatura. Casi pude sentir cómo su fuerza de voluntad nos cercaba. Había una pantalla protectora entre los dos y el resto del mundo, simplemente porque así lo deseaba él. De pie a su lado, supe que nadie se acercaría ni me hablaría hasta que él les diera alguna señal de que podían hacerlo.

Aun así, aquella sensación de no tocar no se extendió a la de no mirar. Gideon hacía que las cabezas se giraran a medida que nos adentrábamos en la sala de baile y los ojos le seguían. A mí me dio un tic nervioso al ver toda la atención que él cosechaba, pero él parecía ajeno y completamente sereno.

Si yo estaba empeñada en hacerle gorgoritos y aferrarme a él, tendría que hacer cola. En el momento en que nos detuvimos lo empezaron a asediar. Yo me aparté para dejar paso a quienes competían por captar su atención y fui a por una copa de champán. Waters Field & Leman habían hecho la publicidad gratis para la gala y vi a algunas personas que conocía.

Había conseguido enganchar una copa de la bandeja de un camarero que pasaba cuando escuché que alguien decía mi nombre. Me giré y vi al sobrino de Stanton acercándose con una amplia sonrisa. De pelo oscuro y ojos verdes, tenía más o menos mi edad. Yo lo conocía de las veces que había ido a visitar a mi madre en vacaciones y me alegré de verle.

Lo saludé con los brazos abiertos y agradecida.

—¡Martin! ¿Cómo estás? Tienes un aspecto estupendo.

—Yo estaba a punto de decir lo mismo. —Miró mi vestido con admiración—. Me he enterado de que te has mudado a Nueva York y quería ir a visitarte. ¿Cuánto tiempo llevas en la ciudad?

—No mucho. Unas cuantas semanas.

—Tómate el champán y vamos a bailar —me dijo.

Aún sentía el agradable burbujeo del alcohol en mi cuerpo cuando entramos en la pista de baile al ritmo de Billie Holiday cantando «Summertime».

—Y bien, ¿estás trabajando? —preguntó.

Mientras bailábamos, le hablé de mi trabajo y le pregunté en qué andaba él. No me sorprendió saber que trabajaba para la compañía de inversiones de Stanton y que le iba muy bien.

—Me gustaría ir por tu barrio y llevarte a comer algún día —propuso.

—Eso sería estupendo. —Me aparté cuando terminó la música y choqué contra alguien detrás de mí. Llevó las manos a mi cintura para sujetarme y miré hacia atrás para descubrir que era Gideon.

—Hola —susurró, con su mirada gélida sobre Martin—. Preséntanos.

—Gideon, éste es Martin Stanton. Nos conocemos desde hace unos años. Es sobrino de mi padrastro. —Respiré hondo y seguí adelante—. Martin, éste es el hombre más importante de mi vida, Gideon Cross.

Martin sonrió abiertamente y extendió la mano.

—Cross. Sé quién eres, por supuesto. Un placer conocerte. Si todo marcha bien, quizá te vea en algún encuentro familiar.

El brazo de Gideon se deslizó por encima de mis hombros.

—Cuenta con ello.

A Martin lo llamó un conocido suyo y se acercó para besarme en la mejilla.

—Te llamaré para ir a comer. ¿Quizá la semana que viene?

—Genial. —Yo era muy consciente de la energía que desprendía Gideon a mi lado, pero cuando lo miré, su rostro parecía tranquilo e impasible.

Me sacó a bailar mientras Louis Armstrong cantaba «What a wonderful world».

—No estoy seguro de que me guste —murmuró.

—Martin es un chico muy simpático.

—Siempre que tenga claro que eres mía. —Presionó su mejilla contra mi sien y colocó la mano dentro del corte de la espalda de mi vestido, piel contra piel. No había lugar a dudas de que yo le pertenecía mientras me agarraba así.

Saboreé la oportunidad de estar tan cerca de su delicioso cuerpo en público. Respirándolo, me dejé llevar por sus expertos brazos.

—Me gusta esto.

Acariciándome con su nariz, murmuró:

—Ésa es la idea.

Felicidad absoluta. Duró lo que dio de sí el baile.

Salíamos de la pista de baile cuando vi a Magdalene a un lado. Tardé un poco en reconocerla porque se había cortado el pelo a lo *garçon* y se lo había alisado. Tenía un aspecto esbelto y elegante con su sencillo vestido negro de cóctel, pero la eclipsaba la llamativa morena con la que estaba hablando.

El paso de Gideon vaciló, aminorando mínimamente antes de recuperar el ritmo habitual. Yo bajé la mirada pensando que él había esquivado algo del suelo.

—Tengo que presentarte a alguien —dijo en voz baja.

Fijé mi atención hacia donde nos dirigíamos. La mujer que estaba con Magdalene había visto a Gideon y se giró para saludarle. Sentí cómo su antebrazo se tensaba bajo mis dedos en el momento en que sus miradas se cruzaron.

Y vi por qué.

La mujer, quienquiera que fuese, estaba profundamente enamorada de Gideon. Lo vi en su rostro y en sus ojos azules claros y fantasmales.

Era de una belleza despampanante, tan exquisita como surrealista. Tenía el cabello negro como la tinta y le colgaba denso y recto hasta la cintura. Su vestido era del mismo color gélido que sus ojos, tenía la piel dorada por el sol y su cuerpo era largo y perfectamente curvado.

—Corinne —la saludó Gideon, y el habitual tono áspero de su voz se pronunció aún más. Me soltó y la agarró de las manos—. No me habías dicho que habías vuelto. Habría ido a recogerte.

—Te dejé unos cuantos mensajes en el buzón de voz de tu casa —dijo con voz refinada y suave.

—Ah, no he pasado mucho tiempo allí últimamente. —Como si eso le hiciera recordar que yo estaba a su lado, la soltó y me acercó a su lado—. Corinne, ésta es Eva Tramell. Eva, Corinne Giroux. Una vieja amiga.

Extendí la mano hacia ella para que la estrechara.

—Cualquier amiga de Gideon es amiga mía —dijo con una agradable sonrisa.

—Espero que eso sirva también para las novias.

Cuando me miró a los ojos, lo hizo con un aire de complicidad.

—Sobre todo, las novias. Si puedes prescindir de él cinco minutos, me gustaría presentárselo a un socio mío.

—Por supuesto —respondí con voz calmada, aunque yo no lo estaba.

Gideon me dio un beso mecánico en la sien antes de acercarse a Corinne para ofrecerle su brazo, dejando a una incómoda Magdalene a mi lado.

Lo cierto es que sentí compasión por ella. Parecía muy abatida.

—Tu nuevo corte de pelo es muy favorecedor, Magdalene.

Ella me miró con la boca apretada y, después, la suavizó con un suspiro que parecía lleno de resignación.

—Gracias. Había llegado el momento de cambiar. El momento de muchos cambios, creo. Además, no había razones para imitar a la que se había ido ahora que ha vuelto.

Yo la miré con el ceño fruncido y confundida.

—Me he perdido.

Estudió mi cara.

—Hablo de Corinne. ¿No lo sabes? Ella y Gideon estuvieron comprometidos durante más de un año. Ella lo dejó, se casó con un acaudalado francés y se mudó a Europa. Pero se separaron. Ahora se están divorciando y ella ha vuelto a Nueva York.

Comprometidos. Sentí que la sangre se escurría de mi cara y miré hacia donde estaba el hombre al que yo quería con la mujer que debió amar, moviendo la mano hacia la espalda de ella para agarrarla mientras ésta se inclinaba sobre él con una carcajada.

Mientras el estómago se me retorcía lleno de celos y miedo, pensé que yo había dado por supuesto que él nunca había tenido ninguna relación romántica seria antes que yo. Qué tonta. Con lo guapo que era, debí habérmelo imaginado.

Magdalene me puso la mano en el hombro.

—Deberías sentarte, Eva. Estás muy pálida.

Noté que estaba respirando muy fuerte y que el pulso se me había acelerado peligrosamente.

—Tienes razón.

Me acerqué a la silla vacía más cercana y me senté. Magdalene se sentó a mi lado.

—Estás enamorada de él —dijo—. No me había dado cuenta. Lo siento. Y siento lo que te dije la primera vez que nos vimos.

—Tú también estás enamorada de él —contesté con voz acartonada y con la mirada perdida—. Y en aquel momento yo no lo quería, todavía.

—Eso no me justifica, ¿no?

Acepté agradecida otra copa de champán cuando me la ofrecieron y cogí otra más para Magdalene antes de que el camarero se incorporara para marcharse. Chocamos nuestras copas con una lamentable muestra de solidaridad de mujeres desdeñadas. Quise marcharme. Quise levantarme y salir de allí. Quería que Gideon se diera cuenta de que yo me había ido y se viera obligado a salir en mi busca. Quería que sintiera algo del dolor que yo sentía. Fantasías estúpidas, inmaduras e hirientes que me hacían sentir pequeña.

Me consoló que Magdalene se quedara sentada en silencio, compadeciéndose. Sabía lo que se sentía cuando se ama a Gideon y se le desea demasiado. El hecho de notar que ella estaba tan amargada como yo confirmaba la amenaza que Corinne podría suponer.

¿Había estado él suspirando por ella durante todo este tiempo? ¿Era ella la razón por la que se había cerrado a otras mujeres?

—Aquí estás.

Levanté la mirada cuando Gideon llegó a mi lado. Por supuesto, Corinne seguía enganchada a su brazo y yo tuve la completa sensación de que parecían una pareja. Estaban increíblemente guapos los dos juntos, así de simple.

Corinne se sentó a mi lado y Gideon me pasó los dedos por la mejilla.

—Tengo que hablar con una persona —dijo—. ¿Quieres que te traiga algo?

—Vodka con zumo de arándanos. Que sea doble. —Necesitaba algo que me animara. Muchísimo.

—De acuerdo. —Pero antes de alejarse me miró extrañado por lo que le había pedido.

—Me alegro mucho de conocerte, Eva —dijo Corinne—. Gideon me ha hablado mucho de ti.

—No puede haber sido mucho. No habéis estado por ahí tanto rato.

—Hablamos casi todos los días. —Sonrió, y no había nada de falso ni malicioso en su expresión—. Somos amigos desde hace mucho tiempo.

—Más que amigos —intervino Magdalene con una clara indirecta.

Corinne miró a Magdalene frunciendo el ceño y me di cuenta de que se suponía que yo no debía saberlo. ¿Había sido ella, Gideon o los dos quienes habían decidido que lo mejor era no contármelo? ¿Por qué ocultar algo si no había nada que ocultar?

—Sí, es cierto —admitió con clara renuencia—. Aunque de eso hace ya algunos años.

Me giré en mi asiento para ponerme enfrente de ella.

—Todavía lo quieres.

—No puedes culparme por ello. Cualquier mujer que pase un tiempo con Gideon se enamora de él. Es guapo e intocable, una combinación irresistible. —Su sonrisa se atenuó—. Me ha dicho que le has servido de inspiración para que se abra. Te doy las gracias por ello.

Estuve a punto de decir: «No lo he hecho por ti», pero, entonces, una duda insidiosa me atravesó la mente, haciendo que un punto sensible dentro de mí se plegara sobre sí mismo.

¿Lo había estado haciendo por ella sin saberlo?

Di una vuelta tras otra a la base de mi copa de champán sobre la mesa.

—Iba a casarse contigo.

—Y alejarme de él fue el mayor error de mi vida. —Se llevó la mano al cuello, moviendo nerviosamente sus delgados dedos, como si juguetearan con un collar que normalmente llevara ahí—. Era joven y, en ciertos aspectos, él me asustaba. Era muy posesivo. Hasta después de casarme no me di cuenta de que ese afán de posesión es mucho mejor que la indiferencia. Al menos, para mí.

Aparté la mirada, conteniendo las náuseas que se abrían paso en mi garganta.

—Estás muy callada —dijo.

—¿Qué voy a decir? —espetó Magdalene.

Todas lo amábamos. Todas estábamos disponibles para él. Al final, él tendría que decidir entre nosotras.

Corinne me habló mirándome con sus ojos claros de aguamarina.

—Eva, debes saber que me ha dicho lo especial que eres para él. Tardé un tiempo en reunir el valor para volver aquí y enfrentarme a vosotros dos juntos. Incluso cancelé un vuelo que había reservado para hace un par de fines de semana. Le interrumpí en un evento benéfico en el que él daba un discurso, pobrecito, para decirle que venía para acá y para pedirle que me ayudara a instalarme.

Me quedé helada, sintiéndome tan quebradiza como un cristal roto. Ella debía referirse a la cena del centro de beneficencia. La noche en que bautizamos la limusina y él se retrajo de inmediato, apartándose de mí de repente.

—Cuando me devolvió la llamada —continuó—, me dijo que había conocido a alguien. Que quería que tú y yo nos conociéramos cuando estuviera en la ciudad. Al final, yo me acobardé. Nunca antes me había pedido que conociera a ninguna mujer.

Dios mío. Miré a Magdalene. Gideon me había dejado de repente aquella noche por *ella.* Por Corinne.

21

—Perdonadme. —Me retiré de la mesa y busqué a Gideon. Lo vi en la barra y fui hacia él.

Justo en ese momento, él se alejaba del camarero con dos copas en las manos cuando lo intercepté. Cogí mi copa y me la bebí de un trago. Lo dientes me dolieron cuando los cubitos de hielo chocaron contra ellos.

—Eva... —Había en su voz un suave toque de reprensión.

—Me voy —dije de plano, rodeándolo para dejar la copa sobre la barra—. A esto no lo considero salir huyendo porque te lo estoy diciendo por adelantado y te estoy dando la opción de que te vengas conmigo.

Dejó escapar un fuerte suspiro y pude ver que entendía mi mal humor. Sabía que yo lo sabía.

—No puedo irme.

Me di la vuelta.

Él me agarró del brazo.

—Sabes que no puedo quedarme si te vas. Estás enfadada por nada, Eva.

—*¿Nada?* —Me quedé mirando cómo su mano me agarraba—. Te advertí que me puedo enfadar y que soy celosa. Esta vez me has dado un buen motivo.

—¿El hecho de que me hayas avisado es excusa para que actúes de una forma tan ridícula? —Tenía el rostro relajado y hablaba en voz baja y tranquila. Nadie que mirara desde cierta distancia distinguiría la tensión que había entre los dos, pero sí que se veía en sus ojos. Un deseo ardiente y una ira gélida. Se le daba muy bien combinar las dos cosas.

—¿Quién está siendo ridícula? ¿Qué me dices de Daniel, el entrenador? ¿O de Martin, un miembro de mi familia? —Me acerqué y le susurré—: Nunca he follado con ninguno de los dos, y mucho menos tenía pensado casarme con ellos. ¡Y desde luego, no hablo con ellos cada maldito día!

De repente, me agarró de la cintura y tiró de mí con fuerza apretándome contra él.

—Necesitas que te folle ahora —me susurró al oído pegando sus dientes al lóbulo de mi oreja—. No debería haberte hecho esperar.

—Quizá lo tenías planeado —le espeté—. Reservándote por si acaso brotaba en tu vida una antigua llama y preferías follártela a ella en lugar de a mí.

Gideon dejó su copa, me sujetó a su lado por la cintura con brazo férreo y me condujo hacia la puerta a través de la multitud. Sacó del bolsillo su teléfono móvil y pidió que le trajeran la limusina. Cuando llegamos a la calle, el largo y elegante coche ya estaba allí. Gideon me empujó para que entrara por la puerta que Angus mantenía abierta.

—Da vueltas a la manzana hasta que te diga —le dijo.

A continuación, él entró justo después que yo, tan cerca que pude sentir su respiración sobre mi espalda desnuda. Yo me moví hacia el asiento de enfrente, decidida a apartarme de él...

—Quieta —dijo con brusquedad.

Hundí mis rodillas sobre el suelo enmoquetado respirando con dificultad. Podría correr hasta los confines de la tierra y, aun así, no podría escapar del hecho de que Corinne Giroux tenía que ser mejor para Gideon de lo que yo era. Era calmada y simpática, una presencia balsámica incluso para mí, la persona que se asustaba ante la inoportuna realidad de su simple existencia. Mi peor pesadilla.

Su mano se retorció entre mi pelo, dominándome. Sus piernas extendidas rodearon las mías y apretó la mano de forma que mi cabeza estaba inclinada ligeramente hacia atrás y tocaba su hombro.

—Voy a darte lo que los dos necesitamos, Eva. Vamos a follar todo el tiempo que haga falta para enfriarnos lo suficiente para ir a cenar. Y no te vas a tener que preocupar por Corinne, porque mientras ella está en el salón de baile, yo voy a estar dentro de ti.

—Sí —susurré lamiéndome los labios secos.

—Olvidas quién se somete, Eva —dijo con aspereza—. Te he dejado el control a ti. Me he doblegado y me he ajustado a ti. Haré lo que sea por tenerte a mi lado y hacerte feliz. Pero no seré manso ni me dejaré dominar. No confundas indulgencia con debilidad.

Tragué saliva mientras mi sangre ardía por él.

—Gideon...

—Agárrate con las dos manos al asa de la ventanilla. No te sueltes hasta que yo te lo diga, ¿entendido?

Hice lo que ordenó y metí las manos por la lazada de cuero. Mientras me agarraba bien, mi cuerpo cobró vida, tomando conciencia de que él tenía razón sobre lo que yo necesitaba. Este amante mío me conocía demasiado bien.

Metiendo las manos por dentro de mi corpiño, Gideon apretó mis redondos y ansiosos pechos. Cuando me cogió y me tiró de los pezones, dejé caer la cabeza contra él mientras la tensión abandonaba mi cuerpo de repente.

—Dios. —Acarició su boca contra mi sien—. Es maravilloso cuando te entregas a mí de esta forma... De una vez, como si fuera un tremendo alivio.

—Fóllame —supliqué, ansiando aquella conexión—. Por favor.

Me soltó el pelo, metió las manos por debajo de mi vestido y me bajó las medias. Su chaqueta salió volando por encima de mí hasta el asiento. Después, metió la mano entre mis piernas desde delante. Gruñó al ver que yo estaba húmeda e hinchada.

—Fuiste creada para mí, Eva. No puedes pasar mucho tiempo sin tenerme dentro.

Me fue preparando pasando sus habilidosos dedos por mi coño, extendiendo la humedad por encima del clítoris y de los labios de mi sexo. Me metió dos dedos, abriéndolos, preparándome para la embestida de su larga y gruesa polla.

—¿No me deseas, Gideon? —le pregunté con la voz quebrada, ansiosa por montar sobre sus vigorosos dedos, pero incómoda por lo mucho que tenía que estirar los brazos para agarrarme a la correa.

—Más que respirar. —Movía sus labios por mi cuello y por la parte superior de mi hombro, el cálido terciopelo de su lengua deslizándose provocadoramente por mi piel—. Yo tampoco puedo pasar mucho tiempo sin ti, Eva. Eres una adicción... mi obsesión...

Mordió suavemente mi carne, expresando su ansia animal con un ronco sonido de deseo. Mientras él me follaba con los dedos, su otra mano me masajeaba el clítoris haciendo que me corriera una y otra vez gracias a aquella estimulación simultánea.

—¡Gideon! —exclamé ahogando un grito cuando mis dedos húmedos empezaron a resbalarse por el cuero.

Sacó las manos y escuché el erótico sonido de su cremallera bajándose.

—Suéltate y ponte boca arriba con las piernas extendidas.

Me moví hacia el asiento y me tumbé sobre él, ofreciéndole mi cuerpo con temblorosa expectación. Sus ojos se cruzaron con los míos y su rostro se iluminó brevemente cuando unos faros pasaron a nuestro lado.

—No tengas miedo. —Se echó sobre mí, colocando su peso sobre mi cuerpo con enorme cuidado.

—Estoy demasiado caliente como para tener miedo —Me agarré a él y tiré de mi cuerpo hacia arriba para presionarlo contra la dureza del suyo—. Te deseo.

Su capullo hurgó entre los labios de mi sexo. Con una flexión de su cadera, me penetró y soltó un bufido al igual que hice yo al sentir aquella conexión abrasadora. Dejé mi cuerpo relajado sobre el sillón mientras mis dedos apenas se aferraban a su delgada cintura.

—Te quiero —susurré, observando su cara mientras empezaba a moverse. Cada centímetro de mi piel ardía como si perteneciera al sol y sentía tanta opresión en el pecho por el deseo y la emoción que me costaba respirar—. Y te necesito, Gideon.

—Me tienes —susurró mientras deslizaba su polla hacia adentro y hacia fuera—. Soy todo tuyo.

Me agité y me puse en tensión recibiendo en mis caderas sus implacables y acompasadas embestidas. Llegué al orgasmo con un grito jadeante, estremeciéndome mientras el éxtasis tensaba mi sexo, ordeñándole hasta que soltó un resoplido y empezó a propulsarse dentro de mí.

—*Eva.*

Me balanceé contra sus feroces embestidas y le insté a que continuara. Él me apretó, montándome con más fuerza y velocidad. Mi cabeza se volvió loca y empecé a gemir sin pudor, encantada de tenerlo dentro, aquella decadente sensación de ser poseída y recibir placer sin piedad alguna.

Éramos salvajes el uno con el otro, follábamos como bestias salvajes y yo estaba tan excitada por aquella lujuria primitiva que pensé que me iba a morir con el orgasmo que estaba formándose en mi interior.

—Se te da muy bien esto, Gideon. Muy bien...

Él me agarró de las nalgas y tiró de mí hacia arriba para recibir su siguiente estocada, llegando hasta el último extremo de mi interior, obligándome a jadear de placer y dolor. Volví a correrme, apretándome contra él con fuerza.

—Ah, Dios, *Eva.* —Con un gemido, estalló con fuerza y me inundó con su calor. Balanceando mis caderas, se oprimió contra mi cuerpo y se vació en lo más profundo de mí que pudo llegar.

Cuando terminó, respiró hondo y me cogió el pelo entre las manos, besando el lateral de mi húmedo cuello.

—Ojalá supieras lo que me haces. Ojalá pudiera explicártelo.

Le sostuve con fuerza.

—No puedo evitar ser una estúpida contigo. Es demasiado, Gideon. Es...

—... incontrolable. —Volvió a empezar, embistiendo cadenciosamente. Pausadamente. Como si tuviéramos todo el tiempo del mundo. Volviéndose más grueso y largo con cada empuje y retirada.

—Y tú necesitas control. —Me quedé sin aliento tras una estocada especialmente imperiosa.

—Te necesito *a ti*, Eva. —Me miraba intensamente a la cara mientras se movía dentro de mí—. Te necesito.

Gideon no se apartó de mi lado ni permitió que yo me fuera del suyo durante el resto de la noche. Mantuvo su mano derecha entrelazada a mi izquierda durante toda la cena, decidiendo de nuevo comer con una mano antes que soltarme.

Corinne, que se había sentado al otro lado de él en nuestra mesa, lo miró con curiosidad.

—Creo recordar que eras diestro.

—Y lo sigo siendo —contestó, levantando nuestras manos unidas de debajo de la mesa y besándome los dedos. Yo me sentí tonta e insegura cuando hizo aquello, consciente del escrutinio de Corinne.

Por desgracia, aquel gesto romántico no le impidió hablar con Corinne durante toda la comida en lugar de conmigo, lo cual hizo que me sintiera inquieta y desgraciada. Vi más la parte posterior de la cabeza de Gideon que su rostro.

—Al menos, no es pollo.

Giré la cabeza hacia el hombre que estaba sentado a mi lado. Había estado tan concentrada en tratar de escuchar a hurtadillas la conversación de Gideon que no había prestado ninguna atención a nuestros compañeros de mesa.

—A mí me gusta el pollo —dije. Y me había gustado el pescado que habían servido para la cena. Había dejado mi plato vacío.

—No estaba engomado, la verdad. —Sonrió y, de repente, pareció mucho más joven de lo que indicaba su cabello completamente canoso—. Ah, ya veo que sonríe —murmuró—. Y es una sonrisa bonita.

—Gracias —contesté antes de presentarme.

—Doctor Terrence Lucas —dijo—. Pero prefiero que me llamen Terry.

—Encantada de conocerle, doctor Terry.

Volvió a sonreír.

—Sólo Terry, Eva.

Durante los siguientes minutos que estuvimos hablando, llegué a creer que el doctor Lucas no era mucho mayor que yo, sólo prematuramente canoso. Aparte de eso, su rostro era atractivo y sin arrugas y sus ojos verdes, inteligentes y amables. Cambié el cálculo aproximado de su edad a la de la treintena mediada.

—Pareces tan aburrida como yo —dijo—. Estos eventos recaudan una considerable cantidad de dinero para el centro de acogida, pero pueden ser muy sosos. ¿Te gustaría acompañarme a la barra? Te invito a una copa.

Por debajo de la mesa, puse a prueba el apretón de Gideon flexionando mi mano. La suya se tensó.

—¿Qué haces? —murmuró.

Miré hacia atrás y vi que me estaba observando. Luego vi que levantaba los ojos hacia el doctor Lucas, que estaba detrás. Los ojos de Gideon se enfriaron sensiblemente.

—Va a paliar el aburrimiento de ser ignorada, Cross, pasando un rato con alguien que estará más que feliz de prestarle atención a una mujer tan guapa —dijo Terry colocando las manos en el respaldo de mi silla.

Me sentí incómoda de inmediato, consciente de la crepitante animosidad que había entre los dos hombres.

—Vete por ahí, Terry.

—Has estado tan ocupado con la señora Giroux que ni siquiera te has dado cuenta de que me he sentado en la mesa. —La sonrisa de Terry se volvió algo nerviosa—. Eva, ¿nos vamos?

—No te muevas, Eva.

Yo me estremecí ante el tono gélido de la voz de Gideon pero estaba lo suficientemente indignada como para decir:

—No es culpa suya que tenga razón.

La mano de Gideon me apretó hasta dolerme.

—Ahora no.

Los ojos de Terry se movieron hacia mi cara.

—No tienes por qué tolerar que te hable de ese modo. Ni todo el dinero del mundo da derecho a que nadie te esté dando órdenes.

Furiosa y terriblemente avergonzada, miré a Gideon.

—Crossfire.

No estaba segura de poder utilizar la palabra de seguridad fuera del dormitorio, pero él me soltó como si le quemara la mano. Aparté la silla y lancé la servilleta sobre el plato.

—Disculpadme. Los dos.

Con el bolso en la mano, me alejé de la mesa, con paso tranquilo y regular. Fui directa a los servicios con la intención de retocarme el maquillaje y recomponerme, pero entonces vi el letrero luminoso de la salida y sentí el impulso de irme.

Saqué el móvil cuando salí a la acera y le envié un mensaje a Gideon: «No estoy huyendo. Simplemente me voy».

Conseguí parar un taxi que pasaba y me dirigí a casa para ocuparme de mi rabia.

Estaba deseando darme un baño y abrir una botella de vino cuando llegué a mi apartamento. Introduje la llave en la cerradura, la giré y entré en un vídeo porno.

Durante los pocos segundos de estupefacción que mi cerebro tardó en registrar lo que estaba viendo, me quedé fascinada en la puerta, inundando el pasillo que había detrás de mí de atronadora música pop. Había tantas partes del cuerpo participando que tuve tiempo de cerrar de golpe y precipitadamente la puerta detrás de mí antes de que se juntaran. Había una mujer con los brazos y piernas en cruz en el suelo. La cara de otra mujer estaba en su entrepierna. Cary se la estaba tirando como loco mientras otro hombre le penetraba a él por el culo.

Eché la cabeza hacia atrás y grité furiosa, absolutamente harta de toda la gente que había en mi vida. Y como competía con el equipo de música, me saqué uno de mis zapatos y lo lancé en su dirección. El CD saltó, lo que hizo que el *ménage à quatre* que se estaba desarrollando en mi sala de estar tomara conciencia de mi presencia. Me acerqué cojeando, bajé el volumen y, a continuación, me giré hacia el grupo.

—Salid cagando leches de mi casa —solté con brusquedad—. Ahora mismo.

—¿Quién coño es ésta? —preguntó la pelirroja que estaba debajo de todos—. ¿Tu mujer?

Hubo un breve destello de vergüenza y culpa en el rostro de Cary y, a continuación, me lanzó una mirada y una sonrisa de gallito.

—Mi compañera de piso. Hay espacio para más, nena.

—Cary Taylor, no me provoques —le advertí—. No está siendo una noche nada, *nada* buena.

El hombre de pelo moreno que estaba encima se salió de Cary, se puso de pie y se acercó despacio a mí. A medida que lo hacía vi que sus ojos marrones estaban anormalmente dilatados y que el pulso de su cuello latía ferozmente.

—Yo puedo hacer que mejore —se ofreció con una mirada lasciva.

—No te acerques, joder. —Corregí mi postura preparándome para enfrentarme a él físicamente si era necesario.

—Déjala en paz, Ian —le ordenó Cary poniéndose de pie.

—Vamos, nena —dijo Ian con voz persuasiva, mientras yo sentía asco de que utilizara el apodo con el que Cary me llamaba—. Necesitas pasar un buen rato. Deja que yo me encargue.

En un momento estaba a pocos centímetros de mí y al siguiente volaba hacia el sofá con un grito. Gideon se colocó entre los demás y yo, lleno de furia.

—Llévatelo a tu habitación, Cary —masculló—. O a cualquier otro sitio.

Ian daba gritos en el sofá mientras sangraba por la nariz a pesar de tratar de contenerla con las dos manos.

Cary cogió sus vaqueros del suelo.

—Tú no eres mi jodida madre, Eva.

Yo di un paso por delante de Gideon.

—¿Después de cagarla con Trey no has aprendido ninguna puta lección, imbécil?

—¡Esto no tiene nada que ver con Trey!

—¿Quién es Trey? —preguntó la rubia de bote mientras se ponía de pie. Cuando pudo ver bien a Gideon se atusó visiblemente el pelo y lució lo que claramente era un cuerpo precioso.

Sus esfuerzos consiguieron una mirada tan desdeñosa, displicente y poco impresionada que finalmente tuvo la delicadeza de sonrojarse y cubrirse con un ajustado vestido de lamé dorado que recogió del suelo.

—No lo tomes como algo personal. Prefiere a las morenas —le dije aprovechando que estaba de mal humor.

La mirada que me lanzó Gideon fue letal. Nunca había visto en él unos ojos tan furiosos. Literalmente vibraba por la violencia contenida.

Asustada por aquella mirada, di sin querer un paso atrás. Maldijo muy enfadado y se pasó las dos manos por el pelo.

De repente, agotada y profundamente decepcionada con los hombres que había en mi vida, me di la vuelta.

—Saca todo este desastre de mi casa, Cary.

Atravesé el pasillo quitándome por el camino el otro zapato de tacón con una patada. Me había deshecho del vestido antes de llegar a mi cuarto de baño y estaba dentro de la ducha menos de un minuto después. Me mantuve fuera del chorro hasta que el agua se calentó y, entonces, me metí debajo. Demasiado cansada para quedarme de pie mucho rato, me agaché y me senté bajo el chorro con los ojos cerrados y los brazos alrededor de las rodillas.

—Eva.

Me encogí al oír la voz de Gideon y apreté el cuerpo hasta convertirme en una bola más compacta.

—¡Maldita sea! —exclamó—. Me estás jodiendo más que ninguna otra persona que conozco.

Lo miré a través del velo de mi pelo mojado. Estaba entrando en el baño. Había dejado la chaqueta en algún sitio y llevaba la camisa por fuera del pantalón.

—Vete a casa, Gideon.

Se detuvo y me miró incrédulo.

—No voy a dejarte aquí, joder. ¡A Cary se le ha ido la cabeza! Ese gilipollas estaba a punto de ponerte las manos encima cuando he llegado.

—Cary no hubiera permitido que eso ocurriera. Pero, de todos modos, no puedo encargarme de él y de ti a la vez. —Lo cierto era que no quería encargarme de ninguno de ellos. Simplemente, quería estar sola.

—Entonces, ocúpate sólo de mí.

Me aparté el pelo de la cara con un impaciente golpe de la mano.

—¿Qué? ¿Se supone que yo debo darte prioridad *a ti?*

Retrocedió como si le hubiese golpeado.

—Yo creía que cada uno éramos la prioridad del otro.

—Sí, eso creía yo también. Hasta esta noche.

—¡Dios! ¿Vas a dejar ya lo de Corinne? —Abrió los brazos—. Estoy aquí contigo, ¿no? Apenas he podido despedirme de ella porque he salido detrás de ti. *Otra vez.*

—Vete a la mierda. No me hagas ningún favor.

Gideon se metió en la ducha completamente vestido. Me puso de pie y me besó. Con fuerza. Su boca devoraba la mía y sus manos me agarraban los brazos para que no me moviera.

Pero esta vez no me ablandé. No sucumbí. Ni siquiera cuando él trató de persuadirme con sugerentes lametones.

—¿Por qué? —murmuró, deslizando los labios por mi cuello—. ¿Por qué me estás volviendo loco?

—No sé qué problema tienes con el doctor Lucas y sinceramente me importa una mierda. Pero él tenía razón. Corinne estaba recibiendo demasiada atención por tu parte esta noche. Casi no me has hecho caso durante la cena.

—Es imposible que yo te ignore, Eva. —Tenía una expresión dura—. Si estás en la misma habitación que yo, no tengo ojos para nadie más.

—Qué curioso. Cada vez que yo te miraba, tú la estabas mirando a ella.

—Eso es una estupidez. —Me soltó y se apartó el pelo mojado de la cara—. Ya sabes lo que siento por ti.

—¿Sí? Me deseas. Me necesitas. Pero, ¿quieres a Corinne?

—No me jodas. *¡No!* —Cerró el grifo y me atrapó contra el cristal con los dos brazos—. ¿Quieres que te diga que te quiero, Eva? ¿Es eso lo que pasa?

Sentí un calambre en el estómago como si me hubiese golpeado con toda la fuerza de su puño. Nunca antes había sentido ese tipo de dolor, ni sabía que existía. Los ojos me abrasaron y me agaché por debajo de su brazo antes de ponerme en evidencia echándome a llorar.

—Vete a casa, Gideon. Por favor.

—*Estoy* en casa. —Me cogió por detrás y enterró su cara en mi cabello empapado—. Estoy contigo.

Traté de soltarme, pero estaba demasiado agotada. Físicamente. Emocionalmente. Las lágrimas salieron en torrente y no pude contenerlas. Y yo odiaba llorar delante de nadie.

—Vete, *por favor.*

—Te quiero, Eva. Claro que te quiero.

—Oh, Dios mío. —Empecé a golpearle sin sentido. Cualquier cosa con tal de huir de la persona que se había convertido en una enorme fuente de dolor y tristeza—. No quiero tu jodida compasión. Sólo quiero *que te vayas.*

—No puedo. Sabes que no puedo. Eva, deja de pegarme. Escúchame.

—Todo lo que dices me causa *dolor,* Gideon.

—Es que ésa no es la palabra exacta, Eva. —Siguió sujetándome obstinadamente con sus labios en mi oído—. Por eso no la he pronunciado. No es la palabra exacta para ti ni para lo que siento por ti.

—Cállate. Si te importo algo, cállate y vete.

—Me han querido antes... Corinne y otras mujeres... Pero ¿qué demonios saben ellas de mí? ¿De quién coño están enamoradas si no saben lo jodido que estoy? Si eso es amor, no es nada comparado con lo que siento por ti.

Me quedé inmóvil, temblando, con la mirada fija en el espejo que reflejaba mi rostro con el rímel corrido y el pelo enmarañado junto a la devastada belleza de Gideon. Una voluble emoción se había adueñado de sus rasgos mientras me envolvía con fuerza entre sus brazos. Parecíamos no estar hechos el uno para el otro.

Y sin embargo, sentía la alienación de estar rodeada por otros que no podían verme realmente o que preferían no hacerlo. Había sentido odio hacia mí misma, provocado por la sensación de ser un fraude, de interpretar una imagen de lo que deseaba ser pero no era. Había vivido con el miedo a que la gente que quería pudiera alejarse de mí si alguna vez llegaba a conocer a la verdadera persona que se ocultaba en mi interior.

—Gideon...

Sus labios rozaron mi sien.

—Creo que te he querido desde el momento en que te vi. Luego, hicimos el amor aquella primera vez en la limusina y se convirtió en algo más. Algo más.

—Sí, claro. Aquella noche me dejaste y fuiste a ocuparte de Corinne. ¿Cómo pudiste hacerlo, Gideon?

Me soltó sólo el tiempo suficiente para cogerme en brazos y llevarme hasta donde colgaba mi albornoz, detrás de la puerta. Me envolvió en sus brazos y, a continuación, me obligó a sentarme en el filo de la bañera mientras él se acercaba al lavabo y sacaba del cajón las toallitas desmaquilladoras. Agachándose delante de mí, me pasó el paño por la mejilla.

—Cuando Corinne me llamó durante la cena de beneficencia, fue el momento perfecto para que yo hubiera hecho algo estúpido. —Sus ojos tranquilos y cálidos miraban mi rostro surcado de lágrimas—. Tú y yo acabábamos de hacer el amor y yo no pensaba con claridad. Le dije que estaba ocupado y que estaba con alguien y cuando noté el dolor de su voz, supe que tenía que ocuparme de ella para poder seguir adelante contigo.

—No lo comprendo. Me dejaste para irte con ella. ¿Cómo puede eso significar que seguíamos adelante?

—La cagué con Corinne, Eva. —Me levantó el mentón para limpiarme los ojos de mapache—. La conocí en mi primer año en la Universidad de Columbia. Me fijé en ella, claro. Era guapa y dulce y nunca decía una palabra desagradable de nadie. Cuando ella vino detrás de mí, yo dejé que me cazara y ella se convirtió en mi primera relación sexual consentida.

—La odio —Aquello hizo que sonriera ligeramente—. No estoy bromeando, Gideon. Me estoy muriendo de celos ahora mismo.

—Con ella sólo fue sexo, cielo. Por muy salvajemente que follemos tú y yo, sigue siendo hacer el amor. Cada vez, desde la primera. Tú eres la única que me ha tenido así.

Expulsé el aire con fuerza.

—Vale. Me siento un poco mejor.

Me besó.

—Supongo que se puede decir que estuvimos saliendo. Teníamos exclusividad sexualmente y, a menudo, terminábamos yendo a los mismos sitios como pareja.

Aun así, cuando ella me dijo que me quería, me sorprendí. Y me sentí halagado. Yo le tenía cariño. Disfrutaba pasando el tiempo con ella.

—Al parecer, sigue siendo así —murmuré.

—Escúchame —me reprendió con un golpecito de su dedo sobre la punta de mi nariz—. Pensé que quizá podría enamorarme de ella también, a mi modo... El único modo que yo conocía. No quería que estuviera con ningún otro. Así que acepté cuando ella me pidió matrimonio.

Yo me aparté hacia atrás para mirarlo.

—¿*Ella* te pidió matrimonio?

—No te sorprendas tanto —dijo irónicamente—. Me vas a destrozar el ego.

Una sensación de alivio me inundó de repente y me sentí mareada. Me lancé sobre él, abrazándolo tan fuerte como pude.

Su abrazo fue igual de violento.

—Oye, ¿estás bien?

—Sí. Sí. Casi lo estoy. —Me aparté y coloqué la mano sobre su barbilla—. Continúa.

—Dije que sí por los motivos equivocados. Después de dos años saliendo juntos, nunca habíamos pasado una noche entera juntos. Nunca hablamos de ninguna de las cosas de las que hablo contigo. Ella no me conocía, no de verdad, y, sin embargo, yo me convencí de que el hecho de que me quisiera era algo a lo que podía agarrarme. ¿Quién más iba a arreglar las cosas si no era ella?

Dirigió su atención a mi otro ojo y me limpió las manchas negras.

—Creo que ella esperaba que al estar prometidos alcanzaríamos otro nivel. Quizá yo me abriera más. Quizá pasaríamos la noche en el hotel, algo que ella consideraba muy romántico, por cierto. En lugar de eso, terminábamos a primera hora de la noche porque a la mañana siguiente teníamos clases. No lo sé.

Al oír aquello me pareció que debió sentirse terriblemente solo. Pobre Gideon. Había estado demasiado tiempo solo. Quizá toda su vida.

—Y cuando ella rompió un año después —continuó—, supongo que esperaba que eso reactivara las cosas, que yo me esforzara más por mantenerla a mi lado. En lugar de eso, me sentí aliviado porque había empezado a darme cuenta de que iba a ser imposible compartir un hogar con ella. ¿Qué excusa se me iba a ocurrir para dormir en habitaciones separadas y tener mi propio espacio?

—¿Nunca pensaste en decírselo?

—No. —Se encogió de hombros—. Hasta que llegaste tú no pensé que mi pasado fuera un problema. Sí, afectaba en cierto sentido a mi modo de hacer las cosas, pero todo estaba en su sitio y yo no era un desdichado. De hecho, creía que tenía una vida cómoda y sin complicaciones.

—Ay, chico —dije arrugando la nariz—. Bienvenido, señor Comodón. Yo soy la señora Complicaciones.

Su sonrisa se iluminó.

—No nos vamos a aburrir nunca.

22

Gideon lanzó la toallita desmaquillante a la basura. Después, cogió una toalla para secar el charco que había dejado en el suelo y se quitó los zapatos. Para mi completo deleite, empezó a quitarse la ropa mojada.

—Te sientes culpable porque ella sigue enamorada de ti —dije extasiada mientras le veía.

—Sí, así es. Conocí a su marido. Era un buen tipo y estaba loco por ella, hasta que supo que ella no sentía lo mismo y todo se vino abajo.

Me miró mientras se quitaba la camisa.

—Yo no entendía por qué él lo permitió. Se había casado con la chica que quería, vivían en otro país, lejos de mí, ¿qué problema había? Ahora lo entiendo. Si *tú* quisieras a otra persona, Eva, yo me rompería en pedazos, cada día de mi vida. Me destrozaría incluso si estuvieras conmigo en lugar de con ese otro. Pero al contrario de Giroux, yo no te dejaría marchar. Quizá no te tendría del todo, pero seguirías siendo mía y me conformaría con ello.

Entrelacé los dedos en mi regazo.

—Eso es lo que me asusta, Gideon. No sabes lo que vales.

—Lo cierto es que sí. Doce mil millo...

—Cierra la boca. —Giré la cabeza y apreté los dedos contra mis ojos—. No tiene tanto misterio que las mujeres se enamoren de ti y continúen estándolo. ¿Sabías que Magdalene se dejó el pelo largo con la esperanza de recordarte a Corinne?

Se bajó los pantalones y me miró frunciendo el ceño.

—¿Por qué?

Suspiré ante su ignorancia.

—Porque cree que es a Corinne a quien quieres.

—Entonces es que no está prestando atención.

—¿No? Corinne me ha dicho que habla contigo casi todos los días.

—No tanto. A menudo no estoy disponible. Ya sabes lo ocupado que estoy. —En sus ojos apareció la mirada caliente que me era tan familiar. Supe que estaba pensando en las veces en que estaba ocupado conmigo.

—Eso es una locura, Gideon. Que te llame todos los días, que te aceche así. —Lo cual me recordó que ella me había contado que había sido tan posesivo con ella como lo era conmigo. Eso me inquietó terriblemente.

—¿Adónde quieres llegar a parar? —preguntó con una voz teñida de diversión.

—¿No lo entiendes? Haces que las mujeres pierdan la cabeza porque eres lo máximo. Eres el gran premio. Si una mujer no puede tenerte, sabe que tiene que conformarse con algo inferior. Así que no pueden pensar en no tenerte. Simplemente piensan en locuras para conseguirte.

—A excepción de la única a la que quiero —contestó con frialdad—, que pasa gran parte del tiempo corriendo en la dirección opuesta.

Me quedé mirándolo con descaro, empapándome de él mientras permanecía allí de pie, desnudo, delante de mí.

—Contéstame a una pregunta, Gideon. ¿Por qué me deseas a mí, cuando puedes conseguir la perfección? Y no lo digo porque esté buscando cumplidos ni palabras de consuelo. Te estoy haciendo una pregunta sincera.

Me cogió y me llevó al dormitorio.

—Eva, si no dejas de pensar en nosotros como algo temporal, voy a tener que darte de azotes y asegurarme de que te gusta.

Me dejó en una silla y fue a buscar en mis cajones. Vi que sacaba ropa interior, pantalones de yoga y una camiseta.

—¿Has olvidado que duermo desnuda contigo?

Me miró.

—No vamos a quedarnos aquí. No me fío de que Cary no traiga a más gilipollas borrachos a casa. Cuando nos acostemos, voy a tomarme la medicación que el doctor Petersen me ha recetado y es posible que no esté en condiciones de protegerte. Así que nos vamos a mi casa.

Bajé la mirada hacia mis manos retorcidas, pensando en si podría necesitar también protección de Gideon.

—Yo ya he pasado antes por esta situación con Cary, Gideon. No puedo refugiarme en tu casa sin más y esperar que él salga de esto solo. Necesita que esté más cerca de él que nunca.

Gideon me trajo la ropa y se agachó delante de mí.

—Eva. Sé que tienes que apoyar a Cary. Buscaremos una solución mañana.

Cogí su cara entre mis manos.

—Gracias.

—Pero yo también te necesito —dijo en voz baja.

—Nos necesitamos el uno al otro.

Se puso de pie. Volvió al vestidor, abrió sus cajones y cogió ropa para él.

Yo me levanté y empecé a vestirme.

—Oye...

Se puso unos vaqueros de cintura baja.

—¿Sí?

—Me siento muchísimo mejor ahora que conozco la historia, pero Corinne va a seguir suponiendo un problema para mí. —Hice una pausa con la camisa en las manos—. Tú quieres que corte de raíz sus ilusiones rápidamente. Guárdate la culpa y empieza a alejarte de ella.

Se sentó en el filo de la cama para ponerse los calcetines.

—Es amiga mía, Eva, y está atravesando una etapa difícil.

—Piénsalo bien, Gideon. Yo también tengo antiguos novios. Con esto estás sentando un precedente de cómo puedo tratarme con ellos. Seguiré tu ejemplo.

Se puso de pie con el ceño fruncido.

—Me estás amenazando.

—Yo prefiero considerarlo como una coacción. Las relaciones funcionan en ambos sentidos. Tú no eres su único amigo. Ella puede encontrar a alguien más adecuado en quien apoyarse durante su época de crisis.

Cogimos lo que necesitábamos y volvimos a la sala de estar. Vi el desorden que habían dejado —un sujetador de color aguamarina debajo de una mesita auxiliar y sangre sobre mi sofá de color crema— y deseé que Cary siguiera allí para hacerle entrar algo en razón.

—Mañana lo hablaré con él —dije entre dientes, apretando la mandíbula por la rabia y la preocupación—. Maldita sea, debí tumbarlo de un golpe cuando tuve ocasión, debí noquearlo y después encerrarlo en su habitación hasta que su cerebro vuelva a funcionar de nuevo.

Gideon me acarició suavemente la espalda.

—Será mejor dejarlo para mañana, cuando esté solo y con resaca. Es más efectivo así.

Cuando bajamos, Angus nos estaba esperando. Yo estaba a punto de subir a la parte de atrás de la limusina cuando Gideon maldijo en voz baja haciendo que me detuviera.

—¿Qué? —le pregunté.

—Me he olvidado de una cosa.

—Deja que coja mis llaves —Extendí la mano hacia el bolso de viaje que Gideon tenía en la mano y donde guardaba mi bolso.

—No es necesario. Tengo una copia. —Me lanzó una sonrisa descarada cuando lo miré sorprendida—. Mandé que me la hicieran antes de devolvértelas.

—¿En serio?

Me besó en la cabeza.

—Si hubieses prestado atención, habrías notado que tenías la llave de mi casa en tu llavero desde que te devolví las tuyas.

Yo ahogué un grito en su dirección mientras él pasaba rápidamente junto al portero y volvía a entrar en el edificio. Recordé el tormento de aquellos cuatro días cuando había creído que habíamos roto y el espantoso dolor que había sentido cuando aquellas llaves salieron del sobre y cayeron sobre la palma de mi mano.

Había tenido la llave para estar con él durante todo ese tiempo.

Moviendo la cabeza, eché un vistazo a mi ciudad de adopción, enamorada de todo lo que en ella había y sintiéndome agradecida por la loca fuente de felicidad que había encontrado en ella.

Gideon y yo teníamos todavía mucho trabajo por delante. Por mucho que nos amáramos, eso no garantizaba que pudiéramos superar nuestras heridas individuales. Pero hablábamos, éramos sinceros el uno con el otro y Dios sabía que los dos éramos demasiado obstinados como para rendirnos sin luchar.

Gideon volvió a aparecer justo cuando pasaban dos grandes caniches preciosamente acicalados junto a su dueña, peinada igual que ellos.

Subí a la limusina. Mientras nos alejábamos de la acera, Gideon me atrajo a su lado y me abrazó.

—Hemos tenido una noche movidita, pero la hemos superado.

—Sí, es verdad. —Eché la cabeza hacia atrás y le ofrecí mi boca para que la besara. Él me respondió con un beso suave y dulce, una sencilla confirmación de nuestra preciosa, complicada, desesperante y necesaria conexión.

Agarrándome a su nuca, pasé los dedos por su sedoso pelo.

—Estoy deseando volver a tenerte en la cama.

Él soltó un pequeño y sugerente gruñido y se lanzó a mi cuello con mordiscos y besos que me hacían cosquillas y que conseguían que nuestros fantasmas y sus sombras se desvanecieran.

Al menos, durante un rato...